Viivi Luik

Der siebte Friedensfrühling

Roman

Aus dem Estnischen von
Horst Bernhardt

Rowohlt

Die Originalausgabe erschien 1985 unter dem Titel
«Seitsmes rahukevad» bei Eesti Raamat, Tallinn
Umschlag- und Einbandgestaltung Britta Lembke
unter Verwendung des Gemäldes
«Nördliche Landschaft» von Andres Tolts

1. Auflage März 1991
Copyright © 1991 by Rowohlt Verlag GmbH,
Reinbek bei Hamburg
«Seitsmes Rahukevad» © 1985 by Viivi Luik
Alle deutschen Rechte vorbehalten
Satz: Baskerville (Linotronic 500)
Gesamtherstellung Clausen & Bosse, Leck
Printed in Germany
ISBN 3 498 03848 6

***Der siebte
Friedensfrühling***

*I*N DEN GROSSEN GRAUEN HÖFEN am Weg hatten die Kulaken gewohnt und ihr Gold in den Füßen der Eisenbetten versteckt. Eine Bauersfrau hatte sich sogar am Bett erhängt. Ein paar verrottete Bettgestelle lagen noch jetzt in den Brennesseln.

An Mutters Hand schepperte ein Eimer: wir gingen Vogelbeeren pflücken.

Mutter wollte einen ganzen Eimer vollmachen und daraus Mus für den Winter kochen. Sogar die Marie vom Orri-Ants kochte welches! Alle kochten Mus! *Jede Landfrau legt für den bevorstehenden Winter einen Vorrat an vitaminreichem Ebereschenmus an und schneidert aus ihrem alten Unterrock für das fünf- bis achtjährige Töchterchen ein neues Hemd!*

Die Pfade standen voll Wasser, wie Gräben, und durch das klare Wasser sah man das Gras, alle Spelzen und Blätter voller Luftbläschen. Auf dem Feld wuchsen Erbsen zwischen dem Hafer, wir pflückten uns einen Eimerboden voll Schoten und kauten gierig den ganzen Weg über, und die ganze Zeit bettelte ich: «Mama, gib mir noch eine!» Die Gegend wurde fremd, es kam mir vor, als wären wir schon sehr weit von zu Hause weg, und wie man wieder zurückkäme, wußte niemand. Immer wieder mußten wir unter Stacheldraht hindurchkriechen. Die Leute auf den Höfen hielten, sobald sie uns sahen, in der Arbeit inne und schauten uns nach. Fremde Kühe schnaubten uns an, oder vielleicht waren es sogar böse Bullen. Auch Hunde sahen wir. Manche waren wie gewöhnliche Hunde, bellten laut und wedelten dabei mit dem Schwanz, und in der Nähe immer ein Mensch oder eine Kuh. Aber andere trotteten, den Schwanz zwischen die Beine geklemmt, durchs Gebüsch und glupten mit funkelnden Augen zu uns herüber. Zwischen den Büschen war es auch am hellichten Tag schummrig. Der Regen rauschte im Erlenlaub, der Matsch verschluckte das Licht, auf dem Boden nicht ein Grashalm, nur Erde, Schlamm und Mist.

Tiefe Wolken trieben durch die Erlenwipfel, der Regen war nicht kalt, aber grau und fein und dicht. Die Hühner waren vorhin beim Regen draußen, und der Hahn hatte gekräht – jetzt wird es sich wohl einregnen. Der Wald sah so dicht und geheimnisvoll aus, als wäre dort die ganze Zeit etwas im Gange. Der schmale Pfad führte durch Buschwerk und dichtes Unterholz, gleich daneben lagen, umwuchert von Brennesseln und Himbeergestrüpp, schimmliges Klafterholz und morsche Reisighaufen. Da konnte ein Gewehr darunter sein oder ein Mensch.

In der Nähe machte etwas «Huhuuhuhuu», und von ferne antwortete es: «Huhuuhuhuu. Sechs goldene Eier hab ich, die Krähe fünf blutige Bälger.»

Das waren große Waldvögel, Hohltauben. Überall im Unterholz hörte man ihre weichen schwermütigen Stimmen, als wollten sie den längst vergangenen Sommer zurückrufen. Als hätte man noch keine zwei Weltkriege hinter sich und wichtig wären nur stabile Fahrräder, Jänes Kaufhof und der Glaube an das junge Jahrhundert. Wer fürchtete sich damals vor einem Reisighaufen! Mich dagegen überfällt heute noch Angst, wenn ich im Wald einen alten Reisighaufen sehe. Was kann darunter sein? Der Wald wird dunkel, Blättergeraschel, ein Schauer läuft mir über den Rücken, ich gehe weiter, ohne mich umzuschauen, und mir fällt eine Gedichtzeile ein: «Dunkler Engel leitet meine Schritte, eines verfluchten Jahrhunderts mächtiger Schatten.»

Am Fuß des Reisighaufens unter den jungen Fichten wuchsen schöne Pilze. «Mama, komm mal!» jubelte ich und hockte mich nieder. Da sah ich unter den dichten Zweigen, ganz im

Schatten, einen Kochtopf. Emailliert und glänzend, so einen hatten wir zu Hause nicht. Als Mutter herankam, sagte ich leise: «Mama, ich hab was gefunden!»

Mutter hockte sich neben mich und spähte auch unter die Fichten. Sie trug ihr weißes Kopftuch, im Nacken verknotet, und das Chintzkleid, wie eh und je, aber darüber eine schwarze, glänzende deutsche Lederjacke. Sie wollte nichts weiter als ihre Vogelbeeren pflücken, den ganzen Eimer voll, und abends Mus daraus kochen. Sie hatte bei den Bauern das Vieh gehütet und sich einen Splitter in den Ballen getreten, sie hatte ihre Brezel nicht auf einmal aufessen dürfen und hatte im Roggenfeld heimlich die ganze Schokolade aufgegessen und dafür Prügel bekommen.

Ihre Patentante hatte ihr eine schöne Wäschegarnitur aus Makobaumwolle gezeigt und ihr die versprochen, wenn sie sagen könnte, wer der Vater der Söhne des Zebedäus sei. Das wußte Mama nicht, und die Tante hatte sie weiter verhört: «Wer ist die Mutter der Töchter deiner Mutter?»

Das wußte Mama auch nicht und fing laut an zu brüllen und lief brüllend nach Hause und fragte ihre Mutter: «Wer is die Mutter der Töchter meiner Mutter?»

Die wurde ärgerlich: «Weiß ich doch nich! Bin ich vielleicht der Dokter Allwissend?»

Das war zwanzig Jahre her, und jetzt wußte Mutter sehr wohl, daß der Kochtopf da unter der Fichte den Waldleuten gehörte. Sie sah auch die helle Axtkerbe unten am Stamm der großen Fichte und wußte, das war ein Zeichen. Sie hatte eine vage Ahnung, wie die hießen, wußte auch, wessen Söhne es waren. Jetzt hätte sie sich ihre Garnitur verdienen können. Bloß wären ihr die Sachen jetzt zu klein gewesen und sie hätte sie mir geben müssen. Sie hatte Angst, sie war die Tochter eines Neubauern. Sie hatte diesen Topf nicht gesehen.

Ich hatte ihn gefunden.

Ich bildete mir gehörig etwas auf mich ein. Ich konnte lesen, ich wußte was ein Wahrheitsvogel und was Lebenswasser ist, ich kannte mich aus im Leben. Was waren neben mir schon die Waldleute! Der Emailletopf tat mir leid. Ich wurde böse auf Mutter, warf die Beine in die Höhe und brüllte: «Nonnen und Mönche, Pharao! Nonnen und Mönche, Pharao!» Diese Wörter hatte ich in einem alten Schulbuch gelesen und hintereinandergehängt und fand sie schrecklich gut. Geheimnisvolle, vielsagende Wörter, und aus vollem Hals gebrüllt klangen sie besonders unheildrohend. Mutter versuchte mir zwar das Brüllen zu verbieten, aber das ging bei mir zum einen Ohr hinein und zum anderen hinaus. Mutter war abhängig von *meiner* Oma und von *meinem* Onkel, die für sie ihre Mutter und ihr Bruder waren. Sie aß deren Kartoffeln und deren Fleisch, und Geld besaß sie nicht mehr als fünfundzwanzig Rubel. Sie war siebzehn Jahre älter als ich, und das Geld bekam sie von *meinem* Vater. Wenn ich also brüllen wollte, dann brüllte ich. Ich war ihr in den Schoß gefallen wie eine Himmelsgabe; nur von mir konnte sie hören:

> Das Teesieb rennt mit frohem Sinn
> zu der Kaffeekanne hin.

Und nur ich konnte ihr verkünden:

> Seufzend ächzt auf der Chaussee
> ein Bügeleisen durch den Schnee.

Oder:

> Endlos weit und groß ist Moskau.
> Flugplätze gibt es in Mengen dort
> und riesig hohe Brücken.
> Dort gibt es den Dzerschinski-Platz
> und den Vosstanja-Platz.

Meine Liebe bezeugte ich ihr durch wildes Getrampel, lästige erdrückende Umarmungen und Haarezausen. Ich weinte, wenn sie aus dem Haus ging, und lärmte und alberte, wenn sie zurückkam.

Niemand hatte es zu verhindern gewußt, daß ich im Mai auf unser Blumenbeet ging, mit einer Schere unter der Schürze. Mit großem Genuß schnitt ich die dicken roten Päonientriebe ab und verschonte auch die Tränenden Herzen nicht. Die nasse Erde dampfte im Sonnenschein, und es war eine Lust, mit der scharfen Schere das saftige Fleisch der Päonien zu schneiden, während im Hals wie ein Kloß die Gewißheit saß, daß es einen mächtigen Krach geben würde.

Solche Geschenke machte ich meiner Mutter ganz im Vorbeigehen, so wie jetzt mit diesem Kochtopf.

Mutters rundes Gesicht war mürrisch, und ihre Augen schauten woandershin. Wir kamen auf offenes Gelände. Der Horizont schien hier heller zu sein, von einem leichten Gelb. Das machte mich wieder froh und mutig.

Unsere nassen Beine waren verklebt mit gewöhnlichen Grassamen und die Kleidersäume voll von den schrecklichen gezackten Unkrautsamen, die sich im Herbst immer bei den Hunden am Schwanz festsetzen. Ich las sie bei Mutter ab und Mutter bei mir.

Vorwärts ging es über einen gemähten Feldrain, zu beiden Seiten wuchs hohes Getreide. Wind und Regen hatten es nicht niedergewalzt, ein wahres Wunder. Bloß hätte es schon längst abgeerntet sein sollen.

Auf dem Rain standen auch die Ebereschen, sechs oder sieben in einer Reihe. Große, dicke Bäume mit niedrigen Ästen; Tuhkas Jakob, der schon lange tot war, hatte sie gepflanzt. Heilige Ebereschen, die wahren Zauberbäume.

Als ich sie sah, fiel mir gleich die alte Geschichte von den Baumriesen ein, die durch die weite Welt ziehen und sich einen Platz zum Wohnen suchen. Sie gehen zu Fuß und unterhalten sich dabei. Wenn einer sich die Schnürsenkel binden muß und deswegen hinter den anderen zurückbleibt und sie aus den Augen verliert, dann ruft er: «Ann und Gret, huhu! Ann und Gret, huhu!», und dann kann er nicht mehr fort von der Stelle.

Bei einigen Bäumen in unserer Nachbarschaft hatte ich früher schon vermutet, daß sie von selbst dorthin gekommen waren, aber bei diesen Ebereschen war ich mir ganz sicher: Tuhkas Jakob hatte die bestimmt nicht gepflanzt. Sie standen in vollem Glanz gegen den aufklarenden Himmel, wie Ankömmlinge aus einem fremden Land, aus Vørumaa oder aus Lettland. Ebereschen schützen den Menschen vor dem Teufel. Diesen hier traute ich das zu.

Ich schaute zu, wie Mutter vorsichtig Beerenbüschel von den Zweigen brach und sie in den Eimer warf. Ich aß davon und zog eine Grimasse, die Beeren waren herb, sauer und saftig. In ihrem Geschmack war und ist für mich jene ganze Gegend enthalten, mit Reisighaufen, Gebüsch und Himmel, mitsamt den berühmten Herbstregen Anfang der fünfziger Jahre und Mutters naßglänzender Lederjacke.

Ich stand, den Bauch vorgestreckt und die Faust voll roter Beeren, und ahnte nichts Böses, als die Luft mit einemmal zu zittern und zu summen begann, bis sie knallend zerplatzte und eine Staffel Düsenjäger über die Ebereschenwipfel angerast kam. Sie hatten krumme Flügel und sausten so schnell über uns hinweg, daß es in den Augen blitzte. Gleich darauf kamen wieder welche, von derselben Art, mit krummen Flügeln.

«Komm weg! Komm weg! Komm weg! Komm weg!» brüllte ich.

Ohne zu wissen warum, preßte ich den Bauch an die Erde und *war auf der Erde sichtbar*. Dort waren Gras und große Steine, zwischen die quetschte ich mich und brüllte mit rauher, abgehackter Stimme wie ein Schaf oder eine Kuh in Todesangst.

Ringsum ausgebreitet ein nasses Nachkriegsestland; Erde, Getreide und Bäume, der Roggen wogte, hoher Fichtenwald stieg den Hang hinauf.

Mutter redete mir gut zu. Ich wollte sie wegjagen, aber sie ging nicht, sondern sprach weiter von den Düsenjägern und sagte: Die tun uns nichts, das dürfen die gar nicht, der Staat paßt auf. Es ist kein Vogel und kann doch fliegen. Du kannst in seinen Bauch reinkriechen.

Ich kauerte unter einem Baum, spürte die scharfen Steine unter meinen Schenkeln und betrachtete eine blaue Glockenblume im Gras. Die war ein vertrautes, freundliches Wesen, sie war von unserem Garten bis hierher gekommen, um mir beizustehen. Ich ging zu Mutter und sah, daß der Eimer fast voll war. «Hör jetzt auf, Mama!» sagte ich und packte sie bei der Hand. Der Himmel war tiefblau, die niedrigen grauen Wolken hatten sich in weißgeränderte Haufen verwandelt, die alle in eine Richtung wanderten, auf einen fernen Wald zu. Das Licht hatte sich völlig verändert. Der Schatten des Waldes reichte bis mitten ins Feld. Ich schaute die Ebereschen an, ihr kaltes Rot leuchtete vor dem kalten Himmel.

«Los, laufen wir ein bißchen!» sagte Mutter und nahm den Eimer, und wir trabten den Pfad entlang durch das nasse Roggenfeld, um das Blut in Bewegung zu bringen. Wenn es erst einmal in Bewegung ist, ist alles in Ordnung. Zurück nahmen wir einen anderen Weg, an einem Feld entlang und über eine Sumpfwiese. Unsere klammen Sachen wurden wieder naß, vom Roggen tropfte mir Wasser ins Genick, und das Blau des Himmels machte mich frösteln. Gegen diesen klaren Himmel sahen die Fichten alle kohlschwarz aus. Als wir aus dem Schatten des Waldes herauskamen, fing die Sonne zu wärmen an, so wohlig und durchdringend, daß ich zu Mutter sagte: «Mama, setzen wir uns eine Weile!»

Mutter zog sich die Jacke aus und breitete sie auf einen großen flachen Stein. Wir saßen in der Abendsonne, wärmten uns gierig die Knochen und schauten zu den fernen Wolken hin.

An diesen Orten war ich noch nie gewesen, hatte mir nicht einmal vorstellen können, daß es so nahe von uns zu Hause Orte wie diese gab. Ich schlich mich hinter Mutters Rücken und sprang ihr dann unversehens in den Nacken wie ein Raubtier, wie ein Wolf oder ein Luchs. Mutter kreischte auf, ich machte «Grrrr, grrrr!» und kroch auf allen vieren um sie herum. Ich schüttelte einen Faulbaum, daß es schwarze und braune Beeren auf Mutter herabregnete. So vertrieb ich die Flugzeuge mit den krummen Flügeln aus meinen Augen. Mutter wartete geduldig und sagte schließlich: «Jetzt müssen wir aber weiter», zog sich die Jacke über und nahm den Eimer. Das Roggenfeld schlug hinter uns zu wie eine Tür, und dann begannen auch schon die Sumpfwiesen. Ein paar Kilometer lang weites, flaches Gelände, große Weidenbüsche, Feldscheunen, Heureuter und eisiges Wasser noch und noch. Stellenweise reichte es mir bis an die Knie, einmal sogar bis zum halben Schenkel. Wir hielten unsere Kleider hochgerafft. An höher gelegenen Stellen war Heu aufgeschoberet. Faulige Heuschwaden trieben auf dem Wasser, und Wellen schwappten um die liegengelassenen Haufen. Es roch scharf und kalt, als wäre die ganze Erde abgestorben und leer.

Unter einer Hochspannungsleitung führte ein Steg über den Fluß, zwei dicke geteerte Balken über schwarzem Wasser. Die Strömung war stark, das Wasser gluckste leise, und die langen dunkelgrünen Binsen beugten sich in der Strömung; hinter ihnen sammelte sich Schaum und Abfall. Es war unheimlich, diese glitschigen Balken zu überqueren. Mutter brachte den Beereneimer hinüber und kam dann mich holen. Sie trug mich huckepack, und ich schaute ins Wasser hinunter und glaubte, gleich würden die bleichen Hände von Ertrunkenen auftauchen und Mutter bei den Beinen packen. Das hatte ich auf einem Bild gesehen, nur waren es da nicht Mutter und Kind, die über den Fluß gingen, sondern ein Junge mit kräftigen Kinnbacken und mit einem Rucksack auf dem Rücken. Aus dem Rucksack schauten Gänse hervor, und auf der anderen Flußseite stand der Teufel und drohte mit der Faust.

Aber es zeigten sich keine bleichen Hände. Wir kamen glücklich hinüber, und nach einer Weile wurde mir die Gegend allmählich wieder vertraut. In der Ferne erkannte ich die drei grauen Feldscheunen und die kahlköpfigen stämmigen Weiden, die in lichter Reihe auf die Flachsröste zuliefen. Die Wiese sah aus wie ein mächtiger Fluß zwischen zwei fernen bewaldeten Uferstreifen, breit und offen. Nur diese dicken Weiden, eine hohe Bruchweide und vereinzelte Eschen waren weithin zu sehen, wie Wegweiser. Auf der anderen Seite wuchsen weitaus mehr Büsche und Bäume, denn an vielen Stellen wurde nie gemäht, wegen der vielen Bülten. Höfe gab es dort keine, nur Sumpfwiese und dichten Wald.

Unter der Bruchweide am Ufer wässerte Teistes Leida gerade ein Gurkenfaß. Sie hob das rotbackige Gesicht und rief mit ihrer groben Stimme: «Na, wo wart ihr denn, auf Walfischfang, was?» Sie ließ ihre Arbeit stehen, turnte über die schlüpfrigen Steine ans Ufer und erkundigte sich mit gedämpfter Stimme bei Mutter: «Die Frau von dem Vahesalu habt ihr nicht zufällig gesehen?»

Nein, antwortete Mutter, bei dem Grab seien wir nicht vorbeigekommen. Die Frau hatte wieder Blumen ans Grab gebracht, erzählte Leida, ganz furchtbar schöne weiße: Gladiolen oder so. «Denk nur», seufzte sie, «die lassen den Toten weiter da im Wald liegen, statt ihn auf den Friedhof umzubetten. Und ein Kreuz durfte auch nicht aufs Grab. Ein Holzdenkmal haben sie hingesetzt, mit 'nem roten Stern drauf.»

Die beiden verstummten und sahen mich so merkwürdig an, und Leida sagte: «Mach dich schon mal heim, Kind, die Mama kommt nach.» Ich zottelte los, so langsam ich konnte, und schielte die ganze Zeit zu Tihanes Scheune hinüber; dahinter begann blauer Fichtenwald – Staatsforst. Auf der anderen Seite dieses Walds waren wir heute mittag mit Mutter gegangen. Das war schon so lange her, ich wollte gar nicht glauben, daß wir jemals wieder nach Hause kämen. Vielleicht waren wir auch gar nicht einen Tag lang fortgewesen, sondern sieben Jahre.

Ich wußte ganz genau, von welchem Grab sie geredet hatten. Bei Tihanes Scheune war damals, als die Kolchosen gegründet wurden, ein Mann umgebracht worden, «einer von der Partei», flüsterten die Leute und sahen sich dabei um. Er wurde hinter der Scheune im Wald unter einer Birke begraben. Sie machten eine Razzia, bekamen aber keinen der Täter zu fassen. Wohl fanden sie ein aufgegebenes Versteck und die Ärmel von einem alten Pullover, nirgends aber das neue Versteck. Von der Razzia wurde viel geredet, sogar die Zeit rechnete man danach. Ich wurde zwei Jahre vor der Razzia geboren, und der Stoff für Omas neuen Mantel war im Razziaherbst gewebt worden.

Gerade vor zwei Wochen erst hatten sie dort im Fichtenwald eine Beerdigungsfeier für den Toten veranstaltet, es wurden Reden gehalten und Kränze niedergelegt. Seine Frau aber hatte die Arme um eine Birke geschlungen und bitter geschluchzt, denn das Kreuz, das sie mitgebracht hatte, durfte nun doch nicht aufs Grab. An jedem Jahrestag des Mordes brachte sie einen Armvoll Blumen. Sie kam mit dem Fahrrad aus der Stadt und stellte das Rad bei Teistes ab; hin und zurück waren es an die sechzig Kilometer.

Ich hatte nicht verstanden, ob die Frau jung war oder alt. Alter war etwas, das begriff ich überhaupt nicht. «Na, der ist doch noch jung», konnte es von jemandem heißen, «gerade man fünfzig.» Von dieser Frau wurde sehr viel gesprochen, ebenso wie von dem Versteck. Ich hatte diese Geschichten immer abends gehört, durch den Schlaf hindurch, so wie das Prasseln des Regens vorm Haus oder das Kratzen der Hundepfoten auf der Diele. Ringsum rauschten böse Wälder, voll von Reisighaufen und Schleichpfaden. Das Lampenglas ging entzwei, und das ausgerechnet in der dunklen Tageszeit. Võtiksaares Riks war im Wald gesehen worden. «Ural, o mächt'ger Fluß!» johlte ich Oma als Aufmunterung zu, wenn sie abends mit der Laterne zum Füttern in den Stall ging.

Vahesalus Grab war etwas, das nicht hätte sein dürfen. Es machte die binsengeflochtenen Stühle und die auf der Uferwiese gepflückten Vergißmeinnicht irgendwie unheimlich, und mochte an heißen Sommertagen die Luft über der Wiese noch so flimmern, durch sie hindurch sah man doch immer Tihanes Scheune und die düsteren Fichten.

Mein sonst so kurzer Schatten war jetzt lang und schwarz geworden. Ich ging allein den Pfad nach Hause zu. Zwischen den Büschen am Wiesenrand blieb ich stehen und schaute zurück auf die Ebene, durch die ich hierhergekommen war. Sie war auf allen Seiten eingeschlossen von fernem Wald und zugedeckt mit hohem Himmel. Mir war kalt an den Schenkeln, und an den Armen hatte ich eine Gänsehaut. Ich sah das flache Land mit seinen spärlichen kugeligen Büschen, ein verfluchtes, verlassenes, erobertes Land. Schwalben schossen hin und her, bald hoch hinauf zum Himmel, dann wieder tief hinab bis nahe über die Erde. Sie waren schwarz, und der Himmel hinter ihnen schien unendlich und ewig und sah mit der Wiese zusammen aus wie hinter Glas gemalt. Diese verzauberte Ferne war eingerahmt von Erlensträuchern und Brennesseln, in denen rostiger Stacheldraht und umgesunkene Zaunpfähle herumlagen. Stacheldraht war überall, und man mußte vorsichtig auftreten, mit gekrümmten Zehen, denn im hohen Gras lauerten alter Weidedraht und umgesunkene Grenzzäune. Stacheldraht rostete auch um die Schützengräben herum und drohte mit Schmerzen und Blutvergiftung.

Ich sah Mutter immer noch am Fluß stehen, aufrecht und flach wie eine ausgeschnittene Papierfigur. Ab und zu nickte sie.

Ich drehte mich um und ging langsam weiter, an Teistes Kartoffelacker entlang. Rechter Hand war ein Dickicht von Haferschlehen und dahinter, unter hohen Bäumen, ein Hof. Zwischen den Büschen war ein Durchgang, von dort sah man das Fenster im Dachgeschoß. Im Sonnenlicht glänzte es immer blaugrün, wie eingeölt. Dort mußte man leise vorbeigehen, damit einen die Hunde nicht hörten. Weiter vorne tauchten die großen Fichten von Vanatare auf. Ich mußte über den Feldweg hinweg, und jetzt kamen rechts ein langer grauer Viehstall und ein Pferdestall, beide leer, der Mist nicht weggefahren, die Türen sperrangelweit offen und der niedrige Stallbrunnen mit Brettern vernagelt. Links, hinter Flieder und Jasmin, das Wohnhaus. Es war auf der Stelle des alten Hauses gebaut worden, inmitten der alten Bäume und Ziersträucher. In einer Treppenstufe die Jahreszahl 1939, die Messingtürklinken glänzten, die prächtigen Beete mit den winterharten Blumen waren noch kein bißchen verwildert. Üppiger weißer Phlox und gefleckte Bartnelke wuchsen dort, nur den Wintermohn hatte schon jemand heimlich ausgegraben und wer weiß wohin gebracht. In der Fliederlaube warteten immer noch der aus einem Mühlstein angefertigte Tisch und die Bänke im Halbkreis um ihn herum. Auf dem Hof ragte mitten aus einem runden Beet Gänseblümchen ein leerer Fahnenmast, und auf dem Dach leuchtete die Spitze des Blitzableiters wie richtiges Gold. Das Haus stand da wie ein Sarg: hoch und braun und mit blinkenden Griffen.

Ich kletterte auf die Kellermauer und hielt mich am Fensterbrett fest. Wie immer sah ich den Fußboden der großen Stube, und wie immer lagen dieselben Zeitschriften dort verstreut. «Die Landfrau». Die Abendsonne schien hinein, denn die Tür zur anderen Stube stand offen. Ich fand, es war alles in Ordnung. Nichts hatte sich verändert.

Nun ging ich um die Ecke und warf einen besorgten Hausherrenblick in die Erna-Stube. Im Fenster lag immer noch derselbe vertrocknete Schmetterling und auf dem Fußboden die weißen Stoffschuhe mit den Knöpfen. In der Erna-Stube hing eine Wanduhr, jede Minute konnte sie zu schlagen beginnen. Die Uhr ging. Alle paar Tage kam Juuli – die Mutter von Vanatares August und die Oma der Waldleute – und zog das Gewicht auf. Die Uhr durfte nicht stehenbleiben. Wenn sie stehenblieb, war August dort in dem kalten Land verloren. Alles hing jetzt von der Uhr ab, von Laufwerk, Gewicht, Pendel und Kette. Sie konnte August umbringen oder sich erbarmen und ihn am Leben lassen. Eigentlich durfte Augusts Mutter die Stube nicht betreten, der Besitz war ja beschlagnahmt und die

Tür abgeschlossen. Juuli wollte aber die Uhr aufziehen und August das Leben retten, deswegen trug sie den Türschlüssel an einer Schnur um den Hals und schaute beim Aufschließen immer ängstlich nach links und nach rechts. Sie hatte Angst vor dem Vorsitzenden des Dorfsowjets. Vor mir hatte sie keine, obwohl ich schamlos zuschaute, wenn sie unter der Uhr das Vaterunser betete. Einmal schenkte sie mir ein ganzes Stück hellblaue Vorkriegsseife. Und ein anderes Mal fand ich selber unter dem Schrank ein dünnes graues Buch mit Bildern darin: «Hitler – ein Freund der Kinder».

In der Fliederlaube schaute ich mir dann die Bilder an und wartete darauf, daß Augusts Mutter wegging, damit ich mich selbst überall umsehen konnte. Im Grunde wartete ich auf ihren Tod, aber ich wollte nicht, daß sie hier starb, ich hätte dann Angst gekriegt und mich erst einmal nicht mehr hergetraut. Eifrig blätterte ich in dem Buch herum und sah kleine Mädchen in weißen Kleidern im Landhaus des Führers. Durch große Fenster blickte man auf schneebedeckte Berge, die Vasen waren voll von Blumen, und die Möbel waren glatt und schön. Die kleinen Mädchen machten zum Teil verlegene und zum Teil kokette Gesichter, sie schleckten große Breilöffel ab und schoben Puppenwagen über den Rasen. Ab und zu spürten sie sicher den Geruch von Hitlers Jackett und Schnurrbart und die Wärme seiner Haut, wenn er sich zu ihnen hinunterbeugte oder vor ihnen in die Hocke ging und ihre Hände in den seinen hielt. Größere Mädchen mit blonden Zöpfen und Glockenröcken brachten ihm armweise deutsche Feldblumen. Kleine Jungs standen in Reih und Glied und sangen, ihre Augen leuchteten, und ihre kurzen Locken wehten im Wind. Sie trugen derbe Stiefel und gerippte Kniestrümpfe. Im Park unter großen Bäumen stand der Führer persönlich, in einer lächerlichen Haltung, als würde er in die Büsche pinkeln. Als Augusts Mutter endlich fortging, versteckte ich das Buch in einer Ritze zwischen Kellermauer und Hauswand. Ich wollte mir die Bilder später noch mal ansehen, aber nicht zu Hause, wo Onkel sagt: «So ein

Kram gehört nicht in Kinderhände!» und dabei Mutter ansieht.

Ich hatte mir vorgenommen, bei der Erna-Stube ein Fenster aufzudrücken und einzusteigen. Ich wußte, daß dieses Fenster leicht zu öffnen war, aber schwer wieder zu schließen. Eine Zeitlang schaukelte ich auf der Mauer und konnte mich nicht entscheiden. Ich hatte mit eigenen Augen gesehen, wie Augusts Mutter die blaue Seife im hinteren Zimmer unter einem Dielenbrett hervorholte. Was da noch alles war, wußte ich nicht und hätte gern selber einmal das Brett hochgehoben und nachgeschaut. Vielleicht waren da Bilderbücher drunter oder sogar Zucker? Oder Messer mit Plexiglasgriffen? Oder Stanniolpapier?

Ich war zu klein, ich reichte nicht weit genug hinauf, um durch das Fenster zu klettern, und Angst hatte ich auch. Auf einmal kann ich nicht mehr zurück und muß drin bleiben. Die Sonne geht unter, die Dielen knarren, und die Uhr schlägt. In der Nacht kommen Augusts Söhne Harald und Heldur aus dem Wald und singen:

> Ich hab dich für immer verlassen,
> die Einsamkeit ist nun mein Los.
> Ich ziehe auf fernen Straßen
> und die Sehnsucht wird so groß...

Und:

> Sag zum Abschied leise Servus,
> eh wir auseinandergehn...

Und während sie das singen, nehmen sie mir meine Seife weg, mein Buch, meinen Zucker, meine Messer und mein Stanniolpapier und packen mich bei der Gurgel, und Võtiksaares Riks sieht mit glitzernden Augen zu und stampft den Takt.

Das Gras im Garten war lang und naß; vielleicht war das

Buch in der Mauerritze schon ganz durchgeweicht. Die Blätter der schwarzen Johannisbeeren und die Phloxe rochen streng, Wind und Regen hatten die Blumen umgedrückt, die weißen Blütentrauben sahen zwischen dem Gras aus wie Menschengesichter. Wenn ich wollte, konnte ich sie abreißen und wegwerfen. Ich konnte die Fensterscheiben einschmeißen, ich konnte mich am hellichten Tag in einem fremden Garten mit Stachelbeeren vollstopfen. Die meisten hatte ich noch grün gegessen, aber die, die übriggeblieben und reif geworden waren, schmeckten ganz besonders süß und waren groß, weich und gelb. Die Äpfel dagegen waren noch nicht so weit, hier wuchsen nur Wintersorten: Livländischer Bordsdorfer und Goldrenetten und ein säuerlicher roter Apfel, der immer «der olle Kaiser Alexander» hieß. Ich konnte bei den Apfelbäumen die Äste umbiegen, bis sie mit einem Knacks durchbrachen, konnte die hängenden Äpfel anbeißen und den ganzen Mundvoll wieder ausspucken, konnte auf den niedrigen alten Kirschbäumen bis in die Spitze klettern und die obersten Äste abbrechen, wenn ich anders an die Kirschen nicht herankam. Der Besitzer kämpfte in mir mit dem Plünderer. Ich wollte, daß alles seine Ordnung hatte und wurde zornig, wenn eine fremde Kuh auf dem Beerenland angepflockt war oder wenn Teistes Schafbock an den Johannisbeerzweigen knabberte. Solche Gärten kannte ich schon zwei, beide betrachtete ich als mein Eigentum.

Vier weitere Höfe in der Umgebung waren dagegen vorgemerkt. Ich hoffte inständig, auch von ihnen würde man die Bewohner eines Tages fortschaffen. Auf dem einen wuchsen ein Birnapfelbaum und ein Rotstrahliger Suislepper mit ungemein großen und saftigen Äpfeln, der andere hatte den Fluß gleich vorm Haus, und am Ufer lag ein Kahn. In dem wollte ich selber rudern, und an der sandigen Badestelle wollte ich selber baden. Auf dem dritten Hof wuchsen hinterm Zaun so viele Erdbeeren, daß die Erde ganz rot davon war, aber man durfte nicht einfach hingehen und sie pflücken, solange dort jemand wohnte.

Auf dem vierten Hof stand ein Schrank mit Glastüren, der

war voll von Büchern, und in den Schubladen lagen alte deutsche Modehefte. Diese Bücher wollte ich mir anschauen, auch die, die ich sonst nie in die Finger bekam, und aus den Modeheften plante ich die schönsten Frauen auszuschneiden und hinter dem Holzstapel mit ihnen zu spielen.

Mühe und Arbeit waren lächerliche Worte, eine Erfindung vierschrötiger Bauern. Was hatte ich denn für Mühe und Arbeit und trotzdem, bitte schön, besaß ich Blumenbeete und Bäume, Büsche und Beeren in Hülle und Fülle.

Wenn ich die Augen zusammenkniff, sah ich durch das staubige Fernglas das Zifferblatt der Uhr, oben ein Landschaftsbild in verblichenen Farben, darunter die schwarzen Zeiger umgeben von einem Ziffernkranz. Das Pendel ging feierlich hin und her, durch die Fliederbüsche sickerte grünlichgelbe Beklemmung auf die abgetretenen Stoffschuhe.

Dann hörte ich einen Eimerhenkel quietschen, Mutters Kopf glitt hinter dem Flieder vorbei. «Mama, wo willst du hin, ich komm mit!» rief ich und kletterte von der Kellermauer herunter. Man mußte dort vorsichtig gehen, Gerümpel lag da herum: zerbrochene Gläser und Flaschen, Bretter voll rostiger Nägel, Mistgabelzinken und alte Eisenharken.

Mutter wunderte sich. «Ich dachte, du wärst schon nach Hause!»

«Ich hab auf dich gewartet», schwindelte ich.

Der Himmel war rot, und die Sonne ging unter. Von unserem Schornstein stieg der Rauch kerzengerade in die Höhe, die Haustür war weit geöffnet, und Oma stand im Schuppen mit ihrer Wergleinenschürze und der an den Ellbogen geflickten Chintzjacke und häckselte Gras für das Schwein. Bis zu ihrem Tod waren es noch achtzehn Jahre.

Sie war in ihrem Leben nirgends gewesen außer in Viljandi, Tarvastu, Põltsamaa und in Kolga-Jaani. Deutsch hatte sie nie gelernt, und Russisch konnte sie acht Wörter: «odin», «dva», «kuriza», «petuch», «ruski zar» und «idi suda». «Idisu da» sprach sie das aus.

An die Kolchose hatte sie zwei Kühe abgegeben, dazu eine trächtige Färse und den alten schwarzen Wallach. Ich versuchte sie zu erziehen, ich warf mit einem Besenstiel nach ihr, ich liebte sie.

Die Hühner hatten in die Diele gekackt, und Oma schimpfte: «Ihr verdammichte Deibelsbrut! Laßt euch das gesagt sein!»

Und als sie uns sah, brummte sie: «Nischt wie das Kind in der Weltgeschichte rumschleifen. Wird schon bald Nacht, aber ans Heimgehen kein Gedanke.»

Ihre grobe Stimme, ihr großes Gesicht und die grauen Haare erinnerten mich an jemanden aus dem Buch mit den biblischen Geschichten, der haut mit dem Stock gegen einen Stein und siehe da! – aus dem Felsen sprudelt Wasser. Oben auf dem Bild ziehen alte weiße Wolken, und die Gewänder der Juden flattern im Wind. In der fernen Zukunft der Menschheit warten böse Überraschungen auf sie, die im nachhinein so beschrieben werden: «Die Gaskammern faßten bis zu achttausend Menschen. Jeder Ofen verbrannte in zwanzig Minuten drei Leichen. Man verbrannte sie in solchen Mengen, daß die Flammen aus den Schornsteinen schlugen. Diese rissen von der Hitze, und man mußte sie mit Stabeisen umwickeln.»

Diese alten ernsten Bilder übermalte ich mit «Spartakus»-Buntstiften, aber immer schien noch etwas durch. Den halbnackten Männern malte ich lange rotbraune Mäntel, und die Engelsschwingen verwandelte ich in Flugzeugflügel.

Oma hatte Kartoffelsuppe aufgesetzt, Mutter begann mit den Beeren zu hantieren und schöpfte aus dem hinteren Topf Kellen von heißem Wasser darüber, damit sie weich wurden.

Jetzt sah ich wieder Sachen um mich, die uns gehörten. Unsere Sachen waren in der vorderen und in der hinteren Stube, in der Diele, in der Küche und in der Speisekammer. In der Hinterstube standen immer noch die beiden Holzbetten, als wäre ich gar nicht so lange fortgewesen. Auch der dunkelbraune Kleiderschrank stand noch da und die beiden Tische, der große weiße mit den dicken Beinen und der kleine braune mit den dünnen Beinen und dem Fransentischtuch. Über Omas Bett hing, wie mein ganzes Leben lang schon, der große Spiegel von der verstorbenen Tante. Die Wände waren voller Garderobenhaken und Nägel – alle vollgehängt mit schwarzen, dunkelblauen und lammbraunen Kleidern, Mänteln, Jacken und Joppen.

Durch das Fenster auf der Giebelseite fiel die niedrige Abendsonne auf den Rand des Spiegels und malte einen Regenbogen an die Wand. Blau, Rot, Grün, Gelb und Orange zeigten sich in ihrem vollen Glanz. Das war ein herrliches Licht, eine Summe aller Abendrotstreifen, die ich in Zukunft sehen würde und die die Welt vor mir gesehen hatte.

«In ferner Waldbrände Feuerstreifen taucht eine sagenrote Sonne, ich sehe zu mit armem Fieberblick», steht irgendwo bei Gustav Suits. War es das? Wie auch immer, dieses Licht in unserem Hinterzimmer sprach, wie auch in anderen Zimmern und anderen Jahrzehnten, schamlos und deutlich vom Vergehen der Zeit.

Die Farben zogen über die Wand wie eine Geisterprozession, auf dem Türsims aufgereiht lagen Stücke von grauer Hausmacherseife, im Kleiderschrank erhob sich ein großer weißer Zuckersack auf die Hinterbeine wie ein Eisbär. Zucker ist nirgends zu kriegen, mit Zucker muß man sparen! Der Zuckersack war ganz versessen auf mich, er wollte immer, daß ich nachsehe, ob ihm auch nichts fehlt und ob er nicht plötzlich aufgegangen ist. Tag für Tag hatte ich mit ihm zu kämpfen.

Mutter kam in die Hinterstube, die Schranktür kreischte, der Zuckersack wurde hervorgeholt. Mutter maß daraus mit einem blechernen Litergefäß. Ich leckte mir die Lippen an und drückte sie schnell in den gelblichen Haufen. Ich schlang Zukker, durch die offenen Türen drang die Kälte, im Stall klirrte eine Kuhkette, in der Vorderstube auf dem Eßtisch lag aufgeschlagen ein Buch, «Heidi». Seine Blätter hatten das gleiche Gelb wie der feuchte, klumpige Zucker vor meinen Augen.

Auch in der vorderen Stube waren lange dicke Nägel in die

Wände geschlagen, daran hingen Kopftücher, Schürzen und eine Bügelsäge. Die langen biegsamen Zweimannsägen lehnten in der Ecke hinter der Hobelbank und schwirrten leise, sooft man durch den Raum ging. Zwischen den Deckenbalken sah man Webeblätter. Die Balken selbst waren vierkantig, dick und braun. Die ganze Decke war braun.

Ich folgte Mutter in die Küche. Draußen war es noch nicht dunkel, aber hier drinnen brannte schon die Laterne. Oma quetschte mit der Hand gekochte Kartoffeln ins Schweinefutter, aus den Töpfen stieg Dampf, die Wände schwitzten. Seit fünfzig Jahren quetschte Oma hier Schweinekartoffeln. Ein schmaler hoher Raum mit rußiger Decke, in der Ecke hinter der Tür die Backschaufel und der Ofenbesen, an der Wand die Schweineschlachtmesser. Die Bank mit dem Wassereimer, der Hackklotz und die Waschschüssel. In den Regalen Auslegpapier mit Spitzenrand, darauf die alten verrosteten Konfektdosen mit Kümmel, Pfefferminze und Lindenblüten. Ein zweiteiliges Fenster und ein kalter Zementfußboden.

Geschirrspülmaschinen, Kühlschränke, Kacheln in Hellblau und Weiß, Plastiktischtücher, Hocker mit Stahlrohrbeinen, Toastbrot, Orangensaft, Dreiminutenfrühstückseier: all das existierte, beängstigend und unvorstellbar, nur wenige hundert Kilometer von uns entfernt. Irgendwo dort gab es Menschen, die zogen vor dem Essen den Heringen die Haut ab. Sie kriegten – das mußte man sich vorstellen! – die Haut und die Gräten nicht runter. Irgendwo dort lief schon Wasser in die Badewanne ein, es war Zubettgehzeit für die Kinder, die Spiegel beschlugen, dicke Badetücher warteten am Haken, die Betten waren bezogen, die Kinder bekamen Nachthemden an. Ein Nachthemd, das war nicht etwa das rote Kleidchen, aus dem die Tochter vom Laden-Juhani herausgewachsen war und in das man für die Nacht gesteckt wurde, sondern etwas ganz ganz anderes. Jedermann weiß, was ein Nachthemd ist.

Auch in der Straße der Roten Armee in Riga und in der Freiheitsallee in Tallinn wurden vielleicht in diesem Augenblick

Kinder in Badewannen gebadet, ganz gewiß aber in der Lönnrot-Straße in Helsinki und am Valhalla-Weg in Stockholm. Das gleiche kalte Rot über Hunderttausenden von Häusern, das gleiche dunkelnde Grün: ein Augustabend im Jahre 1950.

Mutter schüttete den Zucker in den Topf zu den Beeren und rührte mit einem abgewetzten Holzlöffel um. Oma kam von draußen herein und sagte: «So ein kalter Nebel heut abend, weiß nich, ob uns da nich die Kartoffeln erfrieren.»

Ich brachte Suppenteller und Löffel. Oma zog in der Vorderstube die Gardinen vor und zündete die Lampe an. Gewöhnlich machte man im Sommer kein Licht (wer im Sommer Licht macht, dem wächst kein Gras vorm Fenster), aber jetzt war es schon dunkel, und wir waren zu spät dran mit dem Essen. Oma holte die Suppenschüssel, den Teller mit den Strömlingen, einen halben Laib Brot, Messer und Löffel. Draußen schlug der Hund an, Onkel kam nach Hause. Ich sprang auf und trampelte in die Diele. Dort roch es sonderbar.

«Was stinkt denn hier so?» fragte Onkel und riß die Tür weit auf.

Oma legte unter der Schürze die Hände vor den Bauch und meinte spöttisch: «Aber erst groß was von Mus erzählen! Man riecht's ja im ganzen Haus!»

Für mich war das ein schwerer Schlag. Das hieß, daß Mutter das Mus hatte anbrennen lassen und *daß der Zucker futsch war.* Am Ofenrohrhaken hing die Laterne, trübe Lichtbündel fielen auf den Topf, in dem Mutter mit dem Löffel herumkratzte. Wir standen in der Tür, ich, Onkel und Oma. Keiner sagte etwas. Ein fetter Nachtfalter taumelte um die Laterne.

Wie weit weg waren jetzt die Ebereschen, wie leer waren jetzt wohl die Sumpfwiesen! Woher kriegte man eigentlich Zucker? War das Vorkriegszucker? Was für ein Zucker war das? Die Welt stürzte ein: nun gab es auch kein Mus, das dicke süße Mus, und alles war Mutters Schuld.

«Das ist alles nur deine Schuld, Mama!» sagte ich böse. «Verstehst du? Alles nur deine Schuld!» und ging zum Herd und schubste sie mit aller Kraft. Das bedeutete: «Du bist schuld daran, daß ich Fleisch und Knochen habe und Blut und Eingeweide! Du bist schuld daran, daß ich mich vor den Flugzeugen fürchte!»

Die anderen waren zurückgegangen in die Stube und schlürften ihre Suppe.

Sie hatten dem Hund wohl einen Knochen hingeworfen, denn er kaute laut und lange auf etwas herum. Mutter sank auf den Hackklotz und fing an zu weinen. Sie hielt ihren Rücken krumm und schaukelte unablässig vor und zurück. Ich hatte sie nicht oft weinen sehen. Ihr Mund war schief und das Gesicht rot. Der Löffel fiel in die Asche und blieb darin liegen. Oma rief aus der Stube: «Nu kommt doch mal zum Essen! Was macht ihr denn da so lange?»

«Was biste bloß dauernd so hinterher?» knurrte Onkel. «Wissen die doch selber, daß das Essen auf'm Tisch steht!»

«O mein Gott, mein Gott... vier Kilo Zucker...» schluchzte Mutter. Das Feuer flackerte, und der Falter brummte gespenstisch um die Laterne herum. Die Küche lag im Halbdunkel.

Ich wollte etwas zu essen, ich wollte ein Stück Brot und dicke Suppe aus Kartoffeln und Graupen. Ich tat mir selbst unendlich leid, aber ich konnte nicht weg aus der Küche. Ich mußte aufpassen, vielleicht passiert sonst wieder etwas. Vielleicht nimmt Mutter jetzt neuen Zucker und läßt den auch anbrennen, wenn ich es nicht verhindere. Vielleicht steigt aus dem Topf plötzlich ein blaues Flämmchen, und ein altes graues Männchen erscheint und will Mutters Herzenswunsch wissen. Mutter wünscht sich vier Kilo Zucker, und alles ist wieder gut.

Mutters Schatten schaukelte an der Decke, nichts war geschehen. «Mama, komm, wir wollen was essen!» bettelte ich. Mutter schneuzte sich in ihr Kopftuch, aber stand nicht auf. «Ach, was quengelst du da», sagte sie unwirsch, «geh doch, wenn du willst!»

Tommi lag in der Stube unterm Tisch, die Suppe dampfte

noch, aber nur ein wenig. Oma klemmte den Brotlaib vor die Brust, schnitt eine dickere Scheibe ab und schob sie mir zu. «Da, nimm!»

Oma saß immer an der Stirnseite. Von ihrem Brot schnitt sie die Kruste ab, denn sie hatte keine Zähne. Sie hatte genug gerackert und wollte jetzt in Ruhe essen. Auf ihrem Grab neben Opa hatte sie im Frühjahr Farn und Maiglöckchen gepflanzt.

Womöglich ahnte sie, daß im August 1978 in Viljandi auf dem Friedhof an der Rigaer Chaussee ein prächtiger dunkelroter Sonnenuntergang durch die hohen Bäume scheinen und an der Ziegelmauer um die Gutsherrengruften glühen wird, ebenso wie an der niedrigen gekalkten Friedhofskapelle. Ahnt sie auch, daß in der Sahneflasche zu unseren Füßen mickrige gelbe Blumen stehen werden und daß das braune Holzkreuz auf ihrem Grab schon angefault ist? Mutter, frisch onduliert, fragt höflich: «Kannst du dir das jetzt auch bestimmt merken, wo Oma liegt?» Aus den abgelegenen verwilderten Ecken des Friedhofs dringt Gegröle herüber – Stadtstreicher und Saufbrüder bei ihrem üblichen Treff. Niemand ermahnt mich jetzt mehr mit dem Jüngsten Tag: Ich darf lügen, Bilder aus Büchern ausschneiden, nagelneue Kissenbezüge als Putzlumpen benutzen, Essen wegwerfen, Freunde übers Ohr hauen, stumme Tiere prügeln, Leute verspotten, Hungernden Steine statt Brot geben.

Oma lutschte einen Markknochen aus. Sie hatte breite Hände, und das Kopftuch stand in einem scharfen Knick über ihrer Stirn; sie schaute daraus hervor wie aus dem Spitzbogenfenster einer Kirche. Hinter ihr flimmerten die Jahre von 1900 bis 1910. Damals trug auch sie eine weiße Bluse, zwei braune Samtbänder am Rocksaum und das Haar hochtoupiert.

Über ihrer Nasenwurzel standen drei senkrechte Falten, sie mummelte lange an ihrem Stück Brot. Ich hatte sie schimpfen und fluchen und spaßen sehen. Jetzt sprach sie mit Onkel über Kolchosengeschichten. Ab und zu wurde sie wütend dabei und lief rot an, pochte mit dem Messergriff auf den Tisch: «Ihr verdammichte Deibelsbrut! Ihr werdet noch mal merken, was Hunger ist!»

Das konnte auf die Stallarbeiterinnen gehen, die tote Kälber in den Straßengraben geworfen hatten, oder auf das Getreide, das man auf der Hocke hatte verfaulen lassen. Oder das Heu war in den Diemen brandig geworden. Alles konnte damit gemeint sein.

Onkel schnitt sich Speck aufs Brot. Onkel war ein stämmiger Mann mit rotem Gesicht, schneeweißen Zähnen und ausgebleichtem Schnurrbart. Sein Schädel glänzte; die Haare waren ihm im Krieg ausgefallen. Gewöhnlich trug er eine graue Schirmmütze, die vorne höher war als hinten. Ab und zu hieß es: «Hans ist zu Latiks ein Schwein schlachten», oder: «Hans ist bei Pajusis ein Kalb schlachten.» Wenn Onkel dann nach Hause kam, hatte er alte blutfleckige Sachen am Leib und trug unterm Arm frisches Fleisch, in Zeitungspapier eingewickelt.

Neben der Hobelbank an der Wand stand sein Schrank. Den hatte er vor dem Krieg selber gemacht; er war dunkelbraun. In dem Schrank lagen Stiefelleder, Ahlen, Pech und Pechdraht, ein Brocken hellblaues saures Alaun, Holzstifte, Nägel und ein selbstgefertigtes Messer mit Plexiglasgriff, der war durchsichtig und hatte innen rote Streifen. Man hätte daran lutschen mögen, denn er sah aus wie ein Bonbon. Die Stiefelleisten dagegen waren wie gelbe knochige Menschenfüße, und ihretwegen hatte dieser Schrank etwas Abstoßendes für mich. Auf dem oberen Regal lag die Haarschneidemaschine, mit der konnte man Köpfe kahl scheren. Sie glänzte und hatte zwei Griffe wie Tatzen. Die Rasiermesser wiederum hatten gelblichweiße Horngriffe. Die dünne Klinge war immer im Griff versteckt, außer beim Rasieren. Onkel war sehr geschickt darin, seine Rasiermesser zu schärfen, ebenso die Sensen, Äxte und Sägen. Mich versuchten die Messer immer in den Finger zu schneiden, und die Sägen fielen mir klirrend ins Genick. Aber Onkel setzte sich das Rasiermesser an die Kehle, und das Messer gehorchte und zerschnitt ihm nicht die Halsschlagader. Messer wurden abgezogen, Äxte geschliffen, Sägen gefeilt, Sensen gewetzt. Der Wetzstein lag auch in Onkels Schrank. Ganz vorne lagen die beiden Pfeifen, kurze, klobige, mit Messingringen um den Schaft. Aus denen spähte die Finsternis und stieg Pfeifengeruch, ihre Stiele trugen die Spuren von Onkels Zähnen. Es waren Hausknechtspfeifen.

Onkels Großvater war noch Leibeigener gewesen. Onkel selbst hatte schon als zwanzigjähriger Bursche stabile Wagen gebaut und sich einen Batzen Geld auf die Seite gelegt. Als er nach dem Krieg nach Hause kam, mit verlaustem Kopf und geschwollenen Beinen, fand er mich vor.

Onkels Pfeifen waren demütig und verschlagen. Kaum kehrst du ihnen den Rücken, springen sie dich an und beißen dich in die Waden.

Gierig aß ich meine Suppe und baumelte mit den Beinen unterm Tisch. Je mehr es mir schmeckte, um so heftiger schlenkerten sie.

Aber es schmeckte mir selten. Entweder gab die Kuh keine Milch und auf den Tisch kam nur Graupenbrei, in Wasser gekocht, oder das Fleisch ging aufs Frühjahr hin zu Ende oder die Kartoffeln mußten als Saatgut aufgespart werden. Manchmal jedoch, wenn ein Schwein geschlachtet war, wurde geschlemmt – dann kam eine große Schüssel fettes Fleisch mit Steckrüben auf den Tisch. Ich aß nicht davon und muckschte vor mich hin, und Oma wunderte sich dann. «Ich weiß nich, was das Kind noch will, wenn es nich mal so was Leckeres runterbringt.»

«Menschenfleisch!» schrie ich und lachte laut. Mit einem Wort konnte ich Zorn oder Schrecken auf die Gesichter zaubern, mit einem Wort konnte ich gewaltigen Streit entfachen.

Träge Fliegen surrten an der Decke, Mutter klapperte in der Küche mit dem Geschirr, ich war schläfrig, satt und müde. Trotzdem schaute ich wachsam in der Stube um, nach irgend etwas, das mir vor dem Schlafengehen noch einen Schreck einjagen könnte. Die Tür vom braunen Schrank war zu, die Pfeifen nicht zu sehen. In der hinteren Stube war alles in Ordnung, dort war nichts besonders Unheimliches. Aber hier vorne unter der Garderobe standen Onkels Lackstiefel, die sahen schon ein bißchen verdächtig aus.

Plötzlich blieb mein Löffel stehen, mein ganzer Körper verkrampfte sich, ich saß starr wie ein Zaunpfahl und sperrte den Mund auf. Auf der Hobelbank saß Mariechen, meine Puppe, vor der ich abends immer Angst hatte. Sie war uralt, mindestens fünfzig Jahre, wenn nicht mehr. Sie trug ein dunkelblaues Wollkleid mit einem rosa Brustlatz, aber das Kleid war viel jünger als sie und war gar nicht ihres. Obwohl es ihr zu groß war, sah sie darin aus wie eine alte Frau in einem Puppenkleidchen. Der Rumpf darunter war mit einem schwarzgrau gestreiften speckigen Stoff bezogen. Arme und Beine hingen schlaff herunter; sie waren ganz leer, aber der Rumpf war, wie es hieß, mit Seegras gefüllt. Hände, Füße und Kopf waren aus Steingut.

Steingut: das hieß, daß man den Kopf überall gegenhauen konnte, ohne daß er entzweiging, sogar gegen den Ofen. Es verlockte richtig, dazu zu brüllen: «Immer feste druff und mit dem Kopp an die Wand!» So waren die Bauerntöchter auch umgesprungen mit ihr, fünfzig Jahre lang, aber sie hatte es überlebt bis hin zu mir, mit ihrem Steingutschopf (der haselnußbraune Locken vorstellen sollte) und dem einen braunen Auge. Das andere war völlig blind geworden. Die Nase fehlte, und von den drallen rosa Jugendstilbäckchen war nur eine zerhackte graue Masse übrig. Man konnte sie sich verlaust und versoffen, bettelnd und in Abfalltonnen wühlend vorstellen. Eine verwahrloste Alte hätte sie gut und gern sein können, aber kein Spielzeug für ein Kind.

Eine ganz ähnliche Alte war in dem deutschen Buch abgebildet, das in der hinteren Stube in einer Schublade lag. Auf dem Bild schritt ein Gerippe in einem weiten Kleid, mit einer Sense auf der Schulter, aber es war verboten, dieses Bild anzusehen und das Buch auch nur berühren. Es gehörte dem Schulrektor, den sie abgeholt hatten, und Oma hob es für ihn auf. Wenn der Rektor eines Tages aus der Fremde zurückkommt, erwartet ihn in der Heimat eine Überraschung, ein Stück seines alten Haushalts, und sei es nur ein Buch mit dem Bild des Todes.

«Mariechen ist schon wieder hier!» rief ich. «Oma! Bring sie raus in die Speisekammer!»

Oma knacksten die Knie, als sie vom Tisch aufstand. Ohne ein Wort ging sie zur Hobelbank, klemmte die Puppe unter den Arm, räumte die Teller ab und jagte den Hund aus der Stube.

Mutter hatte den Topf sauber gekriegt und wischte jetzt den Küchenfußboden trocken. Ihr Blick war grau und das Gesicht unbeweglich. Sie gab dem Topf und dem Herd die Schuld an dem angebrannten Zucker.

«Ab ins Bett mit dir!» sagte Oma zu mir.

Mutter goß lauwarmes Wasser in die Waschschüssel und stellte die Schüssel vor den Herd. Ich setzte mich auf den Hackklotz und stellte die Füße in die Waschschüssel, planschte ein bißchen und forderte: «Ich will ein Handtuch! Ich will ein Handtuch!»

Mutter holte ein Stück graue Seife, rubbelte mir damit die Beine und trocknete sie dann doch mit der alten bunten Schürze ab, die sie immer als Handtuch benutzte. Als sie endlich von mir abließ, ging ich schnurstracks in die hintere Stube und ins Bett. Die Matratze knisterte, sie war gerade erst frisch mit Heu gestopft. Statt eines Nachthemds mußte ich ein altes Kleid anziehen, und so ging es mit allem: Alles wurde durch etwas anderes ersetzt. Das Handtuch durch eine Schürze, das Nachthemd durch ein Kleid, die Schuhe durch Galoschen, die Puppe durch Mariechen.

Onkels Bett knarrte, er legte sich schlafen. Oma kam von draußen und hakte die Tür zu. Eine Zeitlang lag die Stube im hellen Mondlicht. In der Ofenecke schimmerte etwas Weißes, das war Mutters Kopftuch, das am Ofenschieber hing. Meine Beine zuckten, und ich warf sie unter der dünnen roten Decke hin und her. Meine Knochen wuchsen, mein Skelett wurde die ganze Zeit größer und größer.

*D*RAUSSEN SCHIEN DIE SONNE, die warme Sonne, Traum eines jeden Nordländers. Büsche und Gras funkelten vom Tau wie die Perlen, Brillanten und Diamanten in Grundschulaufsätzen.

Ich trat hinaus auf die Treppe, und mein Mund verzog sich zu einem Lachen. Oma kam aus dem Stall und hatte Eier in der Schürze. «Hast du das Nest gefunden, Oma?» fragte ich und fühlte in der Schürze nach. «Wo war es denn? Bei den Kühen in der Krippe?»

«Ach wo», antwortete Oma, «richtig unter die Krippe hat das Deibelsaas sich druntergewürgt.» Oma und ich waren wochenlang hinter dem braunen Huhn hergewesen, ohne herauszufinden, wo es seine Eier legte. Und jetzt hatten wir das Nest. Unter der Krippe also, denk mal an!

Das braune Huhn hieß Herodes. Eine fromme Alte, die weitab in einem Walddorf wohnte, hatte es mir als Wiegengeschenk mitgebracht, da war ich aber schon vier. Das braune Huhn war groß und böse und brachte seine Küken um, deswegen hatte die Alte es nach dem Kindermörder in der Bibel genannt. Es ging sofort auf mich los und verdrosch mich mit seinen Flügeln. Ein ganzes Jahr lang nahm es mir meine Butterbrote weg und hackte mir die Waden blutig. Es sah aus wie ein richtiger Adler, der Schrecken der Singvögel, und man konnte sich gut vorstellen, daß es frisches Fleisch und blutige Leber pickte statt bloß Kartoffelbrei und Brotkrumen.

Eigentlich hatte ich zwei Hühner bekommen, Herodes und Tuiu. Herodes war braun, mit kurzen Flügeln, kleinem Kamm, kräftigen Beinen und großen Tritten. Er hatte klare gelbe Augen, einen krummen Schnabel und auffällig große Nasenlöcher. Tuiu war schwarz und hatte einen dicken blutroten Kamm und kurze Beine; sie war ein Geschenk von Oma. Tuiu warnte mich, wenn Gefahr drohte, wenn immer sie am Himmel eine Krähe, einen Habicht oder ein Flugzeug erspähte. «Gurr, gurr», machte sie dann.

Ich nahm die großen braunen Eier aus Omas Schürze, eins nach dem anderen, und legte sie in einen länglichen Korb auf der Bank neben der Haustür. «Wo ist Mama?» fragte ich.

«Die is zur Kõli-Wiese, Heu wenden. Siehst ja, wie die Sonne knallt.»

Das bedeutete, daß Mutter, den Rechen in der Hand, über die Bülten stieg und das nasse Heu dazwischen zusammenharkte. Heu hatte man nur so wenig machen können, daß jede Handvoll zählte. «Dem Ferkel hab ich sein Futter schon gegeben», erklärte Oma, «da werd ich mich jetzt auch mal losmachen. Kommst du mit oder bleibst du hier? Wenn du hier bleibst, nimm dir Milch aus dem Kühlschaff. Ein Stück Brot leg ich dir auf die Bank unter die Schüssel, damit die Hühner nich drankommen. Wenn du mitwillst, müssen wir die Milch in eine Flasche tun.»

«Ich bleib lieber zu Hause», sagte ich schnell, ich hatte keine Lust auf die Heuwiese. Es gab da nichts zu tun, nichts als schwappendes Wasser und schwankende Bülten, höchstens konnte man auf dem großen flachen Stein mit Faulbaumbeeren Klicker spielen.

Oma ging in die Speisekammer und holte die Puppe: «So, hier hast du dein Mariechen. Und daß du mir ja nich rumstromerst!»

Als sie die Haustür abschloß, kroch unter der Häckselmaschine im Schuppen Tommi hervor, groß, rot und schlappohrig, und begann um Oma herumzutollen. Tommi hatte oft Ohrenschmerzen, dann hielt er den Kopf schief und scheuerte seine Ohren am Erdboden und winselte. Man mußte ihn anlocken: «Tommi, schöner Hund, komm!» «Komm» mußte man ganz weich und sanft sagen und sich dabei auf die Schenkel klopfen. «Hund» in gewöhnlichem Ton und das «schön» ganz lang und gedehnt, sonst hörte Tommi nicht auf einen. Seine Hinterbeine waren so dick behaart, daß es von hinten aussah, als hätte er Breeches-Hosen an. Wenn man es schaffte, ihn anzulocken, dann kam er und stupste einen mit der Nase an die Hand, wie es die Hunde seit eh und je tun. Man konnte ihm rosa Trikotschlüpfer überzerren und ein Leibchen und so mit ihm durch die Stube tanzen, man konnte ihn an Hoffmannstropfen schnuppern lassen oder ihm ein Streichholz vor der Nase anratschen. Manchmal mußte man ihn dann von neuem locken: «Tommi, schöner Hund, komm, na komm doch!», und er kam wieder an.

Oma nahm einen Rechen und ging zum Hoftor hinaus. Tommi sprang vorneweg, sah sich um, ob Oma auch wirklich kam, und wedelte mit dem Schwanz.

Ich blieb allein auf dem Hof zurück. Wer hätte geglaubt, daß es gestern noch geregnet hatte. Jetzt flirrte die Luft, und dicke Hummeln summten in den Blüten des Eisenhuts. Hummeln waren leicht zu fangen. Wenn eine mit gutmütigem Gebrumm in eine Blüte hineinschlüpfte, mußte man die Blüte mit zwei Fingern zuhalten, und sofort begann darin ein zorniges Summen. Dann ließ man los, und das kleine Tier arbeitete sich rücklings heraus und flog davon.

Die Eisenhutbüsche standen in einer Reihe still unter dem Fenster, aus den dunkelblauen Blüten konnte man Häubchen machen und sie den Mohnkapseln aufsetzen, die sich so in Nonnen und barmherzige Schwestern verwandelten. Der Eisenhut war eine interessante Pflanze, ich mochte ihn. Daneben wuchs weißer und roter Phlox. Der roch süß und aufregend und sein Duft erinnerte an etwas, aber man kam nicht drauf, woran. Immer wenn ich daran vorbeiging, machte ich «Puh!». Gänseblümchen dagegen konnte ich nicht ausstehen. Marienblumen nannte man sie bei uns; sie hatten überhaupt keinen Geruch, nur kurze fleischige Stengel und dicke Blütenköpfe, mehr war an denen nicht dran.

Unser Haus wurde bewacht von Blumen, sie waren Omas ganzer Stolz. Jede einzelne Wurzel war durch ihre Hand gegangen. Im Frühjahr lockerten Omas breite rote Hände die Erde und setzten Einfassungen um die Beete.

Manche Blumen wurden auch aus Samen gezogen. Vielen

hatte Oma selber einen Namen gegeben. Die weißen Glockenblumen, die sie von Vanatares Linda bekommen hatte, waren die «Lindablumen» und die Ringelblumen «Habichtskrallen», weil die Samen so aussahen. Eine andere hieß bei ihr «amerikanisches Wunder», wieso «amerikanisch» und wieso «Wunder», weiß ich nicht. Dabei sah diese Blume eher dürftig aus: dünne lange Stiele mit dillähnlichen Blättern und obendran dunkelrote, rosa oder weiße Blüten mit schmalen Blütenblättern. Oma gefiel sie. Diese Blume wurde auf dem Kohlland und zwischen den Kartoffeln gesät, genauso wie Mohn.

Aus den Mohnblüten stieg ein bitterer Geruch, und in jeder saß unten ein schwarzer Fleck – ein Fingerabdruck? Und von wem? Der Mohngeruch mischte sich mit dem der Kartoffeln und des Unkrauts, dazu kamen noch halbreife Äpfel und Zuckererbsen, Gartenerde und Sonne.

Am Stallgiebel raschelte eine Espe, die Hühner badeten unterm Rhabarber im Staub. Hinter den Brennesseln standen die Zaunlatten wie graue Striche. Neben dem Tor kletterte an hohen Stangen Hopfen zum Himmel. (Hopfenstangen, Hopfenranken, Hopfengarten, Hopfen.) An den langen rostigen Nägeln in der Giebelwand hingen Rechen, Hufeisen und Zaumzeug.

Unser Haus gefiel mir nicht, wenn ich allein war. Als wenn da einer aus den Fenstern schauen würde. Ich bestand immer darauf, daß die Tür abgeschlossen wurde, und blieb auf dem Hof. In der Stube knackten die Dielen, die Schranktür öffnete sich ganz von selbst einen Spaltbreit, und ein Regenschirmgriff blitzte dahinter auf. In der Ecke hinter dem Schrank war einmal mein toter Opa erschienen, wie ein Nebelklumpen hatte er ausgesehen und sich gleich darauf verflüchtigt, als meine Mutter, damals zehn Jahre alt, mit dem Finger auf ihn zeigte. Von diesem Haus hielt man sich am besten ganz fern, wenn die anderen nicht da waren. Nur gut, daß die Tür abgeschlossen war!

Ich schob die Johannisbeerzweige beiseite und schlüpfte auf

die Beete. Ich fand viele Gurken; sie standen unter den fetten Blättern und lauschten, wie Fische im Wasser. Länglich, mit dunkelgrünen Rücken und weißen Bäuchen. Manche schimmerten wie Goldkarauschen. Der Kohl streckte breit seine Blätter aus, darüber tanzten die Kohlweißlinge. Klare schwere Wassertropfen standen auf den bläulichen Kohlblättern wie Quecksilber. Eine leichte Berührung nur, und sie rollten herunter. Von den Johannisbeersträuchern ging ein herber Geruch aus, der zusammen mit dem Dill die Gurkeneinmachzeit ankündigte. Der Hahn streifte ganz allein durch die Büsche, legte den Kopf zurück, schloß die Augen und pickte Beeren von den untersten Zweigen. Er war auf Süßes aus. Die Beeren fielen ab, wenn man die Büsche nur anrührte. Für den Winter wurden die schwarzen Johannisbeeren in Flaschen gefüllt, ohne Zucker – das wäre Verschwendung gewesen.

«Die sind auch so schon süß genug!» hieß es.

Und Vater meinte: «Die schwarze Johannisbeere ist die Weintraube des Nordens.»

Fremden Leuten stellte ich die Frage: «Was ist die Weintraube des Nordens?» und gab selbst die Antwort: «Die schwarze Johannisbeere.» Für alle Fälle hatte ich noch eine zweite Frage parat: «Was ist der Papagei des Nordens?» Antwort: «Der Dompfaff.»

Ich sprang über einen schmalen flachen Graben. Um das ganze Gartenstück herum waren Gräben gezogen, damit das Wasser ablief, denn das Land war tief gelegen und naß, wegen des Lehmbodens. Manchmal konnte man erst im Juni die Kartoffeln setzen. Früher trug der aufgeweichte Boden kein Pferd.

Jetzt stand ich unter den Linden hinter den Bienenkästen. Meerrettich und Schnittlauch wuchsen dort, Rhabarber und Honigdisteln. Drei Bienenkästen standen in einer Reihe, alt und grau, die Dächer mit Teerpappe geflickt. In zwei davon lebten große Völker, und der dritte stand leer. Aber auch nicht so richtig. Onkel hob dort ab und zu das Dach ab, schob die

Hand zwischen die schimmligen Waben und fühlte nach etwas. Jetzt wollte ich nachsehen, was das war.

Neben dem Bienenkasten war ein Streifen Gras ungemäht stehengeblieben. Langes holziges Timothee- und Straußgras umwucherten das Flugbrett, auf dem sich eine fette graue Eidechse sonnte. Ihre Augen funkelten, die kurzen Beinchen waren gespreizt, und der dicke schuppige Schwanz verschwand in dem dunklen Flugloch. Mein Atem ging schwer, der Nacken war gespannt und die Brauen gerunzelt. Ich hatte Angst, aber ich stampfte fest mit dem Fuß auf, und es lief mir dabei kalt den Rücken herunter. Die Eidechse schlüpfte in den Bienenkasten. Was nun? Ich mußte mir Waffen besorgen und das Eidechsenungeheuer, den Eidechsendrachen erschlagen. Ich holte mir einen Rechen mit abgebrochenen Zinken, der an der Schuppenwand lehnte, und begann damit gegen den Bienenkasten zu hauen. Vor lauter Angst schlug ich so fest ich nur konnte. Die Eidechse flitzte zwischen den Waben hin und her, es raschelte laut. Immer wenn ich dieses Rascheln hörte, sprang ich ein Stück zurück. Ich spürte, gleich würde mir zwischen Zunge und Zähnen ein Laut hervorbrechen, ein verzweifeltes Wimmern, und als ich es hörte, fiel mir der Rechen aus der Hand, und ich rannte los, daß der Boden bebte.

Meine Augen wurden glasig. Ich stellte mich möglichst weit von dem Bienenkasten auf, mit vorgebeugtem Oberkörper, daß mir die Haare in die Augen fielen, und drosch den Rechen mit voller Kraft gegen Wände, Dach und Flugbrett. Schließlich kam die Eidechse herausgeschlüpft. Ich warf den Rechen weg und sprang brüllend zurück. Glatt, flach und grau huschte sie geradewegs zu der umgedrehten Schubkarre hin. Eigentlich hätte sie sich so schnell bewegen müssen, daß man gar nicht mitkriegte, wo sie war und wohin sie verschwand, aber irgendwie war sie im Gras ganz und gar zu sehen, wie ein aufziehbares Blechkrokodil, mit schleifendem Schwanz und hochgerecktem Kopf.

Ich war ein tapferes Kind, ich hatte eine Eidechse in die

Flucht geschlagen. Dafür hatte ich eine Belohnung verdient. Ich versuchte, das Dach des Bienenkastens abzuheben, so wie es Onkel gemacht hatte. Es sah so klein aus, war aber schwer wie ein Hausdach. Meine Hände konnten es nicht halten, und es schrammte mir am Bauch herunter und krachte auf die Erde.

Ich traute mich jedoch nicht, die Hand zwischen die dicken, schimmligen Waben zu schieben. Wenn da nun noch eine Eidechse war oder ein schwarzer harter Käfer?

Ich drückte die Waben mit dem Rechenstiel auseinander und sah auf den Bodenbrettern zwischen Holzmehl und glitzernden Bienenflügeln etwas Langes, Schmales, in Zeitungspapier eingewickelt. Ohne noch weiter an Eidechsen und Käfer zu denken, stellte ich mich auf die Zehenspitzen und reckte meine Hand so tief hinunter, wie es nur ging. Wenn Gold und Diamanten und der Stein der Weisen schon zum Greifen nahe sind, dann kümmern den Helden nicht Lastpferde mehr noch Leithunde, Frauen nicht noch Kinder, nicht einmal die eigene Bauchhaut. Meine Beine baumelten in der Luft, die dünne scharfe Oberkante des Kastens schnitt schmerzhaft in meinen Bauch. In der Nase hatte ich den Geruch von Bienenwachs. Schwarze Ameisen liefen über die vergilbte Zeitung. Das von der Feuchtigkeit durchgeweichte Papier knisterte nicht, die Blätter an den Bäumen raschelten nicht, kein Grashüpfer zirpte, kein Huhn gackerte. Es war nichts zu hören und nichts zu sehen.

In dem Papier mußte ein schwerer, dünner Gegenstand sein, ich hielt ihn fest in der Hand. Ich ließ alles liegen wie es war, den Rechen und den Deckel des Bienenkastens, und zog mich in mein sicheres Versteck zwischen den Johannisbeersträuchern und den Dahlien zurück. Dort waren auf der Erde *meine* Fußstapfen, an einem Zweig schimmerte ein langes Haar von *meinem* Kopf, auf einem Brettstück lag eine verrostete Mundharmonika, voll von *meiner* Spucke. Wo gab es einen sichereren Platz, um fremde Mächte loszulassen!

Ich sah, wie aus dem Papier eine lange kalte Messerklinge zum Vorschein kam, eine richtige Mordwaffe mit glattem pechschwarzem Griff. In der Mitte der Klinge lief eine gerade Rinne. Ich wußte genau Bescheid, warum die Schweineschlachtmesser solche Rinnen hatten. Das Messer fährt dann glatter in die Kehle, das Blut hält es nicht auf, sondern fließt durch die Blutrinne in das Gefäß ab. Doch während ein Schlachtmesser dick und treuherzig sozusagen in langen weißen Unterhosen herumspazierte, war dieses hier kalt und heimtückisch und ging in einem engen Ledermantel. War das überhaupt ein Messer?

Urplötzlich war ich in eine finstere Geschichte verwickelt. Hier in meinem eigenen Zuhause, zwischen Johannisbeeren und Gurken, vor den Augen der Hühner. Auf einen Schlag. Meine Puppe konnte Oma für die Nacht in die Speisekammer sperren, Onkels Pfeifen lagen friedlich an ihrem Platz im Schrank. Pfeifen und Puppe gaben mir klar zu verstehen, daß ich ja noch ein Kind war, eine kleine Kröte nur, und ein Privileg aufs Angsthaben genoß. Aber was jetzt? Ich hätte nun «Nonnen und Mönche! Pharao!» brüllen können oder mit dem Fuß aufstampfen und befehlen: «Verschwinde, aber dalli!» Oder mich auf einen Kinderbuchvers besinnen:

> Rosa, alles Gute jetzt!
> Ja, dein Pelz wird hochgeschätzt.
> Sicher wirst du bald als Kragen
> in der großen Stadt getragen.

Doch all das hätte jetzt nichts geholfen, hier galten diese Rituale nicht. Das hier war etwas vollkommen anderes. Das war keine Angst, mit der man sich wichtig tun konnte. Vor mir auf der glitschigen Erde lag ganz einfach ein gebrauchtes Wehrmachtsbajonett. Mitgebracht von fernen Schlachtfeldern.

Hier und da stiegen Nebelsäulen auf, die bis zum Himmel reichten. Manchmal verschwand die Sonne und tauchte wieder auf. Die Nebelsäulen standen über dem Weg, das Licht kam durch einen Dunstschleier hindurch und rief Bilder aus einem Buch vor Augen: «Alte Sagen des estnischen Volkes».

Aus finnougrischen Spitzkoten steigt senkrecht der Rauch, am Himmel schwimmen Ritterburgen, ein Hütejunge sitzt auf einem Stein, die Wange schwermütig in die Hand gestützt, am Waldrand steht hochaufgereckt ein Teufel mit schwarzgefurchtem Rücken. Ich stieß die blitzende Klinge mit dem Fuß weg, ließ sie in meiner Hand spielen, streichelte den glatten Griff. Dann wickelte ich sie kaltblütig wieder ein.

Das war nicht meine Sache.

Was meine Sache war, begann ich erst 1964 zu ahnen, an einem Wintertag in Tartu. Über die vereisten Straßen stöberte Schnee, und im Speiselokal «Sieg» stieg dicker beißender Zigarettenqualm zur Decke. An einer Wand saß, als Geist dieses früh verlöschenden Tages, der estnische Dichter Alliksaar mit aufgestütztem Kopf hinter einem Tisch voller Erbsensuppenteller. Über die verqualmte Decke schwammen Weltstädte. Er schaute vor sich hin und schrieb mit spitzem Bleistift auf ein gelbliches Blatt Papier: «Das, was ist, und das, was ich wünsche, ist grausam verschieden.»

Seine treuen braunen Augen wanderten von Zeile zu Zeile, und der Schatten seiner Hand schmiegte sich fest ans Papier.

Meine Sache: das waren Paul-Eerik Rummos Gedichtbände «Ankruhiivaja» («Das Lichten des Ankers») und «Tule ikka mu rõõmude juurde» («Komm doch zu meinen Freuden»), die Zeitungen und Nachrichten im August 1968, die Note an die chinesische Regierung in dem langen kalten Winter 1979, meine Sache war der Junisonntag in Drottningholm 1979, die schmalen glatten Kieswege zwischen den grünen Hängen, das großartige Blau des Himmels hinter jeder Haltung und Bewegung. Die Badeschären nahe der Stadt in der hellen Sonne, die hohen Fährschiffe der «Silja Line» und der «Viking Line» zwischen Tausenden von niedrigen Segel- und Motorbooten, dann immer spärlichere Inseln, dann flache feierliche Felsen, endlich das offene Meer, kaltes Wasser unter bleichem Himmel, fünf Stunden lang. Und schließlich Pirita und Lasnamäe, die Rauchfahnen von Tallinn. Fünfunddreißig Jahre seit Karl Ristikivis Zeilen:

> Sicher, ich ginge, wär da nicht das Wasser,
> Wasser und eiskalte Felsen...

gesprochen mit leicht schwedischem Akzent.

Ich war wie ein Uhrwerk, klein und kraftvoll.

In mir regte sich die Zukunft.

Onkel hatte seine Angst wegen des versteckten Wehrmachtsbajonetts, Oma ihren Kummer mit der Rückzahlung des staatlichen Darlehens und mit den Milchnormen, Mutter ihre Sorgen um Zucker und Stoff für einen Mantel. Ich war für sie ein Trost, ein Versprechen von Zukunft. Mein Anblick hätte Onkel vorausdenken lassen müssen an hohe Landarbeiterlöhne und Batterien von Fuselflaschen, Mutter an blaue Krimplenkostüme und Dauerwellen, Oma an Tennisschuhe statt Pantinen und an Brillenfutterale aus Plastik, das estnische Volk an das Hotel «Viru» und Diskotheken, an Lifte und Elektroherde, an Farbfernseher und Cordjeans. Kein Volk kann vorher sicher wissen, was seine Kinder ihm bringen werden.

Mit rauher Unbekümmertheit trugen die Fünfjährigen ihre Chintzkleidchen und geflickten Blusen, in ferner Zukunft erwartete sie die Ära der Jeans und der Samtröcke. Was vermochte dagegen der Kolchosbrigadier, der Oma gedroht hatte, sie höheren Orts wegen Sabotage anzuzeigen! Ich konnte dem bösen Brigadier hinter der Stallecke die Zunge herausstrecken und «Bäh! Bäh!» machen, doch aus meinen Augen blickten ihm schon, unschuldig und unausweichlich, neue prächtige Kolchoszentren entgegen, Baukollektive, Karpfenteiche und Garagen. Auch der Sarg des Brigadiers war dort zu sehen, denn er war schon ein alter Mann, dessen Lebenstage nicht bis in jene Zukunft reichen würden. Seine Zukunft war schon gekommen, und seinerzeit hatte er die wohlhabenden Bauern aus seinen Jungenaugen genauso herausfordernd angesehen und den Kindern in den Matrosenanzügen und Golfhosen strenge Steppjackenzeiten angekündigt.

Ich brachte das Bajonett an seinen alten Platz im Bienenkasten zurück und wuchtete das Dach wieder hinauf. Dabei schürfte ich mir den Ellbogen auf und leckte die Wunde mit der Zunge wie ein Hund, ich war fest überzeugt, daß dadurch der Schmerz nachließ. Von der Kellermauer nahm ich ein Stück Kuhkette, holte von dem Sandhaufen hinterm Haus einen spitzen Draht und eine leere Nähmaschinenölkanne, schnappte mir Mariechen von der Bank im Hof und ging zum Kartoffelakker hinüber. An den niederen Stellen standen die Furchen noch voller Wasser, am höher gelegenen Ende glänzten sie von fetter schwarzer glitschiger Erde.

Es war vollkommen still, nicht ein Blatt regte sich, die Erde dampfte, und immer dichtere Dunstschwaden stiegen zum Himmel. Dahinter stand weiß und rund die Sonne. Es gab keine Schatten, nur blaßgraues Licht und drückende Schwüle. Das Kartoffelkraut war schon lange verblüht und hing voll von grünen Kugeln, Kartoffeläpfeln. Ich hockte mich nieder, und nun konnte mich niemand mehr sehen. Der Brigadier nicht und auch nicht Võtiksaares Riks.

Die braunfleckigen welken Blätter reichten mir bis über den Kopf, strenger Kartoffelkrautgeruch schlug mir in die Nase. Ein trügerisches Spätsommerwetter, weit entfernt von der verläßlichen Kälte des Vortags.

Ich zog Mariechen das blaue Wollkleid aus. Sie war von Geburt an ein Sträfling, eine schwarzgrau gestreifte unterwürfige Figur. Der Länge nach warf sie sich in eine Kartoffelfurche, aber so etwas konnte ich nicht dulden. Auch durfte sie das mit der Kuhkette abgegrenzte Gebiet nicht verlassen. Die Rache für den Abend kommt mit dem Morgen! Jetzt mußte sie für mich Geheimgänge graben und Befestigungsgräben ausschachten. Das Seegras in ihrem Bauch knisterte leise, und ihre Beine staubten.

Mit ihrer Hand kratzte ich in der nassen Erde.

Ich war umgeben von flacher Landschaft, Kuhweiden und Brachfeldern und bedroht vom Rheuma. In siebenundzwanzig Jahren erst würde man mit dem Bau des Hauses beginnen, in dem ich wohnen sollte. Zur gleichen Zeit warf der siebenjährige Mati mit einem Stein nach seiner buckligen Oma und ging ins Haus, um die Skizze einer Todesmaschine zu zeichnen. In seinem literarischen Werk hat er das beschrieben. Die vierjährige Mari wurde in weiße Bommelkniestrümpfe gesteckt und im Park von Kadriorg spazierengeführt.

Ich meinerseits fesselte zur gleichen Zeit meiner Puppe mit zähem Timotheegras die Beine und brachte sie, zur Strafe und Lehre, in den Schuppen, in den Kasten der Häckselmaschine. Dann ging ich zum Brunnen und holte unter der Schüssel mein Brot hervor. Die Kruste roch so gut, daß mir das Wasser im Mund zusammenlief. Meine Hände waren dick mit Schlamm verschmiert und gaben dem Brot einen erdigen Beigeschmack. Das Wasser im Brunnen schimmerte wie schwarzes Durchschlagpapier. Durchschlagpapier und Tintenstifte besaß ich in Hülle und Fülle, auch grünlichblaues Zeichenpapier, alte Bahnfahrkarten und Empfängerabschnitte von Postanweisungen. Immer wenn Vater kam, brachte er welche mit. Im Moment war das alles in der Stube eingeschlossen, ebenso wie der Zucker, das Sacharin und die Salzströmlinge.

Die Hühner merkten, daß ich etwas aß, und kamen herbeigelaufen. Ich warf ihnen Brotkrümel hin, aber ich hatte diesmal keine Lust, eins zu fangen, wie ich das sonst bei Gelegenheit meistens tat. Der Hahn war gewitzter und ließ sich nicht so einfach fassen. Den Hahn zu fangen war ein großes Unternehmen, das lange vorbereitet werden wollte. Man mußte die Speichertür öffnen, Körner auf den Boden streuen und «Putt, putt, putt!» machen. Wenn er dann drinnen war, war der beste Moment, die Tür zuzuschlagen und ihn fest an sich zu grabschen. Er zappelte und kratzte, doch man mußte ihn so halten, daß er die Flügel nicht bewegen konnte. Dann konnte man mit dem

Finger seinen Kamm befühlen und ihm in die Ohrlöcher schauen, die von feinen Haarpolstern verdeckt wurden; wenn man die anfaßte, wurde er ganz fuchtig, verdrehte die Augen und fauchte böse. Sein Herz pochte wild. Das brachte einen völlig durcheinander und zwang dazu, ihn schneller loszulassen als man eigentlich gewollt hatte. Sein Herz hätte vor Angst zerspringen können. Der Hahn fühlte irgend etwas. Aber was?

Mariechen fühlte nichts, das war klar. Der Arrest im Kasten der Häckselmaschine hatte überhaupt keine Wirkung auf sie gehabt, nur daß der Schlamm auf ihr, während ich aß, getrocknet war. Ich band ihr die Beine los und brachte sie zurück aufs Kartoffelland. Ich riß die Befestigungsanlage nieder und ließ Mariechen Kartoffeln ausbuddeln. Hin und wieder mußte sie einen Fluchtversuch unternehmen, damit ich ihr mit dem spitzen Draht und dem Kugellager drohen konnte.

In der grauen klebrigen Hitze begann ich ein Grab zu scharren. Oma konnte ich ja erzählen, das Schwein hätte Mariechen in Stücke gerissen. Wenn es meine Galoschen zerrissen hatte und ein lebendiges Huhn, warum dann nicht auch Mariechen. Mich packte der Übermut. Ich putzte mir die Nase mit einem Rübenblatt und roch an den späten Hederichblüten. Ich wußte genau, daß ich nur eine Handvoll Seegras und Staub in die Grube warf, warum mußte ich mich dann also nach allen Seiten umschauen, wovor hatte ich Angst?

Ich scharrte das Grab zu und gleich danach wieder auf. Ich konnte doch Mariechen nicht auf dem Kartoffelland beerdigen. Bald fing die Ernte an, die Reihen wurden aufgepflügt und mit den Kartoffeln kam dann auch Mariechen ans Licht. Ich würde gefragt werden, wie sie denn dahin geraten sei, und dann käme raus, daß ich gelogen hatte. Lügen haben kurze Beine.

Ich nahm den Spaten, der an der Speicherecke lehnte, und ging damit zur Giebelwand des Hauses, unter den großen Kornelkirschbaum. Das war ein feuchtes kühles Plätzchen zwischen Beerensträuchern, Apfelbäumen und Blumenstöcken.

Hier hatte niemand sonst etwas zu suchen. Hier stand nur dieser Kornelkirschbaum und kratzte im Winter mit seinen blutroten Zweigen am Fenster der hinteren Stube.

Das Graben ging mühsam voran, unter dem Baum war der Boden nicht so locker und sauber wie auf dem Kartoffelacker, sondern voller Wurzeln, dunkel und schwer; in den Erdschollen zappelten blaurote Regenwürmer. So würden die dann auch auf Mariechen herumzappeln! Sicher würde ich sie bald wieder ausgraben und nachsehen, wie es ihr ergangen war.

Ich legte Mariechen rücklings in die Grube und scharrte Erde über sie.

Danach habe ich sie nie wieder gesehen.

Möglich, daß heute noch zwischen den Wurzeln des Kornelkirschbaums ein kleiner grauer Steingutkopf liegt. Kaum hatte ich das Grab geglättet, begann ich mich vor der Stelle unter dem Baum zu fürchten, ich ängstigte mich vor den biegsamen roten Zweigen. Im Almanach hatte ich gelesen, daß hinter dem Ural der Wald Taiga liegt und daß in diesem Wald der Menschenfresserbaum wächst. Einmal sieht ein Jäger, wie so ein Baum seinen Hund schnappt und dem Hund das Fleisch von den Knochen saugt, so daß nur noch das blanke Gerippe in den Ästen baumelt. Ein anderer besonders gefräßiger Baum hatte, wie es im Almanach hieß, einen Hasen, einen Hund und einen kleinen alten Chinesen verspeist.

In der Zeit danach drückte ich mich häufig in der Nähe des Kirschbaums herum. Seine Zweige schaukelten drohend. Zuzutrauen war es ihnen, daß sie früher oder später jemanden erwischten.

Es war noch nicht hell, aber Mutter und ich hatten uns schon das Gesicht gewaschen und die Schuhe angezogen. Ich hatte einen Trägerrock aus Flanell und ein weißes Kopftuch an, Mutter das kunstseidene Kleid mit den Glasknöpfen und eine taillierte Strickjacke mit wattierten Schultern. Ihr Haar war in der Stirn zu einer hohen Tolle aufgewickelt, an den Seiten und hinten fiel es glatt auf die Schultern. In der Hand hielt sie eine Henkeltasche aus schwarzem Wachstuch.

Ich nahm lange Schritte, meine Strümpfe waren vom Tau naß geworden, und das unterm Kinn geknotete Kopftuch ging dauernd auf. Dann stellte ich mich vor Mutter hin, legte den Kopf in den Nacken und forderte: «Zubinden! Aber dalli!»

Zum erstenmal in meinem Leben fuhr ich in die Stadt. An den Füßen trug ich braune Sandalen mit steifen Fersenkappen und im Tornister den Marschallstab. Ich fragte mich besorgt und eitel, ob es die Leute wohl auch begreifen würden, daß endlich ich unter sie trat.

Wir gingen durch den Morgennebel einen jahrhundertealten Karrenweg entlang, auf einer Seite schöner, lichter Birkenwald, auf der anderen dichte düstere Fichten. Bis zur Abholzung und Bodenverbesserung waren es noch Jahre hin. Je weiter wir uns von zu Hause entfernten, desto höher ging es. Plötzlich war der Wald zu Ende und Getreidefelder fingen an, inmitten der Felder stand ein großer grauer Hof.

«Jetzt sind wir gleich auf der großen Straße», erklärte Mutter und putzte mit einem Graswisch meine Sandalen. «Das ist der Hof von Nurmissaares, weißt du noch? Mit Oma bist du doch schon oft hier vorbeigekommen.»

Nurmissaares Hof war mir ganz einerlei, ich wollte schneller in die Stadt. Mutter nahm mich sogar an die Hand, das machte sie sonst nie. Ich hatte einen prallen Bauch, einen runden Kopf, ein rosiges Gesicht und blondes Haar, das Kopftuch rutschte mir in einem fort herunter. Wir sahen aus wie das Umschlagbild von dem Buch «Mutter und Kind». Ich war unterwegs nach Moskau, Tallinn, Riga, Võru, Türi, Berlin, Leningrad, ich war genau wie der sechsjährige Oskar Luts und wie der kleine Illimar, bloß daß ich nicht auf einem Fuhrwerk saß und kein Vater mir mit dem Peitschenstiel die Türme der Stadt zeigte. Die Sonne schien vom klaren Himmel, der Nebel versank,

Schwalben saßen in Reihen auf den Telefondrähten. Kusti mit dem Glasauge kam uns entgegen, in grauer Strickjacke, Breeches und Galoschen. «Morgen», grüßte er, und Mutter fragte, wie es denn mit Mahtas Gesundheit stünde.

Kusti rieb sich das Kinn und seufzte: «Ach ja, die Gesundheit... ein Attest vom Arzt hat sie nu gekriegt.»

«So? Richtig ein Attest?!» sagte Mutter neidisch.

«Nuja doch», grummelte Kusti und spähte unterm Mützenschirm hervor, «sie hat an den Beinen Blutgefäßerweiterung oder was der Deibel das is.»

«Na, dann geben sie ihr vielleicht leichtere Arbeit», meinte Mutter, «Rüben köpfen oder Flachs bündeln.»

«Ja den Deibel!» sagte Kusti und fragte: «Und du willst nach der Stadt, wie?»

«Na eben so», antwortete Mutter flüchtig.

Wir gingen noch ein Stück und blieben stehen. «Mama, warum bleiben wir jetzt stehen?» wollte ich wissen, und Mutter erklärte: «Wir warten auf den Bus.» Auf einmal zog sie ein mißmutiges Gesicht und flüsterte mir zu: «So was Blödes aber auch: guck mal, wer da kommt! Pirissaares Ann und ihre Laine, die wollen auch mit dem Bus. Sag dann schön guten Tag!»

Laine war eine ehemalige Schulkameradin von Mutter. «Das ist dir vielleicht 'ne Kodderschnauze!» sagten die Leute von ihr, denn sie sprach immer so laut. Mutter hatte sich in der Schule mit ihr zerstritten. Mutter sollte nämlich einmal Kümmeltee für die kranke Lehrerin kochen, aber Laine hätte das gerne selber gemacht und sagte zu den anderen Mädchen, Mutters Tee wäre ja dünn wie Dachspisse. Mutter wußte zu erzählen, daß Laine vor lauter Faulheit und Schlampigkeit statt ihrer löchrigen Socken sich Fausthandschuhe an die Füße zog und sie über die Stiefelschäfte krempelte wie richtige Socken und sogar noch damit angab: «Pah, scheißegal! Sieht ja kein Schwein!»

Bei der Kornernte und beim Kartoffelausmachen schallten

Laines Verwünschungen durch Büsche und Sträucher, bis hin zum Krankenlager der Drückeberger und Saboteure, die bleich und starr im Gesicht davon wurden.

Die beiden Frauen kamen auf uns zu, Ann lang und dürr, mit aufrechtem Gang und scharfem Blick, und Laine, kurz und stämmig und so pausbäckig, daß man kaum die Augen sah. Ihr Rock war vorne länger als hinten, doch zu meiner Enttäuschung hatte sie keine Fausthandschuhe an den Füßen. In der Hand trug sie die gleiche Henkeltasche wie Mutter.

«Grüß dich, Hilda!» rief Laine Mutter entgegen und machte ein überaus freundliches Gesicht. Mutter machte das gleiche freundliche Gesicht und antwortete: «Grüß dich, Laine!»

Diese Szene fällt mir heute noch ein, wenn ich irgendwo heimlich schwelende Feindschaft sehe.

Ich wartete darauf, daß Laine ihr «Pah, scheißegal!» rufen würde. Statt dessen tratschte sie los: «Hast du's schon gehört, Hilda? Tõhus Mahta geht nicht zur Arbeit. Sie wär krank, sagen die Leute, das soll einer nun glauben. Hachsen wie Zaunpfähle und rote Backen im Gesicht, aber schön auf der faulen Haut liegen und andere schuften lassen!»

«Komm, red nicht!» ermahnte Ann, «was weißt du von anderer Leute Sorgen!»

Laine sprühte die Spucke vom Mund, ihre Stimme wurde weinerlich: «Da siehst du's wieder mal, Hilda, immer gibt sie allen recht. Mensch, Mutter, kannst du nicht einmal den Mund halten!»

«Der Tod wird ihn mir schon zumachen», sagte Ann leise und schaute mit stolzem Gesicht über uns hinweg.

Wir schwiegen, traten von einem Fuß auf den anderen und nestelten an unseren Kopftüchern, bis Mutter erstaunt rief: «Guck mal, da kommt ja der Ants schon!»

Durch die Kurve kam ein kurzer roter Bus mit langer Schnauze und hielt neben uns an. Wir stiegen ein und sagten Ants guten Morgen, Ann kramte aus ihrer Rocktasche das Taschentuch mit dem Geld und suchte nach Münzen. Mutter gab

Ants ihren Fünfundzwanzigrubelschein und sagte: «Das Kind nehm ich auf den Schoß.»

Ich war still und schaute aus dem Fenster. Ich versuchte vor allem, unter die Räder zu gucken, ein Stück lang sollte die Straße nämlich asphaltiert sein. Den Asphalt hätte ich zu gern gesehen, aber ich sah nichts als Kies und Gras.

Ants kurbelte vorne das Lenkrad und meinte: «Heutzutage kutschiert euch der Staat in die Stadt. Man grade noch, daß Ants den Chauffeur machen darf!»

Laine kicherte: «Du hast doch Geld wie Heu und Speck auf den Rippen, dir tut's doch keinen Schaden, daß sie den Bus verstaatlicht haben.» Aber Ants sagte feierlich: «Dieser Bus hat mir 'ne Menge bedeutet. Viel mehr als ihr denkt. Meine ganzen Kräfte und Pläne hab ich da reingesteckt.»

Nach einer Weile hatten wir den Buschwald hinter uns, Täler und Hügel tauchten auf. Ab und zu hielt Ants, fremde Leute stiegen ein, riefen «Morgen, Ants!», und Ants erwiderte: «Morgen, Morgen, nischt wie Sorgen!»

Einige wollten wissen, was es denn heute kostet, und Ants verkündete: «Ants' Tarife bleiben Ants' Tarife!» Seine schwarze Lederjacke knirschte, und sein Nacken war rot.

Alte Männer stemmten große Bündel in den Bus und sprachen laut. Manche husteten und fragten höflichkeitshalber: «Wie, meinst du, wird's mit dem Wetter?», einige suchten im Hosenbund nach Geld, andere unterm Rockschoß. Durch den Bus wälzte sich ein Geruch von Naphtalin, Staub und Kuhstall. Mutter unterhielt sich mit einer entfernten Bekannten. Von mir sagten die Leute: «Na, da sieh mal einer an!» und fragten mich, was ich zu Hause täte. Ich antwortete mit tiefer und ernster Stimme: «Ich helf beim Eierlegen.» Dann lachten sie ein bißchen, aber nur flüchtig und unruhig, denn alle hatten Besorgungen in der Stadt, und die Stadt kam näher und näher.

Diese anstehenden Besorgungen ließen die Leute hin und her rutschen und sich schneuzen, Hosenbeine hochziehen und Kopftücher zurechtnesteln. Manche hatten ein Stück Butter in der Tasche. Wer Butter mithatte, ging sicher zum Arzt ein Attest holen, denn alle bemühten sich irgendwie, sie vor den Blicken der anderen zu verstecken. Wenn Mutter gefragt wurde, was sie in der Stadt vorhätte, antwortete sie jedesmal obenhin: «Ach, ich muß zur Apotheke. Mutter geht's gar nicht gut.» Sie traute sich nicht zuzugeben, daß die Apotheke nur eine Nebensache war und daß sie vor allem ihrem Kind die Stadt zeigen mußte, sonst ließ dieses Kind ihr keine ruhige Minute mehr und quengelte Tag und Nacht: «Mama, fahren wir in die Stadt! Mama, wann fahren wir in die Stadt! Mama, warum fahren wir nicht in die Stadt?»

«So, nu guck sie dir an, deine Stadt!» sagte Mutter unwirsch, denn ich hatte ihr das Kleid vorne ganz zerknautscht.

Durch das staubige Busfenster sah ich einen riesigen blauen Himmel, der von keinerlei Baumwipfeln und Wäldern beengt war, und erst danach den See im Tal und die Häuser am Hang. Oben am Himmel sah ich Vögel und einen kleinen blassen Halbmond.

War das ein Abglanz wirklicher Stadthimmel vor Hochhausfenstern? Dieser große Himmel erregte mich, und die Erregung hielt an, bis wir aus dem Bus kletterten. Dann standen wir mit einemmal an einer langen roten Backsteinmauer, und ich hatte die vage Hoffnung, ich dürfte schon jetzt den Geruch von Espressokaffee, frisch gespitzten Bleistiften und U-Bahn-Tunneln schnuppern. Ich fing an zu greinen, denn diese Stadt roch nach frischen Pferdeäpfeln und gebratenem Speck. Die Häuser standen aufgereiht wie Kisten.

«So niedrige Häuser nur?» fragte ich mißmutig, und Mutter sagte gereizt: «Dir ist aber auch nichts recht zu machen! Herrgott, wozu bin ich bloß hergekommen, zu Hause hätte ich wenigstens meine Ruh!»

Ein einsamer grauer Pobeda fuhr langsam die Anhöhe hinauf, die großen Lindenblätter raschelten, auf den Höfen sah man Holzstöße und verwitterte Aborte. Hinter den Zäunen duftete der weiße Phlox.

Ich hielt mich wieder an Mutters Hand fest. Die Häuser wurden ein bißchen höher und die Straßen belebter. Zum erstenmal in meinem Leben sah ich Tauben, Rasenanlagen und Eistüten. Zwischen den Rasenflächen liefen gerade Wege, an denen Bänke und Abfallkästen standen. Auf den Bänken saßen Mütter mit ihren Kindern. Die Kinder aßen Eis und baumelten mit den Beinen, und vor ihnen spazierten fette Tauben mit schillernden Hälsen.

An einem Mast hing ein Lautsprecher, darin sang ein Kinderchor:

> Bereite dich vor für den langen Weg,
> den Kommunist nimm als Vorbild dir,
> für des Volkes Wohl die Hände stets reg,
> du junger Sowjetpionier...

Ein großes Mädchen trippelte an uns vorüber, mit glattgekämmtem Haar, weißer Schleife im Zopf und schwarzer Schürze, in der Hand eine steife neue Aktenmappe und einen Strauß Astern. Ich schaute ihr über die Schulter nach, und Mutter zerrte mich weiter.

Ich blieb stehen, stampfte auf und forderte: «Wir wollen das Lied hören!» Wir setzten uns auf eine schmale grüne Parkbank, die Sonne strahlte vom Himmel, der Sand knirschte auf dem Pfad, die Musik dröhnte, und die Schulkinder gingen zur Schule. In ihren Schulmappen verborgen lagen neue saubere Estnischlesebücher, in denen standen geheimnisvolle Fragen: «Was fiel aus Fedjas Ranzen?» – «Welchen Plan hatte Großvater Zahhari?» – «Warum hassen die Kolchosbauern Stubben und Kahlschläge?»

In den Federbüchsen klapperten prunkvolle Vierkantfederhalter aus Glas mit Schreibfedern No. 11 darin, die Lesebücher wußten zu berichten von dem dagestanischen Pionier und Pferdezüchter Barasbi Hamgakov und von Mamlakat Nahangova, der berühmten kleinen Baumwollpflückerin.

Ich war mit einemmal sehr glücklich, meine Beine baumelten, mein Mund lachte. Die Tauben gurrten, forsche Musik erfüllte die Luft, ich war ein Kind – die Zukunft des Volkes. Hauptsache nur, daß das Volk nicht ungeduldig und unzufrieden wurde. Konnte es auch abwarten, bis diese Kinderbeine einmal auf den Boden reichten?

Der Lautsprecher dröhnte, die weißen Kniestrümpfe der Schulmädchen blitzten durch die Büsche, in Mutters Henkeltasche waren dreißig Rubel. Mutter hatten sie nicht in den Bezirk Pärnu zum Torfstechen schicken können, denn sie hatte ein Kind unter acht Jahren. «Gehen wir weiter!» drängte sie.

Mutter wollte Besorgungen machen. Ich verlangte: «Mama, kauf mir ein Buch und ein Heft!» – «Mal sehen!» versprach sie unbestimmt und zog mich aus dem Park, weg von dem Ort, der mir den Vorgeschmack von einem besonderen Glück gegeben hatte, so einem, das durch den ganzen Körper fließt. Als wäre ich nach einem solchen Erlebnis jemals wieder in der Lage, simple Verschen zu lesen: «Stripp, strapp, stroll, ist der Eimer bald voll» oder «Backe, backe Kuchen».

An der Straße stand eine Eisbude, in der saß eine rundliche alte Tante in weißem Kittel und vor ihr stand ein Turm von braunen Waffeltüten. Mutter verlangte ein Rosinen-Sahne-Eis, und die Tante nahm die oberste Tüte von dem Turm herunter und füllte aus einem länglichen Blechbehälter etwas Weißes hinein, das war das Eis. Ein ganzer Berg davon wuchs aus der Tüte hoch, und dann wurde alles auf einer Waage genau abgewogen. Es war festes fettes Sahneeis, schwarz von Rosinen. Ich wunderte mich sehr, daß man die Tüten essen konnte. Ich dachte mir, selber könnte man noch viel besseres Eis machen, wenn man nur Rosinen, Waffeltüten und Schnee hätte.

Mutter schaute unverwandt auf mein Eis und schluckte. «Mama, ich will nicht mehr, das ist so fettig», maulte ich und war froh, es loszuwerden, denn das Eis fing schnell an zu schmelzen und tropfte mir die Beine hinunter auf die Sandalen. Mutter strahlte und nahm mir das Eis schnell aus der Hand und biß mit Wollust hinein. Ich ging rückwärts vor Mutter her und schaute ihr zu, wie sie aß. Sie hatte schmale Handgelenke, aber breite Hände, und ihre Fingernägel waren kurz und rissig. Sie wurden auch nie ganz sauber. Ihre zarten Schultern und ihr sonnenverbranntes Gesicht sahen hier ganz anders aus als zu Hause oder im Wald. Mit ihrem Mund verschlang sie gierig das Eis und mit den Augen die Kleidung der Passanten. Die Stoffschuhe mit den Wachstuchspitzen hatten ihr mittlerweile die Fersen wundgescheuert. Sie hatte noch nie ein Telefon benutzt und noch nie einen Gasherd, hatte noch nie in der Eisenbahn gesessen und noch nie das Meer gesehen, noch nie an einer Türklingel geläutet, noch nie Tiefkühlfisch gegessen, noch nie einen Heizkörper angefaßt.

Sie wischte sich den Mund ab, zog mir den Rock zurecht und zeigte mir dann die Kirche. Sie stand auf einem grünen Hügel und sah aus wie aus einem fremden Land hertransportiert. Ein roter Backsteinturm ragte in den kalten nordischen Himmel, alte Bäume rauschten dumpf, und unten durchs Tal zog ein Wassergraben, auf dessen schwarzen Biegungen Schwäne entlangglitten. Ich schaute mich gierig um und entdeckte oben auf dem Turm einen Hahn. «Der Hahn da ist so groß wie ein Kalb», erklärte Mutter.

Damals standen wir schon mit einem Fuß in der Zukunft. Mutter durfte nun sicher sein, daß ich nicht von Schwindsucht, Herzrheuma und Mittelohrentzündung hinweggerafft werden würde und daß sie selbst all das bekommen würde, was sie sich wünschte: ausländische Schuhe, Finnischkurse, Urlaubsreisen nach Moskau. Wir gehen wieder an der Kirche vorbei, und sie sagt ihren gewohnten Satz: «Der Hahn da ist so groß wie ein Kalb.»

Ich bin herzlich froh, daß meine Kindheit vorbei ist, daß ich nicht noch einmal Mutter an der Hand fassen und mit ihr durch jenes grüngestrichene Gartentor gehen muß. Doch ehe wir zu diesem Tor kamen, hatten wir noch einen langen Weg vor uns.

Am Zaun liefen weiße Hühner und schlugen mit den Flügeln, vom Tor führte ein Weg zu einem braunen Holzhaus. Auf dem Hof lagen hohe Bretterstapel und Haufen von Kies und Steinen. Mutter klopfte an die Tür. Drinnen fing ein Hund wütend zu bellen an. Bevor sich die Tür öffnete, hörte man es klappern und trappen, und dann erschien eine Frau mit kantigem Gesicht und gelocktem Haar, das mit Klammern hinter den Ohren festgesteckt war. Im dämmrigen Flur stand ein kleiner krummbeiniger Dackel mit glattem braunem Fell. Er hatte eine breite Brust und kluge Augen wie ein Mensch. Seine Oberlippe legte sich in listige Falten und schob sich so weit nach oben, daß man die weißen Zähne und das schwarze Zahnfleisch sah.

Die Frau hieß Senni. Sie führte uns in die Stube und ließ uns auf einem Diwan Platz nehmen. Hinter uns an der Wand hing ein Wandteppich mit braunen Rentieren, auf einem dickbeinigen runden Tisch standen Astern in einer Tonvase, und über dem Tisch an der Zimmerdecke schimmerte ein rosaseidener Lampenschirm, dessen Fransen sich leicht bewegten.

Im Nebenzimmer sah man ein breites Bett mit einer knallgrünen Steppdecke und links und rechts zwei Nachtschränkchen. Es fehlte nur noch ein strenger, aber liebevoller Vater mit seiner Zeitung, eine Großmutter mit Brille und Strickstrumpf und ein rotbackiges mit Bauklötzen spielendes Kind, dann wäre es ein richtiges Bilderbuchheim gewesen.

Der Dackel rollte sich unterm Tisch zusammen und beäugte uns verstohlen. Als ich mit den Beinen baumelte, bellte er laut und eifrig. Senni stellte eine Glasschüssel mit Bonbons auf den Tisch und sagte: «Nimm dir und biete auch deiner Mama an!» Es waren welche mit Schokoladefüllung, nicht nur einfach mit Marmelade. Einmal hatte ich auch schon Schokolade gekriegt.

Mutter saß sehr gerade und hielt die Tasche auf dem Schoß. «Heino muß jeden Augenblick kommen», versicherte Senni, «und so eilig hast du's doch nicht.»

Von diesem Heino war dann auch weiterhin die Rede, und

Senni bekam ein rotes Gesicht, stemmte die Arme in die Seiten und ihre Stimme wurde böse. «Seinem Flittchen bringt er einen Schal mit und mir – 'ne Bratpfanne!»

Der Dackel sprang auf und kläffte, der Lampenschirm kreiselte unter der Decke, Mutter starrte verlegen auf ihre Schuhspitzen, und ich rief verzweifelt: «Gibt's hier keine Bücher? Ich will ein Buch haben!»

Senni holte mir aus dem Nebenzimmer eine Zeitschrift, «Die estnische Frau». Ganz hinten waren höchst interessante Bilder. Auf einem saßen mehrere Frauen um ein Tischchen, Kaffeetassen vor sich, Hüte auf dem Kopf, Fuchspelze um den Hals und an den Füßen hochhackige Schuhe. Es waren verdrießliche und ängstliche Frauen. Sie fürchteten sich vor den lustigen und mutigen Frauen, die auf dem Bild daneben zu sehen waren, in Kopftüchern und langen Hosen und mit Spaten über der Schulter. Die einen konnten die anderen nicht ausstehen. Die ängstlichen Frauen hatten kleine verkniffene Gesichter und die mutigen große glatte.

Die anderen Bilder konnte ich mir nicht mehr angucken, weil der Dackel wieder laut zu bellen anfing und in den Flur trappelte. Man hörte es rascheln und husten, und bald darauf kam ein untersetzter Mann mit blauen Backen ins Zimmer. Sein Kopf war glatt und geschniegelt und das schwarze Haar glänzte, aber dazwischen sah man die weiße Kopfhaut.

Er trug einen grellgepunkteten Schlips, und als er lachte, blitzten zwei Goldzähne auf, auf jeder Seite einer, so wie die Nachtschränkchen neben dem Bett. Das war also dieser Heino, auf den wir warteten. Ich wußte auch, warum wir warteten.

Mutter brauchte von ihm eine Bescheinigung, daß sie dem Staat eine rohe Schweinshaut verkauft hatte. Heino war eine Beziehung, Mutter besorgte sich ihre Bescheinigung durch Beziehungen. Einem Schwein die Haut abzuziehen! Hatte man so was schon je gesehen!

Heino hatte ein rundes schlaues Gesicht, aus seiner Kleidung stieg der süßliche Duft von Kölnischwasser. Als er nach Hause kam, war Senni gewissermaßen zusammengeschrumpft. Sie verschwand schnell im Nebenzimmer, und als sie zurückkam, war ihr Mund blutrot und üppig geschminkt und die Haarnadeln hinter den Ohren waren fort.

Heino trommelte mit den Fingern auf dem Tisch, sein Gesicht glänzte. Er wirkte bedrohlicher als er aussah.

Woher sollte ich wissen, daß ein richtiger Geschäftsmann Geld aus dem Nichts macht. Im Flur sah man eine dicke braune Aktentasche, vielleicht steckte in der das Nichts, das man zum Geldmachen brauchte. Draußen vor dem Fenster stand seit Heinos Ankunft ein kleines Mädchen, ungefähr in meinem Alter. Sie knabberte Plätzchen und sah uns ungeniert durchs Fenster zu. Ab und zu verschwand sie, aber kam bald mit einem neuen Plätzchen zurück. Ihre Mundwinkel waren mit Zuckerguß verschmiert, und im Haar hing ihr eine aufgegangene Schleife. Als sie sah, daß niemand sie beachtete, begann sie mit dem Finger am Fensterglas zu reiben, daß es durchdringend quietschte.

Heino schaute böse zu Senni hin, und Senni seufzte tief und ging aus dem Zimmer. Der Dackel trappelte hinterher und schnappte übermütig nach ihren Waden.

Draußen strahlte der Himmel klar und tief, durch die Tür zog der Duft von gebratenem Fleisch, aber hier im Zimmer stand die Luft still. An der grünen Seidendecke, an den Schokoladenbonbons und an Mutters Miene konnte man ablesen, daß in diesem Haus sicher viel Geld war und Räucherspeck und gezuckerte Marmelade, Kleider aus Wolle und Mäntel mit Persianerkragen.

Auf Heinos Gesicht stand die ganze Zeit über ein Lächeln, er sah niemanden an, sondern schaute an die Wand oder unter den Tisch. Ich fürchtete mich vor seinem verstohlenen Blick und vor Sennis breitem rotem Mund, aber das einzige, was ich herausbrachte, war: «Komm, gehen wir!», aber Mutter machte nur «Sch!» und unterhielt sich weiter mit Heino. Was ich fühlte, war weitaus komplizierter, als ich es ausdrücken konnte. Ich wußte sehr wohl, daß schlichte Ausrufe wie «Ich will nicht!» – «Gib her!» – «Gehen wir!» – «Aua, aua!» nur dann Wirkung hatten, wenn man dabei brüllte, schrie und heulte oder wenn man schwere lautlose Tränen vergoß; sie mußten aber von selbst kullern, und sie schmeckten sehr bitter im Hals.

Ich starrte finster zu Boden und bewegte langsam die Beine. Das eine Bein stieß nach dem anderen wie ein böser Bulle. Senni erschien wieder in der Tür und hinter ihr mit frechem Gesicht das Mädchen. Senni kommandierte: «Helju, such deine Sachen und dann ab mit euch nach draußen!»

Helju zerrte ein Springseil unter dem Diwan hervor, holte aus der Ecke hinter der Tür einen Ball und sagt: «Komm, gehen wir!»

Sie hatte große lückenhafte Zähne und ein so kurzes Kleid, daß ihre rosa Unterhöschen darunter hervorschauten. Draußen verkündete sie stolz: «Wir bauen ein neues Haus!»

«Aber ich kann lesen!» sagte ich finster.

«Warum hat deine Mama Jungensschuhe an?» wollte sie wissen und machte ein Gesicht, als sei Lesenkönnen ihr schnuppe. Freundlich und geheimnisvoll sagte sie: «Komm mit, ich zeig dir was!» Wenn ein fremdes Kind in diesem Tonfall lockt – soviel hatte ich schon gelernt –, dann will es eine tote Katze zeigen oder eine ausgestopfte Eule, die gelähmte Oma, einen großen Käfer in einer Streichholzschachtel, eine Kreuzotter in Spiritus.

Wir gingen in den Holzschuppen, sie stieß eine Zwischentür auf, und ich sah in einen Raum, wo Berge von Schafwolle lagen, weiße, graue und braune. Daneben lagen Schaffelle. Manche waren noch roh und glänzten an der Innenseite bläulich.

Wortlos sprangen wir gleichzeitig in die Wollhaufen und trampelten wütend und gründlich in ihnen herum, in der Nase den strengen Geruch von Schafschweiß. Wolle flog über unsere Köpfe und füllte den ganzen Raum.

Wir nahmen Händevoll davon und warfen sie einander ins

Gesicht. Das war für die Jungensschuhe und für das Lesenkönnen. Wir kamen ins Keuchen und Schwitzen und spuckten ungewaschene Wolle; unsere Augen brannten. Helju nahm ein rohes Fell vom Boden und zerrte es zu mir hin. Ich tat es ihr nach. Wir versuchten einander mit den Fellen zu schlagen und kreischten auf, wenn die glänzende talgige Haut uns an Armen oder Beinen traf. Um uns herum surrten dicke blaue Fliegen. Ich hatte hier niemanden, der mir zu Hilfe kam, ich mußte mich selber zur Wehr setzen.

Plötzlich hielt ich inne, ohne mehr auf das näher kommende Fell zu achten. Ich ballte die Hände zu Fäusten, zog die Brauen zusammen, kniff die Augen zu schmalen Schlitzen, fletschte die Zähne so gut ich konnte und zischte: «Der Waldschrat kommt!» Das hatte noch immer gewirkt, sogar große Jungen wie Rein und Ain, die gedroht hatten, mich in den Schweinekoben zu werfen, steckten die Hände in die Taschen und machten, daß sie fortkamen, als sie mich so sahen. Und ich sonnte mich in meinem Triumph, streckte den Bauch heraus und schaute hochmütig vor mich hin. Ich begriff, daß ich anderen angst machen konnte mit etwas Unsichtbarem und daß sie eigentlich vor mir Angst hatten und nicht vor dem Waldschrat.

Sie hatten Angst vor meinen Pupillen, Zähnen und Zahnfleisch, sie hatten Angst vor mir, weil ihnen in mir irgendein Lebensrätsel entgegentrat, das ich in Händen hielt wie eine zufällig gefundene Waffe.

Helju wich zurück und streckte mir die Zunge heraus. Sie wußte nicht, was sie tun sollte, man sah, wie unwohl sie sich in ihrer Haut fühlte. Sie fürchtete sich vor meinen staubigen Sandalen, meinen braunen gestrickten Strümpfen, meinem Trägerrock, meiner Bluse, meiner Strickjacke – vor allem, was mir Gestalt gab. Sogar vor meinem geblümten Leibchen mit den rosa Strapsen, meiner Trikotunterhose und dem Baumwollunterrock, denn sie boten Schutz für Fleisch und Blut, Rückenmark und Gehirn, Knochenmark und Zukunft.

Meine Backenmuskeln wurden lahm, ich lockerte die Fäuste

und schloß meinen Mund. Helju sagte schmeichelnd: «Wenn du willst, kriegst du von mir eine Papierpuppe.»

Und ich antwortete gnädig: «Na gut.»

Wir verließen den Schuppen wie alte Freundinnen. Wir spielten sogar Ball zusammen und erzählten uns etwas, doch zwischendurch erinnerte ich sie immer wieder an ihr Versprechen: «Denk dran, daß du mir die Puppe zeigst!»

Wir gingen denn auch bald in die Küche, und Helju holte aus der Schrankschublade eine Schachtel, in der lag ein Mädchen aus Pappe, in Unterwäsche, Strümpfen und Schuhen, und neben ihr ein Kleiderhaufen. Die Kleider hatten an den Schultern und an der Taille weiße Papierstreifen, ähnlich wie Klemmen oder Klammern. Damit konnte man das Kleid befestigen. Das Mädchen war neu und sauber, stabil wie ein Buchdeckel oder eine Buntstiftschachtel. Es glänzte sogar ein bißchen. Helju gab Ratschläge: «Wenn ihr die Hand abgeht, kleb sie mit Spucke fest!» Ich klemmte die Schachtel unter den Arm. Das war der Lohn für meine Mühe, mein Honorar. Anderen mit bloßem Zähnefletschen seinen Willen aufzuzwingen verlangte ebensoviel Kraft wie Holz aufzustapeln oder in einem Atemzug über den Hof zu rennen. Ich ging in die Stube und forderte noch einmal: «Komm, gehen wir!»

Mutter war schon aufgestanden. Bei meinem Anblick erschrak sie. «Ach du großer Allmächtiger!»

Senni zischte Helju an: «Hab ich dir nicht hundertmal gesagt, du sollst keine fremden Kinder mit in den Schuppen nehmen! Warte nur, jetzt sperrt Vater dich in den Keller!»

Helju hob die Ellenbogen, rempelte Senni beiseite und stürmte hinaus, und ich sah sie nie wieder. Ich aber mußte mir unter Kopfschütteln und Lamentieren in einer fremden Küche in einer fremden klappernden Waschschüssel den Staub und den Schaftalg von Gesicht, Armen und Beinen waschen.

Als wir endlich gehen konnten, begleitete uns der Dackel bis zum Tor, mit einem Blick, als würde er alles durchschauen. Mutters Gesicht glühte – das Geschäft war unter Dach und

Fach und alles in Butter! Neugierig fragte sie: «Was habt ihr da eigentlich angestellt?»

«Wir haben nur so gespielt», murmelte ich und begann wieder zu drängeln: «Kaufen wir jetzt Bücher und Hefte?»

Mutter schwebte dahin wie auf Flügeln, wo sie sich nun nicht mehr auszumalen brauchte, wie sie vor einem fremden Tor warten und schüchtern an eine fremde Tür klopfen muß.

Unten in Mutters schwarzer Wachstuchtasche ruhte nun eine gefaltete Bescheinigung über Erfüllung der Ablieferungsnorm für Schweinsleder, mit dem Stempel der Ankaufszentrale darauf und der Unterschrift des Direktors. Stolz gingen wir durch die ebenen Straßen in der Stadtmitte. Manchmal rempelte uns jemand aus Versehen an, und auch wir traten manchmal jemandem auf den Fuß.

Alle Schaufenster funkelten, denn immer noch schien die Sonne. Man bekam ein Gefühl, als würde sie jetzt immer weiter und weiter so scheinen bis in alle Ewigkeit. An den Straßenecken pfiff ein kühler Wind; zum erstenmal in meinem Leben stand ich an einer Straßenecke. An manchen Stellen waren runde Steinpfeiler, an denen große Klebezettel mit Bekanntmachungen flatterten. Bei einigen Läden gingen die Türen auf die Straßenecke hinaus, diese Läden waren in den Eckhäusern. Es gab dort auch eine Milchbar mit so einer Tür, und in die gingen wir hinein.

Auf runden Tischen warteten Teller mit Bergen von puderzuckerbestreuten Milchbrötchen. Auf den Tellerrändern blitzten unheimliche Zangen.

Wir setzten uns an einen Tisch und betrachteten die Brötchen und die Leute. Drei Frauen vom Land nahmen aus ihren Einkaufstaschen heimlich dicke Butterbrote mit Spiegelei, aßen sie unter ängstlichen Seitenblicken und tranken billigen Tee dazu.

In dem Raum gingen mehrere Frauen umher. Über ihren runden Bäuchen hatten sie strammsitzende schwarze Kleider und davor winzige weiße Schürzchen. Auch die Kragen waren weiß, und auf den Dauerwellen trugen sie Häubchen, die aussahen wie hochgeklappte Mützenschirme. Sie schleppten große klobige Holztabletts mit Kaffee-, Tee- und Milchgläsern und spitzten dabei die kirschroten Münder. An den Beinen hatten sie seidene Nahtstrümpfe und fischlederne Schuhe, und hinter ihnen her schleifte ein langer verschlungener Lebensweg: von der Bauerntochter zur Busschaffnerin, von der Schaffnerin zur Tellerwäscherin (warmer Arbeitsplatz und freie Verpflegung!), von der Tellerwäscherin zur Serviererin. Abends schlürften sie fette Sauerkohlsuppe und schnitten sich behaglich Speck aufs Brot oder zankten aus ihrer Wohnecke über den Schrank hinweg mit der Vermieterin, die sie mit Speck und Feuerholz kirre gemacht hatten. Das Pfeifen des Winds an den Straßenecken erfüllte sie weder mit seliger Melancholie noch mit Vorahnungen einer neuen Zeit.

Ich bekam süßen Tee und zwei weiche Zuckerbrötchen, mein Gesicht wurde breit vor Wonne. Wenn ich ausatmete, stieg von den Brötchen eine feine süße Puderzuckerwolke auf und senkte sich auf meine Brust. Mir tat es leid um den Zucker. «Paß auf, Mama! Nicht atmen!» rief ich, hielt mit beiden Händen das lauwarme Teeglas umklammert und fühlte, wie das Gebäck mir im Mund zerschmolz, schmeckte die Vanille und die zarte weiche Kruste. Ich wollte Gebäck essen und Tee trinken, und dann wollte ich meine Bücher und Hefte, woran ich Mutter auch gleich erinnerte. «Mama, wann gehen wir die Bücher kaufen?»

Mutter trank ihren Tee aus, pickte mit der Fingerspitze die Krümel vom Teller und steckte sie in den Mund. Sie zahlte bei der Bedienung, und dann gingen wir endlich zum Buchladen.

Dort war es kalt und düster, hohe braune Ladentische ragten auf wie Bären. Der Geruch von Druckerschwärze und Bleistiften ließ meine Nasenflügel vor Gier erzittern. Der abgetretene Fußboden aus schwarzen und weißen Fliesen schimmerte kalt, Stapel von neuen, noch völlig unbekritzelten Schreibblöcken machten mir die Finger jucken und das Herz beklommen.

Ob sie hier Lebensgeschichten von Kriegshelden hatten und die alten Sagen der Völker? War hier Näheres über König Herodes zu erfahren und über Jesus von Nazareth? Zogen hier imaginäre Wolken über erfundene Städte? Trommelte hier Regen, stiebte Schnee, flatterten Fahnen? Wußten sie hier vom Buchhändler Mendel und von Isaac Landauer?

Die hohen Regale verschwanden oben im Dämmer, und dieser Dämmer schien aus den Büchern selbst zu kommen. Ich wußte nicht, wie Bücher gemacht werden und wer sie eigentlich macht. In einem alten Lesebuch ohne Deckel hatte ich drei Porträts gefunden, zwei Männer und eine Frau. Der eine Mann hatte eine weiße Blume im Knopfloch und dichtete: «Sturmwind. O Sturmwind.» Der andere hatte ein junges stolzes Gesicht und dichtete: «Ich rudre im Meer, ich rudre und rudre. Meine Insel will ich hier finden.» Die Frau hatte klare Augen und dichtete: «Der Frühling kommt zu mir schon in der Weihnachtszeit...» Ich hatte ihre Gesichter gestreichelt und angehaucht und vor mich hin geflüstert: «Henrik! Gustav! Marie!» und hatte die Katze daran schnuppern lassen und ihr einen Fußtritt gegeben.

Jetzt war alles anders, begriff ich. Der große Krieg hatte die Welt verändert. Vielleicht stellte man die Bücher jetzt in Fabriken her? Aber wer stellte sie her? Ich wußte es nicht und auch sonst keiner. Das war alles so lange her. Ich würde es niemals zu sehen bekommen. Ich wußte nicht, was ich sehen wollte. So etwas wie das Blattgold, das zwischen den Seiten des Gesangbuchs lag und mit dem man die Kühe kurierte. So etwas wie den silbernen Griff des Regenschirms und den kalten knöchernen Würfel, der Glück und Unglück vorhersagte.

Oder meine eigene Zukunft, deren äußerliche und zufällige Kennzeichen zu einer gewissen Zeit sein würden: zwei Bleistifte, ein Kugelschreiber, ein Bleistiftspitzer, ein rotes, ein graues und ein grünes Schreibheft, vollgeschmierte Papierblätter, ein aufgeschlagenes Buch und weit weg im Dunkel hinter nassen Fensterscheiben die Lichter einer Straßenbahn.

Mutter führte mich an den Ladentisch, ich stellte mich auf die Zehenspitzen und sah unter einer Glasplatte große dünne Kinderbücher. «Na, zeig selber, welches du willst!» sagte Mutter. «Sind da auch Geschichten drin oder nur Gedichte?» wollte ich wissen. «Gedichte will ich keine!»

In dem mittleren waren Geschichten, erfuhr ich, und die Verkäuferin wickelte uns das Buch in Papier ein. Es kostete einen Rubel und fünf Kopeken, und auf dem Deckel war ein grünes Lastauto. In dem Auto fuhren Kinder, ein Junge schwenkte ein rotes Fähnchen, im Hintergrund sah man weiße Häuser und hohe Fabrikschornsteine, aus denen dicker schwarzer Rauch quoll.

Das Buch hieß «Ein Ausflug in die Heidelbeeren». Ich wußte noch nicht, daß darin elf große Bilder waren, das spannendste davon das eine, wo die Kinder im Wald Rast machen.

Da sitzen sie inmitten von Heidelbeersträuchern auf Baumstümpfen, und auf dem größten Baumstumpf steht der Proviantkorb, in der Mitte ist ein weißes Tuch ausgebreitet mit Sachen zum Essen drauf, und es ist hochinteressant, was sie dort essen.

Da gibt es viel kalte Milch in bläulichen bauchigen Flaschen, frische Hörnchen und riesige Wurstbrote, daß dem Betrachter das Wasser im Mund zusammenläuft. Der ungezogene Tiit trinkt Milch aus einem Becher, während Salme, die Kindergärtnerin, die Kinder lobt: «Ihr habt fleißig gearbeitet. Jetzt wird es euch gut schmecken.»

Dieses Buch ist noch nicht verschollen. In Kellern, auf Dachböden und in Schränken bewahrt es immer noch tapfer seine elf großen Bilder und seine simplen kleinen Botschaften von guten und bösen Kindern.

Ich knuffte Mutter in die Seite und bettelte: «Aber das Heft noch, Mama! Du wolltest mir auch ein Heft kaufen!»

Wir gingen zum anderen Ende, wo genauso ein hoher brauner Ladentisch stand. Ich stellte mich wieder auf die Zehenspitzen und sah unter dem Glas große und kleine Zeichenblöcke und gewöhnliche Schulhefte mit blauem Umschlag. Und Schachteln mit Buntstiften lagen dort, eine sogar mit zwei Reihen übereinander. Genau hinter dieser Schachtel stand eine Verkäuferin in einem braunen Kleid mit einer hölzernen Brosche auf der Brust. Um ihren Mund liefen viele kleine Falten.

Mutter fragte nach einem karierten Schreibheft und einem kleinen Zeichenblock, aber die Verkäuferin hörte nicht hin. Wir warteten einen Moment, dann fragte Mutter nochmals. Die Verkäuferin sah aus dem Fenster, fingerte an ihrer Brosche und blaffte: «An Kinder vom Land verkaufen wir nicht!»

Mutter verstummte und ging verlegen beiseite. Ihre Mundwinkel sanken herab, ihr Gesicht und ihr Hals wurden rot. Sie schob mich still vom Ladentisch fort und sagte, als ob nichts gewesen wäre: «Komm, wir kaufen dir noch ein kleines Buch. Willst du?»

Wir gingen zurück zum Büchertisch, und man holte uns von einem hohen dunklen Regal ein tschechisches Märchen – «Wie Jaromil sein Glück fand» – und packte es zu dem anderen Buch ins Papier.

Dann gingen wir eine windige Straße entlang, und die Bäume rauschten bewegt. Ich schlenkerte mit den Armen und marschierte mit langen kriegerischen Schritten, die Sandalen knallten, und meine Knie blitzten zornig unterm Rockschoß hervor. Diese Hefteverkäuferin sollte noch was erleben!

Im Bus schaute ich wieder aus dem Fenster und versuchte den Asphalt unter den Rädern zu sehen, aber umsonst. Ich bekam keinen Asphalt zu Gesicht. Hinter dem Wald wälzte sich ein großer roter Mond herauf, dem sah ich auch dann noch zu, als wir schon ausgestiegen waren und auf dem Waldpfad nach Hause gingen, das war nämlich eine Abkürzung.

Die Luft fühlte sich bald kalt und bald warm an, überm Boden lag Nebel, und aus dem Wald stieg der Geruch von nasser Erde. Wir zogen Schuhe und Strümpfe aus, kalter dünner Schlamm schmatzte zwischen unseren Zehen. Links und rechts vom Weg standen dicke gefleckte Birkenstämme, einer hatte ein Menschengesicht. «Laß mich vorne gehen, Mama, geh du hinter mir!» verlangte ich.

Wir entfernten uns immer weiter von der Landstraße, verschwanden in einem Labyrinth von bedrohlichen Wäldern, Feldrainen und blutigen Neubauernparzellen. Das Espenlaub raschelte, am Waldrand lagen verschimmelte Holzstapel, und in unserer Küche brannte die Laterne. Aus dem Kochtopf stieg grauer Kartoffelsuppendampf.

Oma kauerte vor dem Herdloch auf dem Hackklotz und bemerkte uns nicht. Auf dem Boden lagen Braunchen, unser braunes Huhn, Krähenkopp, das schwarze, und Freundchen, das gelbgefleckte, alle drei ohne Köpfe und mit offener Gurgel. Die Köpfe lagen vor Oma.

Dann richtete Oma sich seufzend auf und sah uns. Ihr Gesicht war rot, und das Weiße in ihren Augen glitzerte. «Wie ich mit der Kuh heimkomm, hab ich mir schon beim Gatter gedacht, was is denn nu? – die Mauer voll Blut, und auf dem Weg liegt ein Hühnerkopf. Wenn ich dieses Biest von Iltis erwische, dem dreh ich mit eigenen Händen den Hals um. Die Därme reiß ich dem zum Schlund raus!»

Während Oma fluchte und schimpfte, zitterten vorne auf ihrer Strickjacke ein paar kleine Flaumfedern.

Der Iltis hatte sich mit Hühnerblut vollgeschlemmt, Köpfe und Rümpfe hatte er liegenlassen. «Wenn die lange Rõõt noch am Leben wär, würd ich die holen», meinte Oma. «Die Rõõt konnte dir jedes Tier verhexen. Mein Lebtag werd ich nich vergessen, wie sie bei Suursaares aus dem Stall kam mit ihrem schwarzen Kopftuch, und auf der Schulter saß ihr ein Hermelin. Suursaares Jaan hat es dann in das Kopftuch gewickelt und das Bündel gegen die Stallwand gehauen. Von da an war Schluß mit dem Hühnermorden. Und die Rõõt hatte gar nichts gemacht, das Hermelin kam ganz von allein aus der Ecke und ist ihr am Rock hochgewuselt wie so ein Wollknäuel.»

Oma schob einen hellen breiten Span unter die Köpfe, ging

zur Treppe und rief: «Tommi! Tommi! Tommi!» Ich stand hinter ihr in der Diele und hörte, wie draußen Tommi krachend auf den Köpfen von Braunchen, Freundchen und Krähenkopp herumkaute.

Mutter hatte sich ein altes Kleid mit grauverschwitzten Achseln angezogen und begonnen, die toten Hühner zu rupfen. Man konnte doch die schönen Federn nicht verkommen lassen! Oma saß auf dem Hackklotz und hielt das gefleckte Huhn an den Beinen hoch, Mutter hockte auf der Türschwelle mit dem schwarzen Huhn zwischen den Knien.

Ich kletterte neben Mutter auf den Schwellenbalken und nahm die neuen Bücher auf den Schoß.

Oma fragte: «Na, wie war's denn nun in der Stadt?»

Ich schwieg und dachte an alles zurück, aber ich fand keine Worte für den blauen Himmel, den ewigen Sonnenschein, die feierlichen Pionierlieder, die rote Backsteinkirche und den Geruch im Buchladen. Ich konnte nicht beschreiben, wie es in der Stadt war. Ich wurde ganz verzweifelt und stieß hervor: «Am Abend war so ein großer Mond!»

*O*MA WARF BUNTE FEDERN in den Korb, und an der Wand bewegte sich der Schatten von ihrem Kopf. «Wollt ihr, daß ich euch was vorlese?» drängte ich. Ich schlug das Buch «Wie Jaromil sein Glück fand» auf und las mit getragener Stimme: «Es war einmal ein Tal, in dem stand ein ärmliches Häuschen. Darin lebte ein Köhler mit seiner Frau und seinem siebenjährigen Sohn...»

Ich wollte nicht zulassen, daß Oma ab und zu das Huhn beiseite legte und aufstand, um im Herd nachzulegen oder um den Topfdeckel zu lüften und mit den Kartoffeln zu reden: «Ihr kocht nu auch bald lange genug, ihr verdammichte Deibelsbrut!» Ich hob dann jedesmal zornig die Stimme:

«Als aber die Erde ihr Blütenkleid ablegte und sich mit gelben Blättern bedeckte, sang auch Jaromil seinen Blumen traurige Lieder!»

Oma wurde ärgerlich: «Brauchst gar nich so zu schreien! Wir sind schließlich lebendige Menschen und können nich rumsitzen wie die Mumien!»

Aber wenn ich mir die Bilder anschaute, war ich still; ich betrachtete den kleinen Jaromil mit den großen Augen, der im Schwarzen Wald in sein Pfeifchen blies und auf sieben Jahre ins Elfenreich geriet, und an den schönsten Bildern schnupperte ich heimlich. Die anderen benutzten unterdessen die Gelegenheit und fingen eine Unterhaltung an. Ich kam dann auch gar nicht mehr zum Vorlesen, denn plötzlich sagte jemand in der Diele: «Wahrhaftig, die Birken werden früh gelb dieses Jahr. 'n Abend miteinander!»

Mutter bekam ein ganz anderes Gesicht, Tommi stürzte hechelnd in die Küche und warf den Federkorb um, in der Küchentür stand Vater wie ein Flieger, mit einer ledernen Motorradkappe. Seine Jacke knirschte, und auf seiner Stirn glänzte eine große Motorradbrille. Auf dem Rücken hatte er einen Rucksack und in der Hand einen zerbeulten schwarzen Pappkoffer.

Vater kam vom Dienst in der Molkerei in Kaansoo.

Ich sprang auf und blieb wie angewurzelt stehen, das Buch in der Hand. Vielleicht wußte Vater schon, daß ich gestern Tommi ins Bett gelockt und ihm mein geblümtes Leibchen angezogen hatte. Hunde und Katzen soll man nicht kraulen, die haben Bandwurmeier auf der Zunge, und auch von der Erde nichts aufheben! warnte Vater immer.

Seine Augen blickten schlau und besorgt und sahen auch Dinge, die nicht zu sehen waren. Er liebte heiß und innig den elektrischen Strom, Automotoren, Benzin und blühende Apfelbäume. In seinem schweren grünen Rucksack steckte stets ein Akku, den er entweder gerade zum Aufladen brachte oder vom Aufladen abholte. Seine Stiefelsohlen drückten ihr Grätenmuster in die estnischen Landstraßen und führten ihn immer weiter weg von dem weißen Anzug und dem Pünktchenschlips, die man noch auf den Fotos sah.

Im Frühling erblühten ihm zu Ehren zahllose junge Apfelbäume in fremden Gärten, wo er sie wie im Vorbeigehen gepflanzt hatte. Er vertrat die Ansicht, daß jedermann, wenn er im Frühling eine halbe Stunde Zeit fand, einen Apfelbaum pflanzen sollte, dann gab es wieder einen mehr auf der Welt.

Vater glaubte daran, daß man mit dem Schönen und Nützlichen gegen das Schädliche und Häßliche ankämpfen könne. Mit Päonien gegen Brennesseln, mit Apfelbäumen gegen Erlengestrüpp, mit Fleiß gegen Faulheit, mit Bienen gegen Flöhe. Wo immer er im Frühjahr Dienst hatte, pflanzte er im Garten der Molkerei einen Apfelbaum, zum Andenken; im Winter und Sommer aber machte er sich Gedanken darüber, wie schön der Garten jener Molkerei aussehen könnte, wenn dort ein paar junge Apfelbäume stünden.

Seine Hämmer und Blechscheren malte er grün oder rot an, mit den Farben von Hoffnung und Liebe. Braun und Grau verabscheute er und pflegte zu sagen: «Grau ist eine gräßliche Farbe, da kriegt man ja Kopfweh von!» und: «Braun ist noch viel gräßlicher, da muß ich immer an geronnenes Blut denken!»

Wenn Vater auf Dienstreise fuhr, mußte man lange warten, bis er wiederkam, einen oder zwei Monate an einem Stück. Er wurde nie an den gleichen Ort geschickt, sondern immer in eine andere Gegend, mal nach Elva, dann wieder nach Otepää, ein paarmal nach Karksi-Nui, gelegentlich nach Türi oder Valgjärv. Wenn man es aufgegeben hatte, auf ihn zu warten, wenn er fast schon vergessen war, immer dann kam er. Man mochte ihn aus Richtung Koplimets erwarten, statt dessen kam er über die Sumpfwiesen. Oder man dachte: Diesmal wird er das Motorrad bei Rätsepps abstellen, aber nein: Er ließ es bei Alliks.

Ich ging Vater nach in die kleine Stube und blieb in der Tür stehen – ich wollte sehen, ob er den Koffer aufmachte und war stolz auf seine Lederjacke, seine Fliegerkappe und seinen Benzingeruch. Ich rieb meine Schulter am Türpfosten und schniefte geräuschvoll. Vater nahm aus dem Koffer eine verblichene Segeltuchmappe, legte sie auf den Tisch, sah über die Schulter und meinte wie zu sich selbst: «Wenn ein Kind so laut schnieft, dann hat es Polypen in der Nase. Da müssen wir mit ihm zum Onkel Doktor, und der Onkel Doktor schneidet vielleicht die Nase ab.»

Ich seufzte und hörte auf zu schniefen und rieb um so heftiger die Schulter am Türpfosten. Vom Türsims fiel die rosa Erdbeerseife herunter, die dort als Vorrat lag. «Na, jetzt geht's aber los!» rief Vater. Zum Glück kam Mutter hinzu, das Licht wurde angezündet, und Vater sprach halblaut mit Mutter, langweilige fade Sätze wie: «Die Schraubzwingen einfach aus der Kiste verschwunden... Vorschuß wird nur in Butter und Käse ausbezahlt... Der Meister von der Käserei so ein richtiges Vollmondgesicht und puterrot dazu...»

Und Mutter sagte: «Heinos Frau so schön angezogen... Wir fangen bald mit der Kartoffelernte an... Mit dem Heu auch das ewige Theater... Und Hans immer nur am Nörgeln, dies ist nicht recht und das ist nicht recht...»

Während sie redete, schaute sie unverwandt auf den Koffer und die Segeltuchmappe, ebenso wie ich. Vater betrachtete uns freundlich und listig und meinte dann abschätzig: «Tja, der Heino hat schon ein elendes Leben. Immer diese Tierhäute ausmessen und die Hände glitschig vom Fett, da wird ja auch das Geld bei fettig», und dabei öffnete er die Segeltuchmappe und zog aus ihr eine Fahrradklingel, eine Fahrradpumpe und einen Gummibären hervor. Der Bär fiepte und quietschte in Vaters Händen, die Klingel schrillte, die Luftpumpe keuchte. Die ganze Stube veränderte sich, die Stühle kauerten sich um den Tisch, der Schrank duckte sich, der Spiegel blinzelte bekümmert. Ein Geruch von Schmieröl, Benzin und Schweißflammen schlug ins Zimmer; Metall und Gummi machten dem Holz und den Kleidern bange. Meine Augen leuchteten; ich spürte, daß Fahrradpumpen und Schweißbrillen bei weitem mehr Macht und Zukunft hatten als Webeblätter und Wollkratzen.

Ich wurde hochfahrend, wie immer, wenn Vater nach Hause kam. Ich jagte den Hund aus der Stube, weigerte mich, Wasser aus dem Becher zu trinken – eine Kaffeetasse mußte es sein –, erteilte im Amtston Verbote und Befehle und war fest überzeugt, daß sich alles nach ihnen richtete. Ohne sie käme das Fleisch halbgar auf den Tisch, die Uhrgewichte würden nicht aufgezogen, das Lampenglas bliebe ungeputzt. Ohne sie konnte niemand das Licht des Geistes schauen, denn das vermochte ihnen niemand zu zeigen als ich. Ich machte die Welt festlich mit Hilfe von zwei unbeholfenen Versen, die ich mit eigenen Augen aus einem Buch ablas:

> Endlos die Gemüsebeete,
> ständig müssen wir sie jäten.

Ich wollte sie Vater vorlesen, so schnell es ging, sie waren nämlich kurz. Für längere Gedichte hätte er keine Geduld gehabt und wäre weggegangen. Ich starrte die ganze Zeit auf seine mächtigen kahlen Schläfen und seine Hakennase und wartete darauf, daß er endlich einmal an einer Stelle blieb, sich an den Tisch oder zum Ofen setzte, damit ich ihm vorlesen konnte:

> Wir Sanitäter geben acht,
> daß ihr euch gut die Ohren wascht.

Aber Vater ging ständig in der Stube umher, zog sich die Joppe aus, rückte Segeltuchmappe, Koffer und Rucksack mal hier-, mal dorthin und suchte einen Platz, wo sie nicht im Weg waren. Er zog plötzlich eine Streichholzschachtel aus der Hosentasche, schüttelte sie an Mutters Ohr und fragte eifrig: «Hörst du das, Hilda? Hörst du es jetzt? Kannst du raten, was da drin ist?»

Mit meinen Augen verschlang ich Vaters kariertes Hemd,

seine grauen Uniformhosen mit dem glänzenden Sitzleder, seine Militärstiefel und die Streichholzschachtel, die er vorsichtig in der Hand hielt. Er öffnete die Schachtel, darin waren nur Apfelkerne. «Die mit der gebogenen Spitze sind Zimtäpfel», sagte er stolz. «Und guck, die großen flachen hier, das sind Pernauer Taubenäpfel.» Er freute sich, und seine Augen blickten durch uns hindurch in weite Ferne. «Ist das nicht komisch: hier in meiner Tasche trag ich eine ganze Obstplantage. In jedem Kern steckt ein riesiger Haufen Äpfel!»

Ich saß wie erstarrt und betrachtete erschrocken die Apfelkerne, während Vater dozierte: «Der Mensch muß einen Verstand haben. Eine Katze oder ein Hund denkt, ein Haus ist ein Haus und ein Balken ist ein Balken, sie verstehen nicht, daß das Haus und der Balken eine Sache sind, denn das Haus ist aus Balken gemacht. Aber der Mensch muß einsehen, daß der Apfelkern dasselbe ist wie der Apfel. In dem Apfelkern ist der Apfel versteckt wie in einem Suchbild, genauso wie im Kind der Erwachsene versteckt ist.» Vater sah mich an und sagte mahnend: «Immer wenn du einen Apfel ißt und den Grotzen mit den Kernen fortwirfst, dann denk: Was hab ich jetzt bloß getan, jetzt hab ich sieben Apfelbäume umgehauen. Der Bordsdorfer hat nämlich sieben Kerne, wenn du den Grotzen wegwirfst, sind sieben Apfelbäume weg. Deswegen haben wir hier in Estland auch überall dieses Erlengestrüpp, weil die Esten keine Apfelkerne aufheben. Ich lege oft welche am Straßenrand in die Erde. Wenn von tausend einer angeht: das reicht schon. Aber die Leute wollen nicht mal, daß man für sie Apfelbäume sät, die wollen einen dran hindern, deshalb muß man es heimlich machen, wie ein Mörder und Spitzbube.»

Mutter brach in schallendes Gelächter aus, Vater seufzte betrübt: «Siehst du, deine Mutter amüsiert sich bloß, sie will nicht glauben, daß im Apfelkern der Apfel versteckt ist. Diesen Glauben kann man nicht draußen finden, wenn man ihn nicht im eigenen Herzen trägt.»

Die Kerne glänzten matt und glitten Vater aus einer Hand in

die andere. Unter unserer Haut und unserem Fleisch regte sich der Geist, sprach durch Vaters Mund von Apfelbäumen, zwang Mutter zum Lachen und mich dazu, die im Lampenlicht schimmernden Kerne anzustarren. Ich sah sie wie Funken durch Vaters Hand gleiten und hätte gewünscht, daß sie endlos so weiter gleiten könnten und mir mit ihrem Gleiten die Kehle zusammenpressen und die Augen weit machen und auf Stirn und Wirbelsäule drücken.

«Versteckt wie in einem Suchbild», wiederholte ich flüsternd und dachte an den grauen Bienenstock, in dem das Wehrmachtsbajonett versteckt war. Womöglich kroch es gerade aus seiner Papierhülle hervor und durch das Flugloch hinaus in den Wald. Oder flog es schon durch die Erlen hinterm Haus und suchte Gurgeln zum Durchschneiden?

Vater schüttete die Apfelkerne zurück in die Streichholzschachtel, seufzte und nahm aus der Mappe einen geblümten Kleiderstoff für Mutter und einen gepunkteten Satinstoff für mich. Weiße Punkte flimmerten auf dunkelblauem Grund, und Mutter rief voller Bewunderung: «Ist das aber ein schöner Stoff! So einen schönen Stoff hat Papa dir mitgebracht!» Sie faltete ihn auseinander und schlug ihn so um mich herum, daß er in Falten vom Kinn bis auf die Zehen fiel. Stolz sagte sie: «Rufen wir auch mal die Oma, damit sie sieht, was für schönen Stoff uns der Papa mitgebracht hat!» und rief in die Küche: «Mutter, was kramst du da, komm doch mal her!»

Mit schwerem schlurfendem Schritt kam Oma durch die Diele und blieb in der Tür stehen. Sie wischte sich die Hände an der Schürze ab, zog den Kopftuchknoten unterm Kinn fester und befühlte unsere Kleiderstoffe, hob sie dicht vor die Augen und sagte tief und drohend: «Sehr schöner Stoff! Hat gar keinen Sinn, das alles gleich zu zerschnippeln. Man muß auch mal was zurücklegen können.»

Mutter zog ein mürrisches Gesicht und lamentierte: «Zurücklegen, zurücklegen! Du und deine ewige Zurücklegerei! Und wofür? Guck dir Erna an, die wollte auch immer alles zurücklegen, sogar der Mantel war ihr zu schade – und nun? Nicht mal ein Dach hat sie mehr überm Kopf!» – «Am besten alles mit Maßen», meinte Vater. «Man soll nicht gerade aasen wie das liebe Vieh, aber übertriebene Knauserei ist auch nicht das Wahre», und fügte hinzu: «Allerdings immer noch besser als Aasen.»

Ich trat von einem Fuß auf den anderen, Mutter und Oma gingen in die Küche und kümmerten sich um das Essen, ich blieb mit Vater allein in der hinteren Stube. Mit verschmitzter Miene sagte er: «Nun wollen wir doch mal sehen, was du schon alles weißt. Von welchem Land ist die Hauptstadt Berlin? Wer's weiß, kriegt was Schönes zur Belohnung!»

Mit durchdringendem Blick starrte ich auf Vaters Rücken, Ohren und Nacken und rief: «Die Hauptstadt von London!», und meine Backen begannen zu glühen.

Vater machte betrübte Augen und kratzte sich am Kopf. «Falsch! London ist selber eine Hauptstadt. Nämlich von welchem Land?»

«Ich weiß nicht», flüsterte ich.

Vater wunderte sich. «Wie denn das? Im Sommer hast du aber noch gewußt, daß London die Hauptstadt von England ist. Holen wir mal die Mama, ob die weiß, wie die Hauptstadt von Deutschland heißt.»

Ich lief in die Küche und kam mit Mutter zurück. «So», meinte Vater eifrig, «jetzt werden wir mal sehen, wer die Belohnung kriegt, du oder Mama. Hilda, weißt du, wie die Hauptstadt von Deutschland heißt?»

Mutter kicherte. «Aber klar doch!»

Ich hakte voll Schadenfreude nach. «Warum sagst du's dann nicht, wenn du's weißt?»

«Berlin», verkündete Mutter stolz, und mir stieg ein Kloß in die Kehle, die Nase war verstopft, der Mund verzogen, die Augen schwammen. Jetzt kriegte Mutter die Belohnung. Ich schluchzte erbärmlich. «Die Mama hat das in der Schule gelernt! Die muß das ja auch wissen!»

Mutter wurde ungehalten. «Nischt wie Ärger mit dem Balg! Das war doch nur ein Spaß vom Papa!»

«War kein Spaß», stöhnte ich.

Vater kramte in seinem Rucksack und zog einen großen weichen, leicht zerdrückten Kringel mit mohnbestreuter Kruste hervor. Ich hatte in meinem Leben schon einige gegessen und wußte, wie weich und fest sie innen waren. Vaters Hand mit dem Kringel kam auf mich zu. Unter gesenkter Stirn hervor betrachtete ich abwechselnd Hand und Kringel, vor allem aber achtete ich auf das vernickelte Uhrgehäuse und das elastische Gliederarmband.

Ich wollte schon nach dem Kringel greifen, da blieb Vaters Arm in der Luft stehen, schwenkte nickelblitzend ab in eine andere Richtung und reichte ihn Mutter. Mutter sagte strahlend «Danke schön» und brach den Kringel in zwei Teile.

Ich rief eigensinnig: «Was hat denn Oma gesagt?! Man muß auch was zurücklegen können!»

Am liebsten wäre ich in den Wald gerannt und hätte mich hingeworfen, mit meinen Nägeln die Erde aufgerissen und geheult wie ein Hund vor Erbitterung und Verlassenheit.

Doch da! Vaters Hand verschwand von neuem im Rucksack, die andere Hand kam zu Hilfe, der Rucksack wehrte sich, gab nach, ein brauner Kasten kam zum Vorschein und wurde mir von Vaters Armen hingestreckt. Seine ruhige einsame Stimme fragte: «Weißt du auch, was ich dir da mitgebracht habe?»

Vor meinen Augen schwamm ein Bild aus dem Buch «Ich wohne in Moskau». Vor einem braunen Kasten eine Reihe Stühle. Der braune Kasten selbst. Kinder beim Radiohören. Ein Radio. Ich sah Vater tief in die Augen und flüsterte: «Ein Radio.»

Seine Augen glitzerten freundlich und verwundert. «Wie bist du nur darauf gekommen?» sagte er.

Ich packte das Radio mit beiden Händen, es war schwer, und meine Knöchel wurden weiß von der Anspannung. Mutter half mir und hob das Radio auf den Tisch. «Die Akkus sind im

Rucksack», erklärte Vater. «Ihr denkt vielleicht, das wär ein Netzradio; stimmt aber nicht, das ist ein Akkuradio. Gibt ja keinen Strom hier auf dem Land!» In seiner Stimme lag Mitgefühl mit uns, dazu Einsamkeit, Verschmitztheit und die Lust, alle Welt ein wenig zu foppen. Er selbst merkte nicht, was da mitschwang, plinkerte nur und lachte kurz: «Jahaha!» In seinem Mund glänzte eine Goldplombe, nicht umsonst hatte er einen Zahnarzt zum Onkel.

Oma erschien wieder in der Tür. «Kommt essen jetzt!»

«Danke, keinen Hunger», sagte Vater schnell, seine Zauberformel, mit der er alles ablehnte, was andere gekocht hatten: Da konnten Hundehaare drin sein und Bandwurmeier oder Tränen, wenn die Köchin Kummer hatte. Vater hatte eine Heidenangst vor Schweinefleisch und Eiern, vor See- und Flußfischen, frischer Milch und hausgemachter Butter, denn Schweinefleisch und Eier machten den Menschen aggressiv («Brauchst dir nur Lillemäes Oskar angucken, der ißt nichts wie Schweinefleisch!»), See- und Flußfische hatten den Bandwurm, in die frische Milch tropfte der Seich vom Kuhschwanz und den Butterklumpen patschte die Bäuerin mit der Hand, während ihr unterm Kopftuch das Haar heraushing.

Bei Brot war Vater sich sicher, das war in der Ofenglut gebacken, und die Kruste konnte man wegschneiden. Und Zukker war sauber von Natur aus – guck ihn dir doch an: schneeweiß! – und wurde in einem Sack aufbewahrt. Auch Sprotten, Heringe und Salzströmlingen konnte man trauen.

Mutter tat trotzdem heiße Kartoffeln und Salzströmling auf einen Teller und brachte sie Vater in die hintere Stube. «Au», sagte er, «da verbrennt man sich ja den Mund an den heißen Kartoffeln. Ich eß später.»

Er nahm Kabel und Draht aus dem Rucksack und hantierte an dem Radio. Ich wollte ihn auf keinen Fall aus den Augen lassen, ich mußte doch sehen, was er mit meinem Radio machte. Schließlich setzte ich mich dennoch an den Tisch und schlang hastig mein Essen herunter, Kartoffeln, Soße und gebratenes Schweinefleisch, bei dem ich Vater zuliebe so tat, als schmeckte es mir nicht. In Wirklichkeit schmeckte es mir ja, und wie. Aber ich überwand mich und sagte gedrückt, fast unter Tränen: «Ich glaub, das Fleisch ist nicht ganz durch. Ich will nichts mehr.» Wie durfte ich Fleisch essen, wenn Vater zu Hause war! Er konnte ja jeden Moment zur Tür hereinkommen, und dann war er enttäuscht von mir.

Draußen vorm Fenster rauschten Zweige und Wipfel im Mondlicht, der Wald atmete, das Wasser dampfte, die Felder glänzten gelb.

Oma saß vorgebückt und schälte heiße Kartoffeln. Zwischendurch klopfte sie mit dem Messergriff gegen den Tisch, an der Tischkante kauerte ein grauer Haufen Kartoffelschalen. Unter dem Fußboden kam gleich die tiefe dunkle Erde, die Bäume knackten ums Haus, breite Heuhaufen lagen auf den Wiesenhügeln, Luftströmungen trugen kalte klägliche Vogelstimmen heran. Auf dem Grund des Brunnens funkelten gräßlich zwei braune Glasaugen, die hatte ich meinem alten Teddy aus dem abgewetzten Gesicht gerissen und in den Brunnen geworfen.

Onkel kam auf Waldpfaden nach Hause, den leeren Brotbeutel unterm Arm und den Rücken lahm von der Arbeit, am Wegrand raschelten breite Farnwedel. Wenn einer so spät erst kommt, kriegt er kalte trockene Kartoffeln und steife Soße.

Schleichpfade schlängelten sich zwischen Fichten und Birken, mitunter kreuzten sie die Wege der gewöhnlichen Sterblichen. Im Unterholz bewegten sich graue Joppen, Gewehrläufe blinkten und klickten, Stirnen beperlten sich mit Schweiß. An der Tür des Schulhauses erschien Nacht für Nacht ein Zettel mit der drohenden Forderung:

> Freiheit dem estnischen Meer,
> Freiheit dem estnischen Land!

Solche Geschichten bekam ich mit, während ich Brot zerkrümelte, Kartoffeln auf dem Teller hin und her schob, leere Garnrollen über den Boden kullerte, Häuser aus Streichholzschachteln baute, unter dem Tisch hockte und große Jots malte. Nur gelegentlich sah ich dabei auf, mit klarem kaltem Blick, und dann geriet mir gleich ein großes Jot schief, oder das fertige Haus stürzte ein.

Ich hörte, wie Vater in der hinteren Stube auf und ab ging und rumorte, und war froh. Fröhlichkeit macht blanke Augen und leichte Füße, es kam mir vor, als wäre ich Jahre und Monate hindurch wach gewesen, hätte alle Hauptstädte der Welt durchfahren und wäre nun heimgekehrt in mein Zuhause unter der alten Birke.

Mutter ging in die Küche, um sich die Füße zu waschen, Oma schob das Geschirr am Tischrand zusammen und breitete die «Volksstimme» darüber. Tommi fing an zu bellen, Vater schaute aus der Hinterstube und sagte: «Pst! Pst! Da geht jemand ums Haus!» Wir hörten schwere gleichmäßige Schritte unter dem Fenster. Dann war wieder alles still.

Ich ging nach hinten zu Vater und schaute zu, wie er Drähte ins Radio steckte, sie ringelten sich unterm Tisch entlang zu den Akkus.

Oma griff zum Gesangbuch und setzte sich in der großen Stube an den Tisch, der Knoten in ihrem Kopftuch war wieder aufgegangen. Sie las vor:

> Dem Teufel ich gefangen lag,
> im Tod war ich verloren.

Plötzlich begann das Radio zu rauschen, und ein unsichtbarer Mann sagte mit tiefer salbungsvoller Stimme: «Das estnische Volk hat sich mit voller Kraft und mit unermüdlichem Eifer ans Werk gemacht, um den neuen Fünfjahresplan in die Tat umzusetzen und unser wirtschaftliches und kulturelles Leben bisher unerreichten Höhen entgegenzuführen. Es vertraut fest darauf, daß es ihm unter Führung der bolschewistischen Partei und des großen Führers der Sowjetvölker, des Genossen Stalin, gelingen wird, unsere Heimat in aufopferungsvoller Arbeit nach und nach zu einem wirtschaftlich und kulturell hochstehenden sozialistischen Land zu entwickeln.»

Vater strahlte. Oma klappte das Gesangbuch zu und wischte sich die Mundwinkel, Mutter kam auf frisch gewaschenen Füßen in die Stube, Tommi wedelte mit dem Schwanz und lief Onkel entgegen in die Diele. Alle standen wie versteinert und hörten Radio.

Endlich sagte Vater: «Die Kreissäge und das Radio, das sind die zwei wichtigsten Sachen im Leben. Ohne die geht's nicht weiter», gab Onkel die Hand und sagte: «Na, grüß dich!» Er ging zum Radio, legte das Ohr daran und lauschte. Er machte ein verwundertes Gesicht, schaute auf mich und sagte zu Onkel: «Wer spricht denn da in dem Kasten? Irgendein kleines Männchen vielleicht?»

Onkel machte genauso ein verwundertes Gesicht und hustete. «Gut möglich!»

Vater überlegte. «Nee, nee! – Ich glaub nicht, daß der in dem Kasten drin ist. Vielleicht steht er draußen an der Wand und spricht durch ein Rohr, und die Stimme kommt über einen Draht in den Kasten.»

Onkel war ganz derselben Meinung. «Das läßt sich ja feststellen. Schnapp dir einen Knüppel und mach 'ne Runde ums Haus!»

Mutter gluckste, und Oma wurde böse: «Nu geht mir aber mit euren Narrenpossen! Das Kind ist schon müde genug.»

Ich stand genau unter der Garderobe und roch die wollene Strickjacke. Draußen polterten Vaters Schritte, man hörte dumpfe Schläge gegen die Hauswand und Keuchen und Fluchen von einer fremden Stimme. Ich runzelte die Stirn. Ich glaubte nicht daran, daß da ein fremder Mann vor dem Haus in ein Rohr sprach, aber unheimlich war es doch. Wer fluchte denn dort, wenn da niemand war?

Ich hoffte glühend, wir würden endlich die Stühle ordentlich in einer Reihe vor dem Radio aufstellen und uns hinsetzen und zuhören. Wir glaubten nicht an den Däumling, der angeblich in dem Radio steckte, und billigten nicht, was Vater da machte. Irgendwo wurde gerade ein gehässiger Artikel für die Zeitschrift «Hammer und Sichel» verfaßt und die Zeitschrift «Looming» redigiert, Schneiderkostüme genäht, Plüschvorhänge mit Zierfransen aufgehängt, aus Lüftungsfenstern tönte Klavierspiel, Hausgehilfinnen trugen Pflaumenkompott mit Schlagsahne auf, um pralle Kinderbäuche wurden Trachtengürtel geschlungen. Väter fuhren auf Dienstreise nach Moskau und brachten von dort ungeheuer große aufgeplatzte Ananasfrüchte mit, die wie Erdbeeren rochen und einen nachts hinaus auf den Abort trieben. Hohlwangige Leute machten falsche Angaben in Fragebögen, ihre Hände zitterten und schwitzten dabei.

Und ich mußte hier an der Garderobe unter einer alten Strickjacke stehen und zuhören, wie mein Vater draußen seine kindischen Späße trieb. Und die Zuckerschlangen und die Kriegskrüppel kriege ich nie zu sehen und kriege auch keine Kniestrümpfe und keine Zöpfe, die man hinter den Ohren aufrollt. Aus dem Radio tönte es:

> Hältst du zum erstenmal in deiner Hand
> das Mitgliedsbuch des Komsomol,
> dann, junger Streiter, merk es wohl:
> der jungen Garde Banner dir zu Häupten flammt!

Ich sehnte mich heiß und innig fort von hier, in die weite lockende Welt. Dort mußte alles anders sein als zu Hause. Simple Betten, Tische, Kleiderständer und Strickjacken durfte es dort nicht geben. In der weiten Welt, schien es mir, gingen die Leute entweder in Militäruniformen oder in langen bunten Gewändern. Wer trug dort Leibchen mit bammelnden Strumpfbändern oder Mäntel mit mottenzerfressenem Kragen!

Ich glaubte auch daran, daß alle diese Weltmenschen den brennenden Wunsch verspürten, so schnell wie möglich alle finsteren Mächte zu vernichten, alles Widerwärtige und Heimliche – was für mich hieß: dunkle Winkel hinter Schränken, Gräber, in Heuhaufen entdeckte Gewehre, unruhige Blicke und verbissene Münder.

Inzwischen habe ich so viele Betten, Tische, Garderoben und Strickjacken gesehen, daß es mir seltsam und undenkbar vorkäme, würden sie in irgendeinem Teil der Welt fehlen. Ich glaube nicht mehr daran, daß irgendwo alles anders ist als zu Hause; Gräber und düstere Winkel habe ich überall gesehen, wo Menschen leben. Und bei weitem nicht alle haben den Herzenswunsch, die finsteren Mächte zu vernichten, die meisten haben als einzigen Wunsch den nach immer mehr teuren elektronischen Geräten, mehr Luxusautos, mehr Spaß und Zerstreuung. Die Augen zu verschließen vor der bedrohlichen Finsternis und sich eine Illusion von Licht zu schaffen.

Wie die Dinge liegen, kann ich in Romanen und Statistiken nachlesen, kann ich im Radio und im Fernsehen hören. Und zur Bestätigung dessen kann ich mir ins Gedächtnis rufen, was ich in fremden Großstädten mit eigenen Augen gesehen habe.

Trotzdem: Ich sträube mich dagegen. Mein eigensinniger Kinderglaube bleibt. Auch heute bin ich sicher, daß einige noch an eine Zukunft glauben, daß die Welt mit ihren trostlosen Häuserlabyrinthen, Bars, Tanzdielen und Massakern erlöst wird durch die Nerven der Dichter und die Gehirnzellen der Philosophen. Solange es sie gibt, glaube ich, daß die Welt Bestand hat. Anders gesagt:

> Die Erdenspur der kühnen Feuergeister
> zu tilgen sind seit eh und je versessen
> die Esser, Trinker, Henker, Kerkermeister.
> Umsonst die Müh. Bald sind sie selbst vergessen.

Wie um das zu bekräftigen, pfiff der Wind um die Hausecken, die alten Fichten draußen knackten und ächzten. Vater blinkte mit der Taschenlampe ins Fenster. Oma kam und legte ihre schweren Hände auf meine Schultern; mein Hinterkopf reichte ihr bis zum Jackensaum. Ich mochte dieses Blinken nicht, es machte die Stube unruhig, als stampfte ein Soldat über den Hof.

Ich ging zum Radio und berührte mit der Fingerspitze den straffen braunen Stoff, hinter dem sich die Drähte und Klemmen verbargen. An den Knöpfen drehte ich nicht, seufzte nur tief und legte meinen Kopf auf den Tisch vor das Radio. Alle Nachrichten und Lieder flossen jetzt durch meine Schläfen. Ich fühlte, wie der Tisch unter meiner Backe davon erzitterte.

D*IE SONNE SCHIEN VOM BLAUEN HIMMEL*, als hätte es nie die weiten Abendfelder gegeben und nie die drei Hühner mit den zerfetzten Kehlen neben dem Hackklotz in der Küche. Ich machte eine Runde ums Haus und merkte, wie warm es war.

Ab und zu blieb ich stehen und betrachtete fasziniert meine Schürze. In der Mitte vor dem Bauch war eine hübsche kleine Tasche, und die ganze Schürze war bedeckt mit einer Bildergeschichte, von dem dicken Kind und den Gänsen. Die Geschichte ging am unteren Rand los und war jedesmal wie neu, denn die Schürze wurde nur selten aus dem Schrank hervorgeholt. Sie lag gefaltet im Regal unter den Kissenbezügen, davon hatte sie die scharfen Kniffe behalten, wie hineingebügelt.

Aino, das Bauernmädchen, das diese Schürze seinerzeit getragen hatte, hatte der Krieg mitgenommen, vielleicht nach Deutschland, dessen Hauptstadt Berlin hieß, oder vielleicht sogar nach England, mit der Hauptstadt London. Vielleicht dachte sie in der Fremde an ihre Schürze und hatte dabei Tränen in den Augen.

Ich zog die Schürze glatt, und sieh! da streckte wieder die fette Gans mit dem roten Schnabel ihren Hals vor und pickte in dem saftigen giftgrünen Gras, in dem gelbe und blaue Blumen wuchsen. Das dicke Kind stand plautzbäckig mit vorgestrecktem Hintern und wollte der Gans den Kopf streicheln und merkte dabei gar nicht, daß von hinten eine zweite noch größere Gans herankam. Die hatte den Hals an den Boden gedrückt, und aus ihrem Schnabel kamen Buchstaben. «Sch, sch, sch!» zischte sie.

Auf dem nächsten Bild hatte sie schon das dicke Kind mit dem Schnabel beim Hosenboden gepackt. Die spitzenbesetzten Höschen rissen entzwei, das karierte Kleid flatterte, die Gans zerrte, und das Kind brüllte. Seine Backen waren gerötet, und es rieb sich mit pummeligen Fäusten die Augen. Jetzt aber kam ein Junge auf die böse Gans zugeschlichen, mit einer Rute in der Hand – bei so einem Gänserich wußte man nie. Ein altmodischer Wind bauschte den gestreiften Matrosenkragen des Jungen, und seine Nase war von dichten Sommersprossen bedeckt. Er zog der Gans eins mit der Rute über. Das passierte schon ganz am oberen Ende, wo das Schürzenband ansetzte und der Stoff ein wenig Falten warf. Der Junge nahm das dicke Kind väterlich bei der Hand, und die beiden entfernten sich zur einen Seite, die beschämten Gänse zur anderen. Hier und da ragten spitze Grasbüschel mit bunten Blumen, und um die Köpfe der beiden Kinder flatterten mächtige Schmetterlinge. Auf dem Täschchen zwischen den Schürzenbändern schien eine lachende Sonne mit großen schwarzen Augen und langen Strahlen ums Gesicht. Vielleicht wollte die mich verzaubern und auch in ein Schürzenbild verwandeln. In den Büchern passierte so was die ganze Zeit!

Ich runzelte die Stirn und hielt der Sonne das Gesicht zu. Vater sollte mich gleich in dieser Schürze fotografieren; auch eine blaue Schleife hatten sie mir dafür ins Haar gebunden, darauf hatte ich bestanden. Ich steckte in einem schon zu kurzen weißen Kleid mit einem lichten Muster von blassen Veilchensträußen. Ich verabscheute dieses Kleid, denn es war aus so dürftigem Stoff, auch wenn er Batist hieß, und stammte ebenfalls von jener Aino, die sich davongemacht hatte nach Deutschland oder England.

Oma kam auf den Hof, betrachtete mich von vorn und hinten und lobte mich. «Nein, wie fein du jetzt aussiehst! Ich faß dich besser gar nich an. Aber du machst ja ein Gesicht, grad wie ein böser Bulle! Weißt du denn nich, daß man beim Fotografieren immer schön freundlich gucken muß? Wart, ich hol dir noch ein paar Blumen!» Und sie rauschte durch die Beerensträucher, brach drei üppige Dahlien und ordnete sie in meinen Händen, damit es ein schöner runder Strauß wurde und alle Blüten zur Geltung kamen.

Ich hatte das Gefühl, daß ich und vor allem meine Bilderschürze ganz hinter dem Strauß verschwanden und erhob lautes Protestgeschrei: «Oma, nimm die Blumen weg! Oma, nimm die Blumen weg!»

Auf der Treppe erschien Vater. Trotz des warmen Wetters hatte er seine Lederjacke an, und in der Hand hielt er das Stativ mit dem Fotoapparat. Er sah den vollen bunten Dahlienstrauß und meinte: «Na, dann machen wir doch von Oma auch gleich ein Bild! – Wie hättest du es denn gern? Willst du nicht vielleicht irgendwas Schönes in die Hand nehmen?»

«Was braucht 'ne Ollsche wie ich groß noch für Schönheit!» brummelte Oma. «Und außerdem hab ich ja schon den Arm voll Blumen, ist das nich schön genug?»

Vater redete weiter. «Für Onias' Aadu war das Schönste eine Sau mit Ferkeln, und so hat er sich dann auch fotografieren lassen: im Koben neben der Sau und unter jedem Arm ein Ferkel. Und Savikotts Vaike wollte unbedingt die Nähmaschine mit aufs Bild haben, legte die Hand auf die Kurbel und tat, als würde sie nähen. Ihr Mund wurde ganz spitz dabei, und die Augen quollen zum Kopf raus. Möcht bloß wissen, warum die dabei so schreckliche Grimassen geschnitten hat.»

«Na gut», sagte Oma. «Wenn alle solche Wünsche haben,

dann will ich mit dem Kind vor dem Phlox hier fotografiert werden. Den hat meine Mutter noch selber gepflanzt.»

Ich konnte nicht länger an mich halten und forderte: «Ich will eine Luftpumpe!»

«Ja sieh mal an, was für eine prima Idee!» rief Vater. «Wer später das Bild anguckt, denkt, du hast sicher dein Fahrrad gleich um die Ecke stehen. Luftpumpe und Schraubenschlüssel – das ist der Blumenstrauß des modernen Menschen. Willst du nicht auch noch einen Schraubenschlüssel dazu?»

Einen Schraubenschlüssel wollte ich nicht, ich wußte nicht mehr so genau, was das war. Aus der Stube unterm Schrank holte ich die Luftpumpe, stellte mich neben Oma vor dem Phloxbusch auf und zielte mit der vorgestreckten Pumpe auf Vater, aber so, daß die Schürze auch bestimmt zu sehen war. An der anderen Hand hielt mich Oma, als wollten wir irgendwohin.

In die ferne Zukunft, in eine Schachtel mit Bildern aus der Vergangenheit. Mit Bildern, die kurz und brutal festhalten, daß dieser Tag, diese Menschen mit ihren Gesichtern und Gedanken einen Moment lang so und so gewesen und dann, ob durch das Leben oder den Tod, vollkommen anders geworden sind. Bildern, die gewährleisten, daß dieser warme Spätsommernachmittag Jahr für Jahr neu von den Toten aufersteht. Weiße Wolkenketten mit leuchtenden Rändern ziehen über den Himmel. Aus Dillstengeln, Johannisbeerblättern und Phloxbüschen steigt ein unbeschreibliches Herbstfieber, die Heuschrecken zirpen noch – und schon ist der Moment vorbei, der Wind hat sich gedreht, die Schatten sind weitergewandert, die Gesichter gealtert.

Das nächste Foto sollte nur von mir sein, und ich wollte eine Gans mit darauf haben, und zwar so, daß der Kopf der Gans auf gleicher Höhe war wie meine Schürzentasche; dann hätte es so ausgesehen, als würde das dicke Kind unsere Gans streicheln. Oma protestierte: «Wer soll die denn festhalten! Sollen wir uns mit dem Biest rumärgern?», aber ich setzte mich durch. Die fette weiße Gans wurde am Hals über den Zaun gehievt und vor mich hingesetzt. Sie streckte ihre Brust heraus, reckte den Hals und schnatterte beleidigt. Ehe sie noch auf die Idee kam wegzulaufen, war das Bild im Kasten.

Vater war mit dem Gänsebild nicht zufrieden und sagte: «Jetzt machen wir aber noch ein richtig schönes Bild, wo das Kind halb verdeckt hinterm Fliederbusch steht und zu den Blüten hochschaut.»

«Gibt ja gar keine!» rief ich.

Oma brummte: «Du hast sie wohl nicht mehr alle! Fliederblüten – kurz vor der Kartoffelernte!»

Vater ließ sich nicht beirren. «Das merkt doch der, der das Bild anguckt, nicht, daß da keine sind! Dem geht's genau wie dem einen Mädchen, das sich mal einen Muff aus Katzenfell gekauft hat. Der Händler ihr schön zugeredet: Greifen Sie zu, Frollein, kaufen Sie, das ist echter Dachtiger. Und das Mädchen beinahe an die Decke gehüpft vor Freude und in die Hände geklatscht, weil sie so einen schönen Muff kriegte, aus richtigem Dachtiger, wie ihn kein anderes Mädchen hatte. Und genauso ist das mit diesem Bild auch.»

Wir gingen hinter das Haus zu dem Fliederbusch. Vater bog und richtete die spärlichen Zweige, damit der Busch um mich herum schön dicht aussah. Ich sollte durch das Blattwerk hindurchschauen, als sähe ich dort eine große Glücksblüte mit sieben Blättern. «Wenn man eine so große Glücksblüte sieht, dann geht einem der Mund doch bis zu den Ohren!» sagte Vater. «Und den Kopf schräg halten, so, und dann nach oben gucken, und das Lachen muß zu sehen sein. Wer nicht lachen kann und das Glück ohne Lachen empfängt, der ist noch schlimmer wie die ersten Wilden.»

Ich sah nur die schwarze Erde unter dem Busch und die bunten Hühnerfedern auf ihr. Wenn ich den Kopf hob, blendete mich die Sonne, und ich mußte mir ab und zu die Augen reiben. Vater zog mich aus dem Busch und schnauzte mich an: «So kann man kein Foto machen, so bockig wie du dich anstellst!»

Er beachtete mich nicht länger, ging auf den Hof und rief Mutter. Mutter kämmte sich in der Stube die Haare und bürstete ihre Augenbrauen, das sah ich durchs Fenster. Als sie herauskam, hatte sie die weiße Bluse mit den Glasknöpfen an und den blauen Rock von der verstorbenen Tante, aber nichts an den Füßen. Schuhe konnte sie auch gar keine anziehen: In der Stadt hatte sie sich große Blasen an den Fersen gelaufen. Eine war von selbst aufgeplatzt, und an der Stelle blieb das rohe Fleisch, das mit Wegerichblättern und Rivanol-Umschlägen kuriert wurde. Damit die bloßen Füße mit den Blasen nicht aufs Bild kamen, stellte sie sich hinter einer Blumenstaude auf. Den Glücksflieder suchen wollte auch sie nicht, sondern wehrte lachend ab. «Ach, wozu so ein Zirkus! Außerdem kommt da im Schatten die Bluse gar nicht richtig raus und...»

Vater war betrübt, aber faßte gleich wieder Zuversicht und hatte einen neuen Vorschlag. «Dann nimm doch mal die Gießkanne und gieß den Kohl! Das wird ein schönes Bild! Die spritzenden Wasserstrahlen und die glitzernden Glasknöpfe und rings um dich diese großen Kohlköpfe. Wer das sieht, der schlägt die Hände überm Kopf zusammen und ruft: Mein Gott, was die Hilda für riesige Kohlköpfe zieht!»

Er brachte Mutter eine volle Gießkanne, Mutter stapfte durch den Kohl und suchte die schönste Stelle. Im Hintergrund wollte sie das Erbsenbeet haben, und die Schoten sollten auch zu sehen sein, aber zugleich wollte sie auch das Gurkenbeet in die Zukunft mitnehmen. Vater suchte eine große Gurke und legte sie nahe bei Mutter unter die Kohlblätter, ganz als würde sie dort wachsen. Als wäre Vater ein neuer Mitschurin, Lyssenko oder Jaan Raeda, ein Züchter von Birnäpfeln, Kirschebereschen und Kohlgurken.

Mutter goß lachend und voller Eifer die Kohlköpfe. Ihr wunder Fuß war verdeckt von breiten Kohlblättern, auf denen Wassertropfen funkelten. Über ihr braunes Gesicht und die weiße Bluse floß warmes Spätsommerlicht. Sie stand aufrecht, die schwere Gießkanne in der Hand, und ihre Armmuskeln zitterten. Es dauerte sehr lange, aber sie schaffte es dennoch, ihr strahlendes Lächeln durchzuhalten. Sie wußte, daß man auf Fotos so lächeln muß, daß kein Mensch dort Brennesseln am Zaun und nackte wunde Füße vermutet.

Dieses Lächeln machte mich wütend. Es verkündete: Wer nichts aushält und sich nicht zusammenreißt, für den ist kein Platz im Fotoalbum der Zukunft. Für den ist kein Platz in den noch ungebauten Häusern, unter den kritischen Augen der noch ungeborenen Mitbewohner. Der kriegt keine Chance, weder zu brennen noch zu verlöschen.

Ich schlug voller Rachgier meine Zähne in einen weißen harten Kohlkopf. Der Kohlkopf knirschte und wehrte sich. Ich betrachtete die Bißspuren und fühlte mich besser, die Wut war raus.

Vater klappte das Stativ zusammen, Mutter trug die Gießkanne weg und sagte zu mir: «Papa möchte dich mit dem Motorrad spazierenfahren. Hast du Lust?»

Ich bekam vor Aufregung feuchte Hände und rief begeistert: «Au ja!» Dabei hatte ich den zerbissenen Kohlkopf hinter mir und in Gedanken schon Angst vor diesen krummen Rohren neben dem Motorrad, aus denen beim Fahren der blaue Rauch quoll.

Eifrig sprang ich um Vater herum und wartete, daß wir endlich losfuhren. Vater verschwand im Haus und blieb und blieb, bis ich das Warten nicht länger aushielt. «Mama, was macht der Papa da?» fragte ich.

Mutter antwortete obenhin: «Woher soll ich das wissen? Geh selber und guck nach!»

Ich schlich in die hintere Stube und sah Vater vor dem Spiegel, ein Rasiermesser in der Hand. Auf dem Tisch stand eine Schale mit Seifenschaum und einem dicken Pinsel.

«Wann fahren wir denn endlich?» wollte ich wissen.

Vater schaute schief in den Spiegel und tadelte mit verstellter näselnder Stimme: «Mit so wenig Geduld kann man aber nicht auf Reisen gehen!»

Geknickt verließ ich die Stube und ging zu dem Sandhaufen hinterm Haus, wo die Hexenhöhle war, die ich erst neulich mit meiner grünen Blechschaufel in den nassen Sand gegraben hatte. Die Höhle lag inmitten von Bergen, und nur ein schmaler, höchst gefährlicher Pfad führte zu ihr hin. Manchmal kam die Hexe aus der Höhle heraus – das war immer das Schrecklichste, wenn sie zum Vorschein kam. Sie konnte, wen sie wollte, in einen Mistkäfer verzaubern, auch wenn sie nichts weiter als der schwarze Gummipfropfen einer Arzneiflasche war. Jetzt zerrte ich sie brutal aus ihrer Höhle hervor und warf sie kopfüber ins Gras. Die Hexe war abgesetzt, ihres Amtes enthoben. «Du olles Deibelsaas!» fluchte ich und zertrampelte die Berge und die Täler und den geschlängelten Pfad.

Unter den Apfelbäumen blühte die Hundskamille, und hinter den Eisenhutstauden funkelte das Fenster der hinteren Stube. Durchs Fenster sah ich die Rückwand des Radios. Vater sah ich nicht. Ich lauschte. Vater stand schon draußen auf dem Hof und sprach mit Oma über Rharbarber und ganz besonders über die Wichtigkeit des rotfleischigen Erdbeer-Rhabarbers.

Ich kam um die Hausecke geschossen und mußte meine Sandalen anziehen; die Riemen wollten nicht zugehen. Vater behielt ich dabei stets im Auge, damit er nicht etwa in letzter Minute ohne mich losging. Und dann machten wir uns auf den Weg.

Beim Koppelgatter blieb ich stehen und sagte: «Papa, weißt du schon? Gestern hat hier ein Iltis Krähenkopp und Braunchen und Freundchen umgebracht.»

«Wer waren die denn?» fragte Vater erschrocken.

«Unsere Hühner», sagte ich leise, und mir fiel ein, daß Vater sich ja aus Hühnern und Hühnereiern nichts machte. Das Märchen von dem schwarzen Huhn kannte er auch nicht. Da war ein Zauberer in Hühnergestalt, der schenkte einst einem Jungen ein Senfkorn. Ich begann es zu erzählen, meine Stimme wurde laut, und meine Augen blitzten. Dabei gab ich mir Mühe, mit Vater Schritt zu halten, damit ich ihm ins Gesicht sehen und feststellen konnte, wie das Märchen auf ihn wirkte.

Ab und zu machte er: «Hm, hm! Hm, hm!» Ich erklärte ihm gnädig, daß das schwarze Huhn in Wirklichkeit ein hoher Minister im Feenreich war, und sofort fragte er interessiert: «Moment mal, jetzt bin ich nicht mitgekommen: welcher Minister?» Und als er begriff, daß es nicht um Politik ging, sondern immer noch um dieses schwarze Huhn, machte er wieder sein «Hm, hm!».

Wir gingen an einem Rain zwischen zwei Kartoffelfeldern entlang. Am Himmel zogen träge weiße Wolken. In großen strahlenden Blöcken stiegen sie hinter dem Fichtenwald auf und segelten übers freie Feld. Auch auf den Fotos, die Vater eben gemacht hatte, waren sie undeutlich festgehalten, wie sie in langsamer stolzer Reihe über unsere Köpfe hinwegzogen. Von dem Bunkereingang im Wald aus waren sie auch zu sehen.

Plötzlich blieb Vater stehen und sagte bestürzt: «Wo ist meine Uhr? Ich hab die Armbanduhr zu Hause vergessen. Ohne Uhr kann man nicht auf die Reise. Guck mal den armen Schlucker, sagen die Leute dann, hat nicht mal 'ne Armbanduhr. Und ich selber fühl mich dann auch so wie dieser eine Bauer, der mal eine Uhr fand und nicht wußte, was das ist. Das glänzt so, überlegt er, und innen bewegt sich was wie ein schwarzer Mistkäfer: Was kann das anderes sein als das Auge des Leibhaftigen. Und zertrampelt die gute silberne Uhr mit dem Stiefelabsatz und freut sich noch: So! Nu ist es kurz und klein, das Satansauge.»

Ich bekam Herzklopfen und rief aufgeregt: «Können wir jetzt gar nicht Motorrad fahren, Papa?»

«Ich geh zurück und hol die Uhr», erklärte Vater. «Und du gehst zu Liisu auf den Hof, wo das Motorrad steht. Wenn ich die Uhr anhab, hüpft mir das Herz, und das Fahren geht dann so schnell, wie der Mensch denkt. Mit Gedankengeschwindigkeit sozusagen!» Er machte sich auf. Er bewegte sich so langsam, daß mir der Atem stockte, und antreiben ließ er sich nicht; Vater machte, was er wollte. Jetzt ging er nach Hause und suchte lange und gründlich nach der Uhr, und wenn er zurückkam, hatte er vielleicht die Motorradbrille liegenlassen. Am besten machte man sich gar keine Hoffnungen mehr.

Ich schlenkerte mit den Armen und warf die Beine hoch. Bei dem Ameisenhaufen hockte ich mich nieder, um nachzuschauen, ob die Ameisen den toten Maulwurf schon aufgefressen hatten. Der Maulwurf selber war verschwunden, aber das Skelett, das mich am meisten interessierte, war nirgends zu sehen.

Ich kletterte in den Graben, ging auf der trockenen Grabensohle weiter und murmelte vor mich hin:

> Die Alte wollt's nicht besser haben,
> plumps! fiel sie in den Krötengraben!

Dabei gab es hier zur Zeit gar keine Kröten. Ich hätte gerne eine gefangen und mir die braungesprenkelten kalten Augen und die zuckende Kehle einmal näher angesehen. Das Gelände hier lag schon ein bißchen höher, und die Gräben waren trockener als bei uns zu Hause. Im Graben wuchs dichtes Gras, man hatte hier nichts über sich als Himmel und weiße Wolken und hohe holzige Disteln gegen das Himmelsblau. Man spürte keinen Lufthauch. Hier im Windschatten hatten sich zahllose Schmetterlinge versammelt, die jäh von den Disteln aufflatterten, einem um den Kopf schwirrten und wieder eine neue Distel fanden. Sie hatten haarige Körper und große Glotzaugen; wenn sie auf einer Blüte saßen, bewegten sie ihre langen Rüssel wie wahrhaftige Ungeheuer, streckten sie lang aus und rollten sie wieder ein. Schmetterlinge waren genauso interessant wie Kröten.

Ich hörte eine Reihe dumpfer Schläge, kletterte aus dem Graben und sah Liisu, die gerade einen Tüderpflock einschlug. Die

Kuh stand am Rand der Weide und fraß mit krausem Maul im neuen Gras. Aus den Augenwinkeln begutachtete sie den Pflock, ob er wohl halten oder nachgeben würde.

Liisu richtete sich auf, in der Hand den großen schweren Holzhammer. Sie klaubte der Kuh ein paar lose Haare vom Rücken, warf sie über die Schulter und machte «Toi-toi-toi!», daß der Kuh kein Unglück zustieß, daß sie sich nicht mit der Kette im Busch verhedderte und sich selbst erwürgte, daß kein tollwütiger Hund sie biß und niemand den bösen Blick auf sie warf.

Ich stampfte mit den Fersen auf, damit Liisu mich bemerkte. Ihr schmales dunkles Gesicht verzog sich zu einem Lachen, und ihre klaren gelbbraunen Augen prüften mich mit scharfem Blick. Ich fand, sie sah aus wie ein Adler, auch wenn sie Sommer wie Winter über ihrem Kopftuch eine Hundefellmütze mit Ohrenklappen trug und über der Jacke eine Weste aus Hundefell, auch wenn sie ihre Schürze an vielen Stellen schlampig geflickt hatte und an den Füßen keine Galoschen oder Pantinen trug, sondern die Füßlinge von einem Paar ehemaliger Schaftstiefel. Liisu beschattete mit beiden Händen ihre Augen und redete, als sei ich gar nicht vorhanden. «Ich guck und guck, was das da im Graben wohl sein mag, irgendwas Buntes, und wahrhaftig, das ist doch eine Spielschürze. Allmächtiger, was für eine schöne Schürze hat das Kind!»

Wieder breitete ich stolz meine Schürze aus und zeigte Liisu die Gänse und die beiden Kinder, obwohl sie die schon oft gesehen und bewundert hatte.

Liisu war meine Freundin. Ich sah ihr mutig in die Augen, obwohl sie einen Blick hatte, von dem konnte die Milch sauer werden. Sie besaß auch geheimnisvolle Macht über Flöhe, Läuse und Alpträume und konnte die auf Bestellung einem Feind oder dessen Vieh anhexen. Man mußte aber klar sagen, was dieser Feind einem getan hatte. Vieles, was andere für sehr schlimm hielten, war in Liisus Augen nicht der Rede wert, und oft gab sie dem Feind recht und rüffelte den Geschädigten: «Da gibt es nichts heimzuzahlen! Geh du bloß nach Haus und schweig still!»

Wir gingen plaudernd zu Liisu auf den Hof, wo Vaters Motorrad stand. Von hier kam man auch bei Regen weg, anders als bei uns, wo man im Schlamm steckenbleiben konnte.

«Weißt du was?» flüsterte ich. «Papa hat ein Radio mitgebracht!»

«Na fein!» meinte Liisu. «Dann werd ich auch mal zu euch rübergetappt kommen und Radio hören. Unser Junge will ja auch eins. Den Kasten hat er schon, aber wie man die Stimme da reinsetzt, das hat er noch nicht raus. Sag mal, dein Papa ist doch so ein großer Elektriker, den müßte unser Ilmar mal fragen, wie das geht.»

«Gar nicht nötig, das macht Papa alles selber!» versprach ich großspurig.

Liisus älteste Söhne, Silver und Udo, waren spurlos verschwunden, und Ilmar, der jüngste, werkelte unentwegt mit Teilen von alten Fahrrädern, Honigschleudern und Separatoren herum. Jetzt saß er gerade vor dem Haus auf der Treppe und rubbelte mit einem öligen Lappen an verrosteten Zahnrädern. Ein Junge um die Zwanzig, mit großen Händen und zotteliger Mähne, die von einem bunten Wollnetz gebändigt wurde. Auf dem Hof drängten sich Schuppen aller Art, und alle wurden sie für die Wirtschaft auch dringend gebraucht. In einigen lag Heu, in anderen Brennholz und Reisig, und einer war voll von morschen Fässern, Drahtrollen und alten Stiefeln. Unter einer stämmigen Birke stand eine Bank mit Rückenlehne, und in den Ästen braumelten Halbstiefel mit klaffenden Sohlen, als hätte ein müder Wanderer sie eigenhändig dort aufgehängt. Unter den niedrigen Stubenfenstern duftete eine Phloxrabatte, eingezäunt mit Weidengeflecht. Neben Birke und Bank stand unter einer Segeltuchplane Vaters Motorrad.

«Papa kommt auch, wir fahren mit dem Motorrad spazieren», verkündete ich und setzte mich zu Ilmar auf die Treppe. Wie immer forderte ich ihn auf: «Komm, wir debattieren!» Debattieren bedeutete, daß ich zum Beispiel sagte: «Auf dem Erlenbaum wachsen Erbsen», und Ilmar mußte dann widersprechen und sagen: «Falsch!», und wenn er das gesagt hatte, konnte ich mit der nächsten Behauptung kommen: «Unsere Häckselmühle hat zwei Beine wie ein Mensch!» Für diesmal hatte ich mir schon etwas fertig ausgedacht: «Koddern-Eevald ist auf dem Leiterwagen bei uns vorbeigefahren und hatte Papageien geladen!», aber Ilmar schüttelte den Kopf: «Debattieren wir ein andermal, ich hab jetzt keine Zeit.»

Das Tor knarrte, und Vater kam auf den Hof. «Tach miteinander!» sagte er und spähte aus den Augenwinkeln, was Ilmar da tat. Liisu erkundigte sich: «Sag mal, du kommst doch viel auf den großen Straßen herum: War da in letzter Zeit viel Soldatenvolk unterwegs?», und Vater versicherte: «Ach wo, keine Bange! Im Frieden rühren die sich nicht.»

Liisus Stückchen Land, als Neubauernparzelle von einem früheren Hof abgeteilt, hatte lange brachgelegen. Liisu säte und erntete nicht, ihr Spruch von damals war noch immer in aller Munde: «Wozu soll ich den guten Roggen veraasen? Am Ende gibt's wieder Krieg, und aus meinem Roggen machen sie Kommißbrot. Nichts da! Für den Krieg säe ich nicht!»

Ein Traum hatte ihr verhießen, es werde solange Frieden bleiben, wie ihr Feld unbestellt lag. Jetzt wuchs dort Timotheegras von der Kolchose, und der Frieden blieb. Timothee war kein Getreide.

Aber das Saatgut hielt sich nicht ewig. Nach ein paar Jahren war es muffig, und aus der Lade stieg bitterer grauer Staub. Liisu scheffelte die Körner hinterm Haus auf eine Pferdedecke, lüftete sie, verlas sie und brachte sie schließlich zur Mühle, wo der Müller meinte: «Tja, mahlen kann man's ja, aber weiß der Teufel, was das für ein Mehl wird.» Das Brot aus diesem Mehl war ungenießbar gewesen, und Liisu hatte die Laibe gleichmütig und eintönig fluchend unter der Hofbirke begraben. Die Stelle war markiert durch ein Backsteinkreuz, das dort auf dem Brotgrab im Gras lag.

Vater nahm die Plane vom Motorrad und warf sie auf das Grab. Er schob das Rad zum Tor hinaus auf den Feldweg. Der Motorradgeruch machte das Herz leicht; wenn man ihn schnupperte, hatte man das Gefühl, es warteten auf einen zahllose Wunder. Ehrfürchtig betrachtete ich den gestreiften schwarzen Tank, in dem das Benzin gluckste. Beim Fahren hatte Vater ihn zwischen den Knien. Ich untersuchte die beiden Sättel, den stabilen Gummiring vor dem hinteren Sattel und die Fußrasten, die wie Pedale aussahen.

«Daß du mir bei der Fahrt nicht mit den Füßen ans Rad kommst!» ermahnte mich Vater. «Steig auf!» sagte er dann und warf die Maschine an.

Blauer Rauch puffte mir ins Gesicht, und das Rad rüttelte meinen Hintern auf dem holprigen Weg. Erlen, Himbeergestrüpp und Viehweiden flogen vorüber. Meine Beine zappelten in der Luft; meine Zehen reichten nicht bis auf die Fußrasten. Zu dem Auspuffrohr wagte ich nicht hinzusehen.

«Komm nicht mit den Füßen ans Rad!» mahnte Vater nochmals und schaute über die Schulter nach hinten. Vorm Gesicht trug er die Motorradbrille; er hatte sie also doch nicht zu Hause vergessen. Ich hatte es schwer, Vaters Herzen nahezukommen, ebenso wie er dem meinen. Ich wünschte mir leidenschaftlich, so auszusehen wie er, seinen großen Adamsapfel zu haben und seine kahlen Schläfen, seine schlaue Miene und seine melancholischen Augen.

Die Bullen am Wegrand hoben die Köpfe und muhten, sie hatten Ringe in den Nasen. Schwalben flitzten über den Weg. In weitem Schwung bogen wir auf die Landstraße ein, Pferde und Menschen sahen zu uns auf, und die Hunde kläfften.

Ich hatte das Gefühl, daß meine Pupillen ernst waren und schwarz wie Grammophonplatten; alles Gesehene blieb in ihnen aufbewahrt. Ich kniff die Augen zusammen. Wald und Häuser bekamen gleich schärfere Umrisse, aber es waren und blieben eben bloß Wald und Häuser unserer Gegend. Vater fuhr weder nach Moskau noch nach Leningrad, obwohl er das gekonnt hätte – erst nach Leningrad und dann nach Moskau, denn Moskau kommt hinter Leningrad –, sondern weit weg zu einem fremden Laden, zu dem war ich ganz früher einmal mit Oma gegangen, über verschlungene Weidepfade, und sie hatte mir ein Päckchen Preßkakao gekauft und zweihundert Gramm Pfefferkuchen, die wie Knochen aussahen.

Dort hielt Vater an, und wir gingen hinein.

Am hinteren Ende des niedrigen dämmrigen Raums stand ein hoher Ladentisch und darauf Stapel von flachen Aluminiumschüsseln. Zwischen ihnen hervor schaute der Kaufmann, ein knochiger Mensch im blauen Kittel, einen Bleistift hinterm Ohr und vor sich ein abgegriffenes Rechenbrett. Unsere Schritte hallten dumpf auf dem Zementfußboden. Dieser Laden hatte nichts zu verkaufen als Schüsseln, schien es mir, doch als ich näher an den Ladentisch kam, sah ich zu meiner Verwunderung Bonbons unter der Glasplatte. Sie waren in Papier eingewickelt und lagen unschuldig auf kleinen Glastellern. Ich holte tief Luft und malte mir aus, ich würde von jeder Sorte eins kriegen, nur ein einziges, dann packte mich die Gier, und schließlich war ich bei einem Kilo angelangt.

Vater lehnte sich an den Ladentisch und meinte: «Weiß gar nicht, warum die Frauen diese Schüsseln nicht wollen! Sind überhaupt nicht teuer und geben dem Essen gleich einen ganz anderen Geschmack. Was ein richtiger Maschinist ist, der muß aus einer Aluminiumschüssel essen, da hat er den Maschinengeschmack immer im Mund.»

Der Kaufmann war anderer Meinung. «Mag ja sein, aber ich bin trotzdem mehr für Emaille. Da weiß man doch, was man hat.»

«Laß das bloß die Frauen nicht hören, Hermann!» schmunzelte Vater. «Sonst machst du noch Pleite.»

Der Kaufmann lachte, nur mit Zähnen und Zahnfleisch, die Augen blieben davon unberührt. Sie glitzerten ein bißchen wie bei einem Hund unterm Eßtisch, und ich ging nicht näher. Es stellte sich nun heraus, daß Vater Brot und Hering kaufen wollte. Der Kaufmann krempelte einen Ärmel hoch und planschte in der Heringstonne. «Am liebsten welche mit dickem Bauch, Hermann!» verlangte Vater. «Die sind voll von Rogen. Rogen ist schon was Feines!»

Hermann schlug die Heringe in braunes Papier ein und bemerkte endlich mich. Jetzt lachte er nicht mit dem Zahnfleisch, nur mit den Augen. «Kommst da mit deinem Töchterchen in den Laden und kaufst ihr nicht mal 'ne kleine Süßigkeit!» tadelte er Vater.

«Du hast ja immer nur diese teuren Bonbons, außen schön eingewickelt und innen hart wie Holz!» verteidigte sich Vater. «Marzipan würd ich nehmen, wenn du welches hast. Marzipan ist was Feines. Vor allem die Marzipanbären, die auf zwei Beinen stehen und in den Wind schnuppern. Und noch besser sind die Marzipanäpfel. Vor den Bären kriegt man ja Angst, aber so einen Apfel steckt man sich gern in den Mund.»

Der Kaufmann ging in den Hinterraum und sagte, als er zurückkam: «So, hier! Ein Bär ist es zwar nicht, aber immerhin auch ein Waldtier. Hast du dieses Tier schon mal gesehen?» und stellte vor mich auf den Tisch einen Hasen, der Männchen machte wie ein Hund.

«Ein Hase!» sagte Vater voll Abscheu. «Hasen sind doch was Gräßliches, knabbern nur an den Apfelbäumen die Rinde weg! Der Hase bringt dem Menschen nichts wie Ärger!»

Aber bezahlen tat er ihn trotzdem.

Ich hielt den Hasen in der Hand und schnupperte den süßen Paraffingeruch. Wir fuhren weiter, bis Vater von der großen Straße abbog. Links und rechts von dem schmalen Kiesweg wucherten dicke Weidenbüsche, und dahinter lagen ungemähte Heuwiesen mit langem wogendem Gras. Durch das Motorradgeknatter hindurch hörte man nicht, wie die braunen verdorrten Halme im Wind raschelten, aber sie raschelten sicher. Die Faulbäume am Wegrand hingen voll von dicken schwarzen Beeren, ihre Zweige schlugen uns um den Kopf.

Weiter weg standen Heuhaufen, und das junge Gras wuchs

dort üppig und hellgrün. Der Weg wand und schlängelte sich, aus tiefen Radspuren spritzte schlammiges Wasser auf meine Schenkel, der Marzipanhase hüpfte in meiner Schürzentasche auf und ab. Wir jagten an fremden Heuwiesen und Gehölzen vorüber. Milde Sonne beschien die braunen Wiesenflächen, und aus den Gehölzen stieg bitterer Pilzgeruch. Ich sah sogar ein paar: weiße Pilze im Gras unter den Birken. Zwischen den Büschen kam ein rotes Steingebäude in Sicht. Vater fuhr jetzt langsamer, das Motorrad kroch wie eine Schnecke den löchrigen Weg entlang. Schließlich hielt er ganz an, ließ mich absteigen und fragte: «Weißt du, wo wir sind?»

Ich schüttelte den Kopf. «In Tuudaku», sagte Vater ernst, und ich riß die Augen auf.

Ich hatte ihn so oft von Tuudaku erzählen hören und wußte, wenn man von zu Hause geradewegs über den Fluß und über die Sumpfwiese und durch den Wald fuhr, dann kam Tuudaku. Manchmal schwammen weiße Wolkenhaufen über jener Gegend, und Vater schaute zu ihnen auf, als brächten sie Grüße aus Tuudaku mit, von dem bösen Vater, der schon tot war, und der guten Mutter und dem besten Bruder. Tuudaku war Vaters Elternhaus.

Ich wußte, wie Vater zusammen mit seinem Bruder elektrischen Strom in den Tuudaku-Bach geleitet hatte, daß den Mädchen die Hände zuckten, wenn sie Wäsche spülen wollten. Ich wußte, wie er dem Knecht die Bettpfosten angesägt hatte und der Knecht dann beim Schlafengehen mit dem Bett hingekracht war. In Tuudaku machte man falschen Hasen und kochte Kakao, der Sommergast spazierte in einer weißen Weste umher, und die übermütigen Kinder bellten die Vorübergehenden an wie Hunde.

Oma betrachtete Vater auch jetzt noch mit Argwohn, sie traute ihm nicht viel Gutes zu, seit sie ihn einmal gesehen hatte, 1914 war das, da kam er auf allen vieren die Böschung des Außenkellers hinuntergekrochen, dreckig wie ein Schmierfink, und hatte «Wau, wau!» gemacht und versucht, die Mädchen beim Rocksaum zu schnappen. Und die anderen Tuudaku-Rangen hockten oben in den Bäumen und schnitten so gräßliche Fratzen, daß sie da kein zweites Mal mehr hatte langgehen wollen.

Die Oma in Tuudaku hatte ich nie gesehen. Sie war zu ihrer Tochter ins ferne Tartu gezogen, und der große Hof Tuudaku stand leer. Wer brauchte in diesen Zeiten einen Hof! («Am Ende stehste noch als Kulake da, laß dir's gesagt sein!») Trotzdem hoffte Oma auf eine Rückkehr, irgendwann; bevor sie wegging, hatte sie noch Resedas unterm Fenster gepflanzt und den Brotschieber getröstet: «Hab schön Geduld, Kindchen, ich komm ja doch wieder! Sollst sehen, dann backen wir Brote so groß wie die Kirche in Lalsi!»

Vater schaute um sich; sein Gesicht wirkte dünn und müde. Er streifte die Brille ab, zog die Mütze vom Kopf und knüllte sie zusammen. Der massive Speicher aus Feldstein warf schwarzen Schatten ins struppige Gras. Die Speichertüren standen sperrangelweit auf. Ich berührte die glatten roten Ziegel, die in einem Zackenmuster die Türrahmen einsäumten. Dieser Speicher sah aus, als könnten ihm weder Krieg noch Frieden etwas anhaben.

Weiter weg hinter den Birken stand der Viehstall, aus demselben Feldstein und mit denselben roten Ziegelmustern.

Wir gingen vor dem Speicher vorbei auf den Hof. Die von den Kühen abgekauten Beerensträucher ließen Vater anhalten. Er fuhr mit der Hand über die kahlen Strünke und sagte zornig: «So etwas darf man nicht machen. Können die Sträucher was dafür?»

Wir traten durch eine breite Flügeltür und blieben in einem halbdunklen Raum stehen, in dessen Ecke erdiges Heu verschimmelte. An den Wänden lehnten mehrere Schlitten, auch Kufen und Wagengestelle.

«Hier wär also die Tenne von Tuudaku», sagte Vater. «Komm, gucken wir auch drinnen mal nach!» Er wunderte sich: «Mutter hat was davon erzählt, Põlendiks Alma wär jetzt in Tuudaku. Hier ist aber keine Alma. War wohl alles nur ein Gerücht.»

Wir gingen durch eine große Küche mit Ziegelfußboden in die Stube, deren Fenster mit Brettern vernagelt waren. «Sogar Mutters Bett ist noch da!» freute sich Vater.

Draußen vorm Haus und oben an der Stubendecke glänzte und rauschte der helle Tag, hier drinnen stand die Luft still, feucht und kalt. Auf dem Fußboden lagen Kartoffelkörbe und rostige Sensenblätter, in der Ofencke ein schwarzer Haufen Erde und um ihn verstreut schimmliges Häckselstroh. Vater trat mit der Stiefelspitze gegen den Erdhaufen und meinte: «Wer weiß, vielleicht hat Alma hier ihre Kartoffeln gelagert? Und wohnen tut sie in der Sauna; die ist klein und braucht man nicht so viel zu heizen. Diese Erde hier macht den ganzen Fußboden faul und brütet Asseln aus, so eklige mit hundert Beinen. Hat der Mensch denn gar keinen Grips im Schädel?»

Er stellte eine umgestürzte Bank auf und setzte sich für einen Moment, mit gebeugtem Rücken und die Mütze zwischen den Händen.

Neulich erst hatte ich anderer Leute Höfe für mich haben wollen. Jetzt war unser Fußboden durchgefault und unsere Beerensträucher waren abgefressen. Aber diesen Hof hätte ich sowieso nie gewollt: die Zimmer so düster, die Steinmauern glitzernd von kaltem Schweiß, nirgendwo hübsche Sachen oder Bilderbücher. Auf dem Rückweg kamen wir wieder an dem Speicher vorbei. Vater ging richtig hinein und sprach mit hallender Stimme: «Die alten Weiber fürchteten den Speicher von Tuudaku wie die Pest, sie sagten, oben auf dem Boden ginge der Teufel um. Wenn Roggenernte war, schliefen dort die Mädchen. Wir steckten uns Taschenlampen in den Mund, der glühte dann wie Feuer und die Zähne funkelten ganz gräßlich, und so schlichen wir zwischen den Mädchen umher und schnaubten, und die Mädels bekamen es so mit der Angst, daß sie nichts wie runterwollten. Savikotts Vaike fiel durch die Luke und blieb mit dem Hemd an einem Eisenhaken hängen. Hin-

terher hat uns der alte Savikott mit der Peitsche vermöbelt.»
Vater lachte ein wenig bitter; er sprach nicht mehr weiter und ging polternd umher. Ich stand vor der Tür und trat von einem Fuß auf den anderen. Ich war müde und traurig und hatte ein Gefühl, als wäre ich durchsichtig. Ich fürchtete mich vor den großen leeren Gebäuden, dem schiefen Lattenzaun und den hohen Birken. Ich nahm meinen Hasen aus der Schürzentasche, aber auch der sah zum Fürchten aus. Seine roten Augen starrten angstvoll zum Speicher hin, sein glatter grauer Körper fühlte sich warm an, wie lebendig. Die großen Eichen am Speichergiebel raschelten die ganze Zeit, und mir kam es vor, als säße auf der einen ein Mann in einem schwarzen Mantel.

Endlich kam Vater heraus. Wir wateten durch das lange Gras hinter dem Speicher. Dort standen viele Reihen von Apfelbäumen, dazwischen wucherten Klette und Gänsefuß. Gebrochene Äste, nur noch von einem Streifen Rinde gehalten, baumelten neben den Stämmen. Unter den Bäumen war das Gras niedergetrampelt, und in den Kronen hingen noch die Stangen, mit denen jemand versucht hatte, die Äpfel herunterzuschlagen. Im Gras lagen harte grüne Äpfel mit Bißspuren. In manchen Wipfeln glänzten wunderschöne große, aber an die war nicht heranzukommen. Ich hätte gern geschüttelt, aber ich traute mich nicht.

Zwischen den Bäumen lag eine knochige Kuh, und daneben knabberten zwei Schafe. Als sie uns sahen, wurden ihre Augen glühend vor Schreck, und sie stampften wild mit den Vorderbeinen, um uns zu verjagen.

Vater schaute herum, die Hände in den Hosentaschen, und sagte: «Sieh mal, diese Apfelbäume hab ich alle selber gepflanzt. Da tut's einem in der Seele weh, wenn man die abgebrochenen Äste sieht.»

Finster starrte ich auf den Maulwurfshaufen zu meinen Füßen und dachte beschämt an die Apfel- und Kirschbaumäste, die ich bei Augusts Mutter hinterm Haus abgebrochen hatte. Ich scheute mich vor dieser dösenden Kuh, den bösen Schafen, dem großen verwilderten Garten, dem Speicher und vor Vaters traurigem Rücken. Vater machte sich Gedanken. «Wenn Leo und Mutter einmal zurückkommen, müssen sie Kuhmist und Lehm mischen und die Bruchstellen damit einschmieren und Lappen drumwickeln. Sonst kriegen die Bäume doch den Krebs!»

Wir gingen zum Motorrad, und ich hoffte, wir würden wegfahren, aber Vater griff nach seiner Segeltuchmappe, in der das Brot und die Heringe waren, und flüsterte mir geheimnisvoll zu: «Jetzt suchen wir uns ein Versteck am Bach und essen uns richtig satt. Man kann doch nicht hungrig von zu Hause weggehen! Wenn wir dann zu essen anfangen, werd ich denken: Da hat Mutter uns aber leckeres Brot gegeben!, und du mußt denken: Da hat uns die Tuudaku-Oma aber schöne fette Heringe gegeben!» Und er versicherte: «Die würde dir noch was viel Besseres geben als Hering, die würde dir Kuchen backen und Honig draufstreichen und was dazu singen: ‹Er nahm den Säbel von der Wand und stach ihn sich ins Herz und zog ihn wieder aus der Brust und fühlte tiefen Schmerz.›»

Das lange rauhe Gras zerkratzte die Beine, aber hinter den Büschen hatten sie Heu gemacht, und saftiges junges Gras war nachgewachsen, es glänzte und wogte im sanften Wind. Das schwarze Bachwasser plätscherte leise zwischen den Steinen, lange holzige Binsen zitterten in der Strömung. An der Uferböschung gab es guten blauen Ton, daraus hätte man Kochtöpfe kneten können und Äpfel und Birnen und Soldaten mit Helmen. Meine Augen blieben sehnsüchtig an diesem Ton hängen, aber Vater breitete schon seine Joppe aus, öffnete die Mappe und begann, mit dem Taschenmesser Brot zu schneiden. Dann schnitt er einem Hering das Schwanzende ab, legte ihn auf eine Brotscheibe und reichte sie mir. Fettige braune Salzlake floß die Finger hinab und sickerte in das Brot. Ich aß und dachte gierig, daß die Tuudaku-Oma bestimmt auch Kartoffeln zum Hering gekocht hätte.

Überall, wo gemäht worden war, wuchsen kleine weiße Blumen. Auf dünnen zähen Stengeln saßen sternförmige Blüten. Innen im Kelch liefen rosa Adern, wie Blutadern, und die Blütenblätter waren so rein und weiß wie kein anderes Weiß. Doch viele waren von Insekten angefressen.

Während ich aß, schaute ich die Blumen an, und je länger ich schaute, um so mehr wurden es. Um so glatter und schwärzer wurde das Wasser im Bach und um so tiefer der Himmel. Die Hohltauben riefen im Dickicht: «Kumm du! Kumm du!», und die Schwalben über der Wiese antworteten: «Wart's nur ab! Wart's nur ab!» Der Himmel machte den Kopf schwindlig, und vom Nachdenken bekam man ein anderes Gesicht. Ich betastete erwartungsvoll meine Backen, aber sie fühlten sich genauso rund und prall an wie zuvor.

Vater packte die übriggebliebenen Heringe und das Brot sorgfältig wieder ein und stieg vor mir die Uferböschung hinauf. Wieder kam eine ungemähte Wiese, wo mir das Gras bis zu den Achseln reichte. Ärgerlich stapfte ich in Vaters Fußspuren. Trockene schwarze Engelwurzsamen rieselten auf mich herunter und blieben in Haaren und Sandalen hängen.

«Hier haben wir uns mal aus Stangen ein Haus gebaut», erzählte Vater. «Und immer, wenn wir was Schweres ausgefressen hatten, sind wir schnell weg und haben uns hier versteckt, damit Vater nicht wußte, wo die Bengels geblieben sind. Abends brachte uns Mutter unter der Schürze Brot, und Vater ging ums Haus und ballerte mit der Flinte und brüllte: Ich knall euch ab, ihr Satansäser! Wir saßen mucksmäuschenstill, aber dann mußten wir doch losheulen: Was soll jetzt werden, Vater will uns abknallen!, aber Mutter sagte: Ach was, der knallt keinen ab!»

Vater strahlte. Er zeigte mir die schönsten Plätze, die er auf der Welt wußte, und verließ sich darauf, daß ich sie mir merkte. Das gleiche Gras, das gleiche Gestrüpp, das gleiche Wasser gab es auch anderswo, aber nur hier hatte Vater Vertrauen dazu. Hier warf er den Kopf in den Nacken und schaute lange in den Wipfel einer Trauerbirke hinauf, brach dann an der Uferböschung einen Pfefferminzstengel und sagte bekümmert: «Im Herbst ist die Pfefferminze nicht mehr schön, dann ist sie schon halb vertrocknet!» Diese Pfefferminze kannte er seit Jahrzehnten in- und auswendig, und alle andere Pfefferminze auf der weiten Welt wuchs nur zum Gedenken an die einzige und wahre Pfefferminze, die von Tuudaku.

Vater schob die Uferbinsen auseinander, und ich sah große flache Steine in dem Bachbett. «Was meinst du?» sagte er. «Haben wir wohl die Courage, auf den Steinen über den Bach zu gehen, oder nicht? Früher sind wir hier immer rüber und dann heimlich zur großen Straße, Leute gucken.»

Er legte die Mappe mit dem Hering und dem Brot behutsam ins Gras und trat platsch! auf die Steine. Ich wollte Vater beweisen, daß ich ein echter Held war, und tat es ihm nach. Ich merkte aber gleich, daß ein Held zu sein hier ganz leicht war, das Wasser war flach und der Bachgrund sandig und klar. Hier gab es keine finstern Tiefen, wo Blutegel wimmelten und im fetten Schlamm das Skelett einer ersäuften Katze ruhte.

Vater schob schon am anderen Ufer die Binsen auseinander und rief: «Guck mal, was hier ist!» In den Binsenhalmen schwankte ein leeres Nest, von einem kleinen Singvogel, so sorgsam gebaut und so leicht. Vater lachte. «Der Vogel hat's auch gemerkt, daß man hier bequem über den Bach kommt, und hat sein Nest hier gebaut!»

Wir stiegen die Böschung hinauf und schauten uns um. Alles war fast genauso wie am Ufer gegenüber und doch anders – hier gab es die kleinen weißen Blumen nicht, nur niedrige Weiden und mageres rötliches Gras. Auf der anderen Bachseite sah man den Bügel von Vaters Segeltuchmappe und weiter hinten zwischen hohen Birken den verlassenen Speicher von Tuudaku.

Vater fragte mit listiger Miene: «Sag mal, das müssen wir doch eigentlich feiern, daß wir glücklich über den Bach gekommen sind. Wollen wir den Hasen aufessen?»

Ich erinnerte mich an den Marzipanklumpen in meiner Schürzentasche; eilig holte ich ihn hervor und besah ihn, und ein heißer Schauer lief mir über den Rücken, als ich daran dachte, daß es mir beim Überqueren des Bachs gar nicht eingefallen war, zum Schutz die Hand auf die Tasche zu legen. «Essen wir den Kopf und die Schultern! Und den unteren Teil nehmen wir mit nach Hause, dann kriegen die anderen auch was!» schlug ich vor und reichte Vater den Hasen.

Vater gab ihn mir zurück. «Nimm du den Kopf, ich brech mir dann ein Stückchen vom Hals ab!» sagte er. Ihm kamen Zweifel. «Könnt sein, das klebt an den Zähnen, und es ist gar nicht so gut, wie es aussieht.»

Der Paraffinüberzug zerbrach, und die zähe graue Marzipanmasse kam zum Vorschein. Ich knabberte die Ohren ab, und ein absonderlich guter Geschmack floß mir durch den ganzen Körper, summte mir im Kopf und in den Füßen zugleich und machte mich schläfrig. Den Kopf verschlang ich mit einem großen Happen, dabei paßte ich die ganze Zeit auf, wie Vater sich ein Stück vom Hals abbrach und wie groß das Stück war. Es sah besonders gut und zäh aus. Vaters Augen glänzten. «Also, in Zukunft müssen wir immer gleich ein ganzes Kilo kaufen! So was Gutes wie Marzipan gibt's ja nicht noch mal! Ich versteh bloß nicht, warum sie unbedingt Hasen und Katzen daraus machen müssen. Ist doch widernatürlich, wenn Lebensmittel wie Tiere aussehen! Aber Birnen aus Marzipan – das ließe ich mir gefallen. Und Erdbeeren aus Marzipan erst!»

Ich hatte schon seit geraumer Zeit keine Süßigkeiten bekommen und hätte alles gegessen, Bären, Igel, Hühner, auch Hunde und Katzen, Hauptsache, sie waren groß, süß und zäh.

Vater schaute mit abwesendem Blick umher und fingerte an Weidenzweigen. Vielleicht wollte er die Zeit nur deswegen hinziehen, damit Mutter ihm unter der Schürze Brot bringen konnte. Ich sah nicht eine Menschenseele, nicht eine menschliche Stimme war zu hören, nur das Wasser plätscherte leise, und von Westen wehte ein kühler Wind.

Vater ging gebückt über die Steine zurück zum anderen Ufer, nahm die Mappe und wartete auf mich. Er sah interessiert zu, wie ich Schritt um Schritt von Stein zu Stein vorwärtskam, die Hand in der Schürzentasche um den Hasen gekrampft. «Hast du prima geschafft!» lobte er. «Auf dem Rückweg kann man leicht ausrutschen. Man gibt dann nicht mehr so acht wie auf dem Hinweg.»

Wir gingen langsam zurück zum Speicher, ich hielt mich wieder an dem schwarzen Sattelgriff fest und schaute zurück, bis die Steinwand des Speichers verschwunden war. Der Wind trieb mir das Wasser in die Augen. Mir tat das Bett von der Tuudaku-Oma leid, wie es da in der kalten kargen Stube stand, und der Brotschieber und überhaupt alles. Auch das ungemähte Gras und die schlammigen Radspuren. Beim Laden hing jetzt ein großes Vorhängeschloß an der Tür, und das Vorhängeschloß tat mir ebenso leid wie Hermann mit seinem dünnen Gesicht und dem abgegriffenen Rechenbrett. Ebenso wie die Sonne hinter den Baumwipfeln und die wiederkäuende Kuh, über die unser Motorrad seinen Schatten zog.

Die Gehölze sahen abendlich und unheimlich aus, keine Sonnenflecken spielten mehr in ihnen, keine Goldamsel rief. Vor Liisus Tor hielt Vater an. Ilmar öffnete ihm und half das Rad auf den Hof schieben. Scham und Verlegenheit standen ihm im Gesicht, als er Vater respektvoll bat: «Könntest du kurz mal mit zur Sauna kommen, wenn du Zeit hättest? Ich hab da die Wanduhr auseinandergenommen, zum Reparieren, und jetzt krieg ich sie nicht mehr zusammen.»

Liisu rief mir zu: «Und du komm man rein zu mir und leiste mir Gesellschaft!»

Wir gingen durch die Küche in eine enge dämmrige Stube, in der ich Hunderte von Malen gewesen war, Pfannkuchen mit Kriechenmus essen oder altmodische Glückwunschkarten angucken.

Vor den beiden Fenstern standen Tische, überhäuft mit alten Zeitschriften, Muttern, Bolzen und Sprottendosen voller Nägel. Der eine war ständig über und über bepackt, bei dem anderen war ein Ende der Platte frei; dort wurde gegessen. Vor dem einen stand eine lange braune Bank wie ein Sarg, vor dem anderen Stühle. Auf dem Schrank verstaubten zwei Bücher, die noch nie jemand für mich dort heruntergeholt hatte. Unter dem Staub waren die Titel zu erkennen – «Frühling» und «Sommer».

Liisu stellte zwei Stühle hintereinander und sagte: «Nu komm, Auto fahren!» Das war unser ewiges Spiel. Selbst wenn die Kühe noch nicht gemolken waren oder die Suppe überkochen wollte, mit diesem Spiel fing Liisu jedesmal an.

Ich stellte ihr zu Gefallen den einen Fuß auf die Querleiste des Stuhls und gab mit dem anderen Schwung, und die Stühle schurrten vorwärts. Stets dasselbe Spiel, ob Sommer oder Winter, ob in Gänseschürze oder in Filzstiefeln, ob zwei Jahre alt oder sechs. Wenn die Stühle die Stube ganz durchquert hatten, trug mir Liisu gewohnheitsmäßig auf: «Wenn du nach Hause kommst, zeig's auch der Oma, wie schön du Auto fahren kannst!»

Für gewöhnlich meinte Oma wegwerfend: «Liisu! – die ist mir die richtige Schrulle! Als ob 'ne alte Frau nichts Besseres zu tun hätte, als mit Kindern rumzudalbern. Könnt ja ruhig auch mal zu mir kommen auf ein Schwätzchen, aber nee, grad wie aus Dickkopf nich!»

Das Autofahren machte diesmal überhaupt keinen Spaß, ich wartete auf Vaters Stimme draußen, aber durch das Stuhlgeschurre hindurch hörte ich nur, wie Ilmar rief: «He Mutsch, bring mal die Kanne mit dem Maschinenöl!»

Liisu ging hinaus, und ich blieb ganz allein hinter der Stuhllehne zurück. Ich horchte, aber da war nichts. Die Tür zur Hinterstube war angelehnt. In diese Stube führte Liisu mich nie. Nur mit Mutter war ich ein paarmal darin gewesen. Vom Boden bis zur Decke lag dort ewige Finsternis, das Fenster war mit einer Decke verhängt.

Was mich dorthin zog, war etwas, das mir selbst durch diese Finsternis noch entgegenschimmerte. Etwas, dessen Anwesenheit im ganzen Haus zu spüren war und sogar draußen beim bloßen Vorbeigehen.

Ich faßte mir ein Herz, drückte den Türspalt auf und sah auch sofort das, was ich zu sehen gehofft und befürchtet hatte. Von der Kommode herab blickte mich ein weißer Fayenceschwan an, mit gerunzelter Stirn, blutrotem Schnabel und tükkischen schwarzen Augen. Der kalte glatte Hals niedergedrückt vom Grabesdunkel. Er stieß ein böses schauriges Zischen aus, daß ich eine Gänsehaut kriegte.

Als meine Augen sich an die Finsternis gewöhnt hatten, nahm ich allmählich wahr, was sich sonst noch in dem Zimmer befand. Ein hoher dunkelbrauner Kleiderschrank, eine Tretnähmaschine, ein Holzbett. Das Bett wollte irgendwie genauer ins Auge gefaßt werden. Ich schaute nochmals hin, und es überlief mich heiß, die Hände wurden taub, die Knie schlotterten.

Ich sah dort ganz deutlich einen breiten schwarzen Vollbart, einen kahlen Schädel und zwei funkelnde Augenbälle. Und was da unter dem Kissen hervorragte, konnte nichts anderes sein als ein Gewehr.

Vom Bett her kam ein schwaches Rascheln und Knacken, der Gewehrlauf verschwand, zog sich zurück wie ein Schneckenhorn.

Ich ging rückwärts und rückwärts und rückwärts und prallte gegen die Tischkante und stolperte weiter rückwärts bis hinaus auf den Hof und sackte auf die Bank unter der Birke. Die Ohren sausten, und vor den Augen schwummerte es. Wie im Schlaf hörte ich Vater und Liisu irgendwo in der Nähe miteinander sprechen.

Endlich stand ich auf und taperte zum Hoftor hinaus, obwohl Vater mich zurückrief und Liisu mir sogar nachkam bis auf den Weg.

Ich trottete an den weiten Kartoffelfeldern vorbei, und die Zähne klapperten mir vor Kälte. Ich schaute mich nicht um, ob Vater auch kam. An Vater dachte ich nicht einmal. Ich war klein und hilflos und wollte nicht, daß es einer sah. Ich leckte das salzige Wasser, das mir aus Augen und Nase rann. Ich wollte Liisu mit einer Zaunlatte verdreschen, und zugleich wollte ich zu Hause im Bett liegen.

Hoch über mir hörte ich Sausen und Flügelrauschen, ein Vogelschwarm ließ sich in dem Birkenwäldchen nieder. Der Himmel war feuerrot, und rot glänzten auch meine Hände und Waden. Rings standen die Wälder wie um den Horizont gekrümmte Justiersägen. Und hinter den Wäldern geschahen wundersame Dinge; dort zirkulierten Papiere, klingelten Telefone, ragten verkohlte Ruinen. Dort aß man an manchen Orten sogar Zucker, Semmeln und Wurst!

Ich lief heimwärts, eingekreist von diesen bedrückenden Wäldern, und der rotzverschmierte Kleidersaum klatschte mir um die Knie. Oma war im Garten beim Kartoffelausmachen; neben sich einen Korb und in der Hand einen eisernen Haken, kniete sie nahe beim Gatter auf der Erde, von der bitterer, kalter, anheimelnder Kartoffelkrautgeruch aufstieg.

«Oma! Oma!» kreischte ich, stürzte zu ihr hin und rüttelte aus Leibeskräften an dem Kartoffelkorb.

Die Kartoffeln sprangen heraus, und Oma schimpfte: «Laß den Korb in Ruhe, du Alfsrankel!»

Das beruhigte mich. Ich setzte mich zu ihr auf die Erde und sagte im alleralltäglichsten Ton: «Oma, zu Liisu gehen wir nicht mehr!»

Oma richtete sich mühsam auf, sah mich verblüfft an und fragte: «Was hat sie dir denn getan?»

Ich ließ zwei erdige Odenwald-Kartoffeln durch eine Furche kullern und flüsterte: «Das weiß ich auch nicht.»

V*ATER WAR ABGEFAHREN.*
Verschwunden waren Segeltuchmappe, Koffer und Rucksack, nur das Radio trällerte schelmisch, wie zum Andenken an ihn: «So wieg es und schwing es, dein flachsblondes Mädchen... du junger Soldat mit dem goldenen Stern...»

Gleich morgens hatte er das Radio angestellt, damit es uns an ihn erinnerte und damit ich mir vorstellen konnte, wie er durch feuchte Wälder und geduckte Marktflecken nach Kaansoo zur Molkerei fuhr.

Das Radio verstummte, heulte auf, dann wurde gesprochen und gesprochen, und zum Schluß dröhnte es: «Die Produktion von Fußbekleidung aus Fischhaut muß weiter gesteigert werden!»

Ich zog die Decke über den Kopf und hielt den Atem an, bis es mir in den Ohren rauschte, dann mußte ich Luft schnappen. Ich machte laut: «Brrr! Brrr! Brrr!», wie zum Versuch, aber ich fand keinen Spaß daran, so wie ich es befürchtet hatte. Mir fiel das Buch ein, das ich aus der Stadt mitgebracht hatte, «Ein Ausflug in die Heidelbeeren», aber auch daran dachte ich ohne Interesse, mehr aus Gewohnheit. Mir schien, sobald ich aus dem Bett kletterte, lauerten Gefahren auf mich, und ich verspürte auch gar keine Lust dazu. Hier in meinem Kissen war eine warme Kuhle wie ein Nest, und ich fing an zu bedauern, daß ich kein Fieber hatte oder wenigstens Ohrenweh.

In der Stube war es halbdunkel. Man hörte keinen Regen, obwohl alles tiefgrau aussah. Ich ließ meine Augen durch die Stube wandern und stellte fest, daß Omas Bett schon gemacht war. Ich starrte auf die rosafarbenen Rosen in den Ecken von Omas schwarzer Überdecke und auf die drei dicken Kissen. Auf das oberste hatte Oma zwei Hände gestickt, die einander zum Gruß gefaßt hielten. Mein ganzes Leben lang, wenn ich irgendwo die Redensart «Eine Hand wäscht die andere» hörte, habe ich an dieses Kissen denken müssen. Es wurde stets nur tagsüber benutzt, daran konnte ich erkennen, daß es nicht mehr Morgen war, sondern schon Tag.

Die Vorhänge waren aufgezogen. Auf dem Tisch lagen Vaters Unterhosen und Hemden aufgestapelt. Gestern hatten sie noch hinterm Haus auf der Leine gehangen, und für heute war wohl das Flicken vorgesehen. Ich sah auch Nadelbuch, Schere und Garnrolle, und aus irgendeinem Grund wurde mir ganz düster zumute. Die Ecke zwischen Ofen und Rauchfang war schwarz, und die große Stube wirkte noch dunkler und drohender als die Hinterstube. Ein Kornelkirschzweig kratzte leise am Fenster.

Seufzend schob ich die Decke beiseite und tappte zum Fenster. Es regnete tatsächlich nicht, aber man sah auch nichts, sogar die Beerensträucher waren im Nebel verschwunden.

Das Radio verkündete energisch: «Jedes Mitglied der Kolchose ‹Blühendes Leben› weiß, daß der Kolchosvorsitzende gegen die Statuten der Kolchose verstößt. Wohnt er doch mit Frau, Schwiegermutter und Schwager unter einem Dach, in separaten Gebäuden abseits von den anderen Kolchosmitgliedern!» Anschließend stimmte es rasch ein Lied an: «Tüchtige Kerle sind wir Burschen vom Land».

Ich grabschte mir das Nadelbuch als Beute und kletterte zurück ins Bett. Nadelbücher durfte man nicht mit ins Bett nehmen, denn Nadeln waren im Bett nicht wiederzufinden. Sie bohrten sich einem ins Fleisch und wanderten hinauf bis zum Herzen. Das Blut beförderte sie weiter. Trotzdem schlug ich unter dem Schutz der Decke das Nadelbuch auf. Die Seiten waren aus schwarzem Wollstoff und am Rand mit grünem Garn abgenäht, damit sie nicht ausfaserten. Aus demselben Garn war auf der Buchdecke eine Schleife aufgestickt.

Auf der ersten Seite steckten kleine Nadeln, auf der zweiten Nadeln mit großem Öhr, auf der dritten Stopfnadeln und auf der vierten Sacknadeln. Ich zog drei Nadeln mit großem Öhr heraus und zwei Stopfnadeln. Die Nadeln mit großem Öhr waren die Stiefkinder und die Stopfnadeln die Stiefmütter, welche den Stiefkindern Fußtritte versetzten und ihnen nur Heringsmilch zu essen gaben. Eines von den Stiefkindern lief von zu Hause fort und blieb verschollen. Die Stiefmütter schimpften: «Ach was, von wegen verschollen! Alles nur Sabotage!» und drohten: «Wir schreiben an den Dorfsowjet, der wird den Ausreißer schon finden!»

Ich wisperte und stöhnte, bis alle drei Stiefkinder weggelaufen waren, dann kriegte ich mit einemmal Angst und warf das Nadelbuch auf den Fußboden. Ich hatte das Gefühl, wenn ich noch länger im Bett blieb, würden diese drei Nadeln durch mein Fleisch hindurch bis in mein Herz wandern. Düster und ergeben wartete ich, wann sie wohl loswandern würden, aber ich spürte nichts. Ich sah es klar vor Augen, wie sie sich bewegten – sie schlängelten sich nicht vorwärts, sondern schossen in gerader Linie durch das blutige Fleisch und glänzten dabei wie Flugzeuge. Ich begann zu keuchen und zu schwitzen. «Mama!» rief ich. «Mama, wo bist du?», aber niemand rührte sich. Ich kletterte aus dem Bett, ohne das Nadelbuch aus den Augen zu lassen, und zog meine scheußlichsten Sachen an, schlabbrige Trainingshosen mit einem gezackten schwarzen Flicken auf dem Hinterteil und mit nachträglich angenähten, schon ausgeleierten Hosenträgern.

Leibchen und Strümpfe konnte ich nicht finden; ich zog eine ausgefranste Strickjacke auf die blanke Haut und stopfte sie in den Hosenbund. Die Träger verdrehten sich und blieben so.

Ich hatte keine Lust hinauszugehen, zu nichts überhaupt Lust. Ich nahm zwei Stühle, stellte sie hintereinander, wie Liisu es mir beigebracht hatte, und fing an, mit einem Bürstenstiel auf sie einzuhämmern. Das war ein Weg, Liisus Stühle und meinen ganzen Besuch bei ihr zu verdreschen. An den Sitzflächen rissen hier und da die Binsenhalme und hingen um die Stuhlbeine.

Ich merkte nicht, wie Oma in die Stube kam. Plötzlich zauste sie mich am Haar und fuhr mich an: «Du verdammichte Deibelsbrut, willst du das wohl bleiben lassen! Wo ist die Rute?»

Sie strich mit der Hand über die Stühle, ruckelte an den Lehnen und band die losgerissenen Binsen fest.

Ich beruhigte mich wieder. Ich war traurig wegen Oma, daß ihr die Stühle wichtiger waren als ich. Widerwillig verließ ich die Stube.

Ein aufgeplustertes Huhn duckte sich am Zaun. Es nieselte,

so fein, daß nur das Gras davon naß wurde. Oma schimpfte drinnen vor sich hin. «Recht so, haut nur alles kurz und klein! Was kümmert's mich denn, von mir aus könnt ihr auf der Hühnerstange sitzen!»

Allmählich fiel mir wieder ein, daß Mutter heute ja auf das Kolchosenfeld mußte, zum Flachsraufen. Schwer ließ ich mich auf die nassen Treppenstufen nieder und kauerte mich zusammen, mein Herz klopfte wütend. Ich hielt die Hände auf den Ohren und ließ mich vollregnen. Mit durchdringendem Blick starrte ich über Zaunlatten, aufgeplusterte Hähne und nasse Hühner hinweg in die Büsche.

Ich stützte das Kinn auf die Knie und betrachtete die nasse Treppe, die schmutzigen Risse im Holz und die grauen Nagelköpfe. Ich flüsterte Worte vor mich hin, die nichts mit mir zu tun hatten und die ich nicht durch die Zähne hervorzustoßen brauchte. Durch den Kopf gingen mir ganz andere. Ich murmelte: «Jetzt ist Schlafengehenszeit, Nina schlüpft aus ihrem Kleid, faltet es sorgsam und nett – und dann hurtig ab ins Bett.»

Unversehens kamen mir andere Worte in den Mund. «Ein Mensch lag in der Erde eingegraben und dachte: Teufel noch mal, wie komme ich hier bloß wieder raus!»

Das flüsterte ich viele Male hintereinander, bis mir vor diesem Menschen gruselte. Die Worte machten das. Die Worte entstanden in meinem Kopf. Ich hatte Angst vor meinem Kopf, meinen entblößten Zähnen, meinem pochenden Blut. Ich biß mir in den Handrücken, und es blieb eine halbkreisförmige Spur.

Ich hätte gern gewußt, ob bei allen Menschen im Kopf etwas verborgen ist, was ihnen angst macht. Was dachte Oma? Was dachte Onkel, wenn er im Bett ausgestreckt lag, an die Decke schaute und ab und zu hustete?

Fröstelnd stand ich auf und ging hinein. Oma saß beim Fenster und nähte an einem Kartoffelsack. Manchmal schaute sie auf, schob die Brille in die Stirn und schaute hinaus. Das gefiel mir nicht. Ich setzte mich an den Tisch und beobachtete sie.

Immer wenn sie beim Fenster nähte, beschlich sie früher oder später das Gefühl, draußen ginge jemand vorbei. Und wer nämlich?! Immer entweder der tote Opa oder Julius, ihr verstorbener Sohn. Deswegen nähte sie stets schludrig, mit weiten Stichen, und steckte sich dann und wann zur Beruhigung einen Zuckerwürfel in den Mund, den sie mit Essenz oder Baldrian beträufelte, und klagte: «Keine Ruhe zum Nähen lassen sie einem. Ich weiß nich, was hab ich unserm Vadder bloß angetan, daß er mich so piesackt.»

Als sie eben die Brille hochschob und seufzte: «Heut will's und will's aber auch gar nicht!», sprang ich hinterm Tisch auf, stampfte mit dem Fuß und schimpfte verächtlich: «Daß du das nicht kapierst! Die gibt's gar nicht!»

Diese Worte, einmal ausgesprochen, gaben mir Mut, aber Oma, schlau wie sie war, hatte genau darauf gewartet, warf den Sack unter die Bank, stand ächzend auf und fragte: «Soll ich dir was holen? Willst du Buttermilch?»

Sie brachte einen halben Laib Brot, einen Teller Salzströmlinge und eine volle Kanne Buttermilch auf den Tisch, hielt den Brotlaib gegen die Brust und schnitt zwei dicke Runken davon ab.

«Ich will aber nichts essen», maulte ich und glupte mißbilligend die blankäugigen hellgrauen Strömlinge an. Auch wenn Oma beim Säckeflicken ständig die Nadel aus ihren steifen krummen Fingern fallen ließ und beim Einfädeln das Nadelöhr nicht sah und den Faden daran vorbei in die Luft steckte – ihr gehörte alles in dieser Stube, selbst Onkels Bett und Onkels Schrank, der Eßtisch, das Essen, die Chinabirke, die Strömlinge, Mutter und ich.

Mutter wußte das sehr gut. Deswegen bereitete es ihr auch ein diebisches Vergnügen, wenn ich Oma belehrte und ihr Widerworte gab und meine Launen an ihr ausließ.

Was Mutter auch tat, immer hatte sie das Gefühl, sie täte es für Oma. Deswegen hatte sie auch die Ärmel ihrer Jacke so eng gestrickt, daß sie alles wieder aufräufeln und neu stricken mußte. Mit mir schimpfte sie meistens nur, wenn Oma in Hörweite war. Sonst durfte ich tun und lassen, was ich wollte – den Kühen vor der Nase faule Eier aufschlagen, den Hahn einfangen, Bilder aus Büchern reißen.

Ich stellte vor Mutters Augen immer größere Rabaukenstreiche an, damit sie mir endlich einmal etwas verbot – sie schien das alles nur zu belustigen. Sie selbst war nie auf solche Streiche gekommen. Sie hatte für zerschlagene Teller, umgeworfene Tintenfässer und heimlich gegessene Brezeln mit bitteren Tränen und wundem Hinterleder bezahlen müssen.

Hinter Mutters unterwürfigem Wesen jedoch ahnte Onkel die Widerspenstigkeit, und Mutter wußte das. Sie fühlte sich bedrückt von seinen Hustenanfällen, seinen Langschäftern auf der Diele, seinem Rucksack am Kleiderständer, von den Worten, die nie ausgesprochen wurden, und den Blicken, die ihr gelegentlich zuflogen. Sie gab sich Mühe, bei Tisch weniger zu essen, und holte es meistens später in der Speisekammer nach. Wenn Onkel nach Hause kam, wurde Mutters Gesicht mürrisch und ihre Augen grau, und sie zauste mich wegen purer Kleinigkeiten schmerzhaft an den Haaren. Wenn Onkel aber zu Späßen aufgelegt war, lachte Mutter laut und beflissen, mit vollen Backen und kalten Augen.

Onkel wiederum hatte im Grunde seines Herzens Angst vor Oma. Oma konnte anordnen, daß der Ofen repariert oder das Schwein geschlachtet wurde, und da gab es keine Widerrede.

Ich hatte Angst vor niemandem. In aller Unschuld spann ich meine Intrigen und goß wie nebenbei Öl in die Flammen. Zum Lohn bekam ich Würfelzucker, getrocknete Äpfel, das Buch «Die Brüder Lü» und die Erlaubnis, meinen Himbeerblättertee aus unserer besten Tasse – noch aus der Zarenzeit – zu trinken.

Diese Tasse kam mir mit einemmal in den Sinn. Ich schob den Brotrunken beiseite, eilte in die Küche und nahm die Tasse zwischen beide Hände. Sie war so weiß und dünn. Ich strich mit der Kinnspitze über den wellengemusterten Goldrand und weinte, in einem Ton fort und ohne Tränen. Dann ging ich zurück in die Stube, setzte mich wieder hinter den Tisch und betrachtete eine Weile lang aufmerksam Oma: den sich lockernden Kopftuchknoten unter ihrem Kinn und die Glasknöpfe vorn auf ihrer Jacke, die wie Eiswürfel aussahen.

Behutsam brachte ich ein Gespräch in Gang. «Oma, wieso sagen die Leute keinem, wo das war, wenn sie die Männer vom Bunker gesehen haben?»

Das Messer in Omas Hand blieb stehen, als wollte es auch die Antwort hören. Aber Oma grummelte bloß: «Das geht kleine Kinder gar nichts an!» und aß weiter. Sie war wie ein dicker Baum, bei dem die unteren Äste fehlen und man nicht hinaufklettern kann. Aber wenn man könnte, dann sähe man über den ganzen Wald!

Das Messer stand immer noch still und horchte. Ich setzte von neuem an. «Oma, du hast selber gesagt, du hast auf Latiks Weide zwei Männer mit Gewehren gesehen. Warum zeigst du die nicht an?»

Oma kaute wortlos an ihrem Brot. Schließlich sagte sie und schaute mich dabei prüfend an: «Wenn jemand wegen so einer Anzeige verhaftet wird, dann wollen die, die nicht verhaftet worden sind, sich rächen an dem, der die Anzeige gemacht hat. Und wenn sie an den nicht rankommen, muß eben 'ne Kuh herhalten.» Sie dachte nach und sprach weiter. «Mir haben sie bis jetzt nichts Böses getan, warum soll ich da ihren Tod auf mein Gewissen nehmen.»

«Ihren Tod auf mein Gewissen nehmen» – diese Worte bohrten sich durch meinen Schädel und durch die Gräte in Omas Hand und wirbelten hinauf zu den Deckenbalken. Ich mußte dabei an das Buch mit den biblischen Geschichten denken und zugleich an ein blutiges Tierherz, das noch in der Schüssel zuckt. Die Bedeutung dieser Worte war dunkel, doch gegen diese bedrückende Dunkelheit hatte ich eine Waffe – den Namen des Staatenlenkers. Mit seiner Hilfe konnte ich das Buch mit den biblischen Geschichten in einen Haufen Altpapier verwandeln und Licht tragen in alle finsteren Ecken und schwarzen Gedanken. Er gab mir Mut, und ich warf Oma vor: «Deswegen finden sie den Bunker auch nie, weil du dagegen bist!»

Oma schaute mich weder böse noch freundlich an, sie schaute mich überhaupt nicht an. Als sie schließlich seufzte: «Ich hab Angst vor dieser ganzen Gewalt!», war das nicht an mich gerichtet, sondern an den Brotrunken auf dem Tisch, an die Heringsschüssel, das Buch mit den biblischen Geschichten und die Deckenbalken.

Dann begann sie mit Appetit, ja beinahe wütend, zu essen und sagte keinen Ton mehr. Ich schlüpfte hinter dem Tisch hervor und ging leise in die hintere Stube, suchte meinen ganzen Besitz zusammen und musterte ihn durch.

Da war der kleine häßliche Hund, der aussah, als hätte er Würmer und würde auf dem Hintern über den Boden rutschen, das blaue Glasei, der quietschende Gummibär, der aber nicht quietschte, sondern schmatzte, und Wuschelkopf, ein Bär mit einem Fell aus gepunktetem Baumwollstoff. Dem hatte ich eigenhändig die braunen Glasaugen ausgerissen und in den Brunnen geworfen.

Da lag Villu, ein Gummimännchen mit grüngelben Gummiwaden und Gummistrümpfen und Gummihosen und Gummilächeln. Weiter das Holzpferd mit den abgesägten Beinen und Mats, in gelber Bommelmütze und geblümten Pluderhosen, mit roten Backen und dicken Händen. Sein Brustkorb unter der Wollweste war mit grauer elastischer Watte gefüllt. Den dummen August nannten ihn die anderen.

Dann war da noch eine Fahrradpumpe, eine Trillerpfeife, viele leere Garnrollen, eine dicke Bernsteinperle, eine gläserne Blume mit Drahtstengel, eine hölzerne Kuh, ein hölzerner Baum und einige Büschel hölzernes Gras – all das gehörte mir. Die anderen Kühe, Blumen, Bäume und Grasbüschel waren irgendwann abhanden gekommen, zwischen den Bülten der Sumpfwiese oder im hohen Gras.

Den großen Marienkäfer aus Holz konnte man an einer Schnur hinter sich herziehen, nur begriff ich nicht, wozu. Mit dem hölzernen Küken ging es mir ebenso.

Schließlich noch der bucklige rote Zelluloidfisch, den man im Graben schwimmen lassen konnte, und der Esel auf Rädern mit den großen schlenkernden Ohren aus Schweinsleder. Der hatte als Hals eine starke Feder und als Schwanz ein Büschel Schweineborsten. Den Rumpf und den Kopf hatte Vater selbst aus Holz gedrechselt und mit grüner Farbe angestrichen, der Farbe der Hoffnung. Im Maul steckten zwei stumpfe Holzzähne. Immer wenn der Esel mit dem Kopf nickte und die Zähne bleckte, hatte ich das Gefühl, Vater ist irgendwo in der Nähe und fragt mich gleich nach der Hauptstadt von Norwegen.

Aber jetzt konnte mich keins von diesen Spielzeugen begeistern. Plump und schäbig sahen sie aus, nichts als ein Haufen Holz, Gummi, Glas und Stoff, tot und trostlos.

Vielleicht fand sich ein Trost in der Tischschublade? Ich zog sie mit aller Kraft heraus und kippte den Inhalt auf den Fußboden. Die Buntstifte rollten mit trockenem Gerassel durch die Stube. Es waren nur vier Stück und stumpf noch dazu. Ich sammelte sie ein und betrachtete sie. Der braune sah am fadesten aus. Das war überhaupt keine richtige Farbe – für ein Schwarz zu rot und für ein Rot zu schwarz. Der rote Stift ging zu sehr ins Braune und der grüne zu sehr ins Blaue. Mit dem gelben konnte man zufrieden sein. Wenn man sie oft anleckte, konnte man damit Bilder in Büchern bunt malen.

Zu meinen Besitztümern gehörte auch ein Stoß grünliches liniertes Papier, ein Tintenstift und viele Blätter Kohlepapier, alles von Vater.

Dann ein kleiner Zeichenblock mit zerkauten Ecken, auf dem hatten alle etwas gemalt: Mutter ein kantiges Haus, Oma eine schlichte Blume, Vater einen Teufel und einen Tuberkelbazillus, Onkel ein Porträt von mir – mit einem Mund von Ohr zu Ohr, mit wuscheligem Kopf und L-förmigen Beinen. Von mir stammten ein Flugzeug, eine rote Fahne und Gewehrkugeln.

Am schwersten hinzukriegen war die Fahne, Gewehrkugeln waren da weitaus einfacher.

Sie pfiffen um Mutters Haus, trafen den Teufel und den Tuberkelbazillus und zerfetzten die Blume. Nur mir taten sie nichts. Darauf hatte ich sorgfältig geachtet.

Ich nahm den Tintenstift, leckte ihn an und feuerte mit zusammengebissenen Zähnen ein paar große Kugeln auf mich ab, die aber alle danebengingen.

Vor dem Haus raschelten die nassen Blumenbüsche, der Ofen roch nach kaltem Rauch, und in dem schummrigen Licht konnte man Rot und Grün nicht unterscheiden.

Ich schob die Zeichnungen weg und zog die Bücher heran, schlug aber keins davon auf. Da waren Bücher, die einen zerstreuen konnten, und Bücher, die einem ins Gewissen redeten, aber an schlechten Tagen standen sie kleinlaut herum und wußten keinen Rat, nur das Buch «Arbeit tut not» mahnte leise: «Warum faul im Sessel liegen – ich könnte ja die Wäsche bügeln!»

Die Tür ging auf, Oma stand auf der Schwelle und sagte drohend: «Kommst du nun zum Essen oder nicht? Sonst räum ich ab!»

Ich antwortete trotzig: «Weißt du nicht, daß ich ein Menschenfresser bin? Ich freß nur Menschenfleisch!»

Ein Krach lag in der Luft, und mit boshafter Vorfreude wartete ich schon darauf, daß Oma mich anfahren würde: «Halt deine freche Klappe!», aber in dem Moment klopfte es kräftig an die Stubentür. Sie knarrte kurz, es klang wie ein trockenes Aufhusten, und auf der Schwelle stand mit einemmal, klein und untersetzt, ein wildfremder alter Mann.

Ich kam neugierig aus der hinteren Stube, Oma knöpfte ihre Strickjacke zu und wich ein paar Schritte zurück. Hinter dem Fremden die dunkle Diele. Er grüßte spröde. Sein Schädel glänzte kahl und war umrahmt von grauem strähnigem Haar. Über den Augenbrauen saß eine hochgeschobene Brille mit runden beschlagenen Gläsern. Die Ellbogen des langen dunkelblauen Mantels waren ordentlich geflickt. Unter dem Mantel waren die Beine kaum zu sehen; entweder waren sie zu kurz oder der Mantel zu lang.

Vor dem Bauch hielt der Fremde behutsam einen nassen grauen Hut, und zwischen den Mantelaufschlägen sah man sogar einen Schlips.

Das war der tote Opa, schien es mir; endlich also kam er einmal zum Vorschein! Ich nickte bedeutsam und forschte in Omas Gesicht, aber ihre Miene war ganz wie immer, keineswegs erschrocken.

Der Fremde ließ seine Augen neugierig und ernst durch die Stube wandern. Es war doch nicht der verstorbene Opa, sondern, wie sich gleich herausstellte, Herr Ilves, ein studierter Mann und der Leiter der Bücherei. Als er sich vorstellte, gab er Oma die Hand. Schwungvoll kam sie durch die halbdunkle Stube auf Oma zugerauscht, begleitet von einer fröhlich rollenden Stimme, obwohl zur Fröhlichkeit durchaus kein Anlaß bestand. Kein Mensch wollte die Bücherei benutzen, mochte Herr Ilves noch so von Haus zu Haus gehen und geradezu darum bitten. Alle hatten irgendwie Angst.

«Sie haben Angst, betrogen zu werden.» Herrn Ilves' tiefe Stimme rollte unter den Deckenbalken.

Schon hatte er den Hut auf den Tisch gelegt, und wieder kam die Hand durch die Luft angerauscht und ließ sich auf meinem Scheitel nieder, sauber und schwer wie ein dickes neues Buch.

Omas Gesicht wurde nach und nach klarer und ihre Augen blauer. Herrn Ilves' kollernde Worte flogen unter der Stubendecke hin und her wie Schwalben, traulich und heimisch und dennoch aus einem anderen Land.

Man erfuhr, daß, als Herr Ilves noch ein kleiner Junge war, in einem Jahr ein genauso verregneter Herbst gewesen war wie jetzt oder noch schlimmer und daß er aus dem Kirchspiel Võisik stammte wie Oma auch. Den hatte das Studieren nicht hochmütig gemacht, das sah man an seinen Augen.

Es stellte sich heraus, daß Herr Ilves beauftragt war, die Landfrauen über die Zubereitung von Dorsch zu instruieren. Er zog aus der Brusttasche ein Bild mit einem grauen Dorsch darauf, eine Anleitung zum Enthäuten und eine getippte Liste der Gerichte, die sich aus Dorsch zubereiten ließen. Am Schluß der Liste war auch noch von den Lebensgewohnheiten des Fischs die Rede.

Oma wurde wieder mißtrauisch. «Dabei ist Dorsch gar nicht so besonders! Hering und Strömling sind viel besser!»

Herr Ilves konnte nicht sagen, wo man Dorsch bekam, aber er vermutete, in größeren Städten sei er vielleicht aufzutreiben. Dabei vergaß er nicht, sich von Oma eine Unterschrift geben zu lassen. Oma malte schnaufend ihren Namen mit dem Kugelschreiber auf das Blatt, und Herr Ilves freute sich: «Na also, das hätten wir! Anna Kitsing – Instruktion empfangen», und klackte zufrieden mit der Stiefelspitze gegen den Stiefelabsatz. Er fühlte sich jetzt sichtbar behaglich, zog eine Papirossyschachtel hervor und rauchte, und seine Stimme knarrte triumphierend, als er versicherte: «Was mir bei der Waldarbeit meinen Lebensmut wiedergegeben hat, das war eine kleine Bachstelze. Mit was für einer Kraft die übers Eis hüpfte und zwitscherte! Und hatte nicht mal ein Stück Brot. Wir hatten ja Brot, nur Fleisch und Butter hatten wir nicht. Immer wenn der Magen knurrte, hab ich mir dann Gedichte aus der Schulzeit aufgesagt. Da war ich selber so eine alte steifbeinige Bachstelze, die ihres vor sich hin zwitschert. Hab ich mir denn damals was von den Lebensgewohnheiten des Dorschs träumen lassen! Der reinste Witz das Ganze – aber trau dich und sag was dagegen.»

Er schaute mit freundlichen Augen von Oma zu mir und wartete, daß wir etwas dazu meinten.

Oma sagte zu mir leise: «Geh in die Speisekammer und tu in den kleinen Korb so viele Eier, wie du Finger an beiden Händen hast, und bring ihn her!»

Ich polterte ab in die Speisekammer und packte den Spankorb voll mit großen braunen Eiern. Das konnten gut noch welche von Krähenkopp sein, die der Iltis totgebissen hatte. Ich seufzte traurig. Ich zählte abwechselnd meine Finger und die Eier, kam durcheinander und fing wieder von vorn an.

Als ich aus der Speisekammer zurückkam, hörte ich, wie Oma Verse aufsagte, sonderbare, wie mit Eisen beschlagene Worte:

> Von Birkenwipfeln wirbeln gelbe Blätter
> Das Brachland kämmt ein kalter Wind...

Sie machte eine lange Pause und sagte dann mit ihrer rauhen und sorgenvollen Alltagsstimme: «Was versteh ich dummer Mensch schon davon, aber trotzdem, von Kind auf, wenn mir dieses Gedicht in den Sinn kommt, wird mir immer, als müßt ich ersticken. Als läg ein Unglück in der Luft...»

Herr Ilves hatte, wie es schien, Oma gar nicht zugehört und betrachtete seine Rockaufschläge. Erst nach einer Weile hob er die Augen und bestätigte: «Ja, das Gefühl kenn ich sehr gut.» Seine Nase, sein kahler Scheitel, selbst seine Jackentaschen verrieten, daß er einen großen Kummer mit sich herumschleppte. Und daß er sich den nicht anmerken lassen wollte.

Verständnislos betrachtete ich Herrn Ilves' Handrücken, Augen und Mantelschöße. Er saß nicht in sich zusammengesunken, seine Hände zitterten nicht, er seufzte nicht einmal, und doch war seine ganze Gestalt mit einemmal ein einziger großer Kummer.

Ich hatte plötzlich das Gefühl, das schon einmal erlebt zu haben – jemand sieht mich an und erzählt lachend eine lustige Geschichte, und ich höre sie gar nicht, sehe nur Zahnfleisch, Nasenlöcher, Pupillen des Sprechenden, hänge an ihm mit brennenden Augen und spüre, daß er großen Kummer hat.

Dieses Gefühl oder diese Erinnerung zuckte mir durch den Kopf bis in den Nacken hinab, so wie dann, wenn man etwas sagen möchte und der Gedanke ist einem entglitten, bevor man noch dazu gekommen ist, ihn auszusprechen. Ich horchte gespannt in mich hinein, und meine Augen wurden schmal, aber ich kam nicht darauf, wer das gewesen war mit dem verborgenen Kummer, auch nicht, wann und ob überhaupt.

Oder war es doch Herr Ilves gewesen, gerade eben? Ich hatte ja seine Miene studiert, und mir klang im Ohr noch der Ton nach, in dem er gesagt hatte: «Ja, das Gefühl kenn ich sehr gut.»

Herr Ilves setzte den Hut auf, erhob sich, fühlte in den Rocktaschen und knöpfte seinen Mantel bis obenhin zu. Er schien nach Worten zu suchen, aber sagte dann doch nichts. Statt dessen sagte ich plötzlich etwas, flüsterte laut und zischelnd: «Oma, ich will in die Bücherei!»

Ich stand zwischen Oma und Herrn Ilves, in der Hand den Korb mit den Eiern, den großen braunen vom toten Krähenkopp. Ich traute mich nicht, den Korb Herrn Ilves richtig zu überreichen, sondern hielt ihn nur ein wenig von mir abgestreckt. Ohne die Augen vom Boden zu erheben, fügte ich hinzu: «Und Tommi kommt auch mit.»

Oma sagte zu Herrn Ilves: «Da sind zehn Eier für Sie. Den Korb nimmt das Kind dann wieder mit zurück.» Sie strich über ihre Wergleinenschürze und suchte nach etwas zum Sagen. Ihr schließliches «Bitte schön!» klang harsch wie ein Befehl, der keinen Widerspruch duldet.

Ich schnappte nach Luft. Ich war ausgelassen wie ein Hund, der mit auf die Jagd darf. Ich machte einen Luftsprung und trommelte mit beiden Fäusten gegen Onkels Breeches, die dort am Nagel hingen. Am liebsten hätte ich gekläfft und gewinselt vor Freude, aber ich genierte mich vor Herrn Ilves.

Am liebsten wäre ich auf einen Zaunpfahl geklettert und hätte gerufen: «Na los, dalli, dalli!» Statt dessen ordnete ich nur die Eier im Korb und legte die großen braunen zuoberst. Ich hatte ein bißchen Angst, sie könnten kaputtgehen, denn sicher würde ich den Korb tragen. Ich mußte ihn also sorgsam an mich drücken und mit beiden Händen gut festhalten...

«Findet das Kind allein zurück?»

«Ja klar», sagte ich finster und ging hinaus in die Diele. Ich drückte die Außentür weit auf. Zwischen niedrigen Wolken blinzelte blauer Himmel.

Die Treppenstufen waren schon trocken. Ich rief: «Tommi! Tommi!», und als Tommi unter der Häckselmaschine auftauchte, ging ich langsam rückwärts auf das Tor zu.

Ich wußte nicht, worüber ich mit Herrn Ilves reden sollte. Aber gar nichts zu reden war auch dumm.

Da kam er auch schon über den Hof. Hier draußen sah er kleiner aus als in der Stube, machte nicht soviel her. Schlips und Hut, mit denen er in der Stube so klug und sachlich gewirkt hatte, gaben ihm hier etwas Drolliges.

Wir gingen über die Pferdekoppel. Ringsumher verbreiteten dicke Trauerbirken Herbstgeruch, die Wolken flatterten, und das Wasser im Graben kräuselte sich. Wir verschwanden im Buschwerk und kamen dann wieder aufs freie Feld, in einer Reihe hintereinander wie zur Besichtigung vorgeführt – erst Herr Ilves, dann ich und schließlich Tommi. Tommi mit seinem gelben Fell leuchtete im langen holzigen Gras wie ein Fuchs. Manchmal schaute Herr Ilves über die Schulter nach hinten, und ich hoffte aus ganzer Seele, er könnte mit seinen scharfen schwerlidrigen Augen durch mich hindurchsehen und fände von selbst heraus, daß ich schon lesen konnte. Und zugleich packte mich die Abscheu vor meinen ausgeleierten Hosenträgern und der roten Strickjacke mit den sackigen Taschen. Doch Herrn Ilves' Blick wanderte über die wassergefüllten Radspuren, die struppigen Heuwiesen und den unruhigen Himmel.

Das Gelände stieg langsam an. Diese rauhe weite Landschaft war eine Gefahr für Herrn Ilves, für sein sauber gewaschenes Gesicht, seinen Schlipsknoten, seinen städtischen Mantel. Sie konnte ihn in die Irre schicken, ihm den Wind durch die Lungen fetzen, ihm aus einem Weidenbusch eine Kugel in den Rücken jagen. Aber vorerst entrollte sie gnädig ihre blauen Weiten und ließ uns von einer gutmütigen Sonne die Köpfe vergolden.

Ich selbst war ein Teil dieser Landschaft, ebenso hinterlistig und großmütig wie sie. Ohne meinen glupschen Blick wären diese Feldsteine, Kornfelder und verwitterten Schindeldächer nicht das gewesen, was sie waren.

Wir stiegen den Weg durch die Felder hinauf, über die Rundung der Erdkugel hinweg, und kamen hinunter in dichten Wald. Hinter dem Wald lag die Bücherei; über sie hatte diese Landschaft keine Gewalt mehr. Ich stand in der Eingangstür, als wäre mir meine Kindheit abhanden gekommen. Herr Ilves nahm mir den Eierkorb aus der Hand und stellte ihn auf einen mit grünem Papier ausgelegten Tisch. Tommi klopfte mit dem Schwanz an die Tischbeine.

Ich entdeckte in der Tapete ein Mauseloch und betrachtete durch eine offenstehende Tür die Beine eines Eisenbetts mit einer grauen Decke darüber. Ich warf einen Blick aus dem Fenster und sah auf dem Hof einen Sägebock, einen Hackklotz, eine Axt und das gelbe Birkenblatt, das an dem Axtloch klebte. Einen so bedeutungsvollen Hackklotz, einen so geheimnisreichen Sägebock gab es nirgendwo sonst auf der Welt. Und ich sah sie auch nur dieses eine einzige Mal. Danach waren sie wie alle anderen.

Während Herr Ilves im hinteren Raum mit Papieren raschelte und einmal auch etwas Schweres fallen ließ oder umwarf, verschwand ich im Dunkel der Regale.

Manche Bücher knarrten wie neue Galoschen, wenn man sie in die Hand nahm, und Lesezeichen aus schmalem Seidenband flatterten daran. Manche Bücher waren fest zwischen die anderen eingezwängt, und die Fingerspitzen wurden weiß, wenn man sie herauszog. Ein braunes Buch mit dem Titel «Glück» hieb seine spitze Ecke schmerzhaft in meinen Schenkel.

Auf dem staubigen Fußboden sah ich die feuchten schwarzen Spuren meiner bloßen Füße und betrachtete sie mit Schaudern. Sie waren so klein und doch so erschreckend wie die Spuren von Menschenfressern im Ufersand.

Vom Boden bis zur Decke standen auf den Regalen heimtückische Bücher, manche davon konnten sehr gefährlich sein.

Eins zum Beispiel hieß «Der neue Teufel vom Höllengrund». Dieser Titel behagte mir gar nicht, und ich entfernte mich vorsichtshalber in den nächsten Gang. Und siehe da! – dort zog meine Hand die «Helden der griechischen Vorzeit» hervor. Ein Buch von schäbigem Aussehen, der Einband bekleckst mit lila Tinte, und über die Ecken war schon mancher spuckebefeuchtete Finger hinweggegangen. Doch bei Büchern zählte das Aussehen nicht viel. Die schönen properen Bilderbücher waren meist voll von albernen Verschen, und die Bücher mit den roten Goldmusterrücken bei Teistes in der oberen Stube waren auf deutsch, und man konnte sie gar nicht lesen. Sie standen dort nur. «Der Schuster und der Teufel» dagegen hatte zwar keinen Einband mehr und war arg zerfleddert, doch an dem spannenden Inhalt änderte das nicht ein Haar.

Mit Büchern war das anders als mit Kopftüchern, Badewannen, Mänteln und Filzgaloschen, bei denen es darauf ankam, woraus sie gemacht waren, wieviel sie kosteten und ob sie auch etwas aushielten.

Bücher waren aus Papier und Pappe, kosteten weniger als alles andere und hielten überhaupt nichts aus, waren anfällig gegen Feuer und Wasser, Mäuse und Ratten, kleine Kinder und Bücherwürmer. Obwohl sie auch Gegenstände waren, schwere, kantige, die dumpf auf den Boden knallten und an denen man sich empfindlich stoßen konnte, gab es doch einen wichtigen Unterschied: Wenn man sie im Schoß hielt, hielt man nicht nur einen Haufen Papier und Pappe, sondern fremde Menschen, große Städte, Felsengebirge und wüste Ebenen, Ungeheuer und Lindwürmer. Und man selbst wurde zu einem Riesen, der dieses bunte Leben von einer Stube in die andere trägt und frei darüber verfügt. Und wenn es ganz schlimm wird, wenn der Sturm heult, das Blut fließt und auf dem Gesicht des Mörders sich ein satanisches Grinsen ausbreitet, dann überschlägt man ein paar Seiten oder klappt das Buch ganz zu und gewinnt auf jeden Fall die Oberhand.

«Helden der Vorzeit», flüsterte ich. Ich verschlang die Abbildungen mit den Augen – Schwerter, Schilde, Vasen – und dachte, es wäre gut, sich die von Mutter durchpausen zu lassen. Das Buch selbst verhieß Abenteuer und Verbrechen. Ich streichelte die braunen Bilder und roch daran. In den Büchern war es aufregend, wenn ein Sohn dem Vater mit einem Schwerthieb den Kopf abschlug. Jaansons Sassa aber, der seinen Vater prügelte, wurde lebenslänglich verachtet.

Ich wußte niemanden, zu dem ein Held, Herkules etwa oder Tschapajew, hätte kommen können, flammenden Herzens, und rufen: «Zum Kampf!» Wäre er zu Onkel gekommen, hätte Onkel gesagt: «Komm, iß erst mal was! Es gibt prima Suppe!», aber zum Kämpfen hätte er sich nie und nimmer verlocken lassen, sondern vor sich hin auf den Boden geschaut und gemurmelt: «Die Raufe im Kuhstall ist morsch, und das Dach müßte auch mal geflickt werden und...»

Ich wußte nichts von großen und kleinen Völkern. Wie sollte ich wissen, daß es für Herkules und Tschapajew, diese Helden großer Völker, viel leichter war, sich an der Spitze eines Heerhaufens ins Kampfgetümmel zu stürzen, als in einem kleinen Volk einen widerborstigen Onkel davon zu überzeugen, daß das Dach erst einmal warten müsse.

Es war besser, von dem Sohn, der seinen Vater umbrachte, in einem Buch zu lesen, als selber dieser Sohn zu sein. Im Herzen zweifelte ich, ob es nicht auch besser war, eine Butterstulle kauend von Kämpfen zu lesen, als selber zu kämpfen. Ich konnte mich nicht entscheiden, was ich eigentlich wollte: lesen oder kämpfen. Das war mein heimlicher Kummer, und um ihn loszuwerden, rannte ich oft stampfend über den Hof und schrie: «Scheißescheißescheißescheiße!»

Ich klemmte die «Helden der griechischen Vorzeit» unter den Arm und überlegte, ob ich nicht noch ein anderes Buch mitnehmen sollte, ein dickes ganz ohne Bilder, damit Herr Ilves sah, wie gescheit ich schon war. Aufs Geratewohl zog ich eins aus dem Regal, «Der Prophet Maltsvet», und ging mit gewichtigen Schritten zum Tisch. Gern hätte ich auch noch eins von den dünnen grauen Büchern aus der «Lesereihe für den Frontsoldaten» mitgenommen, aber ich hatte schon beide Hände voll.

Ich sah Herrn Ilves an, der vor einem schwarzen Kanonenofen saß und die Rinde von Birkenscheiten abschälte, und flüsterte: «Ich möchte diese Bücher hier.»

«Soso», machte Herr Ilves und griff nach dem «Propheten Maltsvet». Er nahm mir das Buch weg und stellte es zurück, genau dorthin, wo es gestanden hatte, kramte in einer Reihe von dünnen Büchern gleich daneben und kam wieder, in der Hand «Das häßliche Entlein und andere Märchen».

«Tiergeschichten will ich nicht», seufzte ich niedergeschlagen.

Herr Ilves schob mir unversehens die Hand unters Kinn, zwang meinen Kopf nach oben, schaute mir in die Augen und sagte ernst: «Das Buch erzählt von Menschen. Zwischen den Zeilen stecken die Menschen.»

Ich runzelte die Stirn und sah ihn verständnislos an. Er ließ mein Kinn los, nahm seufzend hinterm Tisch Platz, griff zum Federhalter und schrieb kratzend etwas auf einen gelblichen Zettel aus dickem rauhem Papier, das viel Tinte aufsaugte.

Meine Backen wurden heiß, und in den Knien begann es zu puckern. Ich hatte Angst, Herr Ilves könnte mich plötzlich auffordern, auch etwas zu schreiben, etwa meinen Namen, und dann kommt es heraus, daß ich die Schreibbuchstaben gar nicht kann. Schon mit den Druckbuchstaben war das so eine Sache.

Die meiste Angst hatte ich vor dem großen gedruckten R und dem K. Hastig versuchte ich mich zu erinnern, wie herum die gleich wieder gingen, ob das R den Bauch vorne oder hinten hatte und wo beim K die Zinken waren.

Schreiben konnte ich nicht und die Uhr lesen auch nicht – Schande über Schande! Ich hätte sonst ein Buch geschrieben, nur wurde ich eben mit dem R und dem K nicht fertig, und das Gerangel mit diesen beiden nahm mir den ganzen Schneid. Vielleicht schrieb man heutzutage die Bücher auch gar nicht mehr zu Hause, sondern machte sie mit Maschinen.

Das Buch, das ich schreiben wollte, hieß «Handbuch für die große Wanduhr»; als Vorbild diente mir dabei das «Handbuch für den Pferdezüchter».

In diesem Buch wollte ich den Leuten einschärfen, daß man die Uhrgewichte immer rechtzeitig aufziehen und die Zahnräder mit Nähmaschinenöl schmieren muß, denn wenn die Uhr abläuft und stehenbleibt, stirbt oder verschwindet bald ein Mensch. Allerdings nur Erwachsene, keine Kinder – soweit hatte ich mich abgesichert. Ich mußte auf jeden Fall übrigbleiben.

Ich faßte einen plötzlichen Entschluß, ging näher auf Herrn Ilves zu, sah ihn an und verkündete feierlich: «Ich möchte Soldat werden!» – Herr Ilves war nicht erstaunt, maß mich nur mit etwas zweifelndem Blick.

«Ich komm mal wieder!» sagte ich gnädig, rief Tommi, und die Tür klappte hinter mir zu. Ich wußte auswendig, daß hinter dem Fichtenwald das Feld kam und nach dem Feld die Pferdekoppel, dann die Weide und dann unser Haus.

Der Weg interessierte mich kein bißchen. Ich schaute gleichgültig die Fichtenstämme an und hörte einen Specht hämmern. Mein Kopf war ganz leer. Ich stolperte in einem fort über Maulwurfshaufen und Baumwurzeln. Der Weg nach Hause schien endlos lang. Ich wollte auch gar nicht nach Hause.

Ich setzte mich auf einen Baumstamm und kauerte mich zusammen. Ich war wie ein am Weg abgestelltes Bündel; und eben erst hatte ich mich gebrüstet, ich wolle Soldat werden. Der Himmel fiel mir genau auf den Kopf, die Äste knarrten dumpf und warnend.

Vom niedrigen schweren Himmel begann es wieder zu nieseln. Die Wolken zogen in mehreren Schichten, die untersten jagten nur so über den Wald, obwohl hier unten gar kein Wind ging. Hieß das, daß er da oben wehte? Ich schaute über mich, behielt den Himmel im Auge und wartete darauf, daß er sich öffnete und den Blick in eine andere Welt freigab.

Im Moment, da ich dies niederschreibe, sehe ich durchs Fenster nackte braune Erde und niedrigen grauen Himmel, befinde mich zugleich im Herbst 1950 und im Frühjahr 1982, und mir schwindelt von der langen Strecke dazwischen. Über den grauen Wolken scheint ewige Sonne. Ich weiß, je höher man mit dem Flugzeug steigt, desto tiefer wird das Blau des Himmels, bis schließlich durch die blaue Fläche der schwarze Weltraum hindurchschimmert. Die Wolkendecke bleibt tief unten zurück, man fliegt inmitten von blendendem Licht, über die leuchtenden biblischen Weiten bläst ein eisiger Wind.

Gerade dann, wenn durch die blaue Kuppel hindurch der schwarze Abgrund schon aufscheinen will, kommt die Stewardess und serviert Hähnchenschenkel, um die Aufmerksamkeit von den Geheimnissen des Himmels abzulenken. Rund um die Uhr wird am Himmel gegessen, Millionen von Hähnchenschenkeln und Schinkenscheiben. Dennoch bin ich mir, während ich gerade aus dem Fenster schaue, nicht sicher, ob sich der Himmel nicht doch öffnet und jene andere Welt sichtbar wird. Ich bin täglich darauf gefaßt, wie damals. Die Jahre dazwischen, die teuren Flugreisen und die kalten Hähnchen haben daran nichts geändert.

Ich saß im nassen rauschenden Fichtenwald, hämmerte mit der Faust auf mein Knie, daß es klingelte, als wäre darin eine Nickelmünze, und murmelte vor mich hin: «Helden der griechischen Vorzeit...» Meine Kleidung roch nach feuchter Schafwolle, und der Himmel stand an einer Stelle schon offen – dort funkelte Herkules' Schwert.

V*OR DEM HINTERGRUND* der Tagesnachrichten und Kriegsberichte sind mein Leben lang große blanke nordische Wolken gesegelt, haben Bäume und Buchseiten geraschelt. So hat die Welt sich vorwärtsbewegt durch immer neuere

Jahrzehnte, hat dieses allerneueste erreicht und wird bald weiterstürzen in ein noch neueres.

Mir ist es jedoch nicht mehr möglich, ihr unschuldsvoll ins Gesicht zu blicken, denn über den Wolken und Buchseiten, der Prosa und Lyrik aus aller Welt liegt nun ein schwarzer Fleck, der früher nicht da war. Er entsteht in meinem rechten Auge und schwimmt feierlich und unheilverkündend vor meiner Pupille entlang über die Leinwand des Himmels, stets in derselben Richtung, von links nach rechts.

Das Phänomen ist ganz individuell und zugleich ganz allgemein. Jedesmal wenn ich den Fleck wieder sehe, schieße ich hoch wie eine Kreuzotter, daß meine Halswirbel krachen. Von Zeit zu Zeit löst er sich auf und zerfällt in fette Druckbuchstaben, die schwarz über den blauen Himmel schwimmen und sich zu unheilverkündenden Wörtern formen.

Meine Augen sind verdorben, und es gibt nur zwei Dinge, ohne die ich wirklich nicht auskomme – Bleistift und Schreibmaschine. Mit ihrer Hilfe muß ich versuchen, aus Fleisch Wörter und aus Mist Blumen zu machen. Tag für Tag. Die laschen Wörter und die unechten Blumen zerknüllen und wegwerfen, wieder von vorne anfangen. Sitzen und aufstehen, schmieren und kritzeln, aus dem Fenster schauen, den Anfang hinausschieben, Vorwände dafür suchen und dann doch anfangen.

Leben.

An einem sonnigen Tag in eine kleine Stadt fahren, wo eine kopfsteingepflasterte Straße einen Hang hinabführt. Mutter backt Pfannkuchen und zeigt eifrig die zwölf Meter Lakenstoff, die sie neulich gekauft hat. Der Löwenzahn leuchtet in der verwilderten Ruhe, überm Schuppendach blüht der weiße Flieder, der Lichtfleck von einst vergoldet die Kartoffelfurchen. Katzen streichen durchs Gebüsch, und eine Kinderschaukel quietscht. Kein Urwind, keine himmlischen Heerscharen, keine Weltrevolution. Wenn dieser schwarze Fleck nicht über den Himmel flöge wie ein einsamer verirrter Bomber, könnte ich unbesorgt glauben, daß dieses Jahrtausend so bald noch nicht zu Ende geht, daß der Fluch, von dem die Untaten losgesprochen sind, seit sie alltäglich wurden, sich nicht in der Luft und im menschlichen Blut angesammelt hat.

Dann fiele mir wohl auch nicht jene volle Schüssel mit gekochtem Speck ein, die ich auf beiden Händen vorsichtig aus der Speisekammer trug.

Die Außentür stand weit auf, über den Hof floß die Abendsonne und gab im Wipfel der Espe ein paar Blättern besonders roten Glanz. Im dürren Kartoffelkraut liefen unsere weißen Junghähne. Durch ihre Kämme schien die Sonne und ließ das Hahnenblut auffunkeln wie ein Wunder, wie eine feuerrote überseeische Blume.

Auf der Treppe saß Paulas Aime und hatte ein Doppelkinn wie ein altes Muttchen. Ihre Beine waren schlammbespritzt, und das Zopfband war aufgegangen. Als ich sie vorhin gefragt hatte, was wir machen wollen, hatte sie vorgeschlagen: «Fleisch essen! Ihr habt doch Fleisch!»

Die Schüssel war noch lauwarm, auch die Kohlrüben und Möhren waren noch nicht im Fett erstarrt. Die Speckschicht schwappte bei jedem Schritt. «Bloß fetter Speck», meinte ich verächtlich. «Was jetzt?»

Aime blieb bei ihrem Vorschlag. «Die Kohlrüben essen wir selber, und den Speck geben wir den Hunden.»

Paulas Hund, Tuks, wachte gleich in der Nähe, die Schnauze nur zum Schein auf die kurzen krummen Vorderpfoten gebettet. Seine blutunterlaufenen Augen folgten verstohlen unseren Bewegungen. Ab und zu zog er die Oberlippe zurück, und das schwarze Zahnfleisch wurde sichtbar.

Unseren Tommi mußte man wieder lange anlocken. Er blieb in einiger Entfernung stehen und schnüffelte gierig.

Wie um einen Anfang zu machen, warfen wir ein Stück Speck mitten auf den Hof. Tommi wedelte unschlüssig mit dem Schwanz und ließ Tuks es fressen. Jetzt suchte ich ein schönes großes Stück aus und warf es genau vor Tommi hin. Tommi konnte nicht widerstehen und verschluckte es mit einem Happen.

Die Hunde bekamen funkelnde Augen, ihre Schnauzen waren fettig, und die Zungen hingen heraus. Wir standen über ihnen auf der Treppe wie große Sägeböcke oder Statuen und grapschten abwechselnd in die Schüssel. Fett triefte mir in die Jackenärmel und auf die Beine.

Sachlich riefen wir unsere Befehle: «Tommi, hopp!» «Tuks, fang!» Wir sahen zu, wie die Hunde den Speck hinunterschlangen, und machten «Ööök! Ööök!», als müßten wir uns übergeben. Zum Schluß fraßen die Hunde nur noch aus Höflichkeit, sie hatten die Ohren angelegt, und das Funkeln in ihren Augen war erloschen.

Mir kam es dunkel in den Sinn, als hätte Oma beim Aufsetzen des Fleischtopfs gesagt: «Da bleibt für Hans auch noch schön Proviant übrig!»

Mir wurde mulmig; andererseits war ich mir nicht sicher, ob ich das wirklich gehört hatte. Am besten, man hatte nichts gehört.

«Und jetzt nagen wir die Knochen ab!» rief Aime. «Und das Mark schlürfen wir aus!»

Wir standen vor dem verwitterten Lattenzaun und dem schwarzbraunen Kartoffelland, unsere Kleider rochen nach Schafwolle, Erlenholzrauch und Pisse. In den Fäusten hielten wir die Schweinerippen. Sie waren ganz weichgekocht, und wir benagten sie voller Gier. Man hätte fast meinen können, wir stammten von einem isländischen Einödhof und als Schlaflied hätte man uns zu Hause gesungen:

> Wenn du an Kolumkillis glaubst,
> der redet so:
> «Mark und Blut, Mark und Blut,
> oh, schmeckt das gut.»
> Blutigrot ist seine Spur.
> Schlaf, mein Kind, schlafe nur.

Statt felsiger Fjälleinöden umgaben uns jedoch Fichten-, Birken- und Erlenwälder, in großen gußeisernen Kesseln bullerten Schweinekartoffeln, auf den Kartoffeläckern knackten scharf und schmerzend Halswirbel und Kniegelenke. Baumstämme, Brückengeländer und Scheunentore trugen unerfaßte Fingerabdrücke, aus dem Bunker stieg dampfender Atem.

Im Fichtenwald hinter der Weide brüllte eine Kuh, es hörte sich an wie ein dumpfes Röcheln aus tiefster Kehle. Dabei fiel mir ein, daß das Petroleum alle war. Man kann gar kein Licht machen, wenn es dunkel wird, und dunkel wird es auf jeden Fall, die Nacht kümmert es nicht, wenn es im Laden heißt: «Petroleum ist alle!»

Der abendliche Himmel spiegelte sich in den Augen der Hunde und färbte sie gelb. Die Uhr in der Stube tickte so laut, daß man es noch hier draußen auf der Treppe hörte. Manchmal knackste sie. Es wurde seltsam und unheimlich.

Je länger wir zuhörten, desto lauter brüllte die Kuh im Wald. Mit gespieltem Eifer rief ich: «Komm, wir jagen die Hühner!»

Aime zögerte: «Hühner darf man nicht jagen. Die legen sonst Windeier.»

«Na und wenn schon!» machte ich unwirsch. «Ich jag die, soviel ich will!»

Vom Dielenfenster holte ich den Schlüssel zum Speicher und stocherte damit wütend in der Speichertür und bekam sie auch auf.

Vielleicht sprang sie vor allem deswegen so leicht auf, weil von innen schweres Dunkel gegen sie drückte, in dem sich Beerenkörbe versteckt hielten, die wie Menschenschädel aussahen, alte knochengelbe Wacholderstöcke, Kornkisten und gebündelte Kalbfelle, die ganz von selbst raschelten und einem von der Decke herab ins Genick zu fallen drohten. Aber das war noch nicht das Schrecklichste. An die allerschrecklichsten Dinge dachte man besser nicht.

Ich schnupperte in das Dunkel hinein und sammelte Wut,

denn nur so konnte man die anderen einschüchtern, indem man selbst grimmig angestürmt kam. Ich fletschte die Zähne, zischte: «Kröten und Echsen!» und rannte los. Hier mußte man mit schwerem Schritt auftreten, ohne Rücksicht wegfegen, was einem in die Quere kam, und sachlich durch die Zähne fluchen. Ängstlich sich umblicken durfte man hier nicht.

Mit sicherem Griff zerrte ich von den Kornsäcken den grün und braun gefleckten Wehrmachtstarnmantel herunter und aus der Schrottkiste die Gasmaske. Das waren sie, die allerschrecklichsten Dinge. Sie holen zu gehen, war jedesmal gruselig, aber sie waren es wert. Bevor ich die Gasmaske aufsetzte, schüttelte ich sie sorgfältig, damit Käfer und Spinnen, falls welche darin waren, herausfielen.

Ich schlüpfte unter den Umhang und zog mir die Maske über. Sofort wurde mein Schädel flach und grau wie bei einem Tier, die gläsernen Augen glitzerten, und über die Brust hing mir ein dicker staubiger Gummirüssel.

Wenn ich die Gasmaske aufzog, hatte ich immer das Gefühl, vor den schmierigen runden Gläsern müßte gleich eine Totenhand erscheinen oder die Trümmerstadt Berlin, aber alles, was ich sah, waren Spitzwegerich und Hundskamille, Holzstapel und Schleifstein, die Dinge, mit denen mein Leben mich auch sonst umgab. Ich stürmte aus dem Speicher und rief mit rauher Männerstimme: «Hu! Hu! Das Monster kommt!»

Tuks begann bei meinem Anblick zu knurren, und Tommi verschwand wie der Blitz in einem seiner beiden Verstecke, das war entweder unter der Häckselmaschine im Heu oder in der Kuhle, die er sich im Blumenbeet gebuddelt hatte.

Aime pflückte beim Zaun vertrocknete Kletten und warf sie zum Zeitvertreib aufs Stalldach. Als sie mich sah, fing sie an zu maulen: «Warum krieg ich keine Maske zum Hühnerjagen? Ohne Maske jag ich keine Hühner!»

«Quengel nicht so!» näselte ich durch den Gummirüssel, aber die Gasmaske nahm ich nicht ab.

In Maske und Mantel ging ich zu dem Schrank in der Speisekammer. Im untersten Fach stand eine dicke dunkelbraune Flasche, um die ein eigenartiger klarer Geruch hing, als stünde dieser wurmstichige Schrank anderswo, in einer Ambulanz oder einem Lazarett, und nicht hier in der Speisekammer neben Pökelfaß und Eierkorb. In der Flasche war Äther, und man versuchte, sie vor mir versteckt zu halten; dennoch war die glatte kühle Glaswand fast undurchsichtig von meinen Fingerabdrücken. Ich ging heimlich an ihr schnuppern und sie schütteln, nur den schwarzen Gummikorken traute ich mich nicht herauszuziehen.

Natürlich schaute ich auch jetzt nach der braunen Flasche, aber zum Schnuppern war keine Zeit.

Ich stellte mich auf die Zehenspitzen und wühlte im obersten Schrankfach. Endlich fand ich zwischen alten Jacken und Kopftüchern das, was ich suchte, ein in Gaze eingewickeltes verschnürtes Bündel. Dabei fiel ein Blasebalg herunter, und als ich ihn ins Fach zurückstopfen wollte, kippte mir eine Milchkanne voller Wabenbrocken und Wachsklumpen ins Genick. Ich schob sie hastig mit dem Fuß unter den Schrank und nestelte das Bündel auf.

Weiße lange Unterhosen kamen daraus zum Vorschein und ein flacher grauer Hut, um dessen Krempe ein breiter Gazeschleier hing. Das war Omas Bienenkorbaufmachmaske. Aber mit meiner Jüngstengerichtsmaske kam sie doch nicht mit!

Ich packte mir die Unterhosen und den Hut auf den Arm, hakte die Speisekammertür hinter mir zu und sagte wie beiläufig zu Aime: «Hier, deine Maske!»

Ich half ihr die Unterhosen anziehen und hielt ihr den Kleidersaum hoch, während sie die Hosen zuknöpfte. Man durfte das Kleid nicht in die Hose stecken, sonst hatte man nichts, womit man wedeln konnte. Aber die Schürze ließ ich sie ausziehen, knüllte sie zusammen und stopfte sie in den Hut, damit er Aime nicht über die Augen rutschte.

Schließlich waren wir beide fertig ausstaffiert und standen

uns gegenüber wie Krieg und Frieden – ich nach Staub, Schweiß und Gummi riechend, Aime nach Leinen, Wachs und Rauch. Wir sahen uns durch gesprungenes Glas und dünne Gaze hindurch an, aber wir hatten keine Gesichter, wir waren nichts als bewegliche Figuren. Wir traten ein paar Schritte auseinander und begannen dann wortlos, zum Kartoffelland hinzuschleichen; der Tarnmantel schleifte mir hinterher. Die Hühner trippelten steifbeinig über die Furchen und schlugen mit den Flügeln. Ab und zu pickten sie etwas von der Erde oder aus der Luft.

Tuks kam uns jaulend hinterhergekrochen und streckte sich schließlich am Rand des Kartoffellands im Gras aus. Er war bereit, uns vor der Kleidung, die wir trugen, selbstlos zu beschützen, und seine Augen schimmerten purpurrot. Er war bereit, dem gefleckten Umhang, wenn nötig, an die Waden zu fahren und den weißen Unterhosen an die Halsschlagader, aber ihn verwirrten unsere Stimmen und unser Geruch, den er an diesem schrecklichen Mantel und diesen feindlichen Unterhosen witterte. Mit gesträubtem Fell und flackernden Augen verfolgte er durch Timotheehalme und Kleestengel hindurch unsere Bewegungen.

Mit ausgebreiteten Mantelschößen lief ich in die Hühnerschar hinein und brüllte aus tiefer Kehle: «Uuuuh, uuuuh, uuuuh!» Aime schwenkte wild ihren Kleidersaum und quäkte mit dünner Fuchsstimme.

Schwerfällige alte Hühner mit dicken Schenkeln und leichtknochige junge Hähne stoben kreischend in die Höhe. Die schwereren sackten gleich wieder zu Boden, doch die leichteren flatterten übers ganze Kartoffelland bis zu den Beerensträuchern.

Sogar der alte Hahn rauschte schwer über den Gänsefuß und den Mangold hinweg. Er sah aus wie die Papageien auf Bildern – die starken schuppigen Krallen gekrümmt, die grünlich schillernden Schwanzfedern gespreizt, die roten wutsprühenden Augen im Kopf rollend und die Zunge aus der schwarzen kreischenden Kehle hervorgestreckt. Die Hahnenzunge. Allein dafür schon hatte es sich gelohnt, Gasmaske und Mantel anzuziehen.

Die Hühner flohen zum Stall hin. Eins blieb hinter den anderen zurück, verfing sich im Zaun und schrie in Todesangst. Der Boden zitterte, in der Luft schwebten Flaumfedern. Die Bäume warfen lange Schatten. Nicht ein Blatt regte sich. Das Kreischen der Hühner stieg senkrecht zum Himmel wie Schornsteinrauch.

Wir scheuchten die meisten von ihnen in den Stall und warfen hinter ihnen so heftig die Tür zu, daß von den leeren Schwalbennestern der Lehm bröckelte.

Ich wollte durch den Türspalt nachsehen, ob der Hahn dabei war, aber ich konnte nichts erkennen. Vorsichtig schlüpfte ich hinein, und wahrhaftig, da stand er unter der Hühnerstange auf dem Misthaufen, hatte schon wieder Mut gefaßt, kakelte sogar. Ich packte ihn und zog ihn an mich, so schnell, daß er gar nicht erst zum Zappeln kam. Das Wichtigste war dabei, die Flügel fest an den Körper zu drücken. Um die Hühner kümmerte ich mich nicht mehr. Der Hahn war ziemlich schwer, er krächzte und verdrehte die Augen. Ich wollte noch einmal sehen, wie er wütend wurde und die Zunge herausstreckte, wollte ihn noch einmal in einen Papageien verwandeln.

«Bringen wir ihn aufs Dach, dann sehen wir, wie er fliegt», schlug ich vor.

Hinter dem Haus unter der Dachleiter verfing sich mein Mantel in zähen gelben Blumen, und ich stieß einen sachlichen Fluch aus. «Ihr verdammten gelben Äser!»

Ich kletterte, den Hahn im Arm und immer noch die Gasmaske vorm Gesicht, die Leiter hinauf, höher und höher. «Wo willst du denn hin!» schnauzte ich Aime an, als sie versuchte, mir nachzuklettern.

Ich war mir gar nicht sicher, ob ich auch rechtzeitig wieder unten sein würde, bevor der Hahn losflog, ob ich ihn überhaupt fliegen sehen würde, und der Gedanke machte mich wütend.

Als ich schon so hoch war, daß ich Aime auf den Kopf gucken konnte, schleuderte ich den schweren Hahn mit großer Anstrengung aufs Dach, nahe beim Schornstein. Nicht bis zum First hinauf, sondern nur bis zur Mitte des Dachs. Fast wäre ich dabei hintenübergekippt. Hastig polterte ich die Leiter hinunter.

Der Hahn krähte zornig. Er dachte gar nicht daran, gleich loszufliegen, sondern kletterte schräg das Dach hinauf und krächzte dabei laut, wie um jemanden vor tödlicher Gefahr zu warnen. Jetzt stand er neben dem Schornstein und streckte seinen Bauch vor, aber machte immer noch keine Anstalten zu fliegen. So schwer fiel es ihm, sich noch einmal in einen Papagei zu verwandeln und seine Zunge zu zeigen. Uns wurde langweilig.

Wir zogen uns die heiße stickige Verkleidung aus. Meine Sachen warf ich durch die Tür in den Speicher, mit denen von Aime mußte ich wieder in die Speisekammer.

Ich stopfte die Unterhosen mit Gewalt in den Schrank. Aus dem Pökelfaß stieg fetter Salzlakengeruch wie in verflossenen Hofzeiten, die Eier im Korb schimmerten bläulichweiß, als beschiene sie der Mond von damals, und die Teekanne mit der geschwungenen Tülle bekam ein Menschengesicht. Wenn man genau hinsah, schien sie zu grinsen. In der Speisekammer war mehr als nur Pökelfaß, Eierkorb und Buttermilchschüssel. Die Zarenzeit war dort eingesperrt und der Erste und Zweite Weltkrieg. Man mußte achtgeben, daß man die Tür immer zuhakte, sonst kamen alle diese Zeiten ins Freie und überfluteten die Stuben.

Auf dem Regal lag jetzt noch der rostige Blechtrichter, durch den Oma in der Zarenzeit blutigen Grützwurstbrei in die Därme gestopft hatte. Unterm Tisch blinzelten mürrisch viereckige Handelsbierflaschen, leergetrunken von dem toten Opa und jetzt bis zum Hals mit Stachelbeeren und Rhabarberstücken gefüllt und mit Paraffin versiegelt.

Jedes alte Ding konnte man noch einmal gebrauchen, selbst

den abgenutzten Kuhstriegel, der gar nicht in die Speisekammer gehörte, aber beharrlich dort am Nagel hing.

Der kalte Vergangenheitsgeruch brachte einen in trübsinnige Laune, man hätte herumschlurfen mögen und lamentieren: «Weiß der Himmel, wo es mit diesem Leben noch hingehen soll, und das Schwein auch noch so klein und spack!» Oder schimpfen: «Die Leut werden immer verwöhnter heutzutage – schneiden beim Hering Kopf und Schwanz weg, weil sie es sonst nicht mehr runterkriegen. Der Hunger wird's ihnen schon reintreiben!»

Ich machte, daß ich aus der Speisekammer fortkam. Ich hätte mir gewünscht, im Herd würde jetzt ein Feuer brennen, wegen der kalten dunklen Küche war es auch in der Diele ungemütlich.

Ich drückte schnell die Küchentür zu und stürzte zurück auf den Hof. Aime streckte erwartungsvoll den Bauch vor und forderte: «Spielen wir was!»

«Was denn?» fragte ich argwöhnisch.

Der Hahn spazierte mit wippendem Schwanz auf dem Dach umher. Er wollte und wollte nicht fliegen. Überall warf der Wald schon seine Schatten, aber den Hahn beschien noch die Sonne; es sah aus, als würde sie für ihn die Nacht hindurch weiterscheinen. Der Hahn glühte wie ein Feuervogel; ein Wunder nur, daß es aus seinem breiten Hintern keine Goldmünzen regnete. Als er uns erblickte, fing er wieder zu krähen an.

Mir kam eine Idee, und ich verzog das Gesicht zu einem breiten schlauen Grinsen. «Los, wir gehen rein und stellen das Grammophon an!» schlug ich Aime vor und fügte wie nebenbei hinzu: «Die Hunde nehmen wir auch mit.»

Tuks hoffte, es gäbe vielleicht noch einmal Fleisch. Er erkannte uns jetzt wieder und kläffte freudig. Auch Tommi ließ sich wieder blicken und wedelte ehrfürchtig mit dem Schwanz. Die beiden trotteten vor uns her in die Stube, ihre Krallen kratzten auf den Dielenbrettern. Sie ahnten nichts Böses.

Das schwarze längliche Uhrgewicht war schon fast bis auf

den Boden gesunken, im Lampenglas surrte eine Fliege, und die Schranktür öffnete sich ganz von selbst einen Spaltbreit, als wir ins hintere Zimmer gingen.

Aime nahm ohne zu fragen einen Marmeladenkarton vom Tisch, in dem ich Bonbonpapiere, aus Modezeitschriften ausgeschnittene Frauen und mein Geld aufbewahrte, und kündigte an, sie würde das jetzt zählen. Ich konnte kein Geld zählen.

«Wieviel ist es denn?» fragte ich erwartungsvoll.

«Ziemlich viel», meinte Aime, dachte eine Weile nach und fuhr fort: «Einszighundertunddrei Kopeken.»

Dieses Geld hatte ich mir mit lebenslangem fanatischem Fußbodenwischen erworben. Mein Amt war es nämlich, den Fußboden in der großen Stube zu wischen. Oft fand ich unterm Kleiderständer Messingkopeken, aber wenn ich so tat, als wäre Onkels Joppe vom Haken gerutscht, und sie beim Zurückhängen kräftig schüttelte, fanden sich auf dem Boden auch Nickelmünzen.

Das Faszinierendste am Geld war, daß man es in mehreren Türmen aufstapeln konnte. Dreikopekenstücke hatte ich am meisten, und dieser Turm wurde immer der höchste. Dem von Vater geschenkten Zehnrubelschein traute ich nicht: unmöglich, daß ein Fetzen Papier mehr sein sollte als alle diese vielen Kopekentürme! Ich hatte fünf davon. Ich konnte nicht sagen, ob einszighundertunddrei Kopeken viel oder wenig war, es hörte sich jedenfalls nach einer ganzen Menge an. Für alle Fälle murmelte ich: «So, jetzt ist das Geld gezählt, nun reicht's!» und schob Münzen und Frauen in den Karton zurück.

Ich kroch auf allen vieren unter Omas Bett und zerrte mit Mühe den abgestoßenen braunen Grammophonkoffer hervor. Der Koffer war groß wie ein Haus. Er war bedeckt von einer dicken Staubschicht. Ich hatte Angst, Aime würde jetzt sehen, wie staubig es bei uns unterm Bett war, und es zu Hause weitererzählen. Rasch klappte ich den Deckel hoch, als ob nichts wäre, und machte mich tapfer ans Auswechseln der Nadel. Die Nadel zu wechseln war knifflige Arbeit, immer fiel sie einem aus den Fingern und wollte nie in der Halterung bleiben.

«Die bleibt nicht drin!» klagte ich. «Versuch du mal!»

Aime gelang es schließlich.

Ich zog unterm Bett eine flache Pappschachtel hervor, darin waren die Grammophonplatten. Die kalten schwarzen Scheiben wurden geschützt von speckigen Hüllen mit runden Löchern in der Mitte, durch die konnte man die Namen der Platten lesen. Ich legte eine auf den braunen Samtteller, und als ich sie in Schwung gekurbelt hatte, ließ ich die Nadel daraufallen. Es prasselte, als bräche das Glück in Scherben oder als loderte unter einem Bratentopf ein Herdfeuer, und durch dieses Geprassel hindurch versuchte uns ein Herr etwas vorzusingen:

> In einem Haus hinter Fliederrr
> lebt eine Dame ganz für sich,
> ehrbar, fromm und biederrr,
> lose Sitten sind ihr widerlich...

dann folgte ein schadenfrohes «Hahahaa!» und mit drohendem Unterton: «Aber ich will ja nichts gesagt haben...»

Ich ließ Aime kurbeln, während ich aus dem Schrank das mir zu klein gewordene gestreifte Leibchen und den neuen weißen Unterrock hervorsuchte. Das Grammophon wieherte höhnisch «Hahahaa!». Ehe es von neuem damit drohen konnte, ja nichts gesagt haben zu wollen, hatte ich Tommi schon mitten in die Stube geschleift und zog ihm das Leibchen über. Die breiten ausgeleierten rosa Strapse baumelten ihm um die haarigen Beine, die blechernen Schließen klickten und blitzten wie böse Augen. Tommi klemmte verzweifelt den Schwanz zwischen die Beine und rollte ergeben die Augen.

Das Grammophon blieb mit einem Seufzer stehen. Aime und ich fielen mit lautem Schnauben über Tuks her und zerrten seine krummen schwarzen Pfoten gewaltsam durch die Armlöcher des Unterrocks. Über der kreuzstichverzierten Brust erschien ein wütender glatter Hundekopf mit flach angedrückten Ohren. Aus seinem Rachen kam ein leises Knurren wie fernes Donnergegroll. Der lange weiße Rocksaum schleifte am Boden. Das hier war weder Hund noch Mensch, das war die schöne junge Braut aus dem Buch mit den estnischen Volksmärchen, die sich in ein wildes Tier verwandelt hatte.

In ein wildes Tier – und hätte sich doch auch in eine weiße Taube oder in einen Rosenbusch verwandeln können!

Wir kurbelten abwechselnd das Grammophon und tanzten mit den Hunden durch die Stube. Schmerzhaft prallten wir gegen Tischkanten und Bettpfosten, doch wir machten weiter, wir stampften mit den Füßen, als wären wir auf einer Hochzeit bei den Wilden oder auf einem Dorfschwof.

Die Hunde zogen die Nasen kraus und zeigten ihre weißen Fänge zwischen den schwarzen Lefzen. Auf die Hinterpfoten aufgerichtet, taumelten sie elend und unbeholfen hin und her. Wir waren Musikanten und Bärenführer in einem, es fehlten nur noch die Federhüte und die Lederhosen. Aber auch ohne das begannen in der großen Stube die Sägen hinter der Hobelbank zu klirren, Staub wirbelte auf, und die Hunde kreischten wie Bauernmädchen, wenn wir ihnen versehentlich auf die Pfoten traten. Zu beißen trauten sie sich nicht; ihr Blick war drohend und unterwürfig zugleich. Das Grammophon sang:

> Ich wär so gern zu Hause
> wenn die Apfelbäume wieder blühn,

vermischt mit warnendem Hundegeknurr. Noch ein paar solcher wilden Umdrehungen, und sie würden uns die Nasen abbeißen.

Wir waren schon ganz rot im Gesicht, und die Waden schmerzten uns vom wilden Gestampfe. Ich schrie im Takt der dröhnenden Musik:

> Wo alle fleißig schaffen wollen
> geht die Ernte leicht und schnelle.
> Schwerbeladne Wagen rollen
> zur Getreidesammelstelle.

Für mein Gefühl sang ich mindestens ebenso schön wie Georg Ots. Als ich endlich müde war, wechselte Aime die Platte. Die Musik klang unterirdisch, plötzlich setzte schroffer Gesang auf deutsch ein. Die Straße frei den braunen Bataillonen...

Die Worte konnte ich nicht verstehen. Wir verschnauften und schauten uns um. Tommi verkroch sich eilends unters Bett. In den Ecken war es schon ganz dunkel. Auf Mutters Bett schien jemand zu liegen; jetzt konnte man noch erkennen, daß es der blaue Mantel war, aber wenn es noch dunkler wurde, bald nicht mehr. Von dem schroffen Gesang bekam man Angst, man hatte das Gefühl, hinterm Haus in den Erlen würde jemand zuhören und uns anhand dieses Lieds hier aufspüren.

«Ich will nach Hause!» sagte Aime störrisch.

Ich packte sie bei den Trägern ihrer Schürze und versuchte, ihr das auszureden. «Bleib hier! Wo willst du denn hin? Du darfst nicht nach Hause! Ich bin größer als du, du mußt machen, was ich sage! Deine Mama hat gesagt, du sollst so lange bei uns bleiben, bis sie vom Flachsraufen heimkommen. Soll ich etwa die Hunde allein ausziehen?»

Aime wurde rot, ihre Kinnbacken begannen zu zittern, und sie flüsterte: «Ich will nach Hause!»

In meiner Not griff ich zum letzten Lockmittel: «Wenn du willst, les ich dir was vor.» Währenddessen kroch ich unters Bett und begann, Tommi das Leibchen aufzuknöpfen. «Ziehst du mal Tuks meinen Unterrock aus?» bat ich sie. «Selber trau ich mich nicht, mich beißt er.»

Aime antwortete nicht. Als ich unterm Bett hervorkam, war sie aus der Stube verschwunden. Tuks raste, den Unterrock um den Hals, an mir vorbei. Obwohl er ab und zu mit den Vorderpfoten auf den Rocksaum trat und hinschlug, kam er schnell vorwärts. «Und schleift verdammt noch mal meinen Unterrock mit!» dachte ich verzweifelt. Die Stubentür stand weit offen, Tommi drückte sich an mir vorbei wie ein Schatten. Der Hahn hockte auf dem Dach, die wenigen Hühner, die dem Eingesperrtwerden entgangen waren, warnten einander, sobald sie mich sahen. Ich verbreitete Angst und bekam plötzlich selbst welche. Ich traute mich nicht, draußen zu bleiben, und auch nicht, zurück in die Stube zu gehen. Mir wurde kalt im Nacken, und die Seiten juckten. Ich rannte ächzend los, daß die Erde zitterte; die Tür blieb sperrangelweit offen. Ich rannte zum Tor hinaus und den Weg entlang auf den Wald zu. Ich bekam Seitenstechen, doch ich rannte weiter, so schnell ich konnte. Weiter vorne verschwand der Weg im Fichtendickicht wie in einer Höhle.

Aime stand auf offenem Feld und heulte. Als sie mich sah, hörte sie auf, warf mir einen schiefen Blick zu und schniefte. «Warum gehst du nicht nach Hause?» spottete ich. «Du wolltest doch nach Hause.»

«Ich hab Angst, durch den Wald zu gehen», sagte sie leise.

Meine Angst von vorhin war wie weggeblasen. «Du siehst ja vielleicht bedripst aus», kicherte ich und setzte tröstend hinzu: «Na, scheißegal, ich komm mit. Ich hab im Wald keine Angst.»

Ich hob einen Stock auf, schwang ihn über meinem Kopf und marschierte mit langen Schritten auf den Wald zu. Neben dem Weg unter der Trauerbirke wuchsen Pilze, sie hatten Haare rings um den Hut und verbreiteten einen kalten herben Geruch. Ich unterdrückte meine heimliche Angst, der Himmel war noch rot, und hier draußen war es heller als bei uns in der Stube.

«Wo ist Tuks?» fragte ich.

«Der ist nach Hause gelaufen, mit deinem Unterrock an», sagte Aime schadenfroh.

Ich schwieg zerknirscht und haute mit dem Stock auf die Farnwedel ein. Ich spähte in die Runde. Viele Fichtenzweige waren befranst mit grauem Moos, manche hingen bis zum Boden, und darunter hockte dichte Finsternis.

Ich bemühte mich, leise zu sein, und schaute mich ständig nach allen Seiten um. Aime flüsterte: «Siehst du was?» und «Ist da jemand?»

Ich hatte Angst, ich würde gleich einen Goldamselpfiff hören oder unter den Fichtenzweigen einen Toten finden. Ein Goldamselpfiff konnte ein Signal sein, mit dem jemand die anderen Männer davon benachrichtigte, daß er mich bemerkt hatte. Und der Tote war vielleicht der verschwundene Gemeinderat oder der Orri-Ants, der von einer Fahrt zur Molkerei nie zurückgekehrt war. Irgendwo mußten die ja versteckt sein. Und irgendwann mußten die ja auch wieder auftauchen. Bisher waren alle irgendwann wiederaufgetaucht.

Je mehr ich darüber nachdachte, glaubte ich im Zwielicht Orri-Ants' bärtiges Gesicht überall zu sehen, in jedem Weidenbusch, in jedem Holzstoß. Wenn man an solchen verdächtigen Orten vorbeiging, bekam man jedesmal einen feuchten Rücken.

Man konnte sich dann Mut machen, indem man flüsternd ein Gedicht aufsagte:

> Die liebe Sonne lacht
> vom Himmel hell und klar.
> Wie freut sich dieser Pracht
> unsere Kinderschar!

Jetzt fiel mir dieses Gedicht sofort ein und ging mir nicht mehr aus dem Kopf. «Die liebe Sonne lacht», wiederholte ich in Gedanken fröhlich und schielte angstvoll zu den vergilbten Farnwedeln hin, die zwischen den schwarzen Fichten aufleuchteten. Von ferne sahen sie aus wie hingeworfene helle Bündel, wie Kornsäcke oder Gesichter von Leuten, die dort ausgestreckt auf dem Bauch lagen, aber als wir näher kamen, war da nichts.

Plötzlich brüllte irgendwo in der Nähe eine Kuh. Wir blieben stehen und faßten einander bei der Hand. Wieder das Brüllen, danach gewöhnliches Muhen. Ds war dieselbe Kuh, die die ganze Zeit gemuht hatte, als wir das Fleisch aßen und Hühner jagten. Aber wenigstens hatte man an ihr jetzt eine Gesellschaft, man bekam das Gefühl, daß es nichts zu fürchten gab. Unser Haus war ganz in der Nähe, überall wurde zu Abend gemolken, auch Oma war vielleicht inzwischen schon zu Hause und melkte.

Aime schniefte und bog mir den Daumen um, daß es weh tat. «Wir gehen jetzt und gucken nach, was das für eine Kuh ist!» bestimmte ich. «Am Ende hängt die irgendwo fest.»

Von Kühen, die mit der Kette im Gestrüpp hängenblieben, war immer wieder einmal die Rede. Ich wußte, eine Kuh durfte man nicht ohne Aufsicht im Wald lassen, wenn sie eine Kette umhatte. Sie konnte sich an einem Busch strangulieren, wie es ja auch schon vorgekommen war; Bless hatte die Kuh geheißen.

Als wir vom Weg in den düsteren Fichtenwald abbogen, fühlte ich mich wie ein Lebensretter, wie ein kleiner Partisan, der durch feindliches Hinterland stapft, wie ein gutes Kind.

Aime atmete mir in den Nacken, sie wollte auch nicht einen halben Schritt zurückbleiben. Wir hielten uns immer noch bei den Händen gefaßt. Die ganze Zeit stolperte ich über Baumstämme und Brombeerschößlinge, Zweige und Blätter schlugen mir ins Gesicht. Immer wenn ich an einer Ranke oder einem Ast hängenblieb, hätte ich mich am liebsten ganz steif gemacht und die Hände hochgestreckt und geschrien, aber da war niemand, auf den man hoffen konnte, soviel man auch schrie, niemand, der einen jetzt ausgeschimpft hätte: «Mußt du dußliges Ding auch immer irgendwohin, wo du allein nicht mehr wegkommst!»

Wütend schob ich die schweren Äste auseinander und zog Aime hinter mir her. Die Kuh merkte, daß wir in der Nähe waren, und fing ein solches Gebrüll an, als hätte einer das Buch mit den biblischen Geschichten aufgeschlagen im Wald liegenlassen und dumpfe Posaunenstöße quöllen daraus hervor.

Wir blieben stehen und kratzten uns die Waden. Ich war mir nicht mehr sicher, ob ich die Kette überhaupt loskriegen würde. Und vielleicht war es auch gar keine Kuh, sondern ein Bulle und ging auf uns los!

Wir bewegten uns weiter, nur ein paar Schritte, und wahrhaftig! da sah man schon durch die Zweige eine rotschwarze dickwanstige Gestalt und hörte Kettengeklirr und Schnaufen und mahlende Kiefer. Sicher, das war eine Kuh, die festhing. War das nicht sogar Pajusis Kirsi? Die loszumachen, hatte ich nicht die geringste Lust, die bullte nämlich und sprang auf jeden gleich los.

Plötzlich fuhr mir ein Gedanke durch den Kopf, so schrecklich, daß meine Knie zu schlackern anfingen. Wenn das die Kuh von der Kolchose war! Dieselbe, die man einmal tief im Wald gefunden hatte, mit Schaum vor dem Maul und mit hochgerecktem Schwanz. Vielleicht war das hier sogar derselbe Wald! Der Schwanz war an einem Baum festgenagelt gewesen, die Rinde verkrustet von geronnenem Blut. Vor die Hörner war eine Dachschindel gebunden, die in großen Druckbuchstaben drohte: «Genossen, das erwartet auch euch!»

In meiner Phantasie bewegte die Kuh ihre Ohren, und ihre Oberlippe hob sich gespenstisch, so daß man die breiten gelben Zähne sah.

Von dieser Kuh wurde viel und ängstlich geredet, und die Unterhaltung brach mitten im Wort ab, sobald ich nur unterm Eßtisch einen Mucks machte.

Ich schluchzte auf und fing an zu rennen, schlug lang hin, sprang wieder auf und zerrte die sich sträubende Aime hinter mir her. Auf meiner Rückenhaut spürte ich, wie die Kuh uns zähnebleckend nachkam, die Schindel zwischen den Hörnern und am hochaufgerichteten Schwanz der dicke blutige, mit den Wurzeln ausgerissene Baum. Ich stöhnte leise.

Aime schlug mit der Faust nach mir. «Was zerrst du mich

denn so, du Blöde! Warum hast du mich überhaupt hierher geschleift?»

Ich packte sie an der Brust und schüttelte sie heftig und wütend. Ich hielt sie gewaltsam am Handgelenk fest und spürte unter meinem Daumen ihren hilflosen Puls.

Die Welt war vollkommen still, alle Menschen verschwunden. Ihr Leben wurde jetzt von den Tieren und Vögeln weitergelebt. Die Hunde tanzten, die Hühner hielten warnende und beschwörende Reden in der Hühnersprache, die Kühe waren in die Politik verwickelt.

Dieser regen- und windzerzauste Wald stank vor Geschichte, daß es einem den Atem verschlug. Auf den Blüten wisperte das Riedgras, und das Wispern pflanzte sich in einer Welle fort über die ungemähten Waldwiesen. Die Erlen warfen schon ihre Blätter ab, sie raschelten beim Gehen laut und verräterisch unter den Füßen.

Das Laufen brachte alles durcheinander, die Orte wurden fremd und die Entfernungen anders. Unser Stall kam viel früher in Sicht, als ich erwartet hatte.

Über ihm türmten sich die Wolken wie rote Felsengebirge. Auf einer davon, nahe am Rand, stand ein kleiner Junge aus Wasserdampf, in Schirmmütze und Mantel. So nahe. So sonderbar.

Aime hatte ich ganz vergessen und fuhr zusammen, als sie neben mir nieste. Die Gebirge zerflossen, der kleine Junge löste sich auf. Ich betrachtete meine Beine. Sie waren dreckverkrustet und brannten stark; bestimmt war die Haut abgeschürft. Ich bekam Mitleid mit mir selbst, ich fühlte, wie mein Gesicht rot wurde und der Mund sich zu einem Flunsch verzog. Ohne ein Wort ging ich geradewegs in die hintere Stube und quetschte mich schluchzend und schniefend in den Spalt zwischen Schrank und Wand. Ich merkte, daß Aime es mir nachtat, und kroch noch tiefer in die Ecke hinein, notfalls auch in die Wand.

Der Schrank knackste und drückte einem den Brustkorb zusammen. Im Schrank raschelte Omas Totenhemd.

Auf dem Hof erklangen Stimmen – Paula und Oma kamen

vom Flachsraufen nach Hause. Auch Mutters Stimme war dabei. Man hörte Oma und Mutter sich entsetzen, was denn hier passiert war, du grundgütiger Himmel! Die Tür sperrangelweit auf und der Hahn auf dem Dach! Paula rief Aimes Namen. Das Dach raschelte, Flügel flatterten. Jetzt flog der Hahn, und ich konnte nicht zuschauen! Ich heulte laut los. In meiner Vorstellung vermischte sich die mißhandelte fremde Kuh mit unserem Hahn, den ich selbst so gequält hatte. Ich versuchte, mich vor diesen beiden noch tiefer in die Schrankecke hineinzudrücken. Die Luft wurde knapp. Ab und zu mußte ich kieksen und schlucksen. Meine Strickjacke wurde naß von heißen Tränen.

Auf mein Geschrei hin kamen die Frauen ins Zimmer, die Laterne in der Hand. Durch ein paar Risse fiel das mattgelbe Licht auch hinter den Schrank. Oma besah sich die Lage und brach in Verwünschungen aus: «Ihr schamlosen Biester! Das sind ja schon gar keine Wolfsjungen mehr – ausgewachsene Wölfe sind das! Erst den Hahn piesacken, wie sie nur können, und sich dann noch hinterm Schrank verkriechen!»

Mutter barmte unter ersticktem Schluchzen: «O Gott, o Gott, wer soll den bloß abrücken!»

Und Paula meinte: «Da gibt's nur eins – Hose runter und mit der Rute immer auf den nackten Hintern! Bis das Blut spritzt!»

Sie wuchteten ächzend an dem Schrank, aber der bewegte sich nicht. Ich wurde nur noch mehr festgequetscht. «Nu hol mich aber der Deibel!» fluchte Oma und stemmte sich dagegen, daß die Schrankfüße krachten.

«Es geht nicht», jammerte Mutter. «Der ist so schwer, daß...»

«Jetzt wimmer nich so!» wetterte Oma. «Man kann das Kind doch nicht hinterm Schrank lassen!»

Ich bettelte verzweifelt: «Oma, Oma, ich will nicht raus! Ich hab Angst!», aber der Schrank bewegte sich dennoch Stückchen um Stückchen fort und ließ mich schließlich hilflos vor der staub- und spinnwebenbedeckten Wand stehen. Es war, als hätte er mich soeben in die Welt gesetzt. Da war nichts zu machen. Omas schwere warme Hand senkte sich auf meinen Kopf, die Laterne schwankte und warf lange blendende Hoffnungsstrahlen in mein Gesicht.

Die nassen Wiesen, der Kartoffelacker und der Stall glitten langsam hinüber auf die Nachtseite der Erde. Alles, was ringsum stand und atmete und sich ausdehnte, war nichts als Zeit, verkörpert in Kleiderschrank und Hobelbank, Mutter und Oma, Kartoffelacker und Fichtenwald. Der ganze Erdball mit all seinem Wasser, Lehm, Sand und Stein war nichts als verkörperte Zeit. Er trudelte dahin inmitten mächtiger eiskalter Luftströme und glänzender Ebenholzfinsternis, und an ihm wuchsen Korn, Kartoffeln und Gras so wie an einem Körper Knochen, Zähne und Nägel.

Nach und nach drehte der Erdball mich und meine Altersgenossen heraus aus der Finsternis unserer Geburt, auch wenn es bis zum hellen Tag noch Jahre hin war. Noch konnte keiner unserer Vorgänger beim Zurückschauen unsere Gestalten erkennen, denn Gestalt nahmen wir gerade erst an. Unsere Knochen, Zähne und Nägel für die künftigen Jahrzehnte wuchsen noch.

WIR GINGEN DURCH DIE KAHLEN ERLEN, unsere Atemwolken flatterten über dem Pfad durch die Zweige, als trügen wir Fahnen.

Oma hatte hinter sich unsere Kuh an einer Kette. Auch deren Atemfahne flatterte zwischen den Bäumen, nicht viel tiefer als die von Oma, aber jedenfalls höher als meine.

Die Kuh ließ sich gnädig führen, vornehm und mit verächtlich gehobenem Schwanz schritt sie durch Pfützen und Schlamm.

Weiter weg im Wald zog Tommi große Runden. Ab und zu

verschwand er uns ganz aus den Augen, bis zwischen den Fichten wieder sein gelbes Fell aufleuchtete. Nach jeder größeren Runde kam er zu uns herübergetrottet, um nachzusehen, daß wir ja nicht plötzlich zu essen anfingen oder die Richtung änderten.

Die Kette an Omas Hand klirrte kalt und blank. Omas Hände waren ein Leben hindurch an bittere Kälte gewöhnt, sie wurden nur rot. Meine dagegen waren empfindlich. Ich hielt die Arme beim Gehen steif abgespreizt, die Fäuste in die Mantelärmel zurückgezogen, und bewegte meinen Oberkörper nicht, nur die Beine bewegten sich. Oma wies mir Bülten und trockenere Stellen, aber trotzdem schwappte mir Wasser über die Galoschenränder und saugte sich in meine grauen Wollstrümpfe. Strümpfe waren genau wie Zucker, sie saugten ebensogut das Wasser auf und schienen doch überhaupt nicht naß.

Oma kam schneller voran als ich. Bei ihren Galoschen lief eine grobe Schnur unter den Sohlen hindurch, aber ich hatte mich zu Hause nicht gedulden können, bis meine Galoschen festgebunden waren, und mich gesträubt, und nun blieb ich ein übers andere Mal im Schlamm stecken. Pausenlos erklang mein Jammergeschrei: «Oma, Oma, wart doch auf mich!»

An den Erlenzweigen hingen große klare Wassertropfen, der Wald wirkte licht und leer. Nur die Fichten rauschten vor sich hin. Aus dem Wald kamen wir auf vergilbtes Weideland; hier war der Grund schon fester, und man hatte einen weiten Blick. Vor uns, hinter rötlichen Weiden, breiteten sich die kohlschwarzen Wasserflächen der Uferwiese bis an den Horizont.

Vor dem schwarzen Wasser und dem schweren aschfahlen Himmel stieg Oma langsam hügelan, die Kuh gefügig hinterher. Oben angekommen, blieb sie stehen, hakte die Kette vom Halfter und tätschelte der Kuh den Hals.

Die Kuh beobachtete interessiert, wie ich mich den Hang hinaufarbeitete. Sie sah aus, als trüge sie eine Brille, denn über dem Nasenbein war ein dickes indigoblaues Polster unter das Halfter genäht, gegen das Wundscheuern. Sie stand mit aufgerichteten Ohren, und in ihren Augen spiegelten sich die harte Wasserfläche, der dunkelgraue Himmel und ich mit meinen roten Pausbacken und der fischgrätgemusterten Fliegermütze. Dieses ganze Bild war wie überdeckt von einem violetten Schatten oder Film, und es verschwand sofort, als die Kuh ihren Kopf bewegte. Sie begann gierig und teilnahmslos das neue Gras zu rupfen, ihr knochiges Rückgrat sägte gemächlich den Horizont.

Ich behielt die Kuh gespannt im Auge und vergaß darüber sogar die Kälte. Jetzt verdeckte das dicke Kuhmaul schon die großen Fichten bei Teistes, jetzt schluckte es sie herunter und jetzt fraß es wahrhaftig Teistes Wohnhaus auf mitsamt dem polierten Schrank, der Nähmaschine und dem Glasschwein. Vor diesem Maul wirkten selbst die langen Stalldächer kurz und belanglos, gar nicht zu reden von den fernen Feldscheunen. Es schlürfte schnaubend den Fluß und die Flußwiesen leer und verschlang gleich darauf die Weidenkeulen hinter der Flachsröste.

Ich sah nur, was ich sehen wollte, schaute nur vorne auf dieses Maul und nicht nach hinten, wo all die verschlungenen Bäume und Häuser und Weiden wieder genauso standen wie vorher.

Gespannt wartete ich darauf, daß am Horizont gelb und hinterhältig Teistes Sips auftauchte, mein Feind. Wenn er jetzt käme, würde ich ihn von unserer Kuh verschlucken lassen.

Oder wenn jetzt Liisu aus dem Wald trat, was dann? Würde ich sie im letzten Augenblick verschonen oder nicht?

Unter den Kinnbacken und der weichen Wamme der Kuh hindurch starrte ich mit glühenden Augen den langen schlammigen Weg entlang und hatte Angst, Liisu käme am Ende tatsächlich aus dem Wald, in gestreifter Schürze und Lederweste und in der Faust den Wacholderstock. Ich beschloß, Liisu zu verschonen, und war sehr zufrieden mit meiner Güte.

Ich ging zu Oma, stellte mich vor sie hin und verkündete anspruchsvoll: «Ich bin gut!»

Ich beugte sogar vorsorglich den Kopf, damit Oma mich

streicheln konnte, aber die dachte nicht daran, sondern meinte nur spöttisch: «Wer sich so lobt, hat's nötig», und schimpfte dann: «Ja was is denn das? Willst du wohl gleich deine Handschuhe anziehen!»

Meine grauen Fausthandschuhe mit den roten Däumlingen hingen an einer gedrehten Schnur aus den Mantelärmeln heraus. Alles war gut, wenn ich sie einfach so baumeln ließ, aber sobald ich sie anzog, spannte sich die Schnur und schnitt sich in mein Genick, als wäre ich aufgehängt. Jetzt streifte Oma mir die Handschuhe selbst über. Mittlerweile war die Kuh schon ein ganzes Stück zum Wald hin entkommen.

Ich lief ihr nach, aber jetzt standen hinter ihr nur blaßgraue Baumstämme, einer wie der andere. Sie war nicht länger ein allmächtiges Werkzeug des Schicksals, sondern nur eine Kuh am Waldrand und für mich nicht länger von Interesse.

Ich war böse auf Oma und ließ sie lange rufen, ehe ich zu ihr zurückging. Mürrisch fragte ich: «Oma, warum müssen wir die Kuh hüten? Warum machen wir sie nicht an die Kette und gehen nach Haus?»

Oma sah sich geschwind um und erklärte leise: «Wir müssen doch heimlich weiden, damit es keiner sieht und uns anzeigt. Wenn wir nu aber dabeistehen, dann sieht es so aus, als wär die Kuh uns durchgebrannt auf die Kolchosweide, und wir holen sie gerade da fort.»

«Warum weiden wir sie dann überhaupt auf der Kolchosweide?» beharrte ich.

Oma flüsterte bekümmert, als redete sie nicht zu mir, sondern zu Mutter oder Teistes Leida: «Es ist ja so gut wie kein Heu da. Was sie vor dem Schnee draußen noch kriegt, das hat sie. Und unsere eigene Weide, die ist nur noch Schlamm und Kuhfladen, da findet sie nichts, die arme Kreatur.»

Oma bekam feuchte Augen. Sie ging mit kurzen Schritten zum Waldrand, wo sie vor dem Wind geschützt war, nahm aus ihrem Korb einen fast fertigen grauen Strumpf und fing zu meiner großen Enttäuschung mit steifen Fingern zu stricken an.

Die Kuh fraß eintönig kauend am nassen, stellenweise erfrorenen Gras, weiter weg krächzten Krähen über dem Feld, die Bäume standen reglos und ohne einen Laut. Ich ging ein Stück rückwärts und sah dabei die ganze Zeit Oma an. Ihr graues Umschlagtuch und ihr langer wollener Rock verschmolzen nicht mit den Espen- und Erlenbäumen; obwohl sie von demselben Grau waren, sah ich doch, daß dies kein Baum war, sondern ein Mensch. Am ehesten noch ähnelte sie einer am Waldrand errichteten Statue, bis in den steifen Faltenwurf des Rocks hinein. Rock und Umschlagtuch, die schlammigen Galoschen und das ernste Gesicht, alles war wie aus Stein gemeißelt, oder noch wahrscheinlicher: Oma hatte sich zu Stein verwandelt.

Ich stand ganz allein auf der gekrümmten weiten Fläche. Unten auf den Uferwiesen gluckste das schwarze Wasser, und vom aschgrauen Himmel fiel keine Asche, sondern Schnee, und mein Herz klopfte heftig gegen das mit getupftem Kattun geflickte Futter meines wattierten Mantels.

Ich stellte mir vor, wie ich nach Hause gehe und Mutter erzähle, daß Oma sich zu Stein verwandelt hat, und Mutter glaubt mir nicht, und ich fange an zu weinen, und dann gehen alle hin, um sich Oma anzugucken, kratzen sich murmelnd die Köpfe und meinen: «Tja, was kann man da groß tun», doch da mache ich mich hinter den anderen bemerkbar und befehle: «Bringt ihr Lebenswasser!» Dann wird hinter der Schranktür das Geld gezählt, man zieht die neuen Mäntel über, steckt hartgekochte Eier als Proviant ein und zieht los über Berge und Meere, um das Lebenswasser zu suchen, vielleicht zu Fuß, aber wenn ein Bus fährt, dann mit dem Bus. Und wenn sie mit dem Wasser zurückkehren, wird Oma auch gleich wieder lebendig und gibt mir soviel Honig zu essen wie ich will.

All dies flüsterte ich leise vor mich hin, nur an den Stellen, wo jemand etwas sagte, hob ich die Stimme. Als ich mit meinem Denken und Flüstern beim Honig angelangt war, lief mir das Wasser im Mund zusammen, und mein Kopf wurde ganz leer.

Ich rannte zu Oma, wobei mir die Schnur in die Halsschlagader schnitt, und fragte eifrig: «Oma, hast du in dem Glas zu Hause noch Honig?»

Oma schüttelte Schneeflocken von dem fast fertigen Strumpf, schaute mich unter den Brillengläsern hindurch an und sagte obenhin: «Na ja, ein bißchen was. Als Arznei.»

«Wenn ich jetzt ganz, ganz artig bin, krieg ich dann welchen?»

Oma grummelte: «Dann bleibt nichts für die Festtage, wenn du jetzt schon alles aufißt.»

Mir fiel plötzlich ein, daß ich, bevor wir losgingen, eigenhändig zwei Bücher in Omas Korb gepackt hatte. Ich ging in die Hocke, hob den Korbdeckel und zog unter den Wollknäueln das dünnere von beiden hervor. «Die Schilfinsel» hieß es.

Oma sah mich kummervoll an, legte Strumpf und Stricknadel in den Korb und seufzte: «Hilft ja doch nichts, du gibst ja sonst keine Ruh.»

Ich maunzte schmeichlerisch: «Oma, liest du mir erst was aus dem Buch hier vor? Ich les dir dann was aus dem anderen.»

Oma nahm wortlos das Buch entgegen, das hier, umgeben von Wald und Feldern, ungemein weiß aussah, und schirmte es mit einem Zipfel ihres Umschlagtuches gegen die treibenden Flocken ab.

Die Kuh war wieder zurückgekommen und weidete gleich in der Nähe. Sie blies warme weiße Atemwolken aus ihren Nüstern und scherte sich nicht um uns. Tommi saß auf den Spitzen von Omas Galoschen und verfolgte jede unserer Bewegungen. Er wartete immer noch darauf, daß wir etwas essen oder weitergehen würden.

Oma hob das Buch mit beiden Händen in Brusthöhe, kehrte den Uferwiesen und den tiefhängenden Schneewolken den Rücken zu und las von der Stelle, bis zu der wir gekommen waren, mühevoll und in eintönig drohendem Tonfall weiter: «Zwar... hatten... sie... auch... jetzt... noch... liebliche...

Gesichter... schwarze... Augen... und... blondes... Haar... doch... ihre... Leiber... waren... mit... Schuppen... bedeckt... und... statt... der... Beine... hatten... sie... häßliche... Fischschwänze...»

Ich hörte geduldig zu, ich war wie der blauschwarze Findling mitten auf dem Feld. Ich dachte an gar nichts, hörte nur die seltsamen Worte, die sperrig aus Omas Mund kamen. Ich fühlte, wie meine Augen scharf wurden und die Nasenspitze kalt.

Auf einmal sagte Oma mit ihrer gewöhnlichen Stimme: «Kapitel ‹Die Rache der Nixen›.»

Mir war, als wachte ich plötzlich auf. Ich begann mich zu langweilen und befahl: «Hör auf! Jetzt gucken wir die Bilder an!»

Ich hatte dieses Buch gründlich studiert und kannte alle Bilder in- und auswendig, aber ich benutzte jede Gelegenheit, um Oma zu zeigen, welches davon mir am besten gefiel. Das war das Bild, unter dem stand: «Weiße Kinderhände streckten sich aus den Wellen und zogen Hella hinab.»

Oma hatte für dieses Bild nichts übrig. «Das taugt nu man gar nichts, das ist ein ganz schreckliches Bild! Was soll daran bloß schön sein?»

«Deswegen ist es ja schön, weil es so schrecklich ist!» stieß ich hervor und erklärte nach einigem Nachdenken: «Weil da keine Körper sind, nur die Hände. Und die schwarzen Wellen um den großen Stein.»

Ich verschwieg, daß ich mich wegen dieses Bildes vor Gewässern aller Art fürchtete, als könnten daraus jeden Moment die weißen Hände auftauchen, und deswegen die Gräben am Wegrand immer scharf im Auge behielt.

Oma gefiel am besten das Bild, worunter stand: «Sie schauten sich in die Augen und waren glücklich wie nie zuvor.» Es war das einzige farbige Bild in dem ganzen Buch und zeigte einen grüngekleideten jungen Mann, der vor einem Mädchen im rosa Kleid kniete. Hinter ihnen blühte ein Rosenbusch, und ein giftgrüner Rasen voll mit gelben, roten und blauen Blumen erstreckte sich bis hin zu den Bergen und Tälern am Horizont.

Auch für mich wäre dieses Bild das schönste im ganzen Buch gewesen, hätte das Mädchen bloß nicht auf einer Bahre gesessen. Das ging mir gegen den Strich, es verdarb das ganze Bild. Ich zerbrach mir den Kopf darüber, wozu man das Bett in den Wald geschleppt hatte. Das Wort «Bahre» in der Geschichte sagte mir nichts und half nicht, das Bild zu verstehen. Das weiße Kopfkissen neben dem Mädchen hatte ich per Kopierstift mit vielen Luftgewehrkugeln durchlöchert und ihr mit vorher angeleckten Bleistift zwei dicke L-förmige Beine unter den faltigen Rocksaum gemalt. Das war meine Rache dafür, daß ich es nicht verstand.

Schließlich sagte ich zufrieden: «Jetzt haben wir alle Bilder angeguckt. Jetzt les ich dir vor.»

Ich nahm Oma die «Schilfinsel» aus der Hand, steckte sie zurück in den Korb und zog von ganz unten triumphierend das andere Buch hervor, «Muttersprache. Lesebuch für die vierte Klasse». Teistes Maire hatte es nicht länger gebraucht, und so war es in meinen Besitz übergegangen.

Stolz schlug ich das Buch auf und versuchte, mich genauso zu sehen wie die hingebungsvollen unsichtbaren Zuschauer, die – so stellte ich es mir vor – mein ganzes Leben und Treiben ständig verfolgten: «Nein, sieh doch nur, so ein kleines Ding noch und liest schon so wichtige Bücher!» Für diese unsichtbaren Zuschauer schlug ich auch manchmal Dr. phil. nat. J. Ports «Handbuch des häuslichen Gartenbaus» auf dem Eßtisch auf und verschlang hinter dieser Tarnung heimlich Gedichte:

«Jetzt geh ich auf Mäusefang»,
sprach zu den Kätzchen die Mama.
«Bleibt brav hier und seid nicht bang,
bald bin ich ja wieder da.»

Ich blätterte, bis ich die Erzählung «Die Trockenlegung des Schlangensumpfes» fand, die allerdings mit dem langen schwierigen Wort «Parteiorganisator» anfing. Das ließ ich vorsichtshalber aus und begann:

«Muuli suchte eine Stelle, von der aus er die versammelte Menge mit einem Blick umfassen konnte, und als er im sumpfigen Gelände keinen ausreichend hohen Punkt fand, sprang er auf die Wanne des Schleifsteins. Die Kolchosbauern von Koordi schmunzelten anerkennend ob dieser Findigkeit.»

Beim Lesen schnappte ich zwischen den Worten nach Luft und berauschte mich an der eigenen Stimme. Aus meinem Mund erfuhr Oma große und wichtige Dinge, dachte ich, von denen sie ohne mich niemals gehört hätte. Deswegen legte ich noch mehr Schwung in meinen Vortrag und rief: «Ich sehe, sie haben Fahnen dabei und große Lenin- und Stalin...» – bei «Porträts» geriet ich ins Stocken und fuhr fort, als stünde das fremdartige Wort gar nicht da: «Noch nie zuvor haben auf dem Schlangensumpf Fahnen geweht!» Am Ende des Abschnitts, bei dem Satz: «Ans Werk, Genossen, zugepackt!» war ich in voller Fahrt, meine Stimme schnappte über, und meine Augen flammten.

Oma klopfte mir unterdessen den Schnee vom Mantelkragen. Ohne daß mein Vorlesen sie beeindruckt oder gar mitgerissen hätte, klappte sie mir den Kragen hoch, schüttelte ihren Rock und zog die fellbesetzten Mantelaufschläge fest übereinander.

Ohne sie aus den Augen zu lassen, stellte ich boshaft die Fragen, die gleich hinter der Erzählung standen. Frage Nummer eins lautete: «Wer kam, um den Kolchosbauern von Koordi beim Gräbenziehen zu helfen?» Ich sah Oma eindringlich an, und sie brummte unwirsch: «Bin ich vielleicht der Doktor Allwissend?»

Mir stieg ein Kloß in die Kehle. «Aber ich hab's dir doch gerade vorgelesen! Denk gefälligst mal nach!»

Oma wurde ärgerlich. «Wie dieses Kind einen rumkommandiert! Ich hab doch gesagt, ich weiß es nich!» schimpfte sie und beschwerte sich über mich bei den Baumästen, bei der Kuh und bei den durchgeweichten braunen Grashalmen. «Also nee, dieses Kind! Kommandiert und kommandiert, wie der reinste Leutevogt. Nicht einen Augenblick hat man seine Ruhe!»

Es fehlte nicht mehr viel zum Krach. Dennoch fuhr ich fort und verkündete in tadelndem Ton: «Die Sowjetmacht holte aus der Stadt Gerber, Eisenbahner, Bäcker und andere Werktätige herbei, um den Kolchosbauern zu helfen.»

Erleichtert ging ich zur nächsten Frage über und las voller Inbrunst: «Hast du schon einmal beim Gräbenziehen und beim Trockenlegen eines Sumpfes zugeschaut? Beschreibe!»

Oma regte sich auf. «Ja, wo gibt's denn so was: anderen Leuten bei der Arbeit zugucken! Den Graben bei unserem Land, den hab ich selber ausgehoben und so was von einer Deibelsplackerei, kann ich dir sagen: richtige Stiche hat man gekriegt unter der Brust.»

Dazu konnte ich nichts weiter sagen. Vorsichtig kam ich mit der nächsten Frage. «Warum werden Sümpfe trockengelegt?»

Jetzt wurde Oma böse. «Ach, was plapperst du da! Hör endlich auf!»

Omas Dummheit tat mir im Herzen weh. Ich schaute trotzig in das Buch und befahl: «Lies Hans Leberechts Erzählung ‹Licht über Koordi›!»

Plötzlich hörte ich Wagengerassel. Tommi bellte, und Oma sagte hastig: «Schnell die Kuh in den Wald!»

Als wir uns umschauten, merkten wir, daß die Kuh, während ich vorlas, sich bis an den Weg herangegrast hatte. Der Wagen war schon ziemlich nahe, da wo das Feld anfing.

«Laß werden, was will», brummte Oma und blieb, wo sie war. Tommi schnüffelte in der Luft und klopfte mit dem Schwanz gegen Omas Rock.

Das Pferd bog vom Weg auf das Feld ab, der Wagen schaukelte nach beiden Seiten und holperte mühsam auf uns zu. Oma schob die Brille in die Stirn und sagte fröhlich: «Da schau an, der Koddern-Eevald!»

Als er ganz nahe heran war, richtete sich Eevald auf dem Wagen auf, zog dem Pferd einen zischenden Peitschenschlag über den breiten runden Hintern und brüllte: «Ohohohooo!»

Er trug einen abgerissenen gelben Fellmantel, aus dessen Löchern Wollbüschel hervorschauten, und eine uralte Fellmütze mit Ohrenklappen. Man sagte, die Mütze wäre innen so abgewetzt, daß nur noch das blanke Leder übrig war. Außen war sie mit grau und rot gestreiftem Köper bezogen. Unter dem Kinn war sie stramm zugebunden.

Diese Mütze durfte Eevald niemals abnehmen, sonst wäre ihm sofort der Kopf in Stücke gesprungen. Sooft jemand zum Spaß von Eevalds Mütze anfing oder sie gar aufprobieren wollte, brach Eevald die Unterhaltung mitten im Wort ab, brüllte ein gedehntes schmerzliches «Ohohohooo!» und trabte, sich ständig dabei umschauend, davon. Gräben, Gebüsche und Stacheldrahtzäune kümmerten ihn nicht, und seine Wege waren anhand der hängengebliebenen Wollbüschel leicht zu erkennen.

Manche sagten, Eevalds Kopf hätte im Krieg was abbekommen, andere meinten, das eine Jahr auf der Universität in Tartu sei daran schuld. «Hat sich überstudiert!» hieß es dann seufzend.

Auf Eevalds Besuche bei uns wartete ich. Dann konnte ich ihm meine neusten Zeichnungen zeigen und ihn aufgeregt schnaufend um seine Meinung fragen. Auch jetzt kam er sofort zu mir und sagte traurig und bedeutungsschwer: «Gänse, Schwäne, alle fort, Schnee fällt, Schnee fällt...»

«Ich hab eine russische Kirche gezeichnet und eine Schüssel mit Eiern», antwortete ich ehrerbietig.

Und Eevald sagte mit derselben Ehrerbietigkeit: «Das ist gewiß ein glanzvolles Bild. Es fragt sich nur, ob ebenso glanzvoll wie das Antlitz des Todesengels.»

Diese Antwort schockierte und enttäuschte mich, und ich gab mich nicht weiter mit Eevald ab, sondern fing an, mit wildem Gestampfe rings um Pferd und Wagen herumzulaufen. Eevald unterhielt sich jetzt händefuchtelnd mit Oma. Die Kuh kam ganz nahe und glupschte das Pferd an. Ich ging sachte zu dem Pferd hin, zog den Handschuh aus und berührte seine Lippen. Es legte böse die Ohren an, ich versteckte schnell meine Hände hinterm Rücken und trat ein Stück zurück.

Ich hörte, wie Eevald sich bei Oma erkundigte: «Sind Sie schon im Museum gewesen?»

Oma war verdutzt. «Meinst du mich? Ich bin nirgendwo gewesen! In meinem ganzen Leben bin ich nicht über die Brücke in Jõesuu hinausgekommen!»

Darauf war Eevald ganz still, rieb sich die Hände, klappte den Mantelkragen über die Ohren und starrte uns zwischen den Kragenspitzen hervor unterwürfig an.

Er begann mir leid zu tun. Ich ging zu Oma hin und tuschelte ihr ins Ohr: «Lad ihn zu uns ein, Graupensuppe essen!» Ich hoffte dabei auch, daß Eevald, wenn er mit eigenen Augen die russische Kirche sah, die ich gezeichnet hatte, mich doch noch loben würde.

Oma erkundigte sich: «Sag mal, wo willst du eigentlich hin mit dem Pferd?»

Eevald klagte verschüchtert: «Die Stallfrauen wollten Rübenblätter haben», dann wurde er aus irgendeinem Grund fuchtig und zeterte: «Es gibt keine Rübenblätter! Ich war schon im Irrenhaus und im Amtshaus. Es gibt keine!»

Ich fing an zu lachen, aber Oma machte «Sch!» und belehrte Eevald: «Hör zu, Eevald, was ich dir sage. Das Rübenfeld ist gleich hinter eurem Kaffschuppen, weißt du das denn nicht mehr? Jetzt dreh um und fahr dorthin, dort sind die Frauen beim Rübenschneiden, unsere Hilda ist dort und die Mutter vom August, und eure Mutter ist dort und...»

Eevald freute sich: «Dort sind die Frauen! Dort sind die Frauen! Dann kann ich Löwe spielen!»

Er breitete die Mantelschöße aus und tanzte um Oma herum, reckte den Hals, scharrte mit den Füßen und grollte: «Ouh, ouh, ouh!» Dann zischte er. Sein gelber Mantel wölbte sich über den Stiefelschäften wie ein Glockenrock. Den Kopf vorgestreckt, drehte er sich mit großer Geschwindigkeit auf der Stelle. Das war das Löwenspiel. Am ehesten erinnerte er dabei noch an den trommelschlagenden Schamanen in dem Buch «Azmun der Tapfere».

Immer weiter röhrend, zischend und füßescharrend wirbelte er über die Maulwurfshaufen und das quatschige Gras. Die Fichten fingen an zu rauschen, am eintönig grauen Himmel zogen dunkelblaue Wolken auf, von weiten Ländern und Meeren, womöglich von Griechenland oder Galiläa her.

Mir wurde unheimlich. Irgend etwas stimmte hier nicht. Zur Gegenwehr nahm ich wütend und von keinem beachtet mein Lesebuch aus dem Korb und schrie:

> Eines Tages, o du Graus!
> kreischt's und quietscht's im ganzen Haus.
> Ülö schaut, woran das läge:
> Vater sitzt und feilt die Säge.

Eevald blieb stehen, schüttelte den Kopf und kam wieder zu sich. Unvermittelt brach er in Heiterkeit aus. «Wie im Teehaus die Musik spielt!»

Ich verstummte wie eine abgelaufene Uhr. Das mit klarer fester Stimme begonnene Gedicht versank in ein Geflüster. Ich hob beleidigt die Augen und sah, daß alle – Oma, Eevald, das Pferd, die Kuh und Tommi – in dieselbe Richtung, zum Weg hin sahen. Man hörte ein abgehacktes Geknatter, und dann tauchte zwischen den Bäumen ein Motorrad mit Beiwagen auf, hinter sich eine blaue Rauchfahne. Es näherte sich so schnell, daß Oma keine Zeit mehr hatte, die Kuh in den Wald zu treiben.

Tommi lief knurrend und bellend auf den Weg und

schnappte nach den Stiefelschäften des Motorradfahrers. Ich war so verblüfft, daß mir das Buch aus der Hand fiel. Noch nie hatte ich erlebt, daß Tommi böse wurde.

Neben uns hielt das Motorrad an, ein Mann in schwarzer abgewetzter Lederjacke sprang vom Sattel und drohte Tommi Fußtritte an. Jetzt, wo das Rad nicht mehr knatterte, beruhigte sich Tommi ganz von selbst. Er verzog sich knurrend hinter Omas Rock und lauerte mit funkelnden Augen.

Der fremde Mann hatte eine schwarze Ledertasche umhängen, seine Stiefel knirschten, als er auf uns zuging. Das waren keine gewöhnlichen Stiefel, das waren welche aus echtem Chromleder. Chromleder kannte ich, erst neulich hatte ich unsere Katze in Onkels neues Stiefelleder eingewickelt und dabei tief und genießerisch den starken Offiziersgeruch eingesogen.

Der Mann in den Chromlederstiefeln grüßte nur Oma, Eevald und mich beachtete er nicht. Das ärgerte mich. Ich hockte mich zu Tommi, zeigte mit dem Finger auf den Fremden und flüsterte: «Faß! Faß!»

Tommi begann sofort schärfer zu knurren, als hätte ich eine Maschine angestellt. Ein paarmal bellte er sogar laut.

Jetzt blickte mich der Mann für einen Moment mit seinen kalten blanken Barschaugen an, während er weiter mit Oma sprach. «Das nehm ich Ihnen vielleicht sogar ab, daß Sie Ihre Kuh nicht immer hier weiden. Wenn ich will...»

Ich wartete darauf, daß Oma jetzt den Rücken straffte und losschimpfte: «Ja zum Kuckuck! Soll ich das Tier etwa schlachten, bloß weil kein Heu da is?», aber sie schimpfte nicht, sondern versuchte ein gefälliges Lächeln. Während sie sprach, strich sie sich die ganze Zeit über die Schürze. Auf ihrer Stirn flatterte eine dünne weiße Haarlocke im scharfen Wind. Beim Reden schaute sie mit gesenkter Stirn störrisch und boshaft zur Seite. Der Blick paßte schlecht zu ihrem Lächeln.

Sie blickte dem Fremden erst dann voll ins Gesicht, als der

erklärte, mit dem Kühehüten habe er sowieso nicht direkt zu tun, wolle den Fall auch gar nicht weiter zur Kenntnis nehmen – er komme in einer ganz anderen Angelegenheit.

Seine Lederjacke knarrte munter, als er eine Papirossyschachtel aus der Tasche holte und sich eine anzündete. Er machte ein paar gierige Züge, daß die Backen hohl dabei wurden, nahm die Schirmmütze ab und wirbelte sie um den Zeigefinger. Auf sein zurückgekämmtes krauses Haar fielen vereinzelte Schneeflocken. Er setzte die Mütze gleich wieder auf, warf das lange Pappmundstück fort, wölbte die Brust vor und teilte Oma mit: «Für die Durchführung des Ihnen erteilten Auftrags bekommen Sie dieselben Normtage angerechnet wie die Zukkerrübenarbeiter.»

Oma strich sich weiter über die Schürze und stellte keine Fragen, obwohl der Mann genau darauf wartete. Nach einer Weile hielt er eine richtige kleine Rede, mit der ich sehr zufrieden war. Ich versuchte, sie mir einzuprägen, damit ich später einmal eine ähnliche halten konnte. Er sagte:

«Im Kampf gegen die Maul- und Klauenseuche müssen alle Kräfte mobilisiert werden. Das Betreten und Verlassen eines Quarantänebereichs ist ohne Sondergenehmigung untersagt. Võtiksaares Genossenschaftsstall haben wir zu einem solchen Quarantänebereich erklärt.

Und Ihnen, Genossin Kitzing, haben wir als vormaliger Neubäuerin die Überwachung dieses Bereichs anvertraut. Sie bekommen ein Gewehr und patrouillieren den Wegabschnitt neben dem Stall. Wenn sich eine fremde Person dem Bereich nähert, geben Sie unverzüglich einen Warnschuß ab. Bei Schlechtwetter ist es Ihnen auch gestattet, sich in den Räumlichkeiten des sogenannten Hofs Võtiksaare in Fensternähe aufzuhalten.»

Damit beendete er seine Rede und stemmte eine Hand in die Hüfte.

Oma dachte eine Weile nach und bewegte dabei die Lippen, als müßte sie sich die ganze Rede erst in eigene Worte übersetzen. Endlich begriff sie und kreischte: «Ach du lieber Allmächtiger! Ich hab Angst vor Gewehren!»

Der fremde Mann sagte langsam aus dem Mundwinkel heraus: «Tja, dann bleibt mir wohl nichts anderes übrig, dann muß ich ein Protokoll anfertigen über die Verbringung eines privaten Stück Viehs in den Quarantänebereich.»

Oma bewegte wieder eine Weile die Lippen, senkte den Kopf und stieß durch die Zähne: «Nicht nötig! Her mit dem Gewehr!»

Eevald, der sich die ganze Zeit still verhalten hatte, fing mit einemmal jämmerlich an zu schreien: «Attacke! Attacke!», sprang auf den Wagen und gab dem Pferd die Peitsche. Schwankend und nach einer Seite überhängend ruckte der Wagen an. Noch aus dem Wald hörte man immerfort Eevalds Jammergeschrei.

Ich nahm Tommis Kopf zwischen die Hände, drehte ihn zu dem fremden Mann hin und hetzte von neuem, ein wenig lauter als vorhin: «Los, Tommi, faß!» Tommi fing wieder zu knurren an. Als der Mann zum Motorrad ging und aus dem Beiwagen das zusammengelegte Gewehr holte, trottete Tommi auf ihn zu, mit funkelnden Augen und gefletschten Zähnen, den Schwanz fest zwischen die Beine geklemmt. Er sammelte Mut, ringelte den Schwanz, sprang den Mann bellend an und biß ihn in den Jackenärmel. Dann zog er den Schwanz wieder ein und verkroch sich mit bebenden Lefzen und angelegten Ohren hinter Omas Rock. Oma schüttelte den Rock und schimpfte: «Wistu! Wistu!», doch Tommi preßte sich an den Boden und sah uns zitternd an.

Der Mann beachtete Tommi nicht weiter, als wäre gar nichts vorgefallen, händigte Oma sachlich das Gewehr aus, zog aus der Ledertasche Papier und Bleistift und ließ Oma auf der Tasche unterschreiben.

Oma drehte den Stift zwischen den Fingern und klagte: «Man kriegt so steife Klarren in dieser Kälte!»

In meiner Erinnerung steht sie so bis zur Dunkelheit über

die schwarze Tasche gebeugt, endlos mit jener Unterschrift beschäftigt.

Die Kuh glotzte uns unverwandt an, als wolle sie sich alles merken und weitererzählen. Aus den überschwemmten Uferwiesen stieg Nebel, und die Fichten im Wald rauschten dunkel. Schließlich war die Unterschrift fertig.

Der Mann verabschiedete sich flüchtig und nahm erst jetzt wieder Notiz von Tommi und mir. Er schaute mich an und sagte zu Oma: «Entweder der Hund kommt an die Kette oder er wird erschossen!», drehte sich auf dem Absatz um und ging. Er warf die Maschine an und verschwand für immer in Nebel und Dunkel wie im Schlund der Hölle.

Mir war, als hätte mich eine Schlange gebissen. Mir wurde über und über heiß, ich trampelte und schrie: «Oma, sag dem Mann, er darf Tommi nicht totschießen!» Die Worte «Tommi nicht totschießen» kamen aus tiefster Kehle hervorgegurgelt, es klang wie «ooooo-ooooo-iiiii». Man hörte nichts als diese gurgelnden Schreie, obwohl ich meinte, die ganze Zeit diesen einen Satz zu rufen.

Dabei tat mir nicht einmal so sehr Tommi leid, viel eher der Mann mit den Chromlederstiefeln. Er hatte doch so wichtige Sachen gesagt, ein Gewehr war für ihn etwas ganz Alltägliches, so wie für Onkel ein Hosenriemen oder ein Rasiermesser, bestimmt marschierte so ein Mann mit wehender Fahne bei Paraden mit. Warum begriff er dann nicht, daß ich auf seiner Seite war?! Mit Stolz und Freude hätte er mich ansehen sollen, auch wenn ich Tommi auf ihn gehetzt hatte, und nicht einfach so von oben herab hinwerfen: «Der Hund wird erschossen.»

Kehle, Lunge und Herz schmerzten, als wollten sie zerplatzen. Ich stellte mir vor, wie sie in einer Tonschüssel lagen, so wie Schafskehle und Schafslunge, und wurde noch trauriger.

Oma nahm die Kuh an die Kette, klemmte das Gewehr unter den Arm und sagte, als wäre nichts weiter geschehen: «Komm, Kind, wir gehen nach Hause!»

Das klang, als gingen wir fort, irgendwohin ins Hohe und Weite, ins Warme und Helle, und ließen ein für allemal den Mann mit der Ledertasche hier am Waldrand weiterspionieren.

*E*S KAMEN TROCKENE UND KALTE TAGE, einer nach dem anderen. Wo vor kurzem noch Schlamm und Wasser schwappten, klirrten jetzt steinharte Erdbuckel und glänzten glatte Eisflecken.

Ich trottete den Weg zur Uferwiese entlang, hinter mir den Schlitten, den ich mit Mühe über die blanke Erde zog, und nagte an einer großen rohen Steckrübe, die überall da, wo ich sie festgehalten hatte, nach wollenen Fausthandschuhen schmeckte.

Immer nach einer Weile sprang mir der oberste Mantelknopf auf. Dann mußte ich die Steckrübe auf den Schlitten legen, die Handschuhe ausziehen und den Knopf wieder zumachen.

Mutter und ich waren schon auf halbem Wege gewesen, aber dann hatte ich mit aller Gewalt zurück nach Hause gewollt, um den Schlitten zu holen und die auf ihm vergessene, angebissene Steckrübe.

Ich hatte die Hoffnung schon aufgegeben, Mutter noch einzuholen. Der Schlitten wollte einfach nicht gleiten und bewegte sich nur durch meine verbissene Anstrengung.

Unter dem Schlitten bogen sich schwarzgrau verdorrte Gräser, Schafgarbe und Beifuß erkannte ich. Dürr und streng und einsam standen sie hier in der Kälte und weckten ein seltsames Mitgefühl. Ich blieb sogar stehen, legte die Steckrübe beiseite und betrachtete sie ausführlich. Sie erstaunten mich durch ihre sonderbare demütige Selbstsicherheit; wenn man sie eine Weile ansah, hörte man beinahe Oma aus der Bibel vorlesen: «Wahrlich, wahrlich, ich sage euch!»

Ich stupste gegen einen verzweigten Beifuß und zog den Finger schnell zurück. Es fühlte sich an, als würde aus dem kahlen

Strunk sogleich eine lange helle Flamme aufschießen und den nebelverschleierten Himmel und die grauen Erlenwipfel in das schneidende Licht des Jüngsten Tages tauchen. Ich stand eingeschüchtert auf, nahm das Schlittenseil und ging, mich ständig dabei umschauend, im grellen Schein des eingebildeten Feuers auf Vanatares Gartenland zu.

Die Fenster an der Giebelseite des Wohnhauses waren schwarz und leer, der Wind pfiff durch die Eichenzeile, in den Klauenspuren im Gras schimmerte Eis.

Der niedrige Rosenbusch mit den roten Beeren in der Ecke des Gartens fiel mir ein. Ich ließ den Schlitten stehen und durchquerte den Garten mit gerunzelter Stirn. Ich machte mir Sorgen: Was, wenn nun Harald und Heldur nachts aus dem Wald gekommen waren, um die Beeren aufzuessen? Oder aß Oma sie zum Zeitvertreib, wenn sie bei Võtiksaares Stall Wache hielt?

Als ich sah, daß die Beeren noch da waren und rot am Busch leuchteten, verzog sich mein Mund zu einem breiten Lachen. Ich seufzte tief vor Genugtuung und machte mich hastig und gierig ans Essen. Unter dem süßsauren erfrorenen Fruchtfleisch versteckten sich Samen mit kleinen Stacheln, die einem in der Zunge steckenblieben. Ich spuckte sie aus und fluchte: «Pfui Teufel noch mal!» und war selbst erschrocken darüber. Ich hatte plötzlich das Gefühl, daß es kein einziges lebendiges Wesen in der Nähe gab, nur den zischelnden Wind, das leere Haus und die schwarzen Fichtenwälder.

Als ich von den Beeren genug hatte, suchte ich den Boden unter den Apfelbäumen ab. Ich durchwühlte das Laub und stocherte mit den Galoschenspitzen im dürren Gras, bis ich einen kleinen schrumpligen Apfel fand, den ich früher schon gefunden und jedesmal wieder weggeworfen hatte. Jetzt machte er mir den Mund wäßrig.

Dutzende von Malen hatte ich diese schwarzen vereisten Blätter kreuz und quer durchwühlt und gründlich abgesucht und immer wieder ein paar Äpfel gefunden. In einer breiten Baumkrone hingen krumme Knüppel, die ich im Herbst dort hinaufgeschleudert hatte, um die letzten Äpfel ganz aus der Spitze herunterzuholen.

Während ich den gefrorenen Apfel im Mund auftaute, ging ich zurück zum Schlitten. Über dem Hausdach schwankten die nackten Zweige der alten Ulme, die Messingtürklinken glänzten, die hintere Treppe war dicht bedeckt von schwarzen, zu einem Klumpen zusammengefrorenen Blättern.

Ich griff schon zum Schlittenseil und wollte weitergehen, da zog plötzlich eins der Fenster auf der Giebelseite meine Blicke an, als hätte sich dort etwas bewegt.

Hinter dem Doppelfenster saß eine große graue Katze und schaute aus hellen Augenschlitzen hinaus in den Garten. Deutlich sah ich die kräftigen Vorderpfoten, die breite Brust, die angelegten Ohren, den gestreiften Kopf.

Ich wollte schon zum Fenster laufen und an die Scheibe klopfen, damit Augusts Mutter mich einließ: sie mußte ja im Haus sein, wenn da eine Katze im Fenster saß. Ich machte ein paar Schritte und schrak zurück. Das Haus belauerte mich durch diese Katzenaugen hindurch. Der Wind pfiff durch die Eichenkronen wie zuvor, die Türen waren fest geschlossen, als wären sie niemals geöffnet worden.

Langsam zog ich mich vor dem starren Katzenblick zurück. Ich nahm den Schlitten, schlug den Weg zum Wiesengatter ein und fiel in Trab. Noch bevor ich die Wiese erreichte, war ich felsenfest davon überzeugt, daß im Wohnhaus von Vanatare in jedem Fenster eine graue Katze saß, keine lebendige, sondern eine ausgestopfte. Zwar hatte ich noch nie ein ausgestopftes Tier gesehen, doch um so sicherer war ich mir.

Während ich daran dachte, wurde das Haus noch viel größer und dunkler, die Ulme schabte am Dach, ein kalter Wind pfiff über den weiten Hof, die Türklinken bewegten sich ganz von selbst, hinter den schmierigen Fensterscheiben funkelten kalte Glasaugen.

Ohne Hoffnung hielten die alten verstaubten Katzen dort Ausschau, jede nach ihrer Himmelsrichtung, und warteten auf jenen Krieg oder Umsturz, den das Radio versprach und androhte, wenn man das Fenster mit einer Decke verhängt und den Fellmantel über den Kopf gezogen hatte und zur richtigen Stunde zuhörte.

Mittlerweile konnte ich schon nicht mehr sagen, ob ich in einem Fenster eine lebendige graue Katze gesehen hatte oder in allen Fenstern ausgestopfte. Auf jeden Fall machte Vanatare einen verdächtigen Eindruck, und ich schwor mir, in Zukunft nur noch hinten am Garten vorbeizugehen, nie wieder über den Hof.

Tief in Gedanken starrte ich finster auf den bucklig gefrorenen Boden vor meinen Füßen und zerrte ächzend den schweren Schlitten vorwärts, der mir inzwischen völlig nutzlos vorkam.

Als ich das Gatter erreichte, sah ich kurz auf und blieb reglos stehen wie ein Zaunpfahl – vor mir ausgebreitet lag, so weit das Auge reichte, blankes dunkles Eis, in dem sich Weiden, graue Feldscheunen und eiserner Himmel spiegelten.

Über diese schwarzgraue traumartige Fläche hinweg klangen Menschenstimmen. Oma fluchte irgendwo, Teistes Sips bellte, und ganz in der Nähe hinter einem Strauch wurde eine Sense gewetzt.

Ich schob den Schlitten vorsichtig aufs Eis. Vorgebückt und die Hände um die Holme gelegt, gab ich mit den Beinen Schwung und flog auf die Büsche zu. Mir wurde warm und wohl. «Ich komme!» schrie ich drohend. Dann prallte ich gegen eine Bülte.

Der Schlitten fuhr ohne mich weiter, ich blieb auf dem Bauch liegen und versuchte, durch das Eis hindurchzuschauen, aber ich sah nur schwebende braune Halme und Finsternis. Ich wälzte mich zum Spaß ein bißchen auf dem Eis herum und versuchte, mich mit Hilfe von Armen und Beinen auf dem Rücken fortzubewegen. Über mir sah ich nur Himmel und manchmal die Wipfel der höchsten Weidenbüsche.

Ich stellte mir vor, ich wäre ein Tank, und brummte ab und

zu siegesbewußt, aber nach einiger Zeit vergaß ich das Brummen. Ich spürte, wie das glatte Eis, die rauhe Luft und der weite Himmel sich um mich herum bewegten wie vertraute Menschen. Ich schmiegte mich an sie, ich war stumm und lebendig wie sie.

Meine Beine machten langsame Bewegungen, mein Körper glitt schurrend über die Eisfläche, und eine seltsame Freude zog mir die Kehle zusammen. Ich biß in die weiße Luft, deren Geruch an Fichtennadeln und erfrorenes Kartoffelkraut erinnerte. Mit jedem Atemzug sog ich etwas von der rohen, leisen und erbarmungslosen Lebenskraft in mich ein, die diese vertraute graue Weite von der Erde bis zum Himmel erfüllte.

Ich erwachte wie aus einem Traum, als Paulas Aime und Teistes Maire lärmend und juchzend auf mich zugelaufen kamen. Ihre Backen waren rot, die Zopfbänder hingen ihnen zum Kragen heraus, und ihre Strümpfe waren heruntergerutscht.

Sofort fiel mir wieder ein, daß ich ein Tank war. Mit wildem Geratter stürzte ich auf Aime los und jagte sie in die Büsche. Dort war das Eis bedeckt von langem gelbem Gras, das leise im Wind stöhnte.

Und da waren auch schon Mutter und Oma. Lange Rechenstiele glänzten hell, an einem Weidenbusch lehnte eine Sense. Oma legte gerade den Rechen weg, griff zur Sense und fing an zu mähen. Das Sensenblatt fuhr klirrend übers Eis. Man konnte nicht unterscheiden, was Eis und was Sense war, von so gleichem Schwarzgrau waren beide.

Oma rechte das Gemähte gleich auf den Haufen; wenn die Zinken aufs Eis trafen, gab es ein trockenes totes Geklapper. Ein großer Haufen war schon zusammengekommen.

Oma tränten die Augen vom Wind, und sie trocknete sie ständig mit einem Zipfel ihres Kopftuchs. Den Fellmantel hatte sie über einen Weidenbusch geworfen und arbeitete nur in wattierter Weste und mit bloßen Händen. An den Jackenärmeln hatte sie große blaue Flicken.

Mutter trug einen alten braunen Mantel und darunter eine

lange Männerhose aus Wolle. Die bunten Socken hatte sie ordentlich über die Stiefelschäfte gekrempelt. Sie mähte in weiten dünnen Schwaden und wetzte verdrossen ihre Sense.

Aime und Maire schlitterten mit ausgebreiteten Armen in langen sausenden Schwüngen zum Fluß hin. Zwischen den Büschen am Ufer wurde ebenfalls gemäht, auch dort hörte man Wetzgeräusche und Paulas rauhe Stimme. Sie klang seltsam verwischt, wie alle die anderen Stimmen. Das trockene Rascheln der Gräser und das leise Knacken der straffen Eisdecke setzte sich in den Ohren fest und dämpfte sogar Omas Husten.

Manchmal stützte sie sich auf den Rechen und hustete, bis sie nach Luft rang, erholte sich nach jedem Hustenanfall ein Weilchen und sagte wegwerfend: «Die Plautze möcht's einem bald rausreißen!»

Sie hatte heimlich ihren Wachposten bei Võtiksaares Stall verlassen und war zum Heumachen auf die Wiese gekommen. Das Gewehr lag in der Nähe unter einem Busch. Ich hätte es gern geschultert und wäre damit marschiert wie ein Trupp Junger Leninisten, wie eine Ablösung des Komsomol, aber ich traute mich nicht. Auch Oma wagte das Gewehr nur dann richtig anzufassen, wenn der Lauf mit einem alten Kopftuch umwickelt war.

Gierig betrachtete ich den braunen Kolben, der da unter den Weidenzweigen harmlos auf dem Eis ruhte. Unter dem Gewehr und dem Eis steckten Blutegel, zu schwarzen Klumpen erstarrt, im kalten Schlamm, und ganz in der Nähe, auf dem Grund der Flachsröste, lag mit gefletschten Zähnen die ersäufte Katze. Das Eis schuf klare Verhältnisse, es deckte alles zu, was man nicht zu sehen brauchte. Nur dieses Gewehr lag wie durch ein Wunder hier auf dem Eis und in Griffweite.

Mutter und Oma arbeiteten sich hartnäckig vorwärts. Sie hatten rote verbissene Gesichter und steife Rücken.

Andere Mütter und Omas räumten sicher gerade irgendwo Trümmer und bauten Tallinn neu auf. Die Augen tränten ihnen von demselben Wind, der hier im Gras raschelte. Er kam in vollem Schwung aus weiten Ebenen und pfiff, Staub und Abfall mitwirbelnd, durch verrußte Mauern und rostige Brückenwracks. Fegte heulend und die dünnen Mäntel der Menschen verhöhnend durch einen mißhandelten, ausgehungerten, demolierten Kontinent, in dem wohl niemand ganz rücksichtslos und aus vollem Herzen glücklich war außer mir und meinen Altersgenossen.

Der Wind kam von Westen her, aus dem hungernden Deutschland. Dort stand und steht immer noch ein flaches, mit Kacheln ausgekleidetes Gebäude, in dem sich ein Schlachttisch verbirgt, ähnlich einer schmalen steinernen Liege, und eine Blutrinne und eine Knochensäge. Aber Blut und Knochen, die im ersten Moment alles, was sich hier abspielte, zu etwas Schrecklichem und Unmenschlichem machen, sind eigentlich nebensächlich. Blut und Knochen spielten und spielen an diesem Tisch keine Rolle. Eine Rolle spielen hier nur Macht und Strebsamkeit. Es ist gar kein Schlachttisch, der dort steht, mit gelben rissigen Kacheln bedeckt, sondern ein Karrieresprungbrett eigener Art, hinter dem gebildete Männer ihrer alltäglichen Arbeit nachgingen, die Nationalhymne parat, höhere Posten im Sinn, üppigeren Lebensstil und das Wohlergehen der Kinder.

Der heulende Wind brachte von weit her bedrohliche Nachricht von jenen einstigen, nun in Schande gestoßenen, ins Grab gesunkenen Karrieremenschen und flaute ab über Spielplätzen, Eigenheimgärten und Schulhöfen, wo die der Zukunft schon ihre Schritte übten.

Das wütende Heulen des Windes machte das Herz schwer und verwandelte alles ins Sonderbare – als wäre und geschähe nichts einfach so, aus Zufall, sondern hätte alles seinen Grund. Aus irgendeinem heimlichen und vernünftigen Grund, wie um einer Aufgabe nachzukommen gewissermaßen, bellte am Fluß ein Hund, säumten die Wälder den Horizont, raschelte das trockene Gras, bückten sich Leute über Sensen und Rechen, lag das Gewehr unterm Busch und hörte ich selbst dem Wind zu, Filzstiefel und Galoschen an den Füßen und ein Runzeln auf der Stirn.

Ich betrachtete verstohlen Mutter und Oma und bekam auf einmal Zweifel, ob das wirklich meine Mutter und meine Oma waren. Einen Augenblick kamen sie mir wildfremd vor. Auch ihre Kleidung weckte Zweifel. Dieses blaßrosa Umschlagtuch und die schwarzen Jungenstiefel, hatte ich die schon jemals gesehen? Ich hatte ein Gefühl, als würde ich gleich aufwachen. Aber woraus? Ich war doch am Morgen schon einmal aufgewacht.

Ich schrak zusammen, als Oma plötzlich hinter mir schimpfte: «Was stehst du einem hier vor den Füßen rum wie ein oller Sägebock! Geh lieber und guck, was die anderen Mädels machen!» Sie erklärte: «Zuerst haben Teistes uns geholfen und dafür gehen wir dann hin und helfen ihnen, wenn wir unseren Haufen fertig haben.»

Ich schaute mich um. Mutter und Oma waren tatsächlich Mutter und Oma.

Sie schleppten das Heu mit Gabeln zu einem alten Heureuter und türmten es zu einem vorläufigen Haufen, der dort auf Schnee und gute Schlittenbahn warten sollte.

Ich nahm Anlauf und flog über das Eis zu meinem Schlitten zurück. An der Uferböschung sah ich Aime und Maire hocken und sauste mit dem Schlitten auf sie zu, daß das Eis unter meinen Sohlen quietschte. Schon von weitem rief ich Maire japsend zu: «Jetzt gehen wir zu euch und gucken Bilderbücher!»

Maire zog eine Schnute und sagte: «Unsere sind alle beim Heumachen, Mama und Juuli und... Zu Hause ist keiner. Die wollen das Heu unbedingt vor dem Schnee fertig kriegen.» Sie warf einen mürrischen Blick in Richtung auf ihr Zuhause, zog aus der Manteltasche einen trockenen Brotknust und begann mit Appetit zu knabbern.

Enttäuscht legte ich mich bäuchlings auf den Schlitten, gab mit den Füßen Schwung und sauste in gerader Linie auf den

Fluß hinaus, fast bis ans andere Ufer, ohne recht zu wissen, wie. Ich drehte den Schlitten und schaute verdutzt nach beiden Seiten. Den ganzen Vormittag hatte Mutter mir eingeschärft, ich dürfe um Gottes willen ja nicht auf den Fluß. Nun stand ich dort, und nichts war passiert.

An der Biegung stieg Dampf auf, dort war der Fluß noch offen, das Wasser gurgelte laut. Ich bekam große Lust, mich über die Kante des Eises zu legen und hinunterzuschauen. Vielleicht sah man dort Fische.

Ich schob den Schlitten vor mir her auf die Biegung zu. Der Flußlauf war nur daran zu erkennen, daß das Eis dort schwärzer und durchsichtiger war als auf der Wiese. Auf der Wiese war es viel grauer, trüber und dicker. Der Fluß durchzog das graue Land wie eine glänzende schwarze Straße.

Kein Laut war mehr zu hören, nur das Gurgeln des Wassers und das eintönige Rascheln des Windes in den dürren Binsen. Ich konnte mich nicht entscheiden, wann ich mich auf den Bauch legen sollte, schon vor dem offenen Wasser oder erst, wenn ich ganz am Rand war. Ich überlegte gerade, ob es wohl gelänge, mit bloßen Händen einen Fisch zu fangen, da hörte ich ein Knacken und Knistern. Ich wich zurück und spürte, wie es mir kalt über die Kopfhaut lief und wie das Eis unter meinen Füßen sich bewegte.

Ich ging rückwärts und rückwärts und schaute verwundert das Eis vor mir an. Wie konnte es nur unter *mir* einbrechen! Das war doch *ich* und niemand anders!

Ich sprang aufs Ufer und trottete zu den anderen zurück. Maire schimpfte: «Was fällt dir ein, auf den Fluß zu gehen!»

Aime sagte wichtig: «Meine Mama hat gesagt, wenn ich nur einen Schritt auf den Fluß gehe, gibt's Haue!»

«Kriegst du denn gar keine Haue?» fragte sie mich dann mit bekümmerter Neugier.

«Wer traut sich denn, mich zu verhauen!» prahlte ich. «Da nehm ich sofort das Gewehr und baller in die Luft!»

Und einmal in Fahrt gekommen, trumpfte ich noch weiter

auf: «Ich hab gesehen, wie die Maul- und Klauenseuche zu Võtiksaares Stall gegangen ist, als Mensch verkleidet!»

«Wie sah die denn aus?» fragte Aime mißtrauisch, und ich gab bereitwillig Auskunft.

«Die hatte einen Kragenmantel an, und vor dem Bauch hielt sie einen Muff, und im Mund hat man einen Goldzahn gesehen.» Ich dachte nach und fügte hinzu: «Sie war so groß wie die Tür von unserem Schweinestall – ach ja, und Überschuhe mit hohen Absätzen hat sie auch noch angehabt.»

Somit hatte ich ohne alle Gewissensbisse Pajusis schicke Helmy, die als Serviererin in die Stadt gegangen war, zur Maul- und Klauenseuche verwandelt und kriegte sogar selbst ein bißchen Angst vor der eigenen Erfindung. Sie war mit trippelnden Schritten den abendlichen Weg durchs Gestrüpp entlanggekommen, ihre Überschuhe hatten geknirscht und die Beschläge der Handtasche im Mondlicht gefunkelt. Auch von diesen Handtaschenbeschlägen und dem Mondlicht hätte ich gern noch erzählt, aber ich verstummte schamhaft und schlug die Augen nieder, denn hinter uns war Teistes Juuli aufgetaucht und sagte gutmütig: «Kommt, Kinder, jetzt wärmen wir uns erst mal die Nasen!»

Juulis kleine gebückte Gestalt verströmte einen starken Naphtalingeruch in der rauhen Luft. Überhaupt war es sonderbar, Juuli im Freien zu sehen; gewöhnlich saß sie in Teistes Durchgangszimmer am Fenster und nähte mit der Maschine oder zog mit einem Stück harter gelber Seife dicke Striche auf einem Kleiderstoff, den jemand aus Ridaküla gebracht hatte. Noch vom Tõhu-Hof kamen sie mit Stoffen an, der sechs Kilometer abseits lag, mitten im Wald, und wo sie, wie es hieß, sommers wie winters nichts anderes aßen als fetten Speck.

Wenn Maire aus Schabernack die Ärmel-, Kragen- und Aufschlagstücke aus knisterndem Pergamentpapier auf dem Stoff verkehrt herum drehte, konnte man Juuli lamentieren hören: «Also nein, dieses Mädchen, ich muß schon sagen! Wo ist der Zollstock?»

So nannte sie das lange Holzlineal, ihre einzige Waffe gegen Unfug treibende Kinder, bissige Hunde und schiefe Rocksäume.

Wenn sie nicht in Teistes Durchgangszimmer über ihren Näharbeiten saß, kramte sie heimlich in den Räumen von Vanatare, stand unter der Uhr und lauschte mit schiefgelegtem Kopf, als spräche aus diesem Ticken Augusts Stimme zu ihr, klagend und tröstend mit langen ernsthaften Reden.

Bei Juulis Anblick fielen einem Aussprüche ein wie «Schwarzes Garn Numero zehn ist wie aus der Welt verschwunden» und «Eine Bluse kostet ein Dutzend Eier und einen Napf Butter».

Wenn sie uns in der Essenszeit besuchte und zu den Kartoffeln mit Soße auch Brot angeboten bekam, schob sie es von sich, jedesmal mit denselben Worten: «Kartoffeln und Brot zusammen, das kann ich nicht essen, das gibt so einen Leichengeschmack.»

Oma wurde dann unweigerlich böse. «So, Leichengeschmack? Hast wohl mal welche gegessen, daß du dich so auskennst!»

Wenn die anderen einmal vergaßen, Juuli Brot anzubieten, dann tat ich es, um diesen Wortwechsel wieder zu hören.

Jetzt hüpfte Juuli in ihrem grauen Mantel und dem schwarzen Kopftuch so flink und leicht vor uns her, als wäre sie kein Mensch, sondern eine Bachstelze.

Die hohen Fichten von Teiste ragten am Wiesenrand auf wie ein Bollwerk und verdeckten mit ihren tiefen breiten Ästen fast das Gartentor. Durch die Fichten schauten die Fenster der Hinterfront auf die Wiese hinaus. Man sah aus ihnen stets nur wogendes Gras, schwarzes Wasser oder weite Schneeflächen. Maire behauptete oft, nachts sähe man aus diesen Fenstern weiße Gestalten. Brennend gern hätte ich die einmal selber gesehen.

Das Haus lag einsam inmitten von Fichten und Flieder wie

ein schwarzgraues gestrandetes Schiff. Es hatte hohe spitze Giebel, zwei Schornsteine, zwölf Fenster und zwei Eingänge.

Den Hof säumten dicke struppige Hecken. Im Sommer waren die Kellermauern von üppigen Blumenstauden verdeckt, im Winter von den bereiften kahlen Stengeln. Gegen die Fensterscheiben klopfte mit düsteren Ranken der wilde Wein. In der Hofmitte morschte eine Fahnenstange.

Der Strudel des Kriegs hatte sie fortgerissen, die Töchter des Hofs mit ihrer höheren Schulbildung, und die alte Bäuerin vor Kummer ins Grab gebracht. Nur Juhan, der Sohn und Hoferbe, der nichts gelernt hatte, war geblieben und bewohnte das große Haus ganz allein mit Leida und Maire. Dann hatten sie Juuli zu sich genommen, die die Mutter von Vanatares August war und Juhans Tante. Juulis Bett wurde abgeschlagen, auf dem Handwagen nach Teiste geschafft und im Durchgangszimmer aufgestellt. Juuli stand mit hängenden Armen teilnahmslos dabei und kroch dann gleich ins fertige, noch kalte Bett, in Mantel, Kopftuch und Handschuhen, rollte sich zusammen und drehte sich zur Wand.

Oma war bei Juulis Umzug auch dabeigewesen und hatte auf der Bettkante gesessen. Richtig leid hatte ihr die Juuli getan, aber laut sagte sie nur: «Oje! Wenn das August jetzt sehen würde, daß seine Mutter in Stiefeln zu Bett geht!»

Darauf hatte Juuli Omas Arm umklammert und wollte sich die Seele aus dem Leib heulen. Als sie sich ausgeweint hatte, war sie wieder die alte, half beim Gardinenaufhängen und wischte den Fußboden.

Jetzt hielt uns dieselbe Juuli die Tür auf. Wir schlüpften in die dämmrige Diele, von der eine steile Treppe nach oben führte. Dort im Dunkel verbargen sich der Bodenraum und die Türen zu den drei oberen Zimmern.

Juuli schob uns ins Durchgangszimmer. Sie half Aime und mir aus dem Mantel, befühlte mit dem Handrücken unsere

Nasenspitzen und hieß uns die Hände an den lauwarmen Ofen legen. Im Zimmer war es still. Der graue Tag drang mühsam durch die vergilbten Tüllgardinen.

Vor dem Fenster standen auf unterschiedlich hohen Blumenständern Aloe, Myrte, Zierspargel und ein Weihnachtskaktus. In hohen Ehren gehalten wurde die Myrte, die angeblich bei niemand sonst gedieh, nur bei Juuli. Der Weihnachtskaktus wurde dagegen nur dann geschätzt, wenn er in der dunklen Jahreszeit unverhofft seine Blüten trieb. Im Sommer war er bloß ein Staubfänger und wurde hinter der Myrte versteckt.

Zwischen den Windhundbeinen des Zierspargelständers, auf der unteren Stellplatte, hatte ein dicker gurkenförmiger Kaktus seinen Platz. Man bekam Lust, mit einem Messer hineinzuschneiden oder wenigstens mit einer Nadel hineinzustechen und die Macht des Eisens über das saftige straffe Fleisch auszukosten. Ich schielte sehnsüchtig zu ihm hinüber, aber hinzugehen traute ich mich nicht. Dafür nahm ich mir vor, wenn ich nach Hause kam, Omas Aloe mit einer Nadel zu piken, mindestens eins von den Blättern auf der Wandseite.

Juuli raschelte hinter der Tür mit Stoffen, kurz darauf hörte man sie in der Küche mit den Herdringen klappern und Reisig brechen. Vielleicht wollte sie Teewasser kochen. Mir wurde warm und langweilig. Ich flüsterte Maire zu: «Gehen wir nach oben, Bücher angucken!»

Wir drückten uns in die Diele. Bei der Tür zum Eckzimmer versuchte ich durchs Schlüsselloch zu spähen, aber ich sah nichts als einen schwachen Lichtschimmer.

Dieses Zimmer war immer verschlossen, und anders als bei den Zimmern im Obergeschoß war auch der Schlüssel abgezogen. Nur einmal in meinem Leben hatte ich es betreten. Nebelhaft erinnerte ich mich an einen braunen Lederdiwan, der aussah wie ein Bär, und an eine große glänzende Glasplatte auf irgend etwas, wohl einem Schreibtisch. In der Platte spiegelte sich das Elchgeweih an der Wand. In dem Zimmer hing ein Geruch nach Schimmel und langen strengen Kriegswintern.

Wir polterten die Treppe hinauf und schlüpften schnell ins Giebelzimmer.

Dort war es hell und kalt. Unser Atem dampfte. Es roch nach Moder, kalten gebohnerten Dielen und Büchern. In der Ecke neben dem Fenster machte sich ein tiefer Armsessel breit. Weiße Spitzengardinen fielen in steifen Falten bis auf den Boden. Im Schrank hinter Glas dicke Bücher, manche sogar mit versilbertem Rücken. Auf einem niedrigen runden Tisch kauerte ein Glasschwein und ließ die Tür des Wandschranks nicht aus den Augen. Diese Tür interessierte das Schwein wohl ebenso sehr wie mich. Ich wußte, daß dort stapelweise alte Kinderbücher lagen und Zeitschriften: «Die Landfrau», «Maret» und «Kinderglück».

Maire öffnete den Wandschrank, kroch hinein und warf einen ganzen Packen Zeitschriften ins Zimmer. Kalte Luft wirbelte hoch wie Rauch im Wind. Den größeren Teil des Packens raffte Aime an sich und rief wichtig: «Die guck ich jetzt alle an!»

Man hörte trockenes Papiergeraschel, auf dem Fußboden bildeten sich feine Staubwirbel. Auf farbigen Umschlägen huschten Vorkriegsfrauen mit zurechtgemachten Gesichtern vorbei. Diese Art Zeitschriften blätterten wir aus reinem Pflichtgefühl durch. Zum Schluß betrachteten wir vor allem die abgebildeten Torten und suchten uns aus, welche wir essen wollten.

Aime bekam nur die allerdürftigsten ab, die Armeleutetorten mit der Kürbismarmelade darauf; sie konnte schließlich nicht lesen. Alle Schokoladen-, Mandel- und Erdbeertorten reservierten sich Maire und ich mit vorschießendem Zeigefinger, bevor Aime noch mitkam.

Unsere schrillen Stimmen zerschnitten die helle Luft in dampfende Streifen. Die Glastüren des Bücherschranks spiegelten die froststarren Baumwipfel vor dem Fenster und das graue bucklige Kartoffelland. Vom Fußboden aus betrachtet waren die Titel der Buchrücken auch auf die Baumkronen und den gefrorenen Acker aufgedruckt. Auf den Erdschollen las man verschwommen «Wahrheit und Recht», auf der Stallecke «Toots' Hochzeit», und auf der Fichtenhecke hatte sich die silberrückige «Kristin Lavranstochter» niedergelassen.

Unter unseren klammen Fingern bekamen die tortenreichen Zeitschriftenblätter Risse. Dann tätschelten wir sie verstört und versicherten einander beruhigend: «Ach, halb so schlimm!»

In fliegender Hast blätterten wir uns durch immer neue Hefte hindurch, doch von all den lockenden leckeren Gerichten wirbelte derselbe kalte Staub. Aime wurde es schon langweilig, sie nahm das Schwein vom Tisch, führte die gläserne Schnauze an den fettgedruckten Überschriften entlang und rief: «Das Schwein kann lesen!»

Ich griff zu einem Jahrgang «Kinderglück», der in graumarmorierte Deckel gebunden war. Den hatte ich absichtlich bis zuletzt aufgehoben, ich kannte ihn ja in- und auswendig. Oft hatte ich ihn mir von Oma nach Hause mitbringen lassen und immer wieder ein und dieselbe Geschichte gelesen, von dem kleinen holländischen Jungen, der das Loch im Deich mit eigener Hand zugehalten und so Holland vor der vernichtenden Flut errettet hatte und dabei gestorben war. Ich wollte selber dieser Junge sein oder wenigstens die Geschichte über ihn nochmals hören.

«Frag mal deine Mama, ob ich das ‹Kinderglück› mit nach Hause nehmen darf!» sagte ich zu Maire.

Maire weigerte sich. «Frag doch selber! Bin ich vielleicht dein Lakai?»

Das Wort «Lakai» bestürzte mich. Daß Maire ein solches Wort kannte, machte sie in meinen Augen groß und gewitzt, und ich war gegen sie klein und unbeholfen. Ich strich aufgeregt über den graumarmorierten Einband und warf den Kopf zurück wie ein Kriegsheld. Jetzt prallte das Wort an mir ab. Listig erkundigte ich mich: «Die Bücher, die ihr da habt – hast du die auch alle gelesen?»

«Ja sicher!» bestätigte Maire arglos und fügte hastig und wie zur Entschuldigung hinzu: «Hab ich aber alles wieder vergessen, es ist schon so lange her», als hätte sie Angst, ich würde sie jetzt zwingen, mir alle diese Bücher nachzuerzählen.

Sie entwand Aime das Glasschwein, schob die verstreuten Bücher zu einem Haufen zusammen, schüttelte ihre Zöpfe und bestimmte: «Jetzt gehen wir wieder runter, hier oben wird's langweilig!»

Als wir in der Tür waren, puffte sie mich in die Rippen und fragte: «Willst du das ‹Kinderglück› nun doch nicht?», und als ich keine Antwort fand, schob sie mir das dicke kalte Buch unter den Arm, so brüsk, daß ich fast umfiel.

Über Maires glatten schwarzen Kopf lief ein weißer Scheitel, ihre Zöpfe raschelten leicht auf dem Rücken der Moleskinbluse. Sie hatte rote Backen und ein Glitzern in den Augen, das mir nicht gefiel.

Ich hörte, wie Aime vor uns die Treppe hinuntertrappelte, und wollte hinterher, aber Maire schlug mir unversehens die Tür vor der Nase zu, drehte den Schlüssel herum und murmelte mit krächzender Grabesstimme, die dann in Lachen umschlug: «Nun lies mal schön dein ‹Kinderglück›!» Gleich darauf gingen leichte Schritte treppabwärts, die Stufen knarrten, die Tür unten quietschte, und dann war nichts mehr zu hören.

Zornig faßte ich die Türklinke und rüttelte, aber nur sachte, damit Maire nichts hörte. Ich lehnte mich mit dem Rücken an die Tür und starrte finster auf den Bücherschrank, den runden Tisch, das Glasschwein und das Spitzendeckchen unter seinem Bauch. Den dicken Band locker unterm Arm, trat ich vors Fenster und merkte jetzt erst, daß es gar nicht das «Kinderglück» war, sondern ein wildfremdes Buch.

Draußen heulte der Wind. In den Wolken breitete sich ein gelblichroter Fleck aus und warf auf die Glastüren des Bücherschranks einen flackernden Feuerschein.

Ich holte tief Luft und blies laut an gegen das teuflische rote Licht und das fremde Zimmer mit den fremden Dingen darin. Dann stampfte ich mit dem Fuß auf, drehte dem Zimmer den Rücken zu, stützte das dicke Buch neugierig gegen das Fensterbrett und versuchte herauszufinden, wie es hieß. Einen nach dem anderen enträtselte ich die strengen altertümlichen Buchstaben, die sich am Ende zu einem Titel zusammensetzten: «Die Offenbarung des siebenfach versiegelten Geheimnisses».

Die abgegriffenen weißen Buchstaben rankten sich über einen dunkelgrünen steifen Deckel. Unter dem Titel saß ein Mann auf einem grauen Pferd. Hinter ihm segelten Wolken mit Strahlenrändern, und ganz vorne lagen gerollte Papierblätter.

Ich schlug das Buch aufs Geratewohl auf: seitenweise nur langweilige Geschichten in dichter altertümlicher Schrift. Plötzlich blieben meine Augen mit einem Ruck an einem Bild hängen. Meine Knochen wurden innen kalt und hohl, der Wind pfiff durch sie hindurch. Dicker schwarzer Rauch quoll mir ins Gesicht und ein schwerer zackiger Felsbrocken machte Anstalten, mir auf den Kopf zu fallen. Inmitten von Rauch und Feuer drehte sich die Erdkugel, ich erkannte sie auf einen Blick. Inmitten von Rauch und Feuer zerbarst auf ihr gerade ein Mensch in Stücke. Durch den Rauch flog ein stämmiges Bein und Stücke von einem Arm. Haare und Bart des Menschen flatterten, um seine hohe Mütze leuchtete ein Glorienschein. Seine Kleidung war fast genauso wie die des Spartakus auf der Buntstiftschachtel. Unter dem Bild stand: «Das große Idol in Stücke geschlagen».

Mit Entsetzen bemerkte ich, daß das zerschlagene Idol sich um den Rauch, den Felsbrocken und sein durch die Luft fliegendes Bein gar nicht kümmerte. Seine stechenden Augen schweiften gierig durchs Zimmer und musterten mich scharf. Auge in Auge stand ich ihm gegenüber, bis mir endlich einfiel, das Buch zuzuschlagen. Ich warf den schweren Band zu Boden und schlenkerte die Finger, als hätte ich mich verbrannt.

Ich hörte, wie Maire die Treppe hochgepoltert kam, am

Schloß hantierte und wieder nach unten lief. Ich stürmte los zur Tür, blieb mit einem Ruck stehen, seufzte tief und kehrte zurück zu dem schrecklichen Buch. Ich öffnete es mit brennenden Augen, steckte die Nase hinein und schnüffelte, sog mich tapfer und freiwillig voll mit seinem Geruch. Er war kalt und herb wie das gemähte Gras auf der Eiswiese.

Dann legte ich das Buch vorsichtig auf den Tischrand und ging aus der Tür. Auf der obersten Stufe stolperte ich, purzelte die dunkle Treppe hinunter und sprang mit Getöse in die warme Stube. Sips stürzte mir kläffend entgegen. Juuli packte ihn beim Nackenfell und lamentierte: «Sips, wo ist der Zollstock!», und neben der Nähmaschine saß Oma wie ein Himmelsgeschenk.

Ohne Sips weiter zu beachten, ging ich auf Oma zu und blieb neben ihr stehen. Sie fragte erstaunt: «Was hast du denn da oben ganz allein gemacht? Bücher angeguckt, was?»

Das bestätigte ich und sah aus den Augenwinkeln, wie Maire und Aime in der großen Stube mit einem kleinen Gummiball spielten, den sie gegen die Wand warfen.

Ich lehnte mich schwer an Oma, meine durchfrorenen Knochen tauten in der Stubenwärme allmählich auf. Aus Juulis und Omas Mund kamen alltägliche mutmachende Sätze: «Laß sein wie's will, aber ein Ferkel braucht der Mensch!» oder «Is ja schon nich mehr feierlich, wie sich bei der Pajusischen das Kleid überm Hintersten spannt!»

Die Unterhaltung ging träge ihre eigene Bahn, abwechselnd hörte man Juulis feine und Omas grobe Stimme. In der großen Stube klatschte der Ball gegen die Wand. Mein Kopf wurde schwer und sank auf Omas Ellbogen. Das Zuhören machte mich schläfrig, aber wegen Maire hielt ich mit Gewalt die Augen offen. Ab und zu drehte ich den Kopf und spähte unter Omas Arm hindurch nach nebenan.

Plötzlich brach die Unterhaltung ab. Juuli stand auf, suchte im Schrank und zeigte Oma etwas in einer schwarzen Papiertüte. «So, hat Ilmar die Bilder schon fertig?» sagte Oma.

«Wie du siehst», antwortete Juuli.

Ich murmelte: «Oma, ich will auch die Bilder sehen.»

Oma suchte in der Brusttasche nach ihrer Brille und schimpfte: «Wart's doch ab, du Quälgeist, ich will sie ja schließlich auch sehen!»

Sie nahm das postkartengroße Foto behutsam auf die flache Hand und betrachtete es eingehend. Ich reckte den Hals und sah Oma, Juuli und Liisu, wie sie alle in einer Reihe auf der Bank unter Liisus Hofbirke saßen und aus dem Bild herausschauten.

Oma saß ein bißchen schräg, ein Bein vorgestellt und den Arm hinter Juulis Schultern auf die Lehne gelegt. Liisu und Juuli hielten sich sehr gerade, die Hände im Schoß gefaltet und die Beine unter der Bank eingezogen, damit man nicht sah, was für Schuhe sie anhatten.

«Oma, warum ziehst du die Beine nicht ein? Jetzt sieht man deine Pantinen auf dem Bild!» zischelte ich vorwurfsvoll.

Oma lachte. «Wenn die jeden Tag zum Rumlaufen gut sind, dann sind sie auch für das Bild gut genug!»

Ich sagte nichts mehr, aber im Herzen schämte ich mich für Oma.

Die Birke auf dem Bild war kahl, durch die dicken Astgabeln sah man eine lange weiße Wolke. Auch die alten Stiefel, die im Baum hingen, waren mit aufs Bild gekommen, genau über Juulis Kopf.

Ich dachte bei mir, daß Juuli von den dreien am schönsten war mit ihrem glatten Mantel und dem Fransenkopftuch. Oma trug dasselbe alte Flanelltuch wie immer. Von Liisus Kopftuch konnte man nichts sagen, sie hatte die schwarze Hundefellmütze darübergezogen. Liisus geflickter Rock war zum Teil verdeckt von Vudis Kopf. Die Hunde schauten auch aus dem Bild heraus, gerade auf den Fotografen. Vudi neben Liisu, Sips zu Juulis Füßen und Tommi hinter Omas Rock versteckt. Tommi lachte sogar.

Hinter der Bank und der Birke erkannte man einen umgepflügten grauen Acker und darauf weiße Hühner wie Schneeflecken oder alte gebleichte Totenschädel. Für Totenschädel hatte ich sie auf den ersten Blick gehalten und erst nach längerem Hinschauen begriffen, daß es Hühner waren.

Auf dem unteren Rand des Fotos stand mit lila Tinte: «Anna, Elisabeth, Julie 20. Okt. 1950.»

Eine ganze Weile betrachtete ich die drei Hunde und die drei alten Frauen, den Acker, die Hühner und die Wolke hinterm Birkengeäst.

Beim Anblick dieser abgetragenen Kleider und dieser gespannten Hundegesichter packte mich die Traurigkeit. Das Leben schien etwas Unbezwingbares, Furchteinflößendes und Kostbares zu sein, auch für Hühner und Hunde. Ich dachte an Liisu und sah vor mir deutlich die große Birke, die offene Stalltür, die leere Bank und Liisu selbst, wie sie aus dem Scheffel eine Handvoll Körner nahm und die Hühner anlockte. Aber statt der Hühner kommen Totenschädel auf dem Hof zusammengerannt und drängeln sich um Liisus Beine. Durch die Wolken scheint kalte Abendsonne, Liisus gelbbraune Augen funkeln stechend und böse.

Ich war froh, daß ich dort nicht war. Juuli sagte: «Was das Kind wohl alles sieht auf dem Bild? Es ist ja ganz in Gedanken», und ich antwortete verlegen:

«Jetzt sind keine Hühner mehr draußen. Die Hühner wollen nicht ins Kalte.»

Ich spürte bitter, daß das nicht war, was ich gerade gedacht hatte.

Während Juuli mir das Foto aus der Hand nahm, meinte sie: «Wenn man nur wüßte, welche von den ollen Weibsen sich der Tod als erste holt.»

Zu meiner großen Erleichterung sagte Oma prompt: «Ich hab keine Angst vorm Tod!»

Juuli kicherte. «Sag bloß so was nich, vielleicht kommt er gleich durch die Tür!»

Ich drehte erschrocken den Kopf zur Tür, spähte und

horchte angespannt und mit offenem Mund. Irgendwie ahnte ich, daß Oma und Juuli von dem zerschlagenen großen Idol sprachen, das ich in dem Buch gesehen hatte, aber nicht geradezu sagen mochten, daß sie Angst vor ihm hatten.

Oma meinte lachend: «Du sitzt doch zwischen mir und Liisu, und in der Mitte fängt er nicht an, sondern von den Enden her. Hätte man damals bloß gewußt, von welchem, dann hätte man sich ans andere setzen können.»

Juuli widersprach. «Der Tod hält sich immer an die Reihenfolge. Wenn er an deinem Ende anfängt, dann holt er erst dich und dann mich, und wenn er an Liisus Ende anfängt, dann holt er erst Liisu und dann mich. Auf den Fotografien stimmen die Toten immer zusammen. Neulich erst wieder hab ich mir alte Bilder angesehen mit Leuten drauf, die jetzt tot sind: alle der Reihe nach weggeholt.»

Mein Kinn fing an zu zittern. Unter gesenkten Brauen glupte ich zu Juuli hin, zupfte Oma am Ärmel und sagte: «Komm, wir gehen!»

Oma richtete sich ächzend auf und half mir in Mantel und Mütze. Unterm Tisch zog sie ihr Gewehr hervor, klemmte es unter den Arm und sagte zu Juuli statt des üblichen «Mach's gut!» ein «Na, was soll's!».

Maire lief mir in den Flur nach und flüsterte geheimnisvoll: «Hast du das ‹Kinderglück› gelesen?»

«Ja, hab ich!» antwortete ich laut und böse und eilte hinaus.

Hinter den Fichten war der Himmel hart und rötlichgrau, die kahlen Äste klapperten.

Oma schritt weit aus, nicht in Richtung Zuhause, sondern zu Võtiksaares Stall hinüber. Ich trabte ihr nach, den Schlitten hinter mir, bis sie stehenblieb und befahl: «Du machst dich jetzt schnurstracks nach Hause, Kind. Die Mama ist sicher schon zurück vom Heumachen. Und kocht mir für abends schönes heißes Teewasser!» Sie ging schnell weiter und war schon an der Gartenecke von Vanatare mit ihrem bellenden Husten.

Ich blieb stehen und nestelte an meinem Schlittenseil, hinter mir die rauschenden Fichten von Teiste, vor mir die schwarzen Fenster von Vanatare. Dann ging ich Oma nach, zuerst langsam und schließlich immer schneller. Als ich sie endlich vor mir erblickte, wurde ich gleich viel mutiger. Beharrlich folgte ich ihr, wenn auch in großem Abstand.

Auf Steinhaufen schwankten mannshohe graue Disteln und raschelten im Wind. Die Dämmerung griff um sich, schlich durch den Wald, kämpfte sich vor über die eisigen Felder. Wo der Weg zum Stall abzweigte, lag das Bein einer toten Kuh. Die Hunde hatten es schon angenagt. Das bläuliche nackte Schienbein schimmerte trübe und trostlos, als wäre es ein Teil vom Knochenbau der Welt, so wie ich mit meinen lebenden wachsenden Schienbeinen auch.

*I*M MORGENGRAUEN STAPFTE ICH über den Hof und schaute in einem fort über die Schulter nach hinten. Bevor die anderen herauskamen, wollte ich den ganzen Hof mit meinen Fußstapfen vollmachen. Immer noch fehlten welche, immer noch war es nicht genug. Von oben kam spärlicher Schnee, deswegen mußte ich ein Auge auf die älteren Stapfen haben und sie, wenn nötig, neu machen.

Das Fenster der vorderen Stube, hinter dem die Lampe brannte, wurde immer dunkler und röter, je heller es hier draußen wurde. Ich stellte mich vor die Treppe und ging von dort aus die mit Fichtenreisern abgedeckte Blumenrabatte entlang, Fuß vor Fuß auf die Hausecke zu. Ich hatte vor, um das ganze Haus einen Zauberkreis aus Fußstapfen zu ziehen. Der Schnee lag noch so dünn, daß er nicht weiß aussah, sondern grau.

Vor dem Fenster blieb ich stehen und lugte durch den Spalt zwischen den Vorhängen in die Stube. Auf dem Tisch vor dem Fenster sah ich den breiten halben Laib Brot, den Fleischteller, die leere schwarze Pfanne und Onkels Gesicht im Profil. Das

Licht fiel von zwei Seiten zugleich auf den Tisch, durch das rußige Lampenglas und durch das Fenster, wo ich stand.

Onkel nahm einen Schluck Kaffee aus dem Henkelbecher, ließ seine Zähne sehen und sagte etwas zu Mutter oder Oma. Es schien keinerlei Hoffnung zu geben, daß die Lampe irgendwann gelöscht wurde und in der Stube der Tag anfing. Wenn ich die Augen zusammenkniff, konnte ich unter der Stirnseite des Tisches gerade noch Tommis Vorderpfoten erkennen. Ich betrachtete alles mit so gierigem Interesse, als könnte ich jene Stube nie wieder betreten. Mit dreistem Wiedergängerblick musterte ich Onkel: die von einer grauen Strickjacke bedeckten Schultern, den glatten blanken Schädel, den Haarkranz im Nacken und die Augäpfel, die zwischen Brotlaib und Fleischteller hin und her sprangen.

Ich fletschte die Zähne, schüttelte die Faust, um mir Mut zu machen, und setzte Schritt für Schritt meinen Weg um das Haus fort. Meine finstere Spur führte an der Giebelseite vorbei, unter der Kornelkirsche hindurch, über Mariechens Grab und vorbei an den dunklen Fenstern der hinteren Stube bis zur Speichertür. Den Kreis zu schließen hatte die Zeit nicht gereicht. Dazu hätte ich weitergehen müssen bis auf die Treppe, aber dort stand Onkel in der offenen Tür und zeigte wenig Sinn für meine geheimnisvolle Wiedergängerei.

Er schimpfte über die Schulter hinweg in die Diele, mit den Stiefeln und der alten Joppe, wie ich dachte, in Wirklichkeit aber mit Oma. «Könnt ihr dem Kind nicht mal klarmachen, daß es in der Stube bleiben soll! Wieso laßt ihr es in so einer Herrgottsfrühe auf den Hof?» Und zu mir sagte er: «Los, rein mit dir, hier draußen hast du jetzt nichts zu tun!»

«Ich hab 'ne Menge zu tun!» maulte ich. «Wenn ich nicht gleich morgens anfang, werd ich bis zum Abend nicht fertig.»

Oma kam aus der Küche und schob mich in die große Stube, wo immer noch die Lampe brannte. Das Essen stand noch auf dem Tisch, in der Pfanne war das Fett schon steif geworden. Tommi wimmerte unterm Tisch. Die Holzscheite vor dem kalten Ofen rochen nach Sägemehl und geschmolzenem Schnee. Ich rappelte laut mit dem Stuhl und rief: «Mama, komm! Was ist los? Mama, komm! Was ist los?» Damit meinte ich alles – den unabgeräumten Eßtisch und den unwirschen Onkel, die rätselhafte Art, wie ich in die Stube geschoben wurde, und irgendwie auch den dünnen grauen Schnee, der kaum die Erdschollen und die Zaunlatten bedeckte.

Als ich merkte, daß niemand sich um mein Rufen kümmerte, fing ich an, in einem fort «Mama» zu schreien und mit den Stuhlbeinen gegen den Fußboden zu hämmern.

Endlich kam Mutter im Laufschritt in die Stube geeilt, rüttelte mich zornig und fuhr mich an: «Was soll denn die Brüllerei! Was hast du?»

«Was ist hier los?» fragte ich leise.

«Ach, nichts!» sagte Mutter gedehnt und unwillig. «Nichts für kleine Kinder.»

Ich stellte mich auf die Zehenspitzen, streckte die Arme hoch und forderte: «Nimm mich huckepack und trag mich zur Hobelbank.»

Mutter wehrte ab. «Ich hab keine Zeit, mit dir rumzutollen.»

«Warum hast du keine Zeit?» fragte ich schlau.

Mutter flüsterte: «Wir wollen die Färse schlachten. Aber paß ja auf, daß du es niemand weitererzählst!» Schmeichelnd sagte sie: «Bleib du jetzt schön mit Tommi hier drinnen und mal was. Und heut abend gucken wir uns dann die Bilder an, die du gemalt hast.» Sie schnitt einen Runken Brot, schmierte Fett darauf und reichte ihn mir. Bevor ich es noch recht begriff, war sie hinaus.

Hinter den dünnen Chintzvorhängen schimmerte blau das Fenster. Auf dem Boden waren nasse Fußspuren. Über der Stuhllehne hingen Onkels Breecheshosen. Als ich die Vorhänge bewegte, fiel von dem Nagel am Fenster die klebrige Lampenbürste herunter und blieb mitten in der Pfanne im Fett stecken. Der Stiel zitterte noch eine ganze Weile nach.

Onkel kam kurz in die Stube. Zum Glück sah er nicht zu der Pfanne hin, holte nur etwas zwischen Ofen und Abzug und verschwand gleich wieder. In der Diele gingen Mutter und Oma hin und her, brachten etwas aus der Speisekammer auf den Hof, polterten und riefen sich zu. Dazwischen klang Onkels Geknurr. Tommi schlug mit dem Schwanz ans Tischbein und ließ die Stubentür nicht aus den Augen.

Die Lampe brannte immer noch, mit niedriger blutroter Flamme, obwohl draußen schon heller Tag war. Ich schüttelte sie. Sie fühlte sich sehr leicht an: das Öl war alle. Vom Docht stieg schwarzer stinkender Qualm auf. Man hätte sie ausblasen müssen, aber ich traute mich nicht, aus Angst, das Lampenglas könnte springen. Ich warf einen schrägen Blick auf die blakende Lampe und die fettverschmierte Bürste in der Pfanne und nahm ein Buch von der Hobelbank: «Das Häschen, das dichten konnte», und begann mißmutig, die Bilder anzusehen. Schluckend betrachtete ich die dicken grünen Kohlköpfe, welche die Hasen unterm Arm trugen, und hörte sie beinahe knirschen.

Ich lehnte mich über den Tisch, nahm einen Buntstift zur Hand und malte die Kohlköpfe voll mit roten Bißspuren. Dabei schmatzte ich zufrieden und las, was neben dem Bild stand: «Kohl ist nahrhaft und gesund, macht den Hasen dick und rund.»

Eine plötzliche Bewegung draußen zwang mich, auf den Stuhl zu klettern und aus dem Fenster zu schauen. Es schneite heftig. Große Flocken wirbelten durch die dunkelgraue Luft und trudelten gegen die Scheiben. Ich merkte auf einmal, daß ich immer noch in Mantel und Mütze war und meine Füße in Filzstiefeln und Gummigaloschen steckten. Brennend gern hätte ich nachgeschaut, ob meine Fußstapfen noch zu sehen oder ob sie schon ganz zugeschneit waren.

Ich spähte hinterm Vorhang hervor auf den Hof und lauschte in die Diele. Die Schritte und Stimmen waren verschwunden. Auch der Hof war leer. Ich holte tief Luft und sprang in die

Diele. Dort wogte warmer Dampf; im Kessel in der Küche brodelte das Wasser. Im Nu stand ich auf dem Hof im Schneegestöber. Die Flocken kitzelten mich im Gesicht, ich hätte gern welche gefangen und sie genauer untersucht, wie kleine weiße Tierchen, aber jetzt war nicht die Zeit.

So schnell mich die Beine trugen, rannte ich hinter den Stall. Dann erst schaute ich mich um. Ich streckte die Zunge heraus und fuhr mir damit unter der Nase entlang. Durch die Stallmauer hörte man plötzlich Onkel schimpfen: «Tür auf! Verdammt noch mal, wird's bald!»

Ich schrak zusammen und machte einen Satz von der Mauer weg. Mit hängenden Armen stand ich im dichten Gestöber und wußte nicht wohin.

Schwere geheimnisvolle Stille senkte sich über die Welt. Erstaunt bemerkte ich die Schuppentür, die vor dem Eingang zum Speicher über Böcke gelegt war. Ich verwandelte mich von neuem in einen Wiedergänger, der zwar alles heimlich mitansehen, doch nirgendwo mitmachen darf. Ich schärfte Augen und Ohren, schnüffelte in den Wind und schmatzte mit den Lippen.

Tommi jaulte in der Stube. Das Jaulen klang wie unterirdisch und behagte mir gar nicht. Um mir Mut einzuflößen, klatschte ich mit der flachen Hand aufs Bein. Das gab ein Geräusch, als würde der Hahn mit den Flügeln schlagen.

Auf meinem Kopf lag schon eine dicke Haube Schnee. Ich streifte ihn mit beiden Händen von meiner wollenen Fliegerkappe herunter und aß davon. Er schmeckte nach Sternen und kaltem Gefunkel, die Augen fingen davon zu glänzen an, und im Hals wurde einem kalt. Ich schaute zum Weg hin, aber da war nichts zu sehen als wirbelnde Flocken. Am Waldrand bewegten sich Gestalten in grauen Joppen. Als ich sie scharf ins Auge faßte, verwandelten sie sich in Erlenstämme und blieben reglos stehen. Im Stall klirrte eine Kuhkette, Onkel putzte sich schnaubend die Nase.

Ich trippelte weiter, an der Stallmauer entlang, schlüpfte

zwischen den Zaunlatten hindurch und war jetzt an der Giebelseite des Stallgebäudes. Hier konnte man mich vom Stalleingang oder von der Stube aus nicht sehen, aber auch ich sah nichts.

Unmittelbar neben mir führte eine Leiter zum Stallboden. Ich kletterte vorsichtig hoch, hakte leise die Bodenluke auf und schob mich hinein, die Luke zog ich schnell hinter mir zu.

Sofort war ich eingeschlossen in trockenen einschläfernden Heuduft. Dabei gab es gar nicht einmal viel Heu. Die Stelle vor der Luke war völlig leer und auch hinten am anderen Ende reichte der Haufen nicht bis zu den Kehlbalken. Nur die Dachschrägen waren ganz vollgestopft. Durchs Heu hindurch raschelte Omas Stimme. «Höchste Zeit, daß die Färse wegkommt, die würde der Alten noch das letzte bißchen wegfressen!»

Auf den Heuberg hinaufzuklettern gelang mir besser, als ich gedacht hatte. Von dort sah ich durch einen breiten Spalt in der Bretterverkleidung alles, was draußen passierte. Ich wühlte mir ein bequemes Nest zurecht und sog erregt den Duft von knisternden Weidenzweigen und rauhem Sumpfwiesenheu ein, unter den sich der Geruch von Schnee und Mist mischte.

Die Färse war schon aus dem Stall geholt und an die Klinke der Speichertür festgebunden worden. Sie stand mit aufgestellten Ohren da, die verkrusteten Beine ergeben aneinandergedrückt, und sah klein und struppig aus. Nur der Bauch war groß und rund.

Unten ging eine Tür. Oma kam aus der Diele und hatte die Hände unter der Schürze. Sie sah sich sorgfältig um, als fürchtete sie, beobachtet zu werden. Dann ging sie zu der Färse hin, zog einen langen, graubraunen Brotknust unter der Schürze hervor und gab ihr den. Die Färse fraß das Brot und kaute und sabberte schon an Omas Schürze, aber Oma merkte es nicht einmal. Sie wischte der Färse den Schnee vom knochigen Rücken und bewegte die Lippen, als spräche sie das Vaterunser.

Das wunderte mich. Wenn ich richtig verstanden hatte,

wollte doch gerade Oma, daß die Färse geschlachtet wurde. Und jetzt stand sie im Schneetreiben vor dem Tier und schien auf eine Art Beistand oder Gnade zu warten.

Ich war wie ein schwerer, in einen wattierten Mantel gehüllter Fotoapparat. Ich preßte ein Auge gegen den Bretterspalt, und in meiner Nase knackste etwas. «Liebe Oma!» zischelte ich aus zusammengebissenen Zähnen, verzweifelt und unaufrichtig. Während ich mit einigen Bibelworten, die mir in den Sinn kamen, vor mir selbst kokettierte, hämmerte mein Herz ganz von selbst gegen die Rippen, der Schnee fiel, und Oma bewegte noch immer ihre Lippen.

Auf einmal kam Onkel aus dem Schuppen, in der Hand einen großen Holzhammer. Gleich hinterher kam Mutter mit einem leeren Kartoffelsack. Sie begannen alle drei um die Färse herumzustolpern, und Onkel fluchte: «Ja, was ist denn das, verdammt! Schafft ihr's nicht mal zu zweit, dem Tier einen Sack über den Kopf zu ziehen!»

Ich raffte einen Armvoll Heu an mich und schüttelte es heftig. Von der Färse konnte ich jetzt kein Auge mehr lassen. Ich drückte meine Beine tief in den Haufen, machte meinen Rücken krumm und preßte das Heu mit ganzer Kraft gegen meine Brust, als erhoffte ich mir davon einen Beistand oder Trost.

Mutter und Oma hatten sich abgewendet, Onkel stand breitbeinig da und ließ den Holzhammer über seinem Kopf kreisen. Erst jetzt begriff ich schlagartig, warum sie den Sack über den Kopf gezogen hatten. Onkel wollte nicht, daß die Färse ihn sah. Als der Hammer sie mit einem dumpfen Krachen vor die Stirn traf, zog ich den Kopf ein. Die Färse brach in die Knie und warf den Schwanz hin und her. Krampfartig bewegte er sich in den tanzenden Flocken wie ein Uhrpendel aus braunem Leder.

Als sie umgefallen war, huschten Mutter und Oma sogleich geschäftig um die Färse herum. Onkel setzte sich rittlings auf sie und machte etwas, was ich nicht genau sehen, nur ahnen konnte. Er wirkte dabei so klein, so grau und verlassen, daß mir ganz seltsam und unheimlich wurde. Als er sich schließlich aufrichtete und aufstand, schneite es immer noch in dichten Flokken. Die großen Fichten beim Erlenwäldchen hinter dem Haus standen wie schwarze Engel und ließen die schneebeladenen Flügel hängen. Auf der Erde glänzten rote Blutspritzer, die der Schnee bald gnädig unter sich begrub.

Die Färse wurde nun auf die angekippte Schuppentür gehievt, und Onkel machte sich ans Abhäuten. Die Messerklinge blitzte, und das warme Fleisch dampfte. Auch Tommi hatte es inzwischen geschafft, aus der Stube zu entwischen. Mit vor fiebriger Ungeduld zitternden Beinen stand er neben dem Kopf der Färse und ließ kein Auge von dem blaurosa Körper, der da zum Vorschein kam.

Ich rieb mir die Augen, schüttelte den Kopf und wälzte mich im Heu, um diese Bilder zu vertreiben.

Unten im Stall klirrte die alte Kuh mit ihrer Kette und rief muhend nach der Färse. Dann machte sie eine Pause und horchte auf Antwort. Mir wurde kalt, und ich grub mich tiefer ins Heu ein. Durch den Spalt in der Wand schauen mochte ich nicht mehr.

Langsam machte ich mir Sorgen, wie ich vor den anderen verheimlichen sollte, daß ich beim Schlachten der Färse zugeschaut hatte. Wenn Oma erfahren würde, daß ich mitangesehen hatte, wie sie mutterseelenallein neben der Färse gestanden und die Lippen bewegt hatte – das konnte nichts Gutes heißen. Ich schämte mich, daß ich das gesehen hatte, und um meine Scham zu verbergen, ließ ich mich leise den Heuberg hinuntergleiten, schlüpfte durch die Luke und kletterte die Leiter hinunter. Im Schutz der Giebelwand schlich ich geduckt hinüber in das Erlenwäldchen. Dort atmete ich auf und schlüpfte zwischen die dichten Jungfichten. Jetzt konnte mich von der Stube aus kein Mensch mehr sehen. Daß keiner auch nur die Zeit hatte, einen Blick auf den Wald zu werfen, konnte ich nicht glauben. Hartnäckig blieb das Gefühl, die anderen auf dem Hof wären mit nichts anderem beschäftigt, als den Wald zu beobachten, und würden mich sehen.

Ich trottete weiter fort bis zu dem Graben am Fichtenwald und auf dessen verschneitem Eis entlang auf das freie Feld zu. Ich folgte einer frischen Katzenspur, die mich durchs Buschwerk führte, zu einem aufs freie Feld hingefläzten Getreidereuter. Das Gestell war von einer dichten Schneeschicht bedeckt, nur die Öffnungen an den Stirnseiten gähnten schwarz wie Höhleneingänge. Die Spur führte dorthinein.

Ich hatte nicht vorgehabt hierherzukommen und schon gar nicht, unter den Reuter zu kriechen, aber da ich einmal hier war, kroch ich auf allen vieren durch das klamme Stroh. Hier lagen Halme von Hafer und Sommerweizen und auch Erbsenranken, zum Teil trocken, zum Teil schon angefault. Wenn man eine Weile den Atem anhielt, hörte man das Rascheln der Mäuse zwischen den Reuterwänden.

Als meine Augen sich an das graue Dämmerlicht gewöhnt hatten, sah ich eine große fremde Katze, die mich mißbilligend betrachtete. Ihr Schwanz klopfte dumpf und ungehalten gegen das Stroh. Das Fell zwischen den dicht angelegten Ohren zuckte. Die Strohhalme knisterten ganz von selbst. Die Katze kam zu mir, schob den Kopf gegen meine Hand und sah mir forschend in die Augen wie ein alter Hofbauer. Ich hatte keine Lust, sie festzuhalten. Doch dicke und lange Schnurrhaare hatte sie; die abzuschneiden wäre die reine Wonne gewesen. An einem anderen Tag wäre ich vielleicht sogar nach Hause gestürmt, um eine Schere zu holen, aber heute war das unmöglich.

Ich begann mir selbst leid zu tun. Wütend kratzte ich Händevoll Spreu zusammen und warf sie in hohem Bogen hinaus auf das Feld. Die Katze fuhr bei dieser plötzlichen Bewegung zusammen, floh unter die äußerste Wandschräge und ringelte den Schwanz. Sie wartete ungeduldig, daß ich fortging.

Ich kroch wieder nach draußen. An meinen Mantelärmeln baumelten Strohbüschel, meine Hände froren. Im Eingang erschien mit seinen dicken Barthaaren der Kopf der Katze. Sie beobachtete, ob ich endgültig wegging oder zurückkam.

Jetzt fiel mir wieder ein, daß ich ja vorgehabt hatte, in einem großen Bogen nach Hause zurückzukehren, damit es so aussah, als wäre ich die ganze Zeit draußen umhergelaufen. Plötzlich blieb ich ratlos stehen. Mein Zuhause kam mir fremd vor. Wie konnte ich dahin, wenn Tommi sich dort die blutigen Lefzen leckte und Mutter und Oma Därme spülten!

Durch die kahlen Baumkronen sah man dicken Rauch aus unserem Schornstein quellen. Vielleicht brieten sie dort schon Fleisch, und ich bekam nichts. Obwohl ich immer noch das Muhen der alten Kuh im Ohr hatte und vor Augen die lebendige Färse, wie sie aus Omas Hand das Brot knabberte, dachte ich zugleich auch an eine volle Fleischpfanne und dazu eine volle Kartoffelschüssel und mußte schlucken.

Vom gelblichen Himmel fielen nur noch vereinzelte große Flocken. Die Sonne schien müde durch die Wolken und verwandelte die helleren Flecken am Himmel in Menschengesichter.

Ich atmete tief ein – ein heißes Gefühl von Glück und Mut brannte mir in der Kehle. Im Brustkorb stach und schmerzte es beinahe vor lauter Freude. Das kam plötzlich und wie aus dem Nichts. Jetzt hätte man triumphierend auf einer Blechwanne herumhämmern mögen, daß die Welt erdröhnte, aus vollem Hals brüllen oder die «Volksstimme» von vorne bis hinten durchlesen, ohne auch nur ein einziges kompliziertes Wort auszulassen.

Ich war drauf und dran, in dieser Hochstimmung tapfer nach Hause zu gehen. Ich schaute noch einmal in die Runde – und bemerkte plötzlich, schon ganz in der Nähe, Liisu. Sie kam, den Stock in der Hand und ein weißes Bündel unterm Arm, den Feldrain entlang. Meine Backen und mein Hals wurden glühendheiß, ich wußte nicht, was ich tun sollte. Liisus finstere Hinterstube mit all ihren Geheimnissen drückte meinen ganzen Mut von eben zu Boden.

In meiner allerhöchsten Not ließ ich mich auf alle viere nieder und tat, als wäre ich beim Spielen und hätte darüber Liisus Kommen gar nicht bemerkt. Ich tat, als wäre ich ein Hund und kroch bellend und spurensuchend auf allen vieren in Richtung auf unser Haus. Umzuschauen traute ich mich nicht, blickte stur nach vorne. Hund zu spielen wäre ganz interessant gewesen, wenn man Zeit gehabt hätte, an Steinen das Bein zu heben, Grasbüschel zu beschnuppern und wild mit den Hinterpfoten zu scharren.

Auch ohne das kam ich nur mühsam voran. Handschuhe und Knie waren schon naß, und ich war noch nicht einmal am Rand des Feldes. Aufspringen und einfach losrennen kam nicht in Frage – das wäre ein klares Zeichen von Angst gewesen. Ich riß mit den Zähnen an Schafgarbenstengeln, schüttelte sie mit halbherzigem Knurren und versuchte, hinter mich zu schielen, aber ich sah niemanden.

Auf einmal fragte Liisu direkt neben mir: «Na, was machst du denn da? Du stöberst nach Luchsen, wie?»

Mir blieb nichts weiter übrig, als verlegen aufzustehen und mit gesenktem Blick zu murmeln: «Nicht nach Luchsen. Ich stöbere nach Menschen.»

«So?» meinte Liisu. «Dann bist du also ein Bluthund. Da muß man ja richtig Angst vor dir haben. Ich guck schon von weitem und denk mir: Was kraucht denn da Schwarzes auf dem Feld?»

Ich spürte, wie ich rot wurde, als Liisu leise sagte: «Kind, du hast mich gar nicht mehr besucht.»

Verschwommen klang mir Onkels knarrende Stimme im Ohr, und ich antwortete in derselben maulfaulen Art: «Tjaa... einfach keine Zeit...»

Liisu forschte genauer nach: «Du liebe Zeit, was machst du denn alles, daß du gar keine Zeit hast?»

Ich antwortete leichthin: «Ich helf beim Eierlegen und les Zeitung und stöbere nach Menschen und...»

Liisu blieb mit einem Ruck stehen, legte mir schwer die Hand auf die Schulter und sagte mit gebrochener Stimme: «Ich weiß ja, warum du nicht mehr gekommen bist. Du brauchst es mir gar nicht zu sagen.»

Dann fuhr sie mit ihrer gewöhnlichen Stimme fort: «Und dabei hatte ich für dich Kriechenmus beiseite gestellt. Auch wenn mir der Ilmar noch so in den Ohren liegt: Ich will Mus haben! Her mit dem Mus! Aber er kriegt kein Mus. Vielleicht kommt das Kind ja doch noch, hab ich gedacht, und dann hab ich nichts Leckeres im Haus.» Zur Rechtfertigung fügte sie noch hinzu: «Und Ilmar, dieser lange Lulatsch, was braucht der noch für Mus!»

Ich stellte mir ein dunkelbraunes, dickes, mit Pergamentpapier zugebundenes Kriechenmusglas vor, und mein Herz begann zu schmelzen, auch wenn ich mich noch gegen Liisu sträubte. In Gedanken suchte ich hastig nach einem Vorwand, um die Freundschaft mit ihr zu erneuern, und fand ihn auch: Ilmar wollte sie kein Mus geben, aber mir, wenn ich nur hinging. Also mußte ich ja wohl hingehen! Aber wenn ich hingehe, dann darf sie mich nicht noch einmal erschrecken. Schnell kam ich zu dem Schluß, daß nichts dabei war: man durfte da hingehen. Mir wurde gleich leichter ums Herz, die heftige Freude von vorhin füllte wieder meine Brust. Ich hüpfte vor Liisu her und verkündete: «Unsere Färse ist heut geschlachtet worden!»

Liisu sagte klagend: «Ach je, schon geschlachtet... Ich weiß nicht: ob man nicht unseren alten Schafbock auch bald schlachten soll? Jedenfalls hätt dann die Kuh mehr Futter... Das drückt einem richtig auf die Brust, wenn man so reden muß wie ein Henker und Todesurteile fällen.»

Mir gefielen diese ernsten Alteleutereden nicht. Ich versuchte die Unterhaltung in eine andere Bahn zu lenken und fragte voll heimlicher Aufregung: «Ist Paulas Aime bei euch gewesen?»

Zu meiner Genugtuung antwortete Liisu wegwerfend: «Das Kind hält auch rein gar nichts mehr zu Hause. Jeden Tag bei uns und die ganze Zeit lang nichts wie Bitten und Betteln.» Sie machte mit hoher, schrillender Stimme Aimes Gequengel nach. «Tante, Tante, mach was Gutes – mach mir Pfannkuchen!» Beschämt gestand sie: «Hab ich ihr dann auch manchmal gemacht, sie ist ja noch so klein. So große dünne, über die ganze Pfanne weg, da geht das Backen ein bißchen schneller.»

Ich schwieg niedergeschlagen und sah es fast vor Augen, wie sich Aime in Liisus Küche frech mit fettigen braunen Pfannkuchen vollstopft, und ich bin nicht dabei. Schluckend sagte ich: «Ich bin nicht mehr so klein – ich will gar keine Pfannkuchen. Alles bloß Eierverschwendung!»

Liisu brach in lautes Gelächter aus, und dann gingen wir eine Zeitlang wortlos weiter. Sie rückte ihr Bündel unterm Arm zurecht, ihr Stock hinterließ neben dem Pfad runde Abdrücke im Schnee, wie von einem Holzbein.

Als wir hinter unserem Garten waren, meinte Liisu zögernd: «Eigentlich hatt ich vor, bei euch reinzuschauen. Ich dacht mir, deine Oma kommt vielleicht mit die Ingrierin besuchen. Aber nun, wo ihr heut geschlachtet habt, weiß ich gar nicht, ob ich da stören darf.»

Das Wort «Ingrierin» verwirrte mich. Irgendwie vermutete ich, daß Liisu damit eine Nähmaschine meinte. Für so etwas hatte ich kein Fünkchen Interesse, aber da ich nach ihrer Erzählung über Aime fest beschlossen hatte, mit Liisu wieder gut Freund zu sein, bestürmte ich sie: «Komm doch! Du störst keinen! Ich will, daß du kommst!» Wir gingen durch das offene Tor und am Kartoffelfeld vorbei über den Hof.

Nichts verriet, was sich vorhin dort abgespielt hatte. Nur der Schnee war glattgetrampelt.

Liisu lehnte den Stock an die Wand, streifte sich an den frischen Fichtenzweigen auf der Treppe sorgfältig die Füße ab und verschwand in der Diele. Ich schlich mich halb neugierig, halb furchtsam zur Speichertür, ich konnte nicht anders. Alles wirkte ganz gewöhnlich, auf dem Boden war nicht ein Blutspritzer zu sehen, obwohl ich den Schnee gründlich absuchte. Vor den Blutspritzern hatte ich die meiste Angst gehabt. Jetzt war nichts davon zu sehen, doch ganz traute ich der Umgebung immer noch nicht. Ich merkte, daß der Schlüssel steckte, dabei war die Tür nicht abgeschlossen. Das konnte man sehen, wenn man in die schmale schwarze Ritze zwischen Tür und Türpfosten lugte. Als ich das festgestellt hatte, war ich mir todsicher, daß es jetzt da drinnen im Speicher lag.

Im selben Moment knarrte die Haustür. Mutter kam heraus, an der Hand den scheppernden Wassereimer. Sie bemerkte mich sofort und sagte: «Geh da vom Speicher weg! Was lauerst du da?»

Dieser Befehl bestärkte mich noch in meiner Furcht. Vorsichtig erkundigte ich mich: «Ist die Leiche jetzt da im Speicher?»

Aus irgendeinem Grund fand Mutter die Frage spaßig. «Was meinst du bloß?» kicherte sie. «Welche Leiche?»

Sie klirrte mit der Brunnenkette und dem Eimer und sagte nach einer Weile mit merkwürdiger Selbstverständlichkeit, als ginge es um Ofenholz oder Schweinekartoffeln: «Das Fleisch liegt dort zum Abkühlen. Nichts weiter.» Dabei stellte sie den vollen Eimer hin und schloß schnell die Tür ab.

Ich bekam Lust, jemanden zu erschrecken oder irgend etwas in Stücke zu hauen. Ich begann im Kreis um Mutter herumzurennen. Als sie mir mit dem vollen Eimer glücklich entkommen war, stürmte ich zum Stall, riß die Tür auf und sprang hinein ins warme Halbdunkel.

Die Hühner flatterten hoch, das Schaf stampfte, um mich einzuschüchtern, mit den Beinen, und die Kuh sah mich mit tiefem hoffnungsvollem Blick an, ob ich wohl die brennend erwartete Nachricht brächte. Ich schüttelte mit beiden Händen die leere Kette und brüllte die Kuh an, mit einer sonderbaren belehrend-übermütigen Grausamkeit: «Das Fleisch ist im Speicher! Das Fleisch essen wir!» Gleich darauf warf ich sachlich die Tür hinter mir zu und ging geradewegs ins Haus.

In der Diele schlug mir ein deftiger leckerer Geruch von Bratzwiebeln und knusprigem Fleisch entgegen. Auf dem Eßtisch in der Stube war schon gedeckt. Onkel saß vorm Ofenloch, wärmte sich den Rücken und sprach mit Liisu. Mich fragte er nur nebenher: «Na, Mädel, wo hast du dich so endlos rumgetrieben?» und sagte: «Geh mal gucken, was die da in der Küche für einen Zauber veranstalten, daß das Essen noch nicht auf dem Tisch ist!», aber da kam Oma schon mit der Kartoffelschüssel. Mutter brachte die andere Schüssel, voll von Fleischstücken, die in Soße schwammen, und stellte sie schluckend mitten auf den Tisch.

Wir begannen zu essen. Zuerst hörte man nichts als Schnaufen, dann kam nach und nach eine Unterhaltung in Gang. Mutter schnitt mir das Fleisch klein und schöpfte Soße darüber. Ich baumelte mit den Beinen und manschte mit der Gabel im Essen. Ich hätte so gerne was gegessen, aber irgend etwas hinderte mich.

Mir fiel ein, was Vater von den tollwütigen Hunden erzählt hatte. Einen tollwütigen Hund erkennt man am besten daran, daß er nicht schlucken kann. Vorhin, als ich draußen Hund gespielt hatte, war ich noch gesund, und jetzt, kaum zu Hause, hatte ich schon die Tollwut.

Ich fletschte die Zähne und knurrte leise. «Also Mädel!» sagte Onkel tadelnd und klopfte mit dem Messer auf die Tischkante. Ich glupte ihn finster an und manschte heimlich weiter.

Auch Liisu schaute zu mir herüber und lachte: «Was bist du denn für eine schlechte Esserin? Oriks Tiiu ist erst drei oder noch nicht mal und ißt beinahe eine halbe Schweineleber allein. Und so rot und rund, kaum daß die Beine sie noch tragen.»

Liisu redete offenbar ganz anders, als sie dachte. Ich spürte, daß sie in Wirklichkeit mich lieber mochte als diese Tiiu, und schaute triumphierend die anderen an. Die aßen und hatten nichts verstanden.

«Wie heißt diese Ingrierin nun eigentlich?» wollte Oma von Liisu wissen. «Sina-Iida nennen sie die Leute immer, aber ist das denn ein richtiger Vorname, wie?»

«Nehm ich doch an», meinte Liisu. «Nach der russischen Art

halt, wie diese ganzen Nadas und Manas. Kann unsereins ja gar nicht aussprechen so was.»

Oma wunderte sich. «Kommt da einfach so in einen fremden Ort mit dem kleinen Wurm! Und nichts dabei als ein Bündelchen Sachen in einem Kopftuch, das Kind unter dem einen Arm und unter dem anderen so ein Katzenviech.»

Mutter sagte höhnisch: «Das hat Augusts Mutter nun für all ihre Sorge und Mühe – erst wird man aus dem eigenen Haus gejagt wie ein Verbrecher, und dann setzen sie einem noch so 'ne fremde Stromerin rein. Für mich ist Vanatare jetzt noch viel gräßlicher als vorher, wo es leerstand.»

Oma wurde böse. «Wo soll sie denn hin! Ist schließlich auch ein Menschenwesen und kein Tier!»

Ich begriff, daß in Vanatare jetzt eine fremde Frau wohnte. Ständig wurde von der «Ingrierin» geredet, und das klang, als hätte diese Frau auf irgendeine geheimnisvolle Art mit den «Singer»-Nähmaschinen zu tun. Als würde es von einer Nähmaschine abgelesen.

Liisu sagte: «Ich hab ein Näpfchen Butter und ein paar Eier für sie eingepackt... Und frischen Gerstenfladen.» Oma meinte bekümmert: «Für den Kleinen müßte noch was Süßes dazu, aber es gibt ja nichts... Zucker hat man ja selber so wenig, den hütet man wie den kostbarsten Schatz.»

«Nimm das Saccharin!» rief ich. «Nimm das Saccharin, dann sind wir den Scheiß los!»

«Halt du deine Klappe!» raunzte Oma, aber dann suchte sie doch in der Tischschublade nach dem glänzenden Blechröhrchen mit den Saccharintabletten und sagte entschuldigend: «Was ein Kind alles so plappert. Es kann das Saccharin nicht ausstehen. Na ja, immerhin was Süßes.»

Sie stand auf und seufzte: «Nu denn. Ich wickel noch ein Stückchen Fleisch ein.»

Onkel mahnte: «Bleibt aber nicht zu lange draußen!»

«Wo sollen wir schon hin?» antwortete Oma, schon in der Tür. «Hier haben wir unser Leben gelebt, und hier findet uns wenigstens auch der Tod. Wozu noch in der Welt rumstromern – da denkt er bloß: Aha, die Ollsch kriegt's mit der Angst, will sich aus dem Staube machen!»

Ich schielte mißbilligend zu Oma hin, doch lange an den Tod zu denken blieb keine Zeit. Ich schlüpfte an Liisu vorbei, nahm verstohlen meinen Mantel von der Garderobe und zog ihn an. Mit den Filzstiefeln war es schon komplizierter. Bestimmt war ich wieder mit dem rechten Fuß in den linken Stiefel und mit dem linken in den rechten gekommen, aber jetzt war keine Zeit, davon viel Aufhebens zu machen. Auch den Mantel knöpfte ich so hastig zu, daß er auf der einen Seite viel länger wurde als auf der anderen und unter den Achseln kniff.

Ich drückte mich unbemerkt auf den Hof und wartete an der Ecke, bis Liisu, Oma und Tommi endlich aus dem Haus kamen. Dann rannte ich durchs Tor und den Weg entlang auf Vanatare zu. Hinter einer dicken Birke im Gebüsch blieb ich stehen und wartete auf die anderen. In lauter Unterhaltung kamen sie heran und gingen nichtsahnend an meinem Versteck vorbei. Nur Tommi hielt an, um an der Birke das Bein zu heben.

Ich lief keuchend hinterher, aber meine Galoschenspitzen verhakten sich, und ich fiel mit voller Wucht vornüber auf Knie und Hände. Beim Aufrappeln merkte ich plötzlich, daß ich mir den Handteller aufgeschürft hatte, und fing lauthals zu brüllen an. Aus den Augenwinkeln sah ich, wie Liisu und Oma stehenblieben und sich umschauten. Ich trabte auf sie zu, ganz als wäre ich ein vollberechtigter Teilnehmer an diesem Salz-und-Brot-Besuch und nicht bloß heimlich hinterhergelaufen.

Für alle Fälle ging ich jedoch nicht ganz bis zu ihnen hin, sondern blieb in einiger Entfernung stehen, mit vorgespreizten Fingern und rot im Gesicht, ein Mantelzipfel kaum bis zum Knie, der andere bis zur halben Wade. Ich schniefte heftig und leckte an der aufgeschürften Hand.

Als Oma ärgerlich rief: «Komm her!», dachte ich, sie würde mich packen und an den Haaren ziehen und rührte mich nicht vom Fleck. «Da hast du's wieder!» klagte sie. «Mit diesem Alfsrankel soll man nun unter die Leute!» Sie kam selber zu mir und knöpfte meinen Mantel neu. Dann hockte sie sich vor mir nieder, klopfte mit der flachen Hand an mein Knie und kommandierte wie beim Kühemelken: «Hachsen hoch!» Während sie mir die Filzstiefel richtig anzog, schimpfte sie: «Ja, ja, mach dich nur schön steif, damit das Anziehen leichter geht! Als ob du Holzbeine hättest! Von mir aus kannst du auch hier stehenbleiben, um dich Balg tut's mir nicht leid. Da kommt wenigstens jemand zu einem guten Sägebock.»

Als es endlich weiterging, schlurfte ich hinterdrein und grollte Oma wegen der gewechselten Stiefel. Das Erfreulichste an dem ganzen Besuch war noch, daß es dort bestimmt was zu essen geben würde.

Bei den Eichen von Vanatare kam ich an Omas Seite, warf den Kopf hoch und zog meine Handschuhe an. Ohne Handschuhe, fürchtete ich, hielt mich diese Sina-Iida am Ende für einen hergelaufenen Kodderjan.

Die Eichen rauschten nicht, sondern standen in düsterem Schweigen. In ihren Astgabeln lag dicker Schnee. Auf der Erde sah man schon Sina-Iidas Fußstapfen. Jetzt, wo sie hier wohnte, würde sie bestimmt bald die Rosenbüsche leeressen.

Oma klopfte an. Drinnen hörte man keinen Laut. Wir lauschten eine Weile. Vereinzelte Schneeflocken sanken träge vom Himmel, die weiße kalte Weite wollte einem den Atem abdrücken. «Vielleicht schläft sie», meinte Oma. «Sie hat ja auch nichts, keine Kuh, kein Schwein, am Ende nicht mal Holz für den Ofen. Was soll einer da in der Kälte rumhocken, da kriecht man besser ins Bett und ratzt.»

«Ob wir mal durchs Fenster schauen?» schlug Liisu vor.

«Dann schon bei der Küche», sagte Oma. «Sie hat nur die Küche und das Stübchen daneben. Alle anderen Zimmer sind abgeschlossen.»

Wir gingen zusammen unter das Küchenfenster und versuchten hineinzuschauen. Die anderen reckten sich auf die Zehenspitzen, ich kletterte mühselig auf die Kellermauer. Die Filzstiefel machten die Füße steif und unbeweglich.

Zuerst sah ich gar nichts, doch als ich die Hände neben das Gesicht an die Fensterscheibe legte, konnte ich bald etwas erkennen. Im Herdloch flackerte Feuer, am Tisch bewegte sich eine menschliche Gestalt. Ich bekam wieder das fremdartige Wiedergängergefühl vom Morgen. Mit Schrecken bemerkte ich, daß auch Liisu und Oma wie Wiedergänger aussahen. Ihre langen wollenen Röcke schlugen schwere Falten, auf den schwarzen Kopftüchern sammelte sich der Schnee. Beide trugen sie weiße Bündel unterm Arm und hielten die Hände neben dem Gesicht ans kalte dunkle Fensterglas. Ich zog Oma heftig am Ärmel, damit sie sich bewegte und nicht so durchs Fenster spähte wie angeleimt.

Wir gingen zurück zur Tür, und Liisu schlug mit dem Stock kräftig dagegen. Eine Weile war nichts zu hören, dann kamen Schritte in die Diele. Die Tür öffnete sich knarrend, und aus dem Dunkel der Diele heraus sagte eine helle Stimme etwas, was ich nicht verstand.

Oma und Liisu traten sich die Füße ab, zogen ihre Kopftücher unterm Kinn fest und sprachen laut und eifrig. In der Küche ließ ich kein Auge von der fremden Frau mit der hellen dünnen Stimme. Sie war klein und schmächtig wie ein Junge, das blonde Haar kurzgeschnitten bis zu den Ohren. Sie trug Männerhosen und darüber ein geflicktes Chintzkleid. Was mich erschreckte war, daß man, wenn sie lachte, kleine graue Eisenzähne sah, als hätte sie einen Fuchsschwanz im Mund.

Oma überreichte ihr den Fleischpacken und das Saccharinröhrchen, Liisu wickelte den Gerstenfladen und die Eier aus dem weißen Tuch und legte sie auf die Tischkante. Die blauschattigen Augen der Frau begannen zu leuchten, als hätte jemand zwischen den Backenknochen ein Feuer angezündet. Von einem Taburett scheuchte sie eine graue Katze und schob es Oma hin. Liisu bot sie verlegen einen Melkschemel an.

Auf dem Tisch stand eine Schüssel mit noch dampfenden Pellkartoffeln und eine Streichholzschachtel mit grobem grauem Salz, daneben lag ein Messer mit abgebrochenem Holzgriff. Ich begriff, daß wir mithalten sollten und flüsterte Oma zu: «Sag doch, wir wollen nichts!»

«Das wär aber unhöflich!» flüsterte Oma zurück und begann, in aller Ruhe Kartoffeln zu pellen, stippte sie in die Salzdose und aß. Sina-Iida wollte auch mir eine Kartoffel pellen, aber Oma meinte: «Die kann bei mir abbeißen, wenn sie was möchte!» Ich machte mich klein und verkroch mich hinter Omas Schulter. Ich drehte mich mit dem Rücken zum Tisch und beobachtete die Katze, die vor dem Herd im Feuerschein döste.

Zu meiner Überraschung krabbelte aus dem Dunkel unterm Tisch ein pausbäckiges kleines Kind hervor. Seine Sachen waren aus einem Wehrmachtstarnmantel geschneidert – unförmige lange Hosen mit Gummizug an den Beinenden und ein kurzes bauschiges Jäckchen. Beim Krabbeln gab der steife Stoff ein leises unheildrohendes Knistern. Der weiße runde, haarlose Schädel erinnerte an einen Soldatenkopf. Mit einer Hand hielt das Kind eine graue Kartoffel umklammert. Mit gerunzelter Stirn kroch es auf die Katze zu und ließ sich mit freudigem Krähen von hinten über sie fallen.

Jetzt drehten auch die anderen am Tisch den Kopf. «Eiei, wo ist er denn?» machte Liisu, und Oma sagte: «Ein strammes Kerlchen!» Das Kind drückte die Katze mit aller Kraft an sich und versuchte, sie zu zerquetschen. Der kahle Schädel zitterte vor Anstrengung, das gefleckte Wehrmachtszeug verschwamm im trübseligen Dämmerlicht. Die Katze miaute unwillig, aber zum Kratzen war sie zu faul. Sina-Iida stand auf, zog das Kind fort und sagte: «Komm, hoch mit dir!»

Der Kleine schniefte und versuchte immerfort, die Katze zu packen, aber zu brüllen fing er nicht an. Er wurde anders herum gedreht, mit dem Kopf zum Tisch und dem Hinterteil zu der Katze, und bekam ein Stück Gerstenfladen in die Hand gedrückt. Er begann zu lachen und mit dem Fladen herumzufuchteln.

Sina-Iida nahm ihre unterbrochene Erzählung wieder auf. «Dann er hat gesagt: Brot gibt's nich, Fisch gibt's nich – Sinaida, du mußt fort. Nu, bin ich fort, ganz allein.» Die Geschichte spann sich weiter, eintönig und traurig, das Herdfeuer flackerte schwach vor sich hin. Bestimmt tickte in der großen Stube immer noch die Wanduhr von Augusts Mutter. Die graue Katze begann laut zu schnurren, wie Schnarchen hörte sich das an. Ihre Ruhe war durch nichts zu erschüttern, war es nie gewesen, auch nicht durch Hausierer und Ziehharmonika spielende Bettler und den Schornsteinsockel des niedergebrannten Hauses dort irgendwo in der Ferne.

Der Kinderkopf kam wieder unterm Tisch hervor. Statt der Kartoffel hielt der Kleine jetzt das Stück Gerstenfladen in der Hand, um den Mund hatte er einen schwarzen Rand. Bei der Katze angekommen, machte er sich von neuem daran, sie zu würgen. Die Katze legte die Ohren an und schnarchte böse weiter. Sina-Iida drehte das Kind mit geübtem Griff wieder um, ohne ihre Erzählung zu unterbrechen.

Jetzt raschelte der Kleine unterm Tisch, schmatzte und lallte vor sich hin. Ich wurde zappelig und wollte gerade zu Oma sagen: «Komm, wir gehen!», da grapschte das Kind nach meinen Füßen. Es warf sich über meine Stiefelspitze und versuchte, sie zu würgen wie vorhin die Katze. Ich bekam einen Schreck und sprang kreischend zurück. Der Kleine bekam, ohne daß ich es wollte, meinen Stiefel vor die Brust, fiel um und fing laut zu brüllen an.

Alle sprangen hoch, die Katze blinzelte und knurrte. Oma lief rot an und zeterte: «Ja schämst du dich nicht, das kleine Kind zu treten, du Biest, du!»

Mir kamen die Tränen. Ich preßte das Gesicht in Omas Jacke und brüllte mit dem Kleinen um die Wette. Der ganze lange blutbefleckte Wiedergängertag rann mir aus den Augen und tropfte auf Omas Jackensaum. Sina-Iida tätschelte mir den

Rücken, auf dem Fußboden bewegte sich der weiße Soldatenkopf des Kleinen schon wieder zu der Katze hin. Oma schubste mich vor sich her, hinaus in die mürrische Abenddämmerung.

Fortwährend stolpernd ging ich zwischen Oma und Liisu nach Hause. Durch das schüttere Buschwerk schimmerte ein großer niedriger Stern. Oma sagte vorwurfsvoll: «Einfach ein kleineres Kind zu treten! Wo du sogar schon lesen kannst!»

Und Liisu sagte: «Wer andere tritt, dem wächst das Bein aus dem Grab raus und die Hunde pinkeln dran!»

Argwöhnisch schaute ich erst Oma und dann Liisu an. Ich betrachtete ihre spitzen Kopftücher und ihre alten verblichenen Augen.

Ohne ein Wort fing ich zu rennen an, preschte durch die Erlen, unter dem großen Stern mit dem stechenden Funkeln entlang, erreichte keuchend unseren Stall und kletterte die Leiter hinauf. Sprosse für Sprosse, genauso wie damals, als die Färse geschlachtet wurde. Bei der Bodenluke ließ ich mich nieder, schlang die Arme um meinen Brustkorb und wiegte mich vor und zurück wie vor großem Schmerz.

Durch den Lukenspalt sah man schwere Schneewolken, Gebüsche und weiße endlose Weite – eine eintönige öde nordische Landschaft, der nur die heißen Blutspritzer Farbe und Abwechslung gaben.

Es schneite ununterbrochen. Man konnte schippen und schippen und doch waren die Pfade gleich wieder zu. Die Gespräche drehten sich um kaum etwas anderes mehr als Schnee und Schneenachrichten.

Ants war bei der Rückkehr aus der Stadt mit seinem Bus steckengeblieben. Die Männer hatten ihre Rucksäcke geschultert und waren zu Fuß weitermarschiert, und Ants blieb mit den Frauen im Bus zurück und fluchte. Dann hatte er glücklich einen Raupenschlepper aufgetrieben, der ihm den Bus aus den Schneewehen zog. Seitdem nahm er in jener Gegend die Männer nicht mehr mit und knurrte nur durch die Zähne: «Einfach sitzenlassen habt ihr mich, wo ich euch zum Schieben gebraucht hätte – jetzt laß ich euch mal sitzen! Ihr blöden Saftsäcke!»

Jedermann bewegte sich jetzt bloß auf dem eigenen Hof. Nur der hinterm Wald aufsteigende Schornsteinrauch zeigte an, daß ringsum noch Menschen lebten. Jeden Tag stapfte ich zum Hoftor und spähte den zugewehten Weg hinunter, bis mir die Augen brannten. Ich versuchte mit aller Kraft, mir Vaters Bild herbeizubeschwören. Immer wenn ich lange Zeit auf einen Punkt gestarrt hatte, kam es mir so vor, als nähere sich vom fernen Waldrand her durch das Schneetreiben eine schwarze Gestalt. Doch Vater konnte das nicht sein. Wenn seine Mantelschöße schon dort überm Feld am Waldrand flatterten, wieso kam er dann nie zu Hause an! Die Radiobatterien waren auch schon leer, aber Vater kam nicht, um sie zum Aufladen zu bringen. Jetzt konnte man auch gar nicht Motorrad fahren. Und fuhren denn die Züge überhaupt noch, oder war die Eisenbahn auch zugeweht?

In der hinteren Stube stand Mutter am Fenster und hielt ebenfalls Ausschau. Durch die Spitzengardine sah man deutlich ihr helles Gesicht. Wenn ich unvermutet in die Stube gestürzt kam, sprang sie mit rotem Kopf vom Fenster weg und griff hastig nach einem Garnknäuel, einer Schere oder einem Buch. Eifersüchtig verheimlichten wir einander unser langes bitteres Warten.

Am Montag in aller Frühe, das Fenster verfärbte sich gerade erst blau von der Morgendämmerung, warf sich Onkel den Brotbeutel über die Schulter, klemmte die Axt unter den Arm und machte sich auf den Weg.

«Der geht weit weg, in die Wälder von Kõpu, und macht seine Holznorm», erklärte mir Oma. Ich wartete, bis es heller wurde, und rannte hinaus, um nachzusehen, in welche Richtung Onkels Spuren führten.

Sie führten zum Hoftor hinaus und übers Feld zu Liisu hin. In dieselbe Richtung, aus der Vater kommen mußte. Wie war es möglich, daß die Wälder von Kõpu, die Stadt und die Molkerei von Kaansoo, wo Vater Apparate schweißte, alle in derselben Richtung lagen? Zuerst, schien mir, kam die Stadt, fast wie nebenher, und nach der Stadt die Molkerei, und gleich hinter der Molkerei fingen die Wälder von Kõpu an, wo Gewehrhähne klicken und aus den Fichtenstämmen Blut fließt, wenn ein verirrter Wanderer seine Axt hineinschlägt, wo aus großen Bunkern Rauch aufsteigt und schwarze Gestalten zwischen den Bäumen huschen. In Kõpu war das Leben wie bei Gespenstern. Und erst wer diese Wälder durchquert hatte, konnte den Siegesplatz in Tallinn sehen und den Kreml in Moskau, von denen ich glühend träumte.

Die Molkerei von Kaansoo hatte ich vorsichtshalber diesseits der Wälder angesiedelt, damit Vaters Heimkehr gesichert war. In meinen grauen runden Filzstiefeln trampelte ich durch den Schnee und spähte in die Runde. Wenn man zum Haus hinsah, wußte man gleich, daß Onkel weg war und Vater immer noch ausblieb. Auch die Apfelbäume und die Beerensträucher schienen das zu wissen und duckten sich ängstlich am Gartenrand. Aber immerhin war ja ich zu Hause! Ich begann einen fürchterlichen Lärm, um den Beerensträuchern Mut einzuflößen, und drohte dem Wald mit der Faust.

Immerhin, eines Tages waren zu einem abgelegenen Gehöft ein Mann und eine Frau gekommen, hinter sich einen großen Schlitten und auf dem Schlitten ein Bettbezug. Der Schnee knirschte, der Himmel färbte sich rot, der Hund bellte, und im Haus wurde Licht gemacht.

Die Fremden erklärten mit lauter Stimme, der Bettbezug wäre vollgestopft mit Garn und Wollstoffen und hätte ein verteufeltes Gewicht. Aber im Wald zurücklassen wolle man ihn auch nicht. Das Haus wäre ihnen abgebrannt und dieses Bündelchen Habseligkeiten hier das einzige, was ihnen geblieben sei. Aber nichts Schmutziges und Schmuddeliges dabei, alles saubere Sachen. Die Hausfrau möge sie das doch in der Stube unterstellen lassen, sie selber müßten weiter und wollten nicht allzu spät in die Nacht hineingeraten. Sie hätten Verwandte in der Gegend, die würden ihnen wohl Pferd und Schlitten leihen, und dann könnten sie morgen früh den Kram abholen.

Der Schlitten wurde schräg an die Hauswand gestellt, und die zwei Männer zerrten den schweren Bettbezug in die Stube und warfen ihn neben den Ofen hin. Die Fremden machten sich eilig auf den Weg. Der Hausherr besserte ein Kuhhalfter aus, die Hausfrau kratzte Wolle, das Kind spielte auf dem Fußboden und plapperte vor sich hin. Plötzlich verstummte es.

Nach einer Weile hob die Frau den Kopf, um nachzuschauen, ob das Kind etwa auf dem Fußboden eingeschlafen war. Sie sah es auf dem Bauch ausgestreckt liegen und mit seltsam erregtem Gesicht den fremden Bettbezug anstarren. Der Frau wurde ganz schauerlich zumute. Leise rief sie das Kind beim Namen. Das Kind aber rief fröhlich: «Mama, schau mal! Da ist ein Auge!»

In den Bettbezug war ein Loch geschlitzt und durch das hindurch beobachtete die Hausbewohner ein Mörderauge. Der Mörder wartete darauf, daß die Familie schlafen ging und das Licht gelöscht wurde. Das Löschen des Lichts war mit den draußen Wartenden als Zeichen verabredet. Sie wollten die Leute im Haus umbringen und ihr Hab und Gut fortschaffen. Hinterm Garten im Wald schnaubte schon das Pferd.

Dieses Mörderauge verfolgte mich jetzt Abend für Abend. Ermahnungen wie «Willst du der Tante nicht danke schön sagen?» oder «Sag dem Onkel schön auf Wiedersehen!» verloren ihre Wirkung. Wußte man, was für Tanten und Onkels das waren?! Womöglich wuschen die sich zu Hause die Hände mit Seife aus Menschenfett! Und am Ende hat die Tante im Keller eine Wurstfabrik, und der Onkel haust in einem Bunker im Wald!

Der Kornelkirschbaum pochte abends irgendwie zu eifrig ans Fenster. Eine Eule setzte sich auf das Stalldach und ließ sich nicht verjagen, sondern gab mit lautem Schnabelklappern irgendwem Nachricht von unserem Leben und Treiben. Nachts hob ich oftmals den Kopf aus den Kissen und lauschte. Ich hatte Angst, ich würde gleich ein Geräusch hören, und versuchte, mit meinen Gedanken Oma zu einem Hustenanfall zu zwingen oder, noch besser, dazu, daß sie in die Küche ging, um etwas zu trinken, und dort fluchte und mit dem Becher schepperte. Morgens suchte ich auf dem Hof heimlich nach Schlittenspuren.

Abends war mit einer Heimkehr nicht zu rechnen. Schon bei Anbruch der Dämmerung fütterte man die Tiere und sah zu, daß man in die Stube kam. Oma kratzte Wolle, und Mutter las ihr dabei vor, aus einem für meine Begriffe selten langweiligen Buch, «Die Sternstunde des Daniel Tümm», bis ihr die Stimme heiser wurde und der Atem ausging. Dann legte man eine Pause ein, gähnte und äußerte Kritisches über die Helden des Buchs. Ab und zu sprang Tommi mitten im friedlichen Vorlesen bellend auf und starrte zähnefletschend zur Tür hin.

An all diesen Abenden kauerte ich schläfrig in der Ecke hinter dem Tisch, in einer Hand einen glatten Kienspan und in der anderen ein stumpfes Messer, und versuchte, ein Schwert zu schnitzen. Ich gab scharf darauf acht, daß Mutter immer zwischen mir und der Tür war.

Gleich nachdem Onkel weg war, kam strenger Frost. Im Ofen wurde zweimal täglich angefeuert, morgens und abends; dort wurde auch das Essen gekocht. Der Brunnen fror nachtsüber zu. Mutter zerstieß die Eisdecke jeden Morgen mit einem schweren Bootshaken, ihre schmächtigen Handgelenke waren rot dabei und ihr Gesicht zornig. Sie schöpfte Wasser zum Waschen und zum Kochen und für die Kühe und deckte den Brunnen mit alten Mänteln ab. Trotzdem war er abends zugefroren, und Mutter mußte wieder den Bootshaken nehmen.

An diesem Abend war es besonders kalt. Es hatte aufgehört zu schneien, der Himmel wurde klar und grün. Die verschneiten Wälder ragten auf wie Felswände, sie glühten dunkelblau und erinnerten an eine Postkarte, «Norwegischer Fjord im

Mondlicht». Die starren Schneeflächen warfen farbige Strahlen, die Luft war wie ein Rasiermesser.

Oma kniete auf dem festgetretenen Schnee vor dem dahingeschwundenen Holzstoß und brach zusammengefrorene Scheite von der Erde los. Auf ihren gebeugten Schultern saßen zwei Meisen und wärmten sich die Zehen, als herrsche auf unserem Hof die graue Vorzeit. Omas Hände bewegten sich langsam, es sah aus, als würde sie jemanden segnen oder eine Angelrute halten. Sie schimpfte mit den Holzscheiten. «Ihr verdammten Deibelsäser! So was will nun Brennholz sein! Nischt wie Schöpsköppe seid ihr!»

Sie packte sich die schneebedeckten Scheite auf den Arm, richtete sich ächzend auf und ging zum Haus, die beiden Meisen umschwirrten sie mit gekrümmten Zehen. Als die Tür hinter Oma zufiel, flatterten sie durch die weiße Dampfwolke hindurch, die aus dem Türspalt quoll, und verschwanden unter der Dachtraufe. Ich wartete ein Weilchen auf der Treppe, daß sie wieder hervorkämen und sich auf meinen Rücken setzten, aber sie kamen nicht. Ich ging auch hinein.

In der Stube hackte Oma Spänchen von einem trockenen Stück Birke und machte Feuer im Ofen. Mutter saß auf dem Rand von Onkels Bett und wiegte sich vor und zurück. Als die feuchten Scheite Feuer gefangen hatten und zu zischen begannen, streckte Oma ihren Rücken und sagte: «So, nu ist das Holz alle. Für heut abend reicht's gerade noch, aber wie's morgen werden soll, weiß ich nich.»

«Wer konnte denn wissen, daß der Hans wochenlang fortbleibt!» antwortete Mutter patzig. «Ich geh jedenfalls nicht hin und frag wegen dem Pferd. Sonst heißt es wieder, der Hans hätte bloß deshalb kein Holz geholt, um mir eins auszuwischen. Und ich würd mir nur den Arsch am Ofen wärmen und gegen Hans sticheln und keinen Handschlag tun, oder wie die Laine das gesagt hat.»

«Fang du bloß wieder mit deiner Laine an!» rief Oma. «Warst du etwa dabei, wie sie das gesagt hat?»

Sie legte im Ofen nach und meinte ergeben: «Kann man nichts machen. Dann muß man eben mit dem Handschlitten ein bißchen was holen. Aber ich schaff's nich. Die Beine wollen nich, rein wie Holzklötze.»

Mutter antwortete im selben Ton, bemüht, ihre Patzigkeit von eben wiedergutzumachen. «Dann muß ich heut abend noch los und eine Spur machen. Wer weiß, wie's morgen wird, vielleicht gibt's wieder Schnee und Sturm.»

Ich dachte an den Wald von Kopli, wo unser Holz gestapelt lag. Beim Aufstapeln war ich selbst dabeigewesen. Damals hatten ringsum die Birken gerauscht, mit ihren winzigen jungen Blättern, und ein bunter Falter flatterte durch die Luft, und die Kirchenglocken läuteten. Oma wußte, wer da beerdigt wurde und sprach neben dem halbfertigen Stapel ein Vaterunser, als wäre er ein frisches Grab. Nicht einmal auf meine höhnischen Rufe hatte sie geachtet. «Kirchenpfaffe! Kirchenpfaffe!»

Heimlich flüsternd klagte Mutter: «Aber gern tu ich's nicht... Ganz gruselig muß es da jetzt sein, keine Maus und keine Elster weit und breit...»

«Nimm das Kind mit», riet Oma, «da hast du Gesellschaft.»

Ich war daran gewöhnt, daß ich immer in den Wald mitmußte, sei es im Winter, um Besenreiser zu holen, oder im Sommer zum Heumachen. Der Wald steigerte meine Wichtigkeit. Mutter horchte dann auf alle Geräusche und spähte ins Unterholz. Ich war ihr Messer, ihr Revolver, ihr Bajonett. Im Wald war mir alles erlaubt, Hauptsache, ich lief nicht fort. Im Sommer hallte die Waldwiese von meinem Gebrüll. Mir war es dort sterbenslangweilig, ich bewarf Mutter, während sie Heu rechte, mit Kreuzdornbeeren und schrie wutentbrannt: «Ich will weg hier! Ich will weg!» Im Wald stellte ich schamlos Bedingungen, die Mutter zu Hause dann zähneknirschend erfüllen mußte.

Der Ofen qualmte, und die vereiste Fensterscheibe blitzte

von einem roten Abendsonnenstrahl. Mutter band mir einen Schal vor den Mund. Der Schal kratzte und war draußen im Nu von dickem Reif bedeckt. Der breite Handschlitten, fast von der Größe eines Fahrschlittens, wurde aus dem Schuppen geholt, ein Strick und eine Schneeschaufel wurden daraufgeworfen. Ich lockte Tommi aus der Stube. Er beschnupperte den Schlitten und hob am hinteren Ende das Bein. Mutter schimpfte weinerlich. «Was tobst du schon wieder mit dem Köter rum! Jetzt hat er den ganzen Strick vollgepinkelt!»

«Hat er nicht!» protestierte ich. «Brauchst gar nicht so schimpfen!»

Tommi wurde zurück ins Haus gejagt. Der Schlitten schurrte hinter Mutter zum Tor hinaus. Zwischen den Büschen fühlte man noch festen Boden unter den Füßen, aber gleich als wir in den Fichtenwald abbogen, sank Mutter im Schnee ein bis über die Knie. Ihr Haar rutschte unter dem Kopftuch hervor, auf ihrer Stirn glänzten Schweißtropfen. Ihr schneeverkrusteter Rock begann laut zu rascheln. An seinem Saum bildeten sich kleine glitzernde Eisklunker, die aussahen wie Glasperlen.

Zwischen den Fichten kam ich bald nicht mehr vorwärts noch rückwärts, bis zu den Achseln steckte ich im Schnee und ächzte. Mutter schob den Schlitten mühsam bis zu mir zurück und ließ mich aufsteigen. Sie nahm die Schneeschaufel und begann einen Weg zu bahnen. Weiter waldeinwärts, im Schutz der breiten Äste, war der Schnee nicht mehr ganz so tief. Ich ließ mich vom Schlitten gleiten und wälzte mich hinter Mutters Rücken heimlich im Schnee. Ich preßte das Gesicht hinein und versuchte, Nasenabdrücke als Wegmarke zu hinterlassen. Ich hamschte Schnee in meinen Mund, bis mir die Zähne kalt wurden. Dann kletterte ich zurück auf den Schlitten, saß reglos wie ein Stein und jammerte: «Mama, ich frier an die Zähne! Geh doch schneller!»

Während die Fahrt weiterging, sagte ich: «Los, fangen wir an! Was hast du geladen?»

Dieses Spiel hatten Mutter und ich irgendwann halb durch Zufall erfunden. Abwechselnd mußte jede eine besonders ausgefallene Last nennen und die andere damit übertrumpfen.

«Butzemänner!» schlug Mutter lustlos vor.

Was sie auch nannte, ich gackerte immer sofort los und wollte mich ausschütten vor Lachen. Ich wollte unbedingt schlimme Wörter von ihr hören und schrie: «Sag: Ich hab Hühnerscheiße geladen!»

Mutter wiederholte gehorsam: «Ich hab Hühnerscheiße geladen.»

Aus ihrem Mund klang das sehr reizvoll. Ich rief: «Aber ich hab Stinkepisse geladen!» und verlangte mit Feuereifer: «Sag du jetzt: Stinkeseiche!»

Mutter tat mir meinen Willen. Ich rollte vom Schlitten und wollte ersticken vor Lachen. Ich stapfte zu Mutter hin und bettelte: «Was hast du jetzt geladen?»

«Ich hab Schnupfen und Husten geladen», sagte Mutter sittsam.

«Ich schubs dich um!» drohte ich.

Aber Mutter hatte schon genug von dem Spiel und wurde mürrisch: «Nun reicht's! Zuviel Lachen ist ungesund.»

Ich ließ nicht locker. «Noch mal! Nur ein einziges Mal noch! Sag: Ich hab Hundeschwanzhaarklumpen geladen!» Aber Mutter blieb still. Sie lauschte auf etwas und sah sich um. Ich wußte, wie schnell ihre Laune umschlagen konnte, vom geduldigen Späßemachen zum störrischen Gejammer war es immer nur ein winziger Schritt.

Beharrlich zerrte sie den Schlitten durch den dichten Wald. Ihr Rock raschelte klagend, und am Rocksaum klickten die Eisklunker. Mit heimlicher Unruhe betrachtete ich Mutters verschwitzte Oberlippe und ihr erbostes rundes Schulmädchengesicht. Ich hatte das Gefühl, ich müßte sie nur aufmerksam beobachten, dann erführe ich etwas Wichtiges über mich selbst. Ich glupschte mit hervorquellenden Augen, ohne zu zwinkern, bis sie zu tränen anfingen.

Mich überkam eine dunkle Ahnung, daß Mutter gar nicht besonders alt und stark war, selbst ihre Kleidung stammte zum Teil noch von der verstorbenen Tante, und der Schlitten war auch ohne Ladung zu schwer für ihre Kräfte. Ich watete durch den Schnee hinter ihr her, mit hochgerafftem Mantel, um nicht zu stolpern, und fühlte den brennenden verräterischen Wunsch nach einer wichtigeren Mutter; mindestens Sekretärin des Dorfsowjets mußte sie sein, Filzstiefel mit Ledersohlen, Seidenstrümpfe und einen Muff besitzen und von allen gefürchtet sein. Für die Blutsbande zwischen uns empfand ich nichts als Verachtung, auf der Stelle bereit, sie aufzukündigen und einzutauschen gegen weiße Kniestrümpfe und einen Kaninchenmantel. Diese Gefühle stürzten mich in Scham und Verlegenheit, als hätte man mich auf frischer Tat ertappt. Wieder betrachtete ich Mutter. Ich bekam plötzlich Angst, sie könnte fortgehen und mich allein im Wald zurücklassen, wie es der arme Holzhauer mit seinen Kindern gemacht hatte.

Ich stupste Mutter mit dem Kopf an und zwitscherte munter, als hätte ich meinen Verrat nie begangen: «Mama, weißt du, was ich gemerkt hab? Die Vögel sind alle aus einem Stück – genau wie Bügeleisen!»

Mutter zog mir wieder den Schal über den Mund und band hinten einen festen Knoten. Daraus konnte man entnehmen, daß sie genau wie früher war und meinen Verrat gar nicht bemerkt hatte. Die Schlittenkufen knarrten düster, und zwischen den Fichtenzweigen sah man den Mond und die Sonne zugleich.

Die Holzstapel standen auf einer Lichtung wie hohe weiße Bollwerke. Um so dunkler waren die Fichten im Hintergrund. Mutter griff wieder zur Schaufel und schippte den Schnee vor dem Schlitten beiseite. Bei dem Stapel angekommen, reckte sie sich auf die Zehenspitzen und zerrte mit voller Kraft an den obersten, dick verschneiten Hölzern. Anfangs bekam sie kein einziges los, doch dann kam die ganze Stirnseite auf einmal ins Rutschen. Mutter legte die Scheite sorgfältig eins nach dem anderen auf den Schlitten und bemerkte vor lauter Aufladen gar nicht, daß zu der einen Ecke des Stapels tiefe, schon halb wieder zugeschneite Stiefelspuren führten.

«Guck mal, Mama, da sind Bärenspuren!» sagte ich wichtig.

«Na wenn schon! Bleib bloß weg da!» sagte Mutter mißmutig, hielt dann plötzlich inne und betrachtete neugierig die vom Stapel gerutschten Holzscheite.

«Was gibt es denn da?» fragte ich aufgeregt.

Mutter schob die Hand zwischen die Scheite und zog ein in ein weißes Handtuch mit Häkelborte eingeschlagenes Bündel hervor. Man sah gelbes Pergamentpapier. Zu meiner großen Enttäuschung kam daraus nichts weiter zum Vorschein als ein Trumm Schweinespeck. Ich warf einen abfälligen Blick darauf und murrte: «Warum finden wir immer nur so was! Warum finden wir nie ein Gewehr wie andere Leute!»

Mutter versuchte erfolglos, das Bündel wieder zwischen die Scheite zu stopfen und sah sich dabei die ganze Zeit um. Die Sonne war schon untergegangen, der Himmel leuchtete rot hinter den Baumwipfeln. Abendrot und Mondlicht sickerten vereint durch die dichten Fichtenzweige. Die kleine Lichtung verwandelte sich in ein Muster von schwarzen und weißen Streifen. Vielleicht standen hinter den Fichtenstämmen die Männer aus dem Bunker und verfolgten mit angehaltenem Atem, was wir mit ihrem Speck machten. Am liebsten wäre ich auf der Stelle nach Hause gestürmt, um zu verkünden: «Oma, Oma, in unserem Holzstoß war ein großes Stück Speck!» Statt dessen mußte ich warten, bis Mutter die Holzfuhre schlecht und recht festgebunden hatte. Ich sollte hinten schieben helfen, aber das war gar nicht so leicht. Das Seil, das die Fuhre zusammenhielt, lockerte sich nach und nach, und schließlich fiel die ganze Ladung auseinander. Unter dem wattierten Mantel und der dicken Strickjacke lief mir der Schweiß, der Schal vor meinem Mund war über und über bereift, und an meinen Augen zogen langsam und teilnahmslos die Bäume vorüber. Durchs

Gebüsch sah man schon, wie Oma mit der Laterne vom Stall zum Haus ging.

Mutter hielt an, wie um das Seil straffzuziehen und die heruntergerutschten Scheite aufzulesen, doch plötzlich brach sie in Tränen aus und watete durch den Schnee geradewegs auf das Haus zu. Ein kurzer grauer Schatten folgte ihr.

Ich konnte ihr so schnell nicht folgen. Meine Mantelknöpfe sprangen auf, und die Galoschen machten sich selbständig. In meiner höchsten Not warf ich mich vornüber in den Schnee, strampelte mit den Beinen und schrie, daß es durch Mark und Bein ging. Es hallte weit über den blitzenden Schnee, so laut, daß ich erschrocken aufsprang, alle meine Kräfte zusammennahm und nach Hause stapfte. Im Grunde meines Herzens ahnte ich ja, daß der Schlitten mitsamt dem Holz schließlich sowieso nach Hause geschafft werden würde. Bloß die Galoschen würde ich nie wiedersehen. Soviel wußte ich schon, daß alles, was in den Schnee fällt, für immer verloren ist. In den Senken des Weidelands gibt der schmelzende Schnee im Frühjahr Holzstangen und Schafskiefer frei, die im Herbst noch nicht dort lagen, niemals aber Fausthandschuhe, Messer oder Taschentücher. Die holt sich der Waldschrat.

Zu Hause saß Mutter im Ofenwinkel und schluchzte: «Das ist alles Absicht! Die wollen uns das anhängen, daß wir Essen in den Wald bringen!» Sie wiegte sich vor und zurück und stieß schrille Verwünschungen aus. «Du alte Hexe von Võtiksaare! Verdorren sollst du und deine Töchter ohne Mann sein ihr Leben lang!» Die Lampe blakte wieder, Tommis Augen glühten unterm Bett, Mutters Rock taute auf, und unter ihrem Stuhl hervor floß ein dunkles Rinnsal zur Tür hin. Ich konnte es nicht abwarten und forderte fußstampfend:

«Weiter, Mama, weiter! Das ist lustig!»

Oma stand mit dem Rücken an den Ofen gelehnt, die Hände überm Bauch gefaltet, und sah schmunzelnd zu Boden. «Die alte Võtiksaare hat gar keine Töchter», warf sie ein.

Mutter wischte sich mit dem Ärmel die Nase und stöhnte:

«Mir geht auch alles daneben... Nicht mal 'ne Verwünschung krieg ich mehr hin... Andere Worte gibt's doch gar nicht dafür! Ich kenn keine! So hat man doch immer gesagt: Verdorren sollst du und deine Töchter ohne Mann sein ihr Leben lang!» Sie brach in neues Geschluchze aus und schlug die Hände vors Gesicht.

Ich ging zu ihr hin, schubste sie und sagte hämisch: «Bist ja selber schuld! Warum läßt du mich auch im Stich!»

Ich mußte an die verlorenen Galoschen denken, die jetzt der Waldschrat wegholen würde, und fing genauso jammervoll an zu weinen wie Mutter.

Mit ebensolchem jammervollen Schluchzen forderte ich später Schreibpapier und Schreibtisch, Bleistifte und Bücherregale, aber alle diese Dinge wuchsen erst als Bäume im Wald. Es bestand auch so bald keine Hoffnung, daß sie gefällt und verarbeitet würden. Und wenn, dann für andere, für Ältere und Größere. Für mich wurden Hähne aus Gummi hergestellt und steife braune Sandaletten und Bilderbücher. Mehr hatte das Leben mir in absehbarer Zukunft nicht zu bieten.

Die Stube roch nach Petroleum und schneebedeckten Kleidern. Oma war inzwischen hinausgegangen. Mutter putzte sich die Nase, trocknete ihre Augen und ermahnte mich: «Sei schön brav jetzt und hör auf zu heulen! Ich geh mit Oma den Schlitten holen, wir sind gleich zurück. Tommi bleibt hier und leistet dir Gesellschaft.»

Kaum daß sie in der Diele war, hörte ich auf zu weinen. Ich wimmerte ein Weilchen leise vor mich hin und versuchte, noch einmal richtig traurig zu werden, aber selbst der Gedanke an die verlorenen Galoschen richtete nichts mehr aus. Ich zerrte mit beiden Händen an den Kinnbändern meiner grauen Fliegerkappe. Sie hatten sich verknotet und gingen und gingen nicht auf. Die Stube war drückend heiß, ich spürte, wie hinter meinen Ohren entlang Schweißbäche liefen. Schnaufend zog ich Filzstiefel und Mantel aus und warf sie trotzig durch die Stube. Viel kühler wurde mir dadurch nicht, ich hatte ja noch die dicke Strickjacke mit dem hohen Kragen an. Der Kragen drückte mich am Hals und ging bis an die Ohren, im Nacken reichte er weit über den Rand der Kappe hinauf.

In meiner Not nahm ich die Schere aus der Tischschublade und schob sie in den Kragen. Mit einem Ratsch schnitt ich die Kinnbänder durch, feuerte die Mütze unters Bett und blickte mich triumphierend in der Stube um. Die schwarzen Fensterscheiben glänzten ölig. Von Mutter und Oma war noch nichts zu hören. Unter dem Bettende sah man die Filzstiefel, als läge da einer, und ich beobachtete sie mißtrauisch eine Zeitlang. Tommi tat, als suche er unbekümmert nach Flöhen, in Wirklichkeit verfolgte er aus den Augenwinkeln jede meiner Bewegungen. Vor allem die schnappende Schere in meiner Hand gab ihm zu denken.

Bei näherer Überlegung beschloß ich, Tommis Schwanzhaare ungeschoren zu lassen, und näherte mich mit schwerem routiniertem Schritt dem Blumentisch, wo die Aloen und Kakteen standen. Auf vielen Blättern waren alte Narben zu sehen, Spuren vergangener heimlicher Überfälle. Mit einer schon über und über zerstochenen Aloe hatte ich Erbarmen und sagte: «Na gut, dich laß ich heut in Ruhe», und einem dicken Kaktus redete ich schmeichelnd zu wie einem Hund: «Schönes Blümchen, hab keine Angst, ich tu dir ja nichts!», und dann, als er endlich Zutrauen zu fassen schien, rammte ich ihm plötzlich die Schere ins zarte Fleisch. Über die dicken staubigen Blätter rannen bittere klare Blutstropfen.

Auf dem Hof erklangen Stimmen und Schritte. Ich ließ die Schere in die Schublade gleiten und setzte mich geschwind an den Tisch, zog einen krummen Rücken und rieb mir die Beine. Die uralte verräterische Pose des «Kein-Wässerchen-trüben-Könnens».

Die Tür flog weit auf, die klirrende Frostnacht kam in die Stube gerauscht. Ich kroch unter den Tisch und suchte hinter Tommi Deckung. Omas beschneiter Rocksaum und Mutters graue Wollstrümpfe schoben sich ins Blickfeld. Danach kamen aus der Diele schwarze Armeestiefel, steifgefrorene Hosenbeine und lange dunkle Mantelschöße. Ich preßte den Rücken ans Tischbein und hielt Tommi vorsorglich mit beiden Händen die Schnauze zu, damit er nicht anfing zu bellen. Die drei gingen wortlos durch die Stube, man hörte sie husten und sich schneuzen. Schließlich ging Oma zurück in die Diele und hakte die Außentür zu.

Der Fremde raffte die Mantelschöße und ließ sich schwer auf einen Stuhl nieder. Seine Stiefel scharrten genau vor meiner Nase. Die sauber geflickten Spitzen rochen stark nach Stiefelwichse. Tommi schnupperte an den Hosenbeinen und wedelte, ein Zeichen des Wiedererkennens, träge mit dem Schwanz. Er entspannte sich, bettete die Schnauze zwischen die vorgestreckten Vorderpfoten und döste ein.

Immer noch sagte niemand ein Wort. Die bis zum Boden reichenden Mantelschöße ruckten ab und zu neben den Stuhlbeinen und verdeckten mir fast die ganze Aussicht. Ein Geruch von kaltem Papirossyrauch ging von ihnen aus, aber gefährlich kamen sie mir nicht vor, sondern fast wie alte Bekannte, und zusammen mit den geflickten Stiefelspitzen weckten sie eine gewisse Traurigkeit.

Dann rasselte in der Hand des Fremden eine Streichholzschachtel, die andere kramte in der Manteltasche und zog nach langem Suchen ein abgegriffenes blechernes Zigarettenetui hervor, doch so ungeschickt, daß das Etui aufsprang und die Zigaretten überall auf dem Fußboden rollten. Der Stuhl knarrte, unter dem Tischrand erschien das Gesicht des alten Herrn Ilves, die Brille in die Stirn geschoben, mit großen dunklen Augen. Er hob tastend eine von den Zigaretten auf und schaute dabei zu mir hin, ohne mich zu sehen. Das machte mich stutzig. Wäre es nicht Herr Ilves gewesen, sondern Oma, hätte ich entzückt ausgerufen: «Noch einmal!»

Ich fühlte mich jetzt von allen Seiten geborgen. Um den Tisch saßen meine eigenen Leute und Herr Ilves, die Stube war warm, die Lampe brannte. So sicher beschützt von Beinen und

Mantelschößen saß ich, daß es geradezu langweilig wurde. In der Stube hätte jetzt irgend etwas passieren dürfen. Zum Beispiel hätte sich der Tod, vor dem Vanatares Juuli solche Angst hatte und Oma keine, endlich einmal blicken lassen dürfen. Ich hätte nichts dagegen gehabt, wenn er jetzt zwischen Ofen und Chinabirke entlanggegangen wäre; das war am weitesten vom Tisch weg. Ich schaute gebannt zum Ofen hin, zappelnd vor Aufregung, und lockte den Tod mit honigsüßem Geflüster, wie sonst Tommi: «Komm, schönes Tier, nun komm schon!»

Oma sagte ärgerlich: «Sch! Was machste wieder für Unfug!»

Ich war verdutzt. Wie konnte sie, ohne unter den Tisch zu schauen, wissen, wo ich war? Und meine Todesbeschwörung hielt sie für ganz gewöhnlichen Unfug!

Herr Ilves meinte seufzend: «Man kann das Kind verstehen. Es sucht ein bißchen Aufheiterung. Wenn wir die bloß alle jetzt hätten!»

«Hindert uns denn was dran?» fragte Oma streitbar und sagte zu Mutter: «Hol mal für jeden ein Stück Zucker und die Tropfen da hinter der Nähmaschine!»

Große Aufregung packte mich. In voller Lebensgröße kam ich unter dem Tisch hervor und fand mich Auge in Auge Herrn Ilves gegenüber. Diesmal sah er mich. Ich streckte den Bauch vor und sagte würdevoll guten Abend. Mir kam plötzlich die Befürchtung, daß ich, weil Herr Ilves dabei war, vielleicht überhaupt keine Tropfen auf meinen Zucker bekommen würde. Herr Ilves nahm aus seiner Brusttasche eine schwarzgraue Zeitschrift, gab sie mir und entschuldigte sich: «Für Kinder hab ich gar nichts dabei. Aber da sind auch Bilder drin.»

Mutter brachte die Zuckerstücke und legte sie in einer Reihe vor Oma hin. Oma zog die Lampe näher, schob die Brille vor und träufelte auf jedes mit zitternder Hand drei dicke Tropfen. Alle sahen zur Decke und steckten das ganze Stück auf einmal in den Mund.

Ich schob mich schmatzend an den Tisch ins Lampenlicht,

kletterte auf einen Stuhl und genoß das glatte Papier des Zeitschriftenumschlags mit derselben Wollust wie den bittersüßen Geschmack des Zuckers. «Das große Fest rückt näher, Tage voll froher Lieder erwarten uns – das sowjetische Estland feiert sein zehnjähriges Bestehen», lasen meine Augen, und meine Ohren hörten: «Da kann ich wahrhaftig von Glück reden! Eine Viertelstunde früher, und ich wäre genau in die Schießerei reingeraten.»

«Waren da viele mit Gewehren bei der Razzia?» erkundigte sich mit betrübter Neugierde Oma.

Herr Ilves antwortete verlegen: «Im Dunkeln hab ich das nicht so mitgekriegt, meine Brille war dauernd beschlagen. Aber da war eine Kette von Männern am Waldrand, und auf dem Weg stand ein Lastwagen ohne Licht.» Er machte eine Pause, nahm die Brille ab, besah sie gründlich und schüttelte verwundert den Kopf. «Einer von der Miliz kam auf dem Motorrad vorbei und erzählte, der Bunker sei leer gewesen. Sie nehmen an, daß jemand von der Razzia erfahren und die Leute gewarnt hat. Nun gibt's eine Untersuchung. Manche meinen auch, es wäre nur ein Scheinbunker gewesen und der richtige läge woanders, aber keiner weiß, wo. Der Mensch ist ein schlaues Tier. Vor allem dann, wenn er Angst ums liebe Leben hat.»

Mutter starrte mit erschrockenem Gesicht auf Herrn Ilves' Lippen, die Flamme in der Lampe zischte, die Uhr schlug. Oma nahm aus dem Strickkorb unter Garnknäueln und einem angefangenen Strumpf hervor ihr Gesangbuch und sagte mit fester dunkler Stimme zu Herrn Ilves: «Ich möchte, daß Sie jetzt für die Seelen von denen lesen, die ihre letzte Stunde vor sich haben, noch nicht in dieser Nacht, aber bald.»

Zwischen ihren dicken krummen Fingern verschwand das schwarze Gesangbuch nahezu, doch in Herrn Ilves' gelblichweißer Hand begannen seine vergoldeten Schnittflächen heftig und unheilverkündend zu leuchten. Herrn Ilves' Brille funkelte im Lampenlicht, er fing mit tiefer Stimme zu lesen an, wobei er abwechselnd Oma, Mutter und mich forschend ansah. «Mitten in dem Tod anficht uns der Hölle Rachen. Wer will uns aus solcher Not frei und ledig machen? Das tust du, Herr, alleine. Es jammert dein Barmherzigkeit unsre Sünd und großes Leid. Heiliger Herre Gott, heiliger starker Gott, heiliger barmherziger Heiland, du ewiger Gott, laß uns nicht verzagen vor der tiefen Hölle Glut. Kyrieleis.»

In Omas Miene war die feste Überzeugung zu lesen, daß Võtiksaares Riks trotzdem in der Hölle landen würde. Mißbilligend wiederholte sie: «Kyrieleis.»

Ich blätterte in der Zeitschrift, betrachtete die nichtssagenden Bilder und wartete auf das nächste Kyrieleis. Diese Razzia war eine schwere Enttäuschung für mich. Nun hatten sie den Wald doch nicht gesäubert, daß ich sorglos darin umhergehen konnte. In der Finsternis dieses Razzia-Abends blickten mir aus der Zeitschrift glattgekämmte Männer mit Schlips und gerunzelter Stirn entgegen. Die Bildunterschriften verstand ich kaum, und sie interessierten mich auch nicht. Aber auf einer Seite war ganz am Rand ein Bild, das war verschieden von allen anderen. Es war zwar auch klein und grau, kaum größer als eine Streichholzschachtel, und doch sah man darauf eine große kalte Weite, an deren Horizont wilde reglose Meereswogen in weißlichen Himmel übergingen. Vor diesem Hintergrund von Wogen und ewigem Wind stand, das Gesicht seitlich abgewandt, die junge Debora, eine estnische Dichterin. Nach einem verstohlenen Blick auf die anderen angelte ich mir von der Hobelbank einen dicken stumpfen Zimmermannsbleistift, leckte ihn an und malte der Dichterin hastig die weiße Bluse indigoblau. Ich fand, dadurch wurde das Bild noch schöner. Ich betrachtete eine Weile aufmerksam ihr stolzes Gesicht, wie ich es noch nie bei jemandem gesehen hatte, und spürte Verwirrung und Sehnsucht.

Herr Ilves las mit dumpfer Stimme: «O Ewigkeit, du Donnerwort, o Schwert, das durch die Seele bohrt, o Anfang sonder Ende! O Ewigkeit, Zeit ohne Zeit, ich weiß vor lauter Traurigkeit nicht, wo ich mich hinwende. Mein ganz erschrocknes Herz erbebt, daß mir die Zung am Gaumen klebt.»

Das stolze Gesicht und der Gesangbuchvers machten mich plötzlich traurig, ich legte den Kopf schwer auf die aufgeschlagene Seite und hörte mit süßer Befremdung auf Worte, die mir inständig etwas mitzuteilen versuchten. Aber was?

Dann schrak ich hoch aus dem Zauber dunkler Worte und verschwommener Ahnungen – Herr Ilves knöpfte sich den Mantel zu, gab Oma die Hand und sagte: «Jetzt tun's die alten Beine wieder. Jetzt werd ich mal.»

Tommi kam unter dem Tisch hervor und streckte sich herzhaft, daß die Stühle klapperten. Wir begleiteten Herrn Ilves noch bis in die Diele. Ich trat hinter Oma vors Haus und schaute ihm nach, wie er im Sternenlicht zwischen den Bäumen verschwand. Die Kälte stach in die Fingerspitzen, man hörte nichts als ein immer schwächer werdendes Knirschen im Schnee.

Der alte schwarze Himmel wölbte sich hoch überm Stalldach. In den Wäldern von Kõpu, auf den schimmernden Schneeflächen und hier auf unserem Hof, überall schwirrten geheimnisvolle Radiowellen mit den Mitternachtsglocken des Kreml.

*A*M SILVESTERTAG WURDE ICH LOSGESCHICKT zu Teistes, Zeitschriften holen. Maire und ich sahen uns wieder einmal die alten Modehefte an und aßen Brote mit Kürbismarmelade. Schließlich machte ich mich nach Juulis wiederholter Mahnung auf den Heimweg.

Ich näherte mich unserem Haus in einem weiten Bogen, von der anderen Seite her, lutschte Eisbrocken und zeichnete mit einem dürren Aststück fünfzackige Sterne am Wegrand. Der düstere Himmel wurde nur noch von verschneiten Fichtenwipfeln gehalten, jeden Augenblick konnte er einem auf den Kopf fallen.

Als ich den Graben erreichte, wo die drei Wege sich trafen,

schaute ich mich vorsorglich um und sprang, als ich niemanden sah, von der Brücke. Ich wälzte mich ein bißchen im Schnee und machte mich dann voller Eifer daran, einen Gang bis unter die Brücke zu graben. Schnee stiebte über meinen Kopf und brannte, zwischen Handschuhe und Ärmel eindringend, an meinen Handgelenken. Ich grub so lange, bis ich plötzlich vornüber ins Leere rutschte, in den Hohlraum unter der Brücke. Genau das hatte ich erwartet, aber erschrocken war ich trotzdem.

Unter der Brücke lag nicht ein Flöckchen Schnee, nur das dunkle Eis des Grabens glänzte dort. Es gab gerade soviel Platz, daß ich auf allen vieren kriechen konnte. Tageslicht kam in die Höhle durch den von mir gegrabenen Gang und schimmerte auch in blassen Streifen an der Decke, zwischen den borkigen Fichtenstangen. Sonst herrschte graues Dämmerlicht. Vorsichtig verstopfte ich den Eingang mit Schnee und war jetzt lebendig begraben, spurlos von der Erde verschwunden.

Ich streckte mich auf dem Rücken aus und betrachtete die Unterseite der Brücke. Die Stangen waren alle gleich dick und wurden getragen von zwei Längsbalken, die Ritzen waren voll von Schnee. Kein Laut war zu hören, nur das leise Scharren und Rascheln meiner eigenen Bewegungen. Ich spürte, wie die Kälte aus dem Eis langsam durch die dicke Mütze hindurch in meinen Schädel kroch. Ich breitete die Arme aus, streckte die Beine von mir und befahl mir in Gedanken: «Na los, dalli dalli!» Die ungewöhnliche Anstrengung, die jetzt folgen sollte, war derart, daß ich dafür am liebsten in ein Versteck schlüpfte und Schutz suchte. Sie schmeckte wie heimlich gegessene Zahnpasta, und ebenso wie von der Zahnpasta konnte ich nicht genug davon bekommen. Die Anstrengung bestand darin, sich selbst aus durcheinandergeworfenen Bauklötzen richtig zusammenzusetzen, daß ein Bild entstand.

Die Finsternis und Grabesstille vor meinen Pupillen erwachte zum Leben und begann zu rauschen, es war, als hätten sich Nickeluhren blitzend und glitzernd in Gang gesetzt. Die

Augen störten hier nur. So leicht konnten sie an irgend etwas hängenbleiben, an meinen Stiefelspitzen oder an einem herabhängenden Borkenstreifen, und die mühevoll zusammengesetzten Bauklötze gerieten wieder durcheinander. Das kannte ich schon und kniff die Augen deshalb zu. Jetzt mußte ich mich gut zusammennehmen und an einen Namen denken, dann gewann dieser Name in dem heißen dunklen Raum zwischen Stirn und Hinterkopf eine Gestalt. Ich sagte in Gedanken «Anton», und sogleich sah ich diesen wildfremden Anton vor mir, an eine Hausecke gelehnt, mit schlauem Gesicht und grauer Bluse. Als nächster Name fiel mir «Tiiu» ein. Tiiu stand mit braver Miene mitten in einer Stube, eine Trägerschürze umgebunden, und ließ die Arme hängen. Linda mit dem Lockenkopf ging Fuß vor Fuß übers Eis und quietschte vor Vergnügen, Anne saß mürrisch auf einem hohen Stuhl, in einem roten Kleid und schwarzen Strümpfen, und baumelte mit den Beinen, Ants lachte dröhnend, mehr erfuhr ich über ihn nicht, Miina war grau und ernst wie ein Löffel.

Über dieses Spiel sprach ich mit niemandem. Ich beobachtete die anderen und zerbrach mir den Kopf, was deren Geheimnis sein mochte, über das sie mit niemandem sprachen.

In dieser Höhle, diesem grimmigen Reich aus Schnee und Eis, das ich mit meinem Atem wärmte, fühlte ich eine dumpfe Angst, eine wirre tierische Furcht, ich könnte mir irgendwann abhanden kommen. Ich drehte mich auf den Bauch, stützte das Kinn aufs Eis und starrte vor mich hin in den körnigen Schnee. Ich wollte dringend wissen, ob Schnee und Eis und überhaupt alles um mich herum später, wenn ich groß war, noch genauso aufregend sein würde.

Jetzt noch sehe ich diesen starren grauen Wintertag vor mir. Nach all den Jahren scheint er geschrumpft und verdichtet und erinnert an einen rauhreifüberzogenen Magneten. Ich weiß, daß der Graben, in dem ich lag, immer noch existiert, nur haben die Heuwiesen sich mittlerweile in Gestrüpp verwandelt. Juuli ist tot und Liisu und Koddern-Eevald und Oma, die

Kühe sind in den Schlachthof gekommen, bis auf Bless, die an einer Kolik krepierte, Tuks wurde von einem Wolf gerissen, Tommi eingeschläfert.

Doch auch in dieses struppige Brachland kommt der Sommer. Die Wolken wandern, die Sonne scheint, das Bild jener Zeit ändert sich, und jeder Lebende muß, ob er will oder nicht, seines dazu beitragen, zum Besseren oder Schlechteren. Ein Flugzeug dröhnt über der Stadt am gefahrvollen Himmel des Hier und Jetzt, die trockene Zentralheizungsluft juckt in der Nase, auf den Dächern schmilzt der Schnee, und die Leberblume der Frühjahrsmüdigkeit sprießt abermals aus der eisigen Erde.

Meine Ellbogen ruhen auf einer festen Tischplatte, an der Wand, in Höhe der rechten Schulter hängt alt und vergilbt die Generalkarte von Livland, am unteren Rand ein Vermerk auf russisch: «Von der Zensur genehmigt, Riga 1889». Auf dieser Karte findet man auch jetzt den Fluß und die Uferwiese, von denen die Rede ist, allerdings unter deutschem Namen. «Neu-Tennasilm» steht da und «Alt-Tennasilm» und weiter rechts oben «Spiegelfabrik Catharina». Eine Fabrik? Es ist ein Land, das ich nie mit eigenen Augen gesehen habe. Ich kenne es vom Hörensagen und aus Büchern, wie andere Himmelskörper auch. Und das Land, in dem ich jetzt lebe, werde ich im Jahre 2083 nicht sehen. Was bleibt, ist die Hoffnung, daß es dennoch dasselbe sein wird.

Ich lag in der Nähe des auf jener alten Karte verzeichneten Flusses, in meiner Schneehöhle. Die Karte lag damals zusammengefaltet in der hinteren Stube in der Tischschublade. Ich hatte sie schon einmal in die Finger bekommen und mit krummen Strichen die Buchstaben meines Namens daraufgekritzelt. Durch den Mantel hindurch spürte ich die Kälte des Eises, ich war durchfroren und nachdenklich. Alles, was ich fühlte, war nebelhaft und mit Worten nicht auszudrücken und trotzdem von großer Bedeutung.

Auf einmal fiel mir wieder ein, daß wir ja heute Silvester hatten und daß ich schon sehr lange von zu Hause fort war. Vielleicht war Vater inzwischen gekommen, und sie hatten schon den Baumschmuck ausgepackt und das Fleisch in den Ofen geschoben, und ich war nicht dabei! Im Nu war ich hoch, kratzte in Windeseile den Schnee beiseite und sprang aus der Höhle. Über das Feld sah ich ein großes rotes Pferd und einen Schlitten näher kommen und auf dem Schlitten mit Goldzähnen im Mund der Plünnenkerl, ein Lumpensammler und Hausierer mit Töpfen und mein allergrößter Feind. Überhaupt in meinen Augen ein ganz gefährliches Subjekt. Das Pferd schnaubte und schüttelte die zerzauste schwarze Mähne, von seinen Hufen wirbelten breite graue Schneeklumpen auf.

Ich jagte entsetzt nach Hause, stürmte durchs Hoftor, riß die Türen auf und schrie aus vollem Hals: «Der Plünnenkerl kommt! Der Plünnenkerl kommt!»

Oma schob gerade Brote in den Ofen, Mutter war in der hinteren Stube beim Bügeln. Es roch nach Rauch und nach soeben aus der Kälte geholter frischer Wäsche. Das beruhigte mich ein bißchen. Ich zerrte mir den Mantel vom Leib und hielt Ausschau nach einem Plätzchen, wo ich mich verstecken und dennoch sehen konnte, was in der Stube vor sich ging.

Draußen schlug Tommi an, und dann war der Plünnenkerl auch schon auf der Treppe und trat sich die Füße ab. Hastig schlüpfte ich in die hintere Stube zwischen Tür und Ofen und spähte schaudernd zwischen den Türangeln hindurch in die große Stube. Auf der Eingangsschwelle schob sich der Plünnenkerl die Mütze in den Nacken und bölkte los: «Na denn man zu, Frauchens, immer her mit den Plünnen! Pötte hätt ich von jeder Sorte – große Pötte, kleine Pötte, und Tassen und Teller auch!»

Oma wischte einen Stuhl ab und sagte mißbilligend: «Schau an, der Juks, immer in Geschäften, sogar am Silvesterabend. Ich schieb nur die Brote in den Ofen, dann können wir ja mal sehen.» Der Plünnenkerl knöpfte den Fellmantel auf, nahm auf dem angebotenen Stuhl Platz und schlug die Beine übereinander. Er hatte ein breites rotes Luchsgesicht. Mit lauernden Blicken sah er sich in der Stube um, klopfte mit dem Peitschenstiel gegen den Fußboden und spitzte die Lippen. Oma hantierte weiter beim Ofen. Mutter nahm nicht einmal Notiz von dem Besucher und fuhr mit dem Bügeln fort, als wäre sie gar nicht vorhanden.

Der Plünnenkerl kam ins Reden. «Gegen die Kuhhalter gehen sie jetzt ganz scharf vor, und auf die Apfelbäume kommt im neuen Jahr auch 'ne Steuer. Wer nicht zahlt, kann keine Äppel mehr scheißen», erzählte er und fuhr prahlend fort: «Ich bin ja fein raus! Die Kühe hab ich unters Messer genommen, die Apfelbäume umgehackt, jetzt bin ich sauber!»

«Was man so alles hört!» verwunderte sich Oma. «Welcher vernünftige Mensch geht denn her und hackt seine Apfelbäume um! Die paar Kopeken kratzt man doch irgendwie zusammen.»

«Pah!» sagte der Plünnenkerl verächtlich. «Von mir aus mach mit den Apfelbäumen, was du willst – aber den Kühen nichts wie die Gurgel durch und versilbern, was du kannst, und ab in die Stadt! Schau mich an: ich bau mir jetzt in der Stadt ein Haus von meinen Plünnen, und aufs Land spuck ich. Und was mein Jungchen ist, dem sag ich das auch schon immer: Aufs Land kannst du spucken!»

Er stand auf und ging die Wand entlang, befühlte alle Kleidungsstücke an den Garderobenhaken und fluchte: «Das Land... das Land... verdammtes Scheißland! Wir leben in einer neuen Zeit, verstehst du!»

Oma sagte, wie um ihn zu beschwichtigen: «Na ja, du kommst ein schönes Stück rum in der Welt und siehst so einiges – wirst dich wohl auskennen mit der neuen Zeit. Was kann ich dumme Ollsch da groß zu sagen.» Sie konnte jedoch der Versuchung nicht widerstehen und spottete, zu meiner Genugtuung: «Paß aber gut auf, daß dir der Hochmutsteufel kein Bein stellt!»

Sie wischte den Tisch, klemmte den Mehlscheffel unter den

Arm und ging hinaus in die Küche oder sogar in den Speicher. Der Plünnenkerl blieb allein zurück, ohne zu ahnen, daß ich ihn beobachtete. Er stand immer noch vor der Garderobe. Onkels neue Breecheshosen hingen dort, zwei Joppen und Omas wollener Rock.

Er schien etwas zu überlegen, befühlte die Hosen, fuhr mit der Hand über die Joppen. Plötzlich bewegte er sich mit einem Ruck, machte einen Buckel, und Omas Rock verschwand in der Innentasche seines Mantels, so rasch, daß ich nicht begriff, ob er überhaupt eine Hand gerührt hatte oder ob ihm der Rock von selbst in die Tasche geschlüpft war. Ich schlich auf Zehenspitzen zu Mutter und zischelte ihr wütend ins Ohr: «Der Plünnenkerl hat Omas neuen Rock genommen und sich unter den Mantel gesteckt!»

Mutter bekam einen Schreck, hörte auf zu bügeln und preßte die Lippen zusammen. Sie stand einen Moment in Gedanken, strich sich vor dem Spiegel das Haar glatt, setzte ein Lächeln auf und trat dann plötzlich in die große Stube. Ich blieb untätig in der Tür stehen. Der Plünnenkerl kriegte jedoch keine Angst, wie ich brennend gehofft hatte, sondern schwadronierte flink und dreist drauflos: «Ohohohoo! Die junge Frau ist ja auch zu Hause! Da wollen wir der jungen Frau aber gleich mal das Köpfchen streicheln!»

Er versuchte Mutter über den Kopf zu streichen und lachte breit, daß man hinter den Goldzähnen die blechernen sah.

Zu meinem Erstaunen und Ärger begann Mutter eine freundliche Unterhaltung mit dem Plünnenkerl, kicherte zu allen seinen Späßchen, fragte nachdrücklich, ob ihm denn gar nicht heiß wäre, und drängte: «Zieh den Mantel doch aus, wir holen die Plünnen sowieso hier in die Stube, wozu denn auch draußen in der Kälte Geschäfte machen!»

Mehrmals rief sie in die Küche: «Mutter, was kramst du da? Komm her!», stand schließlich selber auf und ging Oma holen.

Als sie weg war, wurde es still in der Stube. Vom Kleiderhaken starrten die bleigrauen Knöpfe von Onkels Hose kalt und wachsam auf uns hinab. Im hinteren Zimmer stieg feiner Holzkohlenrauch vom Bügeleisen auf und schwebte als blauer Schleier unter der Decke. Schritt um Schritt zog ich mich dorthin zurück. Der Plünnenkerl spielte mit seiner Peitsche und schniefte. Ich zog den Kopf zwischen die Schultern und wagte nicht, ihn anzuschauen. Schließlich ertrug ich es nicht länger und fing zu schreien an: «Mama! Mama! Mama! Mama!», doch da kamen Mutter und Oma auch schon. Ohne mich und mein Jammergeschrei zu beachten, steuerten sie auf den Plünnenkerl zu, und ehe er etwas Böses ahnte, hatten sie ihm schon den Mantel aufgerissen. Aus dem Ärmelansatz baumelte Omas Rock.

Der Plünnenkerl blitzte im ganzen Gesicht, schlug den Mantel wieder zusammen und wippte mit dem Fuß, als wäre nichts vorgefallen. Omas Nasenflügel blähten sich, ihr Gesicht wurde fleckig. Schnaufend packte sie den Ofenbesen, stellte sich vor die Tür und knurrte: «Jetzt setzt es was!»

Der Plünnenkerl tat verwundert. «Hoho, was sind mir denn das für Scherze, verdammtjuchhe!» Er sah aus, als wollte er gleich auf Oma losgehen.

Ich sprang zu ihr hin, preßte mich mit dem Rücken an die Tür und plärrte: «Nimm ihm den Rock weg! Oma, nimm ihm den Rock weg!»

Oma baute sich vor dem Plünnenkerl auf, sah ihm ins Gesicht und befahl: «Häng das zurück!»

Der Plünnenkerl grunzte nur. Auf einmal war der Rock wieder in seinen Fingern, ohne daß man die kleinste Handbewegung bemerkt hätte. Pfeifend warf er ihn über den Haken und meinte geringschätzig: «Aus euch Frauchens werd einer schlau! Da will man sich nur mal eben den Stoff begucken, vor lauter Langweile, und eh man ihn noch weglegen kann, kommt ihr und wollt einem 'nen Diebstahl anhängen. Also nee!»

Während dieser Rechtfertigung hatte er seine Dreistigkeit zurückgewonnen und bölkte, ganz der alte: «Denn man zu,

Frauchens, keine Angst, immer her mit den Plünnen! Pötte geb ich dafür, und Teller!» Seine Stimme sank zu geheimnisvollem Flüstern. «Statt Pötten könnt ihr auch 'ne Wollbescheinigung haben. Ist zwar mein letztes Formular, aber weil ihr es seid... Gebt mir ein paar Plünnen, dann schreib ich das gleich!»

Oma stöhnte: «Ich kann den Kerl nicht mehr sehen, aber der begreift's einfach nicht, daß er verschwinden soll!»

Mutter kämpfte mit einem Lachanfall. Sie tat, als schaute sie aus dem Fenster, und verbarg ihr Gesicht hinterm Vorhang, ihr Rücken bebte von unterdrücktem Gelächter. Meine Angst vor dem Plünnenkerl war verschwunden. Ich spazierte sogar rund um ihn herum und taxierte ihn von allen Seiten. Mir fiel auf, daß seine Arme viel zu kurz waren für die Ärmel seines Mantels. Ich zog meine eigenen Arme in die Ärmel zurück, daß gerade noch die Fingerspitzen herausschauten, ging zu Mutter und stupste sie an, zeigte ihr den Plünnenkerl und dann meine Ärmel. Mutter konnte nicht mehr an sich halten und brach in helles Gelächter aus.

Der Plünnenkerl verstummte mitten im Satz und polterte wütend hinaus. Durchs Fenster sah ich, wie er die verhedderten Zügel entwirrte. Schließlich sprang er auf den Schlitten, zog die Mütze in die Augen, spuckte aus und verschwand.

Omas Zorn hatte sich immer noch nicht gelegt. «Pfui Deibel! Der Haderlump! Kommt am Silvesterabend daher und will einen übers Ohr hauen! Und das Getue in Teiste immer!» Sie machte ihre Stimme fein und honigsüß und äffte die Frauen von Teiste nach: «Für den Juks müssen wir unbedingt ein paar Plünnen raussuchen. Und Butter müssen wir ihm geben, dann kriegen wir unsere Wollbescheinigung», und schimpfte: «Auch noch Butter für diesen Hund!»

Mutter lachte: «Aber war das nicht urkomisch, wie der Mantel aufging und der Rocksaum bammelte da heraus?»

Neugierig fragte Oma: «Woher wußtest du eigentlich, daß er meinen Rock eingesteckt hat?»

«Die Kleine hat es gesehen!» antwortete Mutter stolz.

Ich machte mich daran zu erklären, wie alles gewesen war. «Setzt euch aber hin!» befahl ich, «ich kann nicht die ganze Zeit zu euch hochgucken.» Ich stand mitten in der Stube und rief mir vor Augen, was ich alles gesehen hatte. «Wie der Plünnenkerl allein in der Stube war, hat er ein ganz gräßliches Gesicht geschnitten.» Dabei dachte ich an alle die gräßlichen Gesichter, die ich in Büchern gesehen hatte, und verglich sie mit dem des Plünnenkerls. «So eins wie der Kaiser von China!» flüsterte ich eindringlich und fuhr fort: «Die Hosen hat er auch angeguckt, aber da hat er sich nicht getraut. Und dann hat er Omas Rock eingesteckt und die Zähne gefletscht.» Ich nutzte geschwind die Gelegenheit und machte lange und ausführlich vor, wie der Plünnenkerl seine Zähne gefletscht hatte.

Plötzlich überlief es mich heiß, und ich rief anklagend: «Und aus der Joppe hat er das ganze Geld genommen!» Bei diesen Worten spürte ich, wie mein Hals dick und rot wurde wie der des Plünnenkerls. Vielleicht hatte ich auch schon ein Gesicht wie der Kaiser von China. Beklommen dachte ich an die glänzenden Nickelmünzen, die im Laufe des Winters aus Onkels Joppentasche in meine Schatzkiste gewandert waren. Jetzt wußte man also Bescheid, wer die genommen hatte!

Ich brach meine Erzählung ab, kletterte auf einen Stuhl am Eßtisch und dachte nach. Es dauerte nicht lange und ich war mir vollkommen sicher, daß ich wahr und wahrhaftig gesehen hatte, wie der Plünnenkerl die Hand in die Joppentasche steckte und das Geld herausnahm. Durch den Türspalt hindurch hatte ich jede Bewegung mit mißbilligendem Blick verfolgt. Allerdings hatte ich vielleicht aus Versehen gerade nicht hingeschaut, als er das Geld an sich nahm. Diesen Schluß ließ ich gelten, lugte aus den Augenwinkeln zu den anderen hinüber und schlich in die hintere Stube. Es zog mich dorthin wie mit einem Magneten, ich mußte nach meinem Geld schauen.

Ich zog die schwere Tischschublade halb auf und steckte die Hand hinein. Auf dem Tisch lag die gebügelte Wäsche in hohen weißen Stapeln. In dem Spiegel von der verstorbenen Tante über Omas Bett sah man die Stapel noch einmal und bekam das Gefühl, die ganze Stube wäre voll von weißer Wäsche, klamm und eng. Ohne mich noch weiter umzublicken, angelte ich mir die Schachtel aus der Schublade, verdeckte sie für alle Fälle mit meiner Brust und nahm eine ganze Handvoll Münzen heraus. Ich spielte mit den kalten grauen, ein wenig speckigen Kopekenstücken, ließ sie über frischgebügelte Tischtücher und Unterhosen rollen und schichtete sie neben den Wäschestapeln zu Säulen und Türmen auf. Ich machte aus ihnen Blumen mit runden Blütenblättern aus Nickel und hauchte sie an in der Hoffnung, daß Leben in sie käme.

Diese Beschäftigung wurde begleitet von eintönigem resigniertem Gemurmel in der großen Stube. «Wurst gibt's keine, frisches Fleisch gibt's keins, überhaupt nichts gibt es...»

Dergleichen ging bei mir zum einen Ohr hinein und zum anderen hinaus, begleitete mein Leben wie eine Melodie ohne Worte, wie das Pfeifen des Winds und das Rauschen der Fichten. Die Worte «überhaupt nichts gibt es» blieben jedoch irgendwie hängen und ließen mich für einen Moment aufhorchen.

Ich fand, das beste Mittel, dieses Gemurmel zu beenden, wäre jetzt das laute Vorlesen aus «Suworows Säbel», aber ich brachte es nicht über mich, mein Geld schon wieder aus der Hand zu legen. Ich blickte mich im Zimmer um und sah, daß Omas größter Schatz – das Papierschiff – aus seinem Versteck hervorgeholt und auf dem Bett neben der Schachtel mit dem Baumschmuck bereitgelegt worden war. Dieses Schiff bekam man nur zu den Festtagen zu sehen.

Ich ging zum Bett und betrachtete versunken den himmelblauen gewölbten Schiffsrumpf, den aus dem Bug hochsteigenden silbernen Schwanenkopf und die papierenen Vergißmeinnicht und Maiglöckchen, die über die Bordseiten quollen. Inmitten der Blumen lag ein nacktes rosa Kind, das ich gnadenlos mit einem kupfernen Fünfkopekenstück beklopfte.

Das Schiff mitsamt seiner Ladung kam geradewegs aus dem

alten, längst von der Landkarte verschwundenen Petersburg. Unter den Blumen sah man gelbe Stockflecken, und die Maiglöckchen verströmten den Jodoformgeruch des Ersten Weltkriegs. Das Schiff war im Koffer des verstorbenen Opas über Schlachtfelder hierhergekommen, und diese Schlachtfelder waren für mich das Interessanteste daran. Seine süßliche Schönheit hatte einen dunklen schreckensreichen Hintergrund.

Auf einmal bemerkte ich, daß in der Ecke eine Fichte stand, klein, dicht und buschig, in einem weißen Fuß, aber noch ohne Schmuck und ohne Kerzen. Ihr kräftiger kalter Duft erfüllte die ganze Stube und verdrängte sogar den Schwelgeruch des Bügeleisens. Die Zweige schwankten, ganz von selbst, winzige harte Eiskügelchen fielen klirrend herab. Über den Fußboden sickerten schwärzliche Rinnsale, und an den Nadeln blinkten Wassertropfen. Der Baum schien in der Dämmerung zu zerfließen.

Als ich mir alles angesehen hatte, was es zu sehen gab, und mich von dem Baum abwandte, war mir plötzlich, als würde er mir die Hand auf die Schulter legen und fragen, wo ich das Geld denn her hätte. Zum Glück begann nebenan gerade ein lautes Hantieren und Türenschlagen, die Brote wurden aus dem Ofen genommen. Ohne den Baum aus den Augen zu lassen, ging ich vor dem Bett auf die Knie und stopfte alle Kopekenstücke, die ich in der Hand hatte, in eine breite Dielenritze. Unter den Knien spürte ich die Nässe des eben gewischten Bodens und im Nacken den kalten Atem der Fichte. Die Münzen prallten irgendwo unten in der Dunkelheit auf, und ich war sie los. Nie im Leben war ich an Onkels Joppe gewesen.

Jetzt konnte ich seelenruhig aufstehen und zurück in die große Stube gehen. Die Brote lagen auf der Bank aufgereiht, auf einem sauberen Handtuch. Mutter besprengte sie mit Wasser und wollte ein weißes Tuch darüber breiten und noch einen alten Mantel, damit die Kruste weich blieb, aber Oma wollte gleich von dem warmen Brot kosten. Sie schnitt ein dickes Stück von dem kleineren Laib ab, bestreute es mit Salz und führte es zum Mund.

Plötzlich begann sie das Brot von allen Seiten zu beschnuppern, trat sogar ans Fenster, um es genau zu untersuchen, und schimpfte: «Die reinste Kuhscheiße!»

Sie umklammerte mit beiden Händen die Tischplatte, und ihr großer grauer Kopf zitterte über dem warmen Brotlaib. Totenstille erfüllte die Stube.

Mutter stand wie vom Schlag getroffen, die Wasserschüssel in der Hand, mit weinerlich verzogenem Mund. Ich beäugte ängstlich den Brotlaib. Er war breit und flach, außen verbrannt und innen ein grünlicher zäher Klitsch mit dem süßlich-schalen Geruch keimenden Getreides.

In der Stube wurde es dunkler und dunkler. Die Ofentür stand immer noch auf, der Ofen knackte beim Abkühlen, im Ofenloch sah man den Topf mit dem Kohl und die Fleischpfanne. Das Fleisch konnte mittlerweile gar sein, doch daran dachte jetzt niemand außer mir. Statt nach dem Essen zu sehen, stand Oma gebeugt am Tisch und klagte leise, aber inständig, als bete sie ein Vaterunser: «Liebes Herrgottchen, hab ich nicht genug getan? Ganz allein hab ich die toten Kälber vergraben müssen und die Erde so hart gefroren, daß kein Spaten reinging, aber sollt ich sie etwa da liegenlassen, damit die Hunde sie rumschleifen? Immer bin ich hinter den Normtagen hergejagt, hab mir gedacht, im Herbst gibt's Weizen und Roggen dafür. Und merk nich, ich blindes Huhn, daß das alles längst nichts mehr taugt, was da auf dem Feld im Regen verfault. Was willst du da noch für Brot backen von der gekeimten Frucht! Lieber Herrgott im Himmel, sag selbst: is das recht, daß eins sein Lebtag springt und schafft und muß vor seinem Tod noch Kuhscheiße essen statt Brot?!»

Vor dem Fenster hielten die grauen Apfelbäume Wache, von Osten zog langsam und unaufhaltsam das neue Jahr heran. Um Oma schwebte der befremdliche Geist der alten Zeit, der erst mit ihrem Tod verschwinden würde. In ihre Rede stahlen sich Verwünschungen ein, braun wie Schafwolle und geronnenes Blut, und beim Zuhören kam einen das Gefühl an, auf dem

Bettrand säßen längst dahingeschiedene Leibeigene, wackelten mit den Köpfen und trampelten zu Omas Worten den Takt.

Wenn Oma mit dem Herrgott redete, war es mehr zum Schein, eigentlich glaubte sie an den Teufel.

Den hatte sie aus nächster Nähe gesehen, 1905, auf dem Heimweg von ihrer Konfirmation, als in Oiu hinterm Eiskeller die Aufständischen erschossen wurden. Das Pferd witterte den Blutgeruch und wollte nicht weiter, was man auch tat. Oma sah, wie beim Eiskeller ein schwarzer Mann erschien, grinsend auf und ab schritt und schlagartig verschwand. Das machte der Teufel immer in verworrenen Zeiten: plötzlich erscheinen und grinsend dem Gang der Dinge zusehen. Bestimmt hatte er auch jetzt bei den Broten die Hand im Spiel.

Irgendwo zündete man jetzt vielleicht schon die Kerzen an, raschelte mit Papiertüten, füllte Schalen mit Konfekt und Mandarinen, nahm die Gans aus der Bratröhre oder sah nach, ob die Würste gar waren – davon weiß ich nichts, davon müssen andere berichten. Bei uns war nicht einmal angefeuert, die Fichte stand ohne Schmuck, in der hinteren Stube schimmerten die Wäschestapel und unterm Fußboden klimperte das gestohlene Geld, bestimmt war der Teufel schon dabei, es zu zählen. Die Schneefelder des Lebens erstreckten sich in weite Fernen hinterm Horizont, über schwarze Tiefen spannte sich dünnes Eis.

Ich war gerade so hoch wie der Tisch, schweigsam und mürrisch. «Würden etwa andere Kinder mit leerem Magen auch so lange ruhig bleiben!» dachte ich voller Hochachtung vor mir selbst. Ich registrierte den Kummer der anderen wie eine kleine kühle Kamera, ein Geheimdienstmodell neuerer Bauart.

Ich hatte darüber gar nicht gemerkt, daß die Tür aufging. Vaters «'n Abend miteinander!» erhellte die dämmrige Stube wie ein Blitzschlag.

Im schummrigen Licht glänzte seine große Motorradbrille.

Der lange Mantel machte ihn größer und breiter, als ich ihn in Erinnerung hatte. Steif vor Kälte stand er in der Tür, mit Koffer und Rucksack, und hatte keine Ahnung, wie sehr er erwartet wurde.

Hinter ihm im dunklen Silvesterabend hingebreitet das froststarre Livland: Molkereien und Apfelgärten, Heudiemen und Holzstöße, Bienenstöcke, Linden, Bunker, Irrwische und Wiedergänger. Ein altes und böses Land; wer ihm einmal in die Hände fiel, den ließ es nicht wieder los.

Um sich aus der Gewalt von Erde und Bäumen zu befreien, halfen vielleicht nur Benzin und Maschinen. Und deren unumschränkter Vertreter war Vater. Mit Schadenfreude spürte ich, wie in seiner Gegenwart die alten Schlachtmesser mit dem braunen Griff, die Wollkratzen und Holzbütten demütig und unscheinbar wurden. Die Zaubermacht der Finsternis und der Wälder verblaßte neben den Dingen, die Vater mitbrachte: Blechkanister, Taschenlampen und vernickelte Türklinken.

Oma trocknete sich die Augen und machte Feuer, Mutter lief ins hintere Zimmer, um sich zu kämmen, Tommi sprang winselnd an uns hoch und vergewisserte sich, ob es auch alle begriffen hatten: Vater war heimgekommen.

Noch in der Tür, ohne den Mantel abzulegen, öffnete Vater ungeduldig den Rucksack und holte den schweren schwarzen Akku für das Radio hervor. Er nahm ihn in die Arme wie ein kleines Tier, trug ihn ins hintere Zimmer und rief: «Zuallererst mal das Radio in Gang bringen! Sonst kriegt ihr gar nicht mit, wenn die Geldkurse fallen.»

«So, fallen die schon wieder?» brummte Oma verdrossen und mißtrauisch und meinte dann trotzig: «Sollen sie, von mir aus! Ich hab kein Geld. Ich hab Angst vor Geld.»

Vater hantierte mit den Kabeln und erzählte belustigt und verwundert: «Ich hatte gedacht, ich kauf mir zum neuen Jahr ein Paar neue Breeches. Im Laden gab's heute morgen ein Paar wunderschöne grüne, wie die Miliz sie hat, sogar mit Leder auf dem Hosenboden. Aber wie ich sie anprobieren will, komm ich nicht hinein. Meine Beine gingen einfach nicht durch. Als wären das keine Hosen für Menschen, sondern für Ziegenböcke. Wirklich jammerschade!»

Er stand über das Radio gebückt, die Mantelschöße baumelten, sein Schatten bewegte sich an Decke und Wänden.

Ich wachte eifersüchtig über jeden Schritt von Mutter und plusterte mich auf, damit für sie kein Platz in Vaters Nähe blieb. Trotzdem schwirrte sie hartnäckig um ihn herum und fand sogar Gelegenheit, sich zu beklagen. «Das Mehl ist ganz ungenießbar, und das neue karierte Kleid ist gleich bei der ersten Wäsche filzig geworden!»

Sie verstaute die Wäsche im Schrank und machte auf dem Tisch Platz für den Baum. Der Schmuck reichte nicht aus, zwischen all dem tiefen dunklen Grün wirkte er wie verloren. Mit diesen alten erblindeten Glaskugeln und dünnen rasselnden Perlenschnüren gelang es Mutter nicht, das Wilde und Geheimnisvolle des Baums zu verdecken. Auch die an Drähten hängenden Kerzenhalter in Form von vergoldeten Tonkirschen und die schiefen weißen Kerzen halfen da nicht. Sie machten die Fichte eher noch düsterer.

Ich wandte mich enttäuscht ab und hörte Vater zu, der gerade aus Türi, Kaansoo, Pilistvere, Päinurme oder Kolga-Jaani kam. Irgendwo dort war im Wald ein tollwütiger Hund gesehen worden, der mit eingezogenem Schwanz und Geifer vorm Maul in die Baumstämme biß, daß die Späne flogen. Irgendwo hatte ein Wolf in einer Kartoffelmiete gleich hinter der Molkerei fünf Gewehre und ein halbes Schwein freigescharrt. Irgendwo hatte man bei einem Ernteeinsatz dem Leiter eine Höllenmaschine samt Sprengstoff in den Rucksack praktiziert. Der Rucksack war draußen auf einer Treppe explodiert und hatte zwei Hühner getötet.

Und Vater bewegte sich mitten in diesem Strudel von Ereignissen, erlebte sie mit und berichtete uns davon. Er dachte darüber auch bei seiner Arbeit nach, wenn er in den Molkereien Rohre schweißte. Das Metall schmolz wie Butter, blaue Funken spritzten umher und brannten Löcher in die Kleidung, Vaters Augen hinter der blechernen Schutzbrille folgten angestrengt dem feinen Gasflämmchen. Abends kaute er an trockenem Brot und rechnete die Tagegelder zusammen. Geld und Schnee trennten ihn von zu Hause.

Doch jetzt war er hier und konnte seine Freude nicht anders zeigen als mit Hilfe eines Apparats. Dessen Stimme war stärker und wichtiger als seine eigene, und während er sie ertönen ließ, prüfte er aufmerksam aus den Augenwinkeln, was für ein Gesicht wir machten und ob wir uns auch freuten. Das neubelebte Radio redete mit uns wie ein strenger Richter. «Am ersten Januar beginnt in den Kolchosen und Sowchosen unserer Republik eine Viehzählung. Mit der Durchführung haben die Stadt- und Kreiskomitees über viertausendvierhundert der besten Aktivisten beauftragt. Es steht zu erwarten, daß feindliche Elemente, die nur aus Heuchelei den Kolchosen beigetreten sind und sich zum Teil führende Stellungen erschlichen haben, Vieh verstecken oder bewußt falsche Angaben machen werden. Beispiele gibt es genug. So etwa Jaan Ani von der Kolchose ‹Sieg› im Kreis Pärnu, der sich bis heute weigert, Mähmaschine, Federegge, Pflug und Pferdegeschirr an die Kolchose zu übergeben. Oder Oskar Roosimägi, der einen Schlitten bei sich versteckt hielt, wovon die Kolchosleitung erfuhr. Schließlich gezwungen, den Schlitten an die Kolchose zu übergeben, brach Roosimägi, seinen alten bürgerlichen Gepflogenheiten getreu, in die Kolchosscheune ein, wo der Schlitten untergebracht war, und entwendete diesen.

Deswegen, Genossen, muß bei dieser Viehzählung strenge Kontrolle geübt werden, um allen Mißbrauch aufzudecken und auszumerzen...»

Oma hörte mit schiefem Kopf und gerunzelter Stirn zu. Schließlich schneuzte sie sich und begann den Tisch zu decken. Die grauen Menschengestalten warfen Schatten an der Decke, von dem fetten Kohl stieg heißer Dampf auf. Mutter und Oma setzten sich zu Tisch. In ihren Pupillen spiegelte sich das rötliche Lampenlicht und gab ihnen das Aussehen urweltlicher Wölfe, die sich in eine menschliche Wohnstube eingeschlichen haben. Vater ratschte ein Streichholz an und zündete die Kerzen an. Mutter rief ihn mehrmals zum Essen, doch er fuhr fort, in seinen Sachen zu kramen. Ich ging nachsehen, was Vater da im Hinterzimmer tat. Die Kerzen auf den Fichtenzweigen brannten mit gerader Flamme und beleuchteten einen dunkelglänzenden Zellophanbeutel mit bunten Zuckerperlen, der eben noch nicht dagewesen war.

Auf einem Stuhl mitten im Zimmer lag ein schwerer schwarzer Schraubstock. Vater ging um den Stuhl herum und musterte den Schraubstock mit kritischem Blick bald von weitem, bald aus der Nähe. Ab und zu beugte er sich zu ihm hinunter und streichelte ihn. Es war, als schmiegte der Schraubstock seinen breiten schwarzen Kopf zärtlich in seine warme Hand. Um Vaters grauen Rücken schwebten Landstraßen, lang und schauerlich kalt, strich der rauhe Atem der Zeit, Wälder rauschten voll Rachgier, und Schreiner-Jakobs Kopf schimmerte auf, der von den Wellen des Võrts-Sees ans Ufer gespült worden und nur anhand der Zahnkronen zu identifizieren gewesen war.

Alldem zum Trotz rasselten in Vaters Manteltasche die Streichholzschachteln mit den sorgsam ausgewählten kostbaren Apfelkernen, während er zwischen den Möbeln umherging, aufmerksam und vorsichtig, als wären die Stühle für ihn Beerensträucher und die Betten und Tische Apfelbäume. Selbst den Schraubstock tätschelte er, als hoffte er ihn im Frühjahr hinterm Haus einzupflanzen.

Über mir wölbte sich als festes Schutzdach die Kindheit und schirmte mich ab gegen das verworrene neue Jahrzehnt, das ringsum brauste und dröhnte, Staub aufwirbelte und lose Blätter in alle Himmelsrichtungen warf. Vater hatte kein solches Dach und stand schutzlos in diesem Wirrwarr, alle Aufmerksamkeit den Apfelbäumen und den Maschinen zugewandt. Was sonst um ihn vorging, nahm er eigentlich gar nicht wahr.

An einem schwülen Maitag des Jahres 1981, in einem Kleinstadtgarten, erfüllt vom allsonntäglichen Pfannkuchenduft aus geöffneten Fenstern, verarztete Vater ein junges kränkliches Apfelbäumchen und war völlig in sein Tun versunken. Er sah aus, als hätte er seit jenem Silvesterabend 1950 nicht einmal den Kopf gehoben und sich umgeschaut.

Dann unversehens heftige Windstöße, über der Stadt zog eine schwarze amboßförmige Wolke auf, die Bäume ächzten, die Fenster klirrten, die alten Lebensbäume neben dem Gartentor neigten ihre Wipfel einen Moment bis zum Boden, als wolle der Engel des Gerichts zwischen ihnen hervortreten. Aus den frisch umgegrabenen Beeten stieg eine graue Staubsäule und wuchs still und drohend zu gewaltiger Höhe. Aus der Säule hervor rollte ein tiefroter Feuerball, glitt durch die Kartoffelfurchen und verschwand hinterm Schuppen. Versengte Grasspitzen markierten den Weg des Kugelblitzes. Vater hatte nichts bemerkt. Mit gebeugtem Rücken, den Joppenkragen hochgeklappt, setzte er seine Inspektion fort. Inmitten der brechenden Zweige und Staubsäulen ringsum wirkte sein unbekümmertes Weiterarbeiten wie ein Trost oder eine Verheißung, eine Garantie für Frieden und Sonne.

Einen solchen Trost strahlte er auch an jenem Silvesterabend aus, als er mein Geschenk aus dem Koffer nahm und mir überreichte. Ich drückte die neuen roten Trainingshosen verlegen an mich, sah Vater in die Augen und bemühte mich zu erraten, was er von mir erwartete. Je mehr es mir klar wurde, um so mehr errötete ich. Hilfesuchend blickte ich hinüber in die Ofenecke, wo Mutter mir abends beigebracht hatte, wie man einen Knicks macht. Doch jetzt, statt zu knicksen, stampfte ich mit dem Fuß auf und stöhnte: «Herbststurm.»

Voller Zuversicht begann ich: «Hört nur, wie wild der Sturmwind die Wälder durchwütet...»

Ich erinnerte mich, daß im weiteren von Vögeln, Viehweiden, Wacholder und Wolfsgeheul die Rede war. Nur daß ich im Augenblick für Vögel und Viehweiden kein Fünkchen Interesse aufbrachte. All den strengen Lehrstunden in der Ofenecke zum Trotz rasselte ich das ganze lange Gedicht im Geiste geschwind herunter und war in einem Nu bei den Schlußzeilen, die mir stolz und kriegerisch vorkamen. Ich holte tief Luft und rief: «Reißt und zerrt an den Stubben und rüttelt die Wipfel, herrscht als König mit eiserner Hand – der Sturmwind!»

Damit war mein Zensurwerk vollbracht, ich verstummte und sah Vater, in Erwartung eines Lobs, gespannt ins Gesicht.

«Sehr schön», sagte er flüchtig und beachtete mich dann nicht länger, sondern spann laut einen Gedanken weiter, der ihm eben gekommen war. «Könnt es sein, daß die Toten und die Maschinen irgendwie miteinander im Bunde stehen? Im Krieg waren die Wälder voll von Toten – und jetzt von Maschinen. Einmal in einem Gebüsch sogar eine gute Dreschmaschine, mitten im Schnee! Vielleicht lösen die Maschinen im Frieden die Toten ab?»

Niemand antwortete ihm. Tommi knurrte, die Kerzenflammen wurden rot und begannen zu flackern. In der Diele hörte man schwere, wie unterirdische Schritte und Füßeabstreifen. Oma drehte sich gespannt zur Tür hin. Onkel kam in die Stube, in einer weißen Kältewolke, und stieß etwas Grußähnliches durch die Zähne. Sein Blick blieb hungrig an Kohlschüssel und Fleischpfanne hängen. Ohne ein Auge vom Eßtisch zu lassen, zerrte er sich die Filzstiefel von den Füßen, zog sich hinter der Schranktür um, warf Hosen und Joppe in die Dielenecke und nahm dann erst Notiz von den Anwesenden. Vater begrüßte er mit Handschlag und schmunzelte geheimnisvoll, zog aus der Manteltasche eine Flasche Schnaps und schüttelte sie sacht gegen das Licht. Er wunderte sich nicht einmal über die warme Stube und fragte nicht, woher wir inzwischen Holz bekommen hätten. Auch das Schweineschlachten, das Befinden der Kuh und der Stand unserer Heuvorräte weckten bei ihm jetzt keine Anteilnahme, obwohl sich Oma schon entschlossen den Mund wischte, das Kopftuch zurechtrückte und sich anschickte zu einem langen herzzerreißenden Bericht. Den kündigte auch ihre bedeutungsvolle und mißbilligende Miene an. Sie bewegte schon die Lippen, sagte dann aber nichts, streckte Onkel auf der Messerspitze ein Stück Brot hin wie einem Werwolf und wartete reglos darauf, was Onkel sagen würde.

Onkel nahm das Brot gierig entgegen, schnupperte nicht einmal daran. Seinem abgemagerten Gesicht war nichts zu entnehmen. Er kaute, schluckte, schmatzte und befand: «Bißchen süß irgendwie, aber sonst nichts dran auszusetzen. Das kann man essen!»

Schlürfend schlang er den heißen Kohl in sich hinein und kaute dazu mit Heißhunger das klitschige grüne Brot. Oma wischte sich die Augen, ihr Schatten zitterte an der Decke.

Ich probierte mit Mutter in der Ofenecke die neuen Trainingshosen an. Ich zog den Gummibund bis hoch unter die Achseln und bewunderte die breiten schlabbrigen Hosenbeine. «Genau wie die von Veldmann seinem Jungen!» meinte Vater zufrieden. «Der Veldmann war ja immer ein hohes Tier, egal unter welcher Regierung – der weiß, was gut ist.»

Onkel blieb allein am Tisch sitzen und aß lange und genüßlich. Erst nachher beim Schnapseinschenken bemerkte er auf dem Tisch in der hinteren Stube das Bäumchen, dessen Kerzen am Verlöschen waren, und fragte verlegen: «Gibt's eigentlich noch Kerzen? Man könnte ja vielleicht noch ein paar...»

Wieder standen die Flammen gerade und reglos, und ein Geruch von Feuer und Wachs füllte die Stube. Onkels Augen glänzten. Er nahm etwas aus seinem Rucksack unter der Bank und rief mich plötzlich zu sich.

Ich ging, über die neuen Hosenbeine stolpernd, durch die schattenschwere Stube und blieb vor Onkel stehen. Sein Haar sträubte sich in Büscheln zu beiden Seiten des glänzend nackten Schädels, auf die Wand hinter ihm fiel ein großer Eulenschatten. Mit Unbehagen blickte ich zur Garderobe hin, auf die Joppe, aus der heute der Plünnenkerl das Geld genommen hatte. Ich sah Onkel nicht in die Augen, schaute sonstwohin.

«Los, halt mal die Hände auf!» sagte er ermunternd.

Und als ich sie ängstlich vorstreckte, senkte sich auf sie ein Ballen Moos mit feuchten ledrigen Leberblumen darin.

In der Winterdunkelheit blinkte die ewige Sonne auf, ein Hoffnungsstrahl, den Onkel in den Wäldern von Kõpu aus tiefem Schnee für mich ausgegraben hatte.

*D*IE VIEHZÄHLER KAMEN GLEICH nach den Feiertagen, an einem Morgen, als Vater und Onkel sich gerade auf den Weg gemacht hatten und ich allein in der Stube war. Ich saß hinterm Tisch und aß Brot mit Rübensirup. Der Sirup sah bodenlos tief und pechschwarz aus, träge und ölig floß er aus der Flasche in die Untertasse. Ich schleckte die süßen Tropfen am Flaschenhals ab und betrachtete interessiert das undeutliche Porträt, das mir aus der zähen Flüssigkeit in der Untertasse entgegenschimmerte.

Auf dem Tisch in der hinteren Stube stand die Fichte, behängt mit Glaskugeln und Goldflitter. Sie sah traurig und verlassen aus. Die ungemachten Betten umlagerten sie wie feindliche Truppen. Die Sonne ging gerade auf und zog seltsame blutrote Linien über die Eisblumen an der Wand. Es war nicht geheizt. Ich kauerte mich zusammen und leckte meine sirupverklebten Finger. Die Tür flog auf, und fremde Frauen drängten in die Stube. Die Sirupflasche glitt mir aus den Händen und fiel um. Ein schwarzes Rinnsal kroch über den Tisch, verklebte die «Volksstimme» und den «Weg zum Kommunismus», floß über Omas Brille und über einen grauen Strickstrumpf, dem noch der Füßling fehlte.

Ich drückte mich schuldbewußt gegen die Wand und glupte die Eindringlinge finster an. Sie blieben bei der Tür stehen und sahen in der Stube umher. Die dünnere war mir ganz fremd, aber die dickere erkannte ich nun. Es war Laine. Ihre stämmigen, in dünne Seidenstrümpfe verpackten Beine waren rot vor Kälte, obwohl sie bis zur halben Wade von weißen, lederbesetzten Filzstiefeln geschützt waren. Der Mantel wurde vor der Brust von Sicherheitsnadeln zusammengehalten. Das Kopftuch war so gebunden, daß die hohe Stirntolle darunter hervorschaute. Auf ihr saß dichter Reif, der sich bald in kleine Bäche auflöste und über Schläfen und Nasenwurzel herabsickerte.

Hinter den beiden knarrte schüchtern die Tür, und noch jemand trat in die Stube – Koddern-Eevald. Er starrte teilnahmslos zu Boden; sein langer bloßer Hals war blaurot, die Mützenbänder zitterten um seine eingefallenen Backen, und an seiner Nasenspitze glänzte ein Tropfen.

Eevalds Kømmen machte mir Mut. Ich schob mich aus der Ecke hinterm Tisch langsam neben ihn und wartete ungeduldig darauf, daß er nach meinen Zeichnungen fragen würde. Laine setzte sich auf den Rand von Onkels Bett, streckte die Beine von sich und betrachtete zufrieden ihre Seidenstrümpfe und Filzstiefel. Als sie sich sattgesehen hatte, herrschte sie mich an: «Wo sind die anderen?»

Ich gab willig Auskunft. «Oma ist im Stall, ich weiß nicht, was sie da macht. Und Mama ist auf dem Stallboden und wirft Heu runter.»

Laine blitzte mit den Augen und kreischte triumphierend: «Hast du das gehört, Loreida?! Die wollen ihre Viecher verstecken! Hilda ist die Anstifterin, die Alte tanzt ganz nach ihrer Pfeife!»

Aus Laines Worten gewann ich die feste Überzeugung, daß Oma im Stall herumtanzte und man mir das aus irgendeinem Grund verheimlichte. Ich sah es beinahe vor Augen, wie Oma den Rocksaum hebt und die Strumpfbänder unter ihren nackten blauroten Knien flattern und wie sie mit den Füßen aufstampft, daß die Futterraufe wackelt. Und oben auf der Raufe sitzt Mutter und spielt auf meinem kleinen rostigen Blechpfeifchen, das ein deutscher Soldat einmal gegen sechs Eier getauscht hatte.

Ich wäre zu gern dabeigewesen, aber ich hielt es für ungehörig, fremden Besuch allein im Haus zu lassen. Loreida leckte ihre Lippen und sah düster zu, wie der Sirup vom Tisch tropfte. Sie hatte noch kein Wort gesagt.

Eevald hob den Kopf. «Frauen!» schrie er plötzlich ganz unvermittelt.

Loreida musterte ihn erstaunt, zog eine Papirossyschachtel aus ihrem Muff und stieß blauen Rauch aus den Nasenlöchern.

Laine wandte sich wieder an mich und fragte neugierig: «Habt ihr denn auch viel Fleisch?»

Ich dachte gründlich nach und sagte: «Fleisch nicht, aber Butter haben wir ganz, ganz viel. Papa bekommt seinen Lohn neuerdings in Butter ausbezahlt.»

Auf diesen letzten Satz war ich sehr stolz. Ich hatte ihn irgendwann heimlich aufgeschnappt und ihn mir Wort für Wort eingeprägt, und nun war es mir gelungen, ihn laut herzusagen, ohne mich dabei zu verheddern. Aber Laine zeigte sich kein bißchen erstaunt über diese Leistung und fragte gleich weiter: «Habt ihr denn das Schwein nicht geschlachtet?»

«Nöö», brummte ich mürrisch.

«Na, dann ist es aber sicher schon mächtig groß!» versuchte es Laine von neuem.

Ich mußte an das Schwein denken, wie es sich an der Kobenwand scheuert und stinkt und darauf wartet, daß es eins von den Hühnern erwischt. Ich sah es vor mir, breit und hoch und blutrünstig, und verkündete: «So groß wie das Bett!»

Loreida verlor die Geduld. Sie drückte ihre Papirossa in einer Streichholzschachtel aus und sagte scharf: «Das muß überprüft werden, was das Kind erzählt. Nun gehen Sie endlich, Laine, und holen Sie jemanden her. Die Zeit drängt!»

Laine rauschte davon. Eevald zog seine Schultern krumm und begann hin und her zu schaukeln und zu brummen. Gut möglich, daß er gleich seine Löwentour kriegte. Ich zupfte ihn am Ärmel und flüsterte: «Willst du mal meinen Namen sehen? Den hab ich selbst geschrieben!»

Eevald hörte auf zu brummen, versank ins Grübeln und

fragte schließlich mit hohler Grabesstimme: «Welche Gedanken willst du unter diesem Namen ausdrücken?»

Ich kicherte verwirrt und versuchte meine Verlegenheit zu überspielen, indem ich an Eevald hochsprang und so tat, als hätte mich plötzlich die Lust am Herumtollen gepackt. Eevald ließ sich nicht mitreißen, kratzte sich bloß am Kopf und sagte schleppend und schläfrig: «Wenn man seinen Namen auf chinesisch schreiben könnte, dann...»

Was dann wäre, erfuhr ich nicht, denn in diesem Moment trat Oma in die Stube, in jauchigen Galoschen und mit Heuhalmen am Kopftuch. Laine drängte sich wortlos an ihr vorbei zum Tisch, wo Loreida schon Platz genommen und ihre Papiere ausgebreitet hatte. Eevald faßte Oma bei der Hand und klagte: «Sie haben mich jetzt zum Kutscher gemacht. Trapptrapp-trapp läuft das Pferd und hat den Hintern voll Reif. Und wenn du wüßtest, wie ich friere!»

Oma ging steif zum Tisch hin und wartete. Onkels Bett, der Eßtisch und die Chinabirke standen plötzlich wie in einem Amtszimmer. Laine stellte Fragen, Oma antwortete, und Loreida trug alles in ihre Papiere ein. Eevald lehnte am kalten Ofen und schniefte. Loreida hatte eine glimmende Zigarette im Mundwinkel und musterte Oma mißtrauisch.

Zunächst ging alles gut. Auf die jeweilige Frage und Antwort hin vermerkte Loreida Omas Geburtsjahr, den Namen des Vaters und den Geburtsort. Oma schien mit den Fragen vertraut und gab respektvoll Auskunft: «Achtzehnhundertsiebenundachtzig», «Jaan», «Gemeinde Võisik».

«Geschlecht?» fragte Laine dann.

Oma blinzelte, trat aufs andere Bein und fragte aufgebracht: «Wie bitte?»

«Geschlecht!» raunzte Laine. Omas Augen wanderten ergeben von Laine zu Loreida und zurück zu Laine. Es war, als ob sie in sich zusammenschrumpfte. Laine stemmte die Arme in die Hüften, baute sich breitbeinig vor Oma auf und schimpfte: «Ja, gibt's denn so was von Dämlichkeit!»

Oma schnappte nach Luft. Sie riß den Kopf hoch, hieb mit der Faust auf den Tisch, daß der Sirup über die wichtigen Papiere spritzte, und schrie: «Halt deine verdammte Klappe!»

Loreida jammerte verständnislos: «Was hat sie denn bloß auf einmal, Laine? Was ist denn passiert?»

Oma verschränkte die Arme, sie hatte einen roten Kopf und keuchte. «Das seht ihr wohl nicht selber, ob jemand Männchen oder Weibchen ist, was? Da hat diese Laine man grad ihr bißchen Schulbildung und schon plustert sie sich auf wie ein Papagei, der dummes Zeug nachplappern kann und weiß gar nicht, was!»

Sie holte tief Luft, schaute auf ihre Galoschenspitzen und sagte dann versöhnlich zu Loreida: «Na, dann schreib mal: eine Kuh, ein Schwein, zwei Schafe und ein Schafbock und noch fünf Apfelbäume.»

Loreida fragte zögernd: «Schreib ich das nun so hin oder müssen wir kontrollieren?»

«Ist wohl nicht nötig», sagte Laine geringschätzig. «Ich kann mir nicht denken, daß die mehr als ein Schwein haben. Womit sollten sie die auch füttern, sind ja selber halb verhungert.»

Die Sonne schien durchs Fenster und brachte die Sicherheitsnadeln auf Laines Brust zum Funkeln. Man hörte, wie Mutter ins Haus kam und sich über die Diele in die warme Küche schlich. Eevald war, gegen den Ofen gelehnt, im Stehen eingeschlafen und schnarchte eintönig. Das Ofenblech unter seinen Füßen glänzte kalt. Mir schien, daß Loreida nicht nur die Tiere und die Apfelbäume aufschrieb, sondern auch Mutters ängstliche Schritte auf der Diele, den abgemagerten Zuckersack im Schrank unter dem Totenhemd, das Wehrmachtsbajonett in dem leeren Bienenkorb und Vaters in Butter ausbezahlten Monatslohn.

Dabei war ich ganz auf Loreidas Seite, räumte ihr auch großzügig das Recht ein, alles aufzuschreiben. Auf Oma dagegen hatte ich eine seltsame Wut, gemischt mit Traurigkeit. Über ihrem Kopf schrieb ich im Geiste mit fetten Druckbuchstaben in die Luft: «Im alten Stil geht es nicht weiter!» Das war, was das Radio mir pausenlos ans Herz legte und predigte und einschärfte. Aber Oma ließ alles nur an sich vorbeirauschen und stellte sich taub. Da hatte sie es nun!

Bloß an Laine störte ich mich einigermaßen. Konnte Laine wirklich für die neue Zeit sein, wenn sie zu Hause nicht einmal Bücher hatte, abgesehen von einem alten Trächtigkeitskalender? Mich betrübte das. Ich sah keinen Grund, warum Laine gemeinsame Sache mit dem Radio machte. Ich genierte mich ihretwegen vor Oma, und mir schien, wenn Laine nicht wäre, würde Oma bald alles einsehen und mich um Geschichten bestürmen, von Tschapajew, Suworow und Mamlakat, der kleinen Pionierin, die die Baumwolle beidhändig gepflückt und dafür einen hohen Orden bekommen hatte.

Unter meinem zornigen Blick wurde Laine unruhig, schlug das Bein übers Knie und stellte es wieder auf, gähnte weit, fuhr sich mit der Hand über den Kopf, als wollte sie meinen kritischen Blick wegwischen. «So ein verdammter Mist», beschwerte sie sich, «wenn überall so viel Zeit draufgeht, kommen wir noch in die Nacht hinein! Und der Gaul hat sich dermaßen den Wanst vollgesoffen, jetzt ist er nur am Brunzen und will nicht laufen. Und dazu auch noch Eevald als Kutscher!»

Eevald holte tief Luft, als er seinen Namen hörte, schlug die Augen auf, kratzte sich am Kopf und begann kläglich zu schluchzen. Ich schlüpfte hinter Omas Stuhl in Deckung. Was konnte ich gegen das Leben ausrichten mit meinen simplen Lesebuchgeschichtchen, in denen alles spannend und zügig und irgendwie festlich vor sich ging, in denen das Leben auf kleinem Raum zusammengepreßt und von allen Seiten zu betrachten war wie ein Stück Würfelzucker. Stühle waren in den Büchern niemals schwer, niemand mußte sie unter Aufbietung aller Kräfte durch die Stube zerren, wenn er sich an einen Tisch setzen wollte. Öfen kamen gar nicht vor, oder wenn, dann prasselte in ihnen ein munteres Feuer; Qualmen kannten die nicht.

Im Winter tummelte sich die fröhliche Kinderschar beim Rodeln und Skilaufen, niemand davon hatte eine Mutter, die sich vom Stall in die warme Küche schlich, oder einen Onkel, der zur Waldarbeit mußte.

Im wirklichen Leben dagegen war alles langwierig, Dinge waren schwer, Tage und Nächte lang, die Menschen grau und gewöhnlich. Im wirklichen Leben spielte sich vieles so verstohlen ab, man konnte selbst dabeigewesen sein und hatte doch nicht begriffen, was geschah.

Auch jetzt sah man nichts als vier alltägliche Menschen, eisiges Winterlicht, Betten, Stühle, Kleider am Haken, die Sachen auf dem Eßtisch. Das Uhrpendel ging von seinem Schatten begleitet an der Wand hin und her. Eevald stand mit dem Rücken zur Stube und wischte sich mit dem Ärmel die Augen. Es war kalt, langweilig und unbehaglich.

Loreida legte ihre Papiere zusammen, stieß den Stapel auf der Tischplatte mit Übung glatt und verstaute ihn in der Mappe. Für das, was in der Stube geschah, hatte sie weder Augen noch Ohren. Laine konnte bei Eevalds Anblick das Lachen nicht verbeißen. Er wimmerte leise und plierte durch die Finger zu den anderen hin. «Was hast du zu Eevald gesagt?» wollte Oma von Laine wissen. «Irgendwas mußt du heut früh zu ihm gesagt haben, der ist doch sonst nicht so komisch.»

Loreida knöpfte sich den Mantel zu, nahm die Mappe und wartete. Doch Oma ließ nicht locker und fragte Eevald: «Eevald, was hat Laine zu dir gesagt?»

Eevald machte ein paar Schritte vom Ofen weg, sank vor Oma auf die Knie und ließ den Kopf hängen, daß man nur seine breite Mütze mit dem gestreiften Stoffbezug sah. Von seinen Lippen kam ein Murmeln. «Ach, welche Leidenszeit kommt zu uns! Sie fliegt von Blume zu Blume, fliegt zum Bienenkorb hin!»

Dann hob er plötzlich den Kopf und sagte ganz alltäglich: «Die Häuser werden weggenommen und die Apfelbäume umgehackt.»

«Ach, papperlapapp! Das sind doch Hirngespinste!» meinte Oma, aber fragte dann dennoch: «Wer erzählt denn so was?»

Eevald stand langsam auf und richtete seinen langen rissigen Zeigefinger wie einen Revolver auf Loreida.

Oma heftete ihren Blick auf Loreida und betrachtete sie eingehend: Überschuhe, Mantel, Muff, Mappe und die runzligen gelben Augensäcke, als suche sie in Loreidas äußerer Erscheinung irgendeine wichtige unausgesprochene Botschaft. Schließlich fragte sie merkwürdig zahm und benommen: «Stimmt das wirklich, was Eevald da sagt? Wo sollen die Leute denn hin, wenn man ihnen die Häuser wegnimmt?»

Loreida bekam einen Hustenanfall, hustete lange und bellend und sagte, als sie sich erholt hatte: «Laine, was sitzen Sie da noch rum? Wir sind fertig!»

Laine sprang auf und machte ihrerseits Eevald Beine: «Na los, verdammt, Beeilung! Guck, was das Pferd macht!»

Endlich schien Loreida ganz zufällig Omas Blick zu bemerken und sagte in lehrerhaftem Ton: «Die Schaffung von Kolchosendörfern steht bei uns allerdings auf der Tagesordnung. Die Menschen müssen mit diesem Gedanken vertraut gemacht werden. Die Kraft des Kollektivs hat nämlich noch nicht jeder begriffen.»

Omas Augenlider begannen zu zittern. Dann polterte sie los. «Und wenn ihr mir das Dach überm Kopf wegnehmt – ich bleib sitzen, hier wo ich sitze, und rühre mich keinen Schritt!»

Man bekam das Gefühl, als säße sie schon unterm freien Himmel im Schnee, auf ebenderselben Sperrholzstuhlplatte, die Hände im Schoß, der Kopftuchknoten wieder einmal aufgegangen, und grauer Dampf steigt von ihr hoch wie von einer alten estnischen Spitzkote. Und ebenso sitzt Vanatares Juuli, mit der Wanduhr auf dem Schoß, und hämmert mit den Spitzen ihrer winzigen Halbstiefel gegen die Stuhlbeine vor Kälte. Auch Liisu sitzt auf ihrem Hof unter der bereiften Birke, die Füße manierlich nebeneinandergestellt, das Kinn auf den krummen Stockgriff aufgestützt, und sieht mit funkelndem Habichtsblick zu, wie Häuser vorbeigezogen werden. Die Häuser rumpeln in einer Reihe den Weg entlang wie graue Heufuhren, und hinter ihnen her kommen stöbernde Hunde, die wegen der Kälte auf drei Beinen laufen. Ringsum schneeverwehte Wälder, wo die Bäume mit den Ästen fuchteln und nach Menschen grapschen. Die Menschen sind klein, schwarz und fremdartig, sie gehen in einer Reihe unter dem niedrigen Himmel und wirbeln eintönig brummende Schwirrhölzer.

Ich stand neben Oma am Fenster und sah zu, wie Eevald das Pferd antrieb und der Schlitten mit den Viehzählern schwerfällig über den verschneiten Weg zuckelte, doch in Gedanken war ich noch immer bei jenen umherstreifenden schwirrholzwirbelnden Menschen.

Oma holte Würfelzucker und die Flasche mit den Tropfen. Jetzt erst traute sich auch Mutter in die Stube, kam hereingeschlüpft, spähte um sich und knurrte: «Jetzt hat sich diese Laine auch bei der Viehzählung gleich wieder rangeschmissen. Is ja wirklich die Höhe! Und wie fünsch die geguckt hat aus ihrer fetten Visage!»

Sie führte vor, wie Laine geguckt hatte, blies die Backen auf, preßte das Kinn an den Hals, machte Glupschaugen und sah dabei eher wie ein Karnickel aus.

Das heiterte mich wieder auf, die bedrückenden Bilder vor meinen Augen verschwanden. Wir lachten zusammen. Tommi kroch unterm Tisch hervor und begann gierig den Sirup vom Boden zu schlappen.

Oma lutschte ihren Zucker, den Rücken kerzengerade, mit erhobenem Kopf und gerunzelter Stirn. «Was soll das Gealbere!» fuhr sie uns an. «Hilda, hol das Neue Testament und lies die Stelle vor, wie des Jairus Tochter vom Tode erweckt wird!»

Mutters Lachen hörte auf wie abgeschnitten. Folgsam holte sie das Buch, setzte sich an den Tisch, blätterte eine Weile in den alten vergilbten Seiten und begann leiernd zu lesen. Ich lutschte an meinem Zuckerstück und wartete ungeduldig, daß sie an die Stelle kam, wo Jesus sprach: «Mägdlein, ich sage dir, stehe auf!», und als das Mädchen tatsächlich aufstand und wandelte, machte ich triumphierend: «Juhuu!»

Die Erweckung der Tochter des Jairus machte auf mich jedesmal tiefen Eindruck. Meiner Meinung nach war das Ganze in dem Schulhaus an der Landstraße passiert. Die dunkelroten Backsteinmauern und die runden Bodenfenster sahen imposant aus, lockend und nicht ganz geheuer. Selbst die Nistkästen an den Bäumen des Schulhofs mit ihren schwarzen Fluglöchern schienen noch ein Hinweis darauf, daß irgendwo in den Tiefen des Hauses noch immer das Bett von Jairus' Tochter stand.

Mutters Stimme leierte, die Wände knackten, draußen kam Wind auf. Die Sonne verschwand, dicke Schneewolken segelten über das Stalldach wie Zeppeline. Durchs Fenster sah ich, wie die Schneewehen sich stiemend vorwärtsbewegten, die Beerensträucher verschwanden in einer grauen Schneesäule. Die Stube wurde noch niedriger, kälter und düsterer. Das Sirupsrinnsal auf dem Fußboden bekam eine stumpfe Farbe, als hätte sich Staub daraufgesetzt. Vielleicht waren alle Tiere schon längst gezählt und die Häuser auf einen Haufen zusammengebracht oder schon wieder neu verteilt, und wir saßen hier immer noch um den Tisch und ahnten von nichts.

Ich stupste meinen Kopf gegen Omas Hand wie ein Hund, der auf sich aufmerksam machen und gestreichelt werden will, doch Oma ranzte mich an: «Nie hat man seine Ruhe! Was willst du denn schon wieder?» und schob mich zu Mutter hin.

Sie wies dadurch nicht allein mich zurück, sondern instinktiv auch Fertigbauwohnblocks, Rubiks Würfel, Taschenrechner, Kugelschreiber mit eingebauter Uhr, Aufklärungsflugzeuge, den ganzen grauen wirren Rest dieses Jahrtausends. Für Mutter dagegen gab es kein Entrinnen, ihr hängte sich all das, in mir verkörpert, mit vollem Gewicht an den Hals und war nicht mehr zu bändigen. Ich kletterte ihr auf die Schultern, zerrte ihr das Tuch vom Kopf und versteckte es hinter meinem Rücken.

Das war eine Aufforderung zum Spielen, aber Mutter kümmerte sich nicht weiter um mich.

Ich suchte mir einen Bleistift, kletterte auf einen Stuhl und begann grollend meinen Namen zu schreiben und die Bilder in den Zeitungen vollzuschmieren. Oma sagte: «Ich hab schon oft gedacht, wenn der Jesus hier wäre, auf den Knien würd ich ihn anflehen, daß er unseren Vadder auch wiederaufweckt. Und wenn er bei Vadder nicht will, dann wenigstens den kleinen Julius. Bald vierzig Jahre ist der jetzt tot, der wär jetzt schon ein alter Mann. Der würd nicht zulassen, daß uns einer das Haus wegnimmt, der war nicht so ein Laumann wie der Hans!» Sie schaute scharf zum Fenster hinaus, als sähe sie Opa schon kommen, und fügte bitter hinzu: «Meinst du denn, ich hätt nicht drum gebetet?!» – «Pah!» machte Mutter wegwerfend, aber Oma achtete nicht darauf und seufzte: «Wenn man wenigstens seine Zähne noch im Mund hätte, dann könnt man damit das Haus festhalten!»

Ich hatte die Hoffnung, sie würde jetzt gleich hinausgehen und in die Hausecke beißen. Die alten rauhreifbedeckten Sensen unterm Dachvorsprung sirren, Omas wollener Rock flappt im Wind, und am Himmel fliegt etwas, eine Krähe oder ein Flugzeug oder ein Feuerdrachen.

Daß da etwas am Himmel flog, gefiel mir besonders gut, und ich machte mich gleich ans Malen. Ich malte ein Haus wie eine Kiste mit einer Tür darin und auf beiden Seiten die Fenster, aus einem dicken schiefen Schornstein quoll schwarzer Rauch, gerade so als würde in diesem Haus nicht mit frischen Erlenscheitern geheizt, sondern mit richtiger Steinkohle. In das Fenster malte ich zunächst Blumen, aber nach reiflicher Überlegung schmierte ich es mit braunem Buntstift voll, daß es aussah wie ein Schweinskopf. Jetzt schaute da ein Schwein im braunen Mantel aus dem Fenster. Damit man es nicht sah, malte ich noch gestreifte Vorhänge in das Fenster. Jetzt sah das Schwein aus wie hinter Gittern. Oma malte ich neben die Hausecke, sie wurde mindestens so groß wie eine Fichte. Das Haus hing unter ihrer Nase in der Luft. Das gefiel mir nicht. Schnell verwandelte ich die mißlungene Oma in einen grauen Teufel, über dessen Kopf mächtige Bomber mit fünfzackigen Sternen am Schwanz flogen. Zum Glück eröffneten sie sofort das Feuer, als sie den Teufel sahen. Das Kampfgetümmel erfüllte das ganze Bild, und ich kauerte über dem allen und hatte längst vergessen, was ich ursprünglich malen wollte.

Erst die gereizten Stimmen der anderen brachten mich darauf zurück. Oma hatte inzwischen aus irgendeinem Grund an Jesu Wundertaten zu zweifeln begonnen und sagte eigensinnig: «Auf wen kann ich mich denn verlassen als auf mich selber?! Was ich selber tue, das ist getan, und kein Hahn kräht danach!»

Mutter widersprach dem nicht und sagte nur schläfrig: «Aber schon sonderbar, was in den alten Zeiten alles vorgekommen ist.»

«Vielleicht ist das ja auch alles wirklich so gewesen», meinte Oma. «Manchmal hat man den Glauben und die Hoffnung, und dann kommt man wieder ins Grübeln und glaubt an rein gar nichts mehr. Wenn man das mal mit eigenen Augen sehen würde, wie einer vom Tode erweckt wird, dann würd ich's schon glauben.»

Mutter sagte spitz: «Was redest du dann so viel davon, wenn du es doch nicht glaubst?»

Oma schwieg eine Weile, schaute unter den Tisch und bekannte dann schlicht: «Ich such eben eine Hilfe.»

Jetzt machte Mutter ihrem Herzen Luft. «Früher hab ich auch nicht an Wunder geglaubt; in der Schule die biblische Geschichte, das war für mich so wie Märchenstunde. Aber jetzt schon. Und was meinst du, warum?» Sie warf den Kopf zurück, wippte mit dem übergeschlagenen Bein und rief triumphierend: «Wegen der Kolchosen! Damals, wie ich bei Niitsaares als Hütemädchen war und so zerstochene Füße hatte, daß ich nicht mehr laufen konnte, und Erna hat mich deswegen fürchterlich zusammengestaucht und ich bin heulend nach Hause, und du hast mich mit der Rute zum Hüten zurückgejagt, da hätt ich mir doch nicht im Traum vorgestellt, daß Erna mal kein großes Pökelfaß mehr hat und keine schönen Kleider und daß sie sogar aus ihrem Haus fort muß. Jetzt haust sie in einer Erdhütte, heißt es, und kein Mensch weiß, wann sie wieder zurückkommt.» Sie kicherte schadenfroh. «Früher gab's für mich keinen Mächtigeren als Erna. Als ich klein war, hab ich ständig von ihr geträumt vor Angst, und jetzt ist sie noch weniger als ich!»

«Paß auf, was du sprichst!» mahnte Oma. «Ist das vielleicht gut so, daß einer vorher alles hatte, was das Herz begehrt, und jetzt muß er sich mit dem nackten Arsch zudecken? Und Niitsaares haben doch auch schwer geschafft für alles, was sie hatten!»

Jetzt kam Mutter in Fahrt. «Ganz recht: mit dem nackten Arsch! Die helle Freude ist das für mich, richtig ins Fäustchen lachen könnt ich mir! Jetzt können sie mal sehen, wie schön das ist, arm und in der Fremde zu sein. Weißt du nicht mehr, wie sie dich runtergeputzt hat meinetwegen, und du hast mich noch mit Gewalt zurückgejagt. Du bist denen doch dein Lebtag hinten reingekrochen – aber ich sag nicht mal guten Tag, wenn ich die seh. Kein Stück Brot kriegen die von mir, und wenn sie noch so hungern! Das mein ich! Das ist das wahre Wunder, daß wir solche Zeiten erleben!»

Mutters Augen glitzerten vor Rachgier. Meine Meinung von ihr stieg gewaltig. Ich hörte mit offenem Mund zu und argwöhnte, sie hätte heimlich in den Tschapajew-Geschichten gelesen. Wie hätte sie sonst so mutig die alte Zeit verdammen können!

«Ural, o mächt'ger Fluß!» rief ich versuchsweise, ich hoffte, Mutter würde mich nun in das Gespräch mit hineinziehen. Sie blieb aber still, drehte an den Knöpfen ihrer Strickjacke und flüsterte mit einemmal verängstigt, als hätte die große Nachricht sie jetzt erst erreicht: «Ich weiß nicht, was werden soll, wenn sie uns das Haus wegnehmen.» Ihre Schultern bebten. «Denk doch nur, wie furchtbar!»

Oma stand hinterm Tisch auf, sagte im Vorübergehen zu Tommi: «Raus mit dir, was lungerst du da!» und ging hinter ihm her nach draußen.

Mutters Augen wurden sehend, es war, als bemerkte sie erst jetzt den verschütteten Sirup. Sie zauste mich schmerzhaft und geübt an den Haaren und rief mit weinerlicher Stimme: «Wirst du noch einmal den Sirup umschmeißen! Wirst du noch einmal mit dem Essen spielen!»

Sie ließ mich los, ich sprang mit beiden Beinen mitten in die Siruppfütze, daß die Blätter der Chinabirke Spritzer abbekamen, und brüllte vor Enttäuschung und weil alles so ungerecht war.

Ich hatte gehofft, das Haus würde gleich heute noch weggeholt werden und Mutter würde mit mir ehrfürchtig die Heldentaten Tschapajews besprechen. Resigniert trampelte ich im Sirup, während Mutter um mich herumsprang und mich zu stoppen versuchte, anzuhalten wie einen Schleifstein oder eine Häckselmaschine.

Ich hörte jedoch von selbst auf, als ich in der Diele Omas Schritte hörte. Mutters Haar war verwühlt, die Strickjacke auf der einen Seite länger als auf der anderen. Vor Oma tat sie, als wäre nicht das geringste vorgefallen, holte einen grauen Putzlumpen und begann lustlos den Boden zu wischen. Oma stand in der Tür und hielt eine Sense, deren langes Blatt sich zwischen den Türpfosten wölbte wie ein Ehrenportal. Sie hielt den Kopf hochgereckt wie ein alter Soldat und den freien Arm gerade an die Rocknaht gelegt.

Mißmutig starrte ich sie an. Ich begriff nicht, was nun wieder los war. Jede Unternehmung mußte mir vorher mitgeteilt und von mir gebilligt werden, sonst war Zank und Streit gefällig. Aber immer lief alles anders. Schweine wurden geschlachtet, und ich erfuhr davon kein Wort, Nordlichter zeigten sich am mitternächtlichen Himmel, während ich schlief, und der Fuchs holte hinter meinem Rücken ein Huhn, ohne daß ich etwas sah oder hörte.

Oma stieß mit dem Sensenstiel auf den Boden und verkündete: «Die Sense hier stell ich auf der Diele in die Ecke. Das wollen wir doch mal sehen, ob jemand sich an diesem Haus vergreift, wenn ich mit der Sense ankomme. Eher laß ich mir noch den Kopf abhacken! Ich hab keine Angst!»

Einen Moment lang sah sie so groß und stabil aus wie das steinerne Molkereigebäude mit dem Blechdach. Doch je länger nach ihren Worten das Schweigen in der Stube andauerte, desto schrecklicher tönte dieses «Kopf abhacken» in den Ohren nach. Ich begriff nicht, was es war, wovor Oma Angst hatte und wogegen sie kämpfte. Vor allem ärgerte es mich, daß sie so gegen das Häuserwegnehmen war. Dann wurde mir das alles langweilig, und ich hatte eine ganz neue Idee.

Ich zog mir hastig den Mantel an, drückte mir die Mütze auf den Kopf und murmelte: «Ich geh Schlitten fahren.» Unter der Sense hindurch stürzte ich sorglos hinaus in die freie weiße Winterweite. Sie kam mir vor wie mein ureigener Besitz. Ich rannte, die Arme wie Flügel ausgebreitet und voller Jubel über ich weiß nicht was, zum Feldrand hin, um nachzuschauen, ob die Hausabholer schon kämen. Das war ein Vorwand, unter dem ich wie ein Luchs den Radiowellen auflauern wollte, um sie auf frischer Tat zu ertappen. Der ganze Himmel war, wie Vater versicherte, voll von Reden, Hörspielen und Musik, aber ich hörte nichts. Nicht eine Stimme, die durch das Schneegestöber hindurch bedeutungsvoll verkündet hätte: «Es ist zwölf Uhr fünfundvierzig. Unsere nächste Sendung widmet sich den Fragen des Zuckerrübenanbaus.»

Auf dem leeren Feld hoben und senkten sich graue Schneewogen. Der Wald hinter mir rauschte und knackste, die Birken winselten, die Fichten ächzten. Ich kniff die Augen zu, ballte die Fäuste, stemmte die Beine fest gegen die Erde und wünschte mir mit aller Kraft, ich wäre kein Mensch, sondern eine Radiobatterie, eine schwarze viereckige geheimnisvolle Kraftquelle, die alle die dort oben herumsausenden Schreie und Rufe einfängt und hörbar macht. So weit das Auge reichte, erstreckten sich Felder und Wälder, in denen sich graue Höfe verbargen, Wölfe und Menschen, Scheunen und Höhlen. Eine Krähe rauschte gegen den Wind und steuerte eine Schneewehe an, in der die Ohren eines toten Schweins zu sehen waren. Über Fichtenwipfel und unwirtliche Schneefelder rollte der weiße Zauberball Sonne unaufhaltsam der Zukunft entgegen.

D*IE ANORDNUNG HATTE WEITHIN* die Runde gemacht, war langsam und unbeirrbar durch die bereiften Wälder gewandert und schließlich auch zu uns gekommen. Mutter und Oma blieb keine andere Wahl, sie mußten hin zu diesem freiwilligen Arbeitseinsatz, Fichtenzweige sammeln. Ich saß mit Schnupfen im Haus; von Mitkommen war nicht einmal die Rede gewesen.

Durchs Fenster sah ich, wie der Schnee in der Sonne glitzerte und Oma die Ritze der Stalltür mit einem Sackfetzen zustopfte, damit die Wärme nicht entwich. Gleich darauf kam sie in die Stube, schloß den Ofenschieber und schnüffelte, ob auch nichts mehr schwelte. Aufmerksam blickte sie in der Stube umher und prägte sich ein, wo das eine oder andere stand, damit sich später feststellen ließ, wo ich Unordnung gestiftet hatte. Sie machte dabei eine Miene, als spräche sie vor dem Weggehen noch ein Vaterunser.

Mit einemmal schöpfte ich den Verdacht, sie wollten sich aufmachen in die Wälder von Kõpu. Nur der Umstand, daß sie am Morgen kein Fleisch für den Proviantsack gebraten hatten, beruhigte mich ein wenig. Ohne den Proviantsack mit Brot und Fleisch zu füllen, ging man nicht für viele Wochen nach Kõpu!

Ich warf verstohlene Blicke unter Onkels Bett, zur Hobelbank und zur Garderobe, um schon beizeiten Klarheit zu gewinnen über die Gefahren, die auf mich lauern mochten, wenn ich allein war. Im Beisein der anderen fiel mir nie etwas Ungewöhnliches auf, aber sowie sie einmal die Stube verließen, fingen Onkels Schaftstiefel unter der Garderobe ganz von selbst zu knarren an, und man mußte Angst haben, daß sie gleich mit knallenden Absätzen mitten ins Zimmer sprangen. Omas Jacke, die bis dahin friedlich am Haken gehangen hatte, ähnelte plötzlich immer mehr einem toten Schaf ohne Kopf. Unweigerlich klappten die Bücher an den Stellen mit den unheimlichsten Bildern auf.

Allein zu Hause zu bleiben war eine wahre Heldentat und mußte angemessen entlohnt werden. Ich ging in die hintere Stube und sah kritisch zu, wie Mutter das dicke rahmengewebte Kopftuch im Nacken zu knoten versuchte. Die Zipfel waren zu kurz, und der Knoten sprang immer wieder auf. Mutter wurde ärgerlich, riß sich das Tuch vom Kopf, besah es feindselig von allen Seiten, packte es bei den Ecken und dehnte es mit aller Kraft. Ich hob mich auf die Zehenspitzen. Während ich die Mutter im Spiegel mit der in der Stube verglich, forderte ich: «Ich will Möhren haben! Und Kohlrüben! Und Zucker auch!» Nachdrücklich setzte ich hinzu: «Ganz, ganz viel!» und kam zu dem Schluß, daß im Spiegel die Kleider älter aussahen und die Gesichter breiter als sonst.

«Möhren und Kohlrüben gibt's nicht, die werden zum Kochen gebraucht», warf Mutter hin und war mit den Gedanken woanders.

«Warum kocht ihr denn auch damit!» maulte ich und bohrte gleich weiter wie bei einem Verhör: «Und was ist mit dem Zucker? Oma hatte doch einen Zuckersack, so groß wie ein Menschenkopf!» Aufgeregt von der klaren Vorstellung dieses Zuckersacks, kletterte ich auf das Bett, hüpfte auf und nieder und brüllte: «Zucker! Zucker! Zucker!»

Mittlerweile hatte Mutter ihren Knoten zustande gekriegt, musterte sich im Spiegel und strahlte zufrieden. Mit ihren rosa Backen und dem glatt anliegenden Kopftuch sah sie ein wenig wie eine Matuschkapuppe aus. «Sch!» machte sie, und als ich still war, flüsterte sie vertraulich: «Das bißchen muß Oma für die Bienen aufheben. Wenn die Bienen im Frühjahr keinen Zucker kriegen, dann sterben sie vor Hunger. Und dann haben wir keine Bienen mehr und kriegen keinen Honig.»

Ich wurde neidisch auf die Bienen und fragte gespannt: «Und sonst sterben sie nicht? Ich meine, wenn sie zu essen haben?»

«Doch, schon», meinte Mutter, «wenn es im Brutraum zu kalt wird, dann sterben sie auch.»

Während wir miteinander sprachen, hörte man Oma in der vorderen Stube mißmutig in sich hineingrummeln: «Nischt wie den ganzen Tag vorm Spiegel gestanden, und die Arbeit bleibt liegen! Und dem Kind setzt sie auch schon Flausen in den Kopf!» Sie fluchte noch ein Weilchen vor sich hin, bis sie mit ihrer Geduld am Ende war und rief: «Was ist? Können wir nun bald?!»

Mutter zog den Kopf ein, schlüpfte hastig in den ihr zu klein gewordenen Mantel, tätschelte mir mit schuldbewußter Miene den Kopf, fand gerade noch Zeit für ein beschwörendes «Sei schön brav, Kind!», und weg war sie.

Ich lief in die Diele und sah aus der Haustür zu, wie sie um die Stallecke bogen. Hinter ihnen schlich Tommi, der Verräter. Dabei hatte er mir Gesellschaft leisten sollen.

Jetzt war ich ganz allein zu Hause. Ich warf einen letzten gequälten Blick den Weg hinunter und schlug zitternd die Tür hinter mir zu. Ich hätte so gerne gesehen, wie die Kühe die Fichtenzweige fraßen. Ich wußte nicht, ob man dazu die Zweige in den Stall brachte oder die Kühe in den Wald, wo die Zweige fertig aufgeschichtet auf sie warteten. Vielleicht trotteten sie jetzt schon auf den Wald zu, die Euter gegen die Kälte mit grauen Lumpen umhüllt und weiße Atemfahnen vor den schnaufenden Nüstern.

Einen freiwilligen Arbeitseinsatz stellte ich mir so ähnlich vor wie ein Sängerfest. Irgendwie bildete ich mir ein, daß die Frauen in gestreiften Röcken in den Wald zogen und die Männer in Kniehosen, und alle trugen sie Trachtenkappen und schwenkten im Marschtakt bunte Blechköfferchen. Nach einem solchen Köfferchen sehnte ich mich schon lange. Besonders aufregend war daran eine kleine Tür, die man verriegeln konnte und auf der eine Gans, ein Pionier oder ein Bär abgebildet waren. Mit Hilfe des Radios war ich zu der Auffassung gekommen, auf einer Kolchose müsse jede Arbeit unter schelmischen Chorgesängen verrichtet werden. Die Widersprüche zwischen Radio und Leben hätte man schleunigst beseitigen und mir eine Trachtenkappe und einen Blechkoffer schenken müssen. Und Oma hätte beim Heumachen und Mistkarren lustige Lieder singen müssen: «In der Kanne gluckst das Bier braun wie Tümpelwasser», statt immer nur ihre Kommandos zu krächzen, «Huf!» oder «Halt still, du Deibelsaas!».

Aus sicherer Quelle wußte ich, daß es Orte gab, wo das alles anders war, wo wildfremde Menschen sich mit freundlichen Wünschen und Fragen aneinander wandten: «Lauf nur, mein Mädel, immer munter zu!» oder: «Großväterchen, ist das dort hinten der Leseraum?» Eine lockende lachende Welt voll von Limonadenbuden, Fliedersträußen, weißen Söckchen und breiten glatten Zopfbändern. Deshalb legte ich oft, wenn ich allein im Haus war, das Buch «Ich wohne in Moskau» in Reichweite. Das half gegen die dunklen Stubenecken und den bitteren Hunger nach Süßigkeiten. Ich brauchte nur die magischen Worte «Sadovaja», «Mossovet», «Ordynka» zu flüstern und gleich erfüllte sonderbare Seligkeit mein Herz. Alles Unheimliche und Verdächtige war wie vom Erdboden verschwunden, und zurück blieben nur sonnenbeschienene Spielplätze und hochbeinige Schalen, die überquollen von saftigen Birnen, Pflaumen und Weintrauben.

Ich begriff nicht, warum Oma ewig nur von Mehl und Schweinekartoffeln und vom Tod redete; mit ihren Seufzern und Verwünschungen ließ sie alle finsteren Mächte los, warf über das Leben einen dunklen, unheimlichen, tückischen Schatten. Ich war für das Klare und Einfache. Alles Schicksalsschwere, Beklemmende, Undurchschaubare war ich bereit zu zerknüllen und wegzuwerfen wie eine vermurkste Zeichnung, und doch kam es unvermutet immer wieder zum Vorschein. Geradeso als würde das Leben zwischen den Deckeln eines harmlosen Büchleins wie «Das klitzekleine Haus» das «Handbuch der Gesundheitspflege» verstecken und dafür sorgen, daß es sich immer, wenn man es zur Hand nahm, bei den farbigen Abbildungen von Geschwüren, Flechten und Syphilis öffnete.

Wenn man allein zu Hause blieb, war es vor allem wichtig, sich eine harmlose kindliche Beschäftigung zu suchen und so die finsteren Mächte zu täuschen und einzuschläfern. Ich breitete meine simpelsten und hausbackensten Bücher auf dem Tisch aus – «Arbeit tut not», «Was ist denn dort los?», «Aino, die kleine Hausfrau» und «Wer springt am höchsten?» – und blätterte sie alle ganz durch. Wie nebenbei malte ich der kleinen Hausfrau lange rote Hosen und den Hunden und Katzen schwarze runde Brillen. Ich spielte vor mir selbst ein sorgloses Kind, das von Bunkern, Wurstfabriken, Teufeln und Wehrmachtsbajonetten noch nie gehört hat.

Auch an den kleinen weißen Hund versuchte ich nicht zu denken, der nachts im Wald von Kiigatsi plötzlich hinter Omas Fuhrwerk erschienen war, eine Weile hinterhergetrottet und ebenso plötzlich verschwunden war, wie in Luft aufgelöst. Ich scharrte geräuschvoll mit den Füßen, nahm eines der Bücher und verkündete mit laut näselnder Schnupfenstimme:

> Zu Mittag ißt die Kuh ihr Heu,
> der Hund hat Brot und Wurst dabei.

Die Wörter «Brot» und «Wurst» ließen mir das Wasser im Mund zusammenlaufen. Ich schlug das Buch zu und griff schleunigst zu einem anderen, wo nicht von Essen die Rede war. Mit einem strengen Blick auf Onkels Stiefel las ich ein paar Zeilen, die mir wieder Selbstsicherheit einflößten:

> Wenn du nur willst – wirst du Matrose,
> wenn du nur willst – ein Flieger!
> Wenn du nur kühn ans Werk dich machst,
> bleibst du stets der Sieger!

Ich schneuzte mich in meine Schürze und sah in der Stube umher. Ich wollte sehen, wie das gewirkt hatte. Die Stiefel duckten sich geschlagen am Boden, vor dem Fenster pickte eine Kohlmeise. Es war ganz still. In den Ecken lauerten mit angehaltenem Atem die Kleiderschränke, und wer wußte, was in der Speisekammer noch alles los war.

Doch da half nichts, man mußte tief Luft holen, sich mit ein paar aufmunternden Versen das Herz stärken und einen heimlichen Rundgang antreten. Am sichersten war es, wenn man den Stubenecken und Schrankwinkeln selbst bange machte, bevor sie einen erschrecken konnten.

Auf Zehenspitzen schlich ich in die Diele, lauschte, fletschte die Zähne und sprang mit lautem Gebrüll in die Speisekammer, der Finsternis mitten ins Herz. Düstere kalte Luft und graue Schatten grapschten mir an Genick und Waden. Ich hämmerte mit den Fäusten gegen das halbvolle Pökelfaß, schüttelte die Kleidungsstücke am Haken hinter der Tür und knurrte die aufs Regal hingekauerten Flaschen, Kannen und Büchsen an. Mit besonderem Schauder behielt ich die zwei alten Fayence-Teekannen im Auge, die Schnabel an Schnabel in einer dunklen Ecke hockten wie gedrungene weiße Hennen, die Tüllen drohend geschwungen und auf den gewölbten Bäuchen gespenstische Rosenbuketts. Sie warteten nur auf einen geeigneten Moment, um rauschend hochzuflattern, im dämmrigen Licht unter der Decke ihre Kreise zu ziehen und dann blitzschnell herabzustoßen und dem Eintretenden an die Gurgel zu fahren. Ich hatte schreckliche Angst, den beiden könnte es irgendwie gelingen, in die Stube zu kommen. Zornig zeigte ich ihnen die Zähne und knallte beim Hinausgehen die Tür hinter mir zu.

Als nächstes nahm ich mir die Küche vor. Der Herd war noch

heiß, in den Eimern neben der Bank glänzte düster schwarzes Brunnenwasser. Die alten Chinateedosen standen friedlich auf den mit Spitzenpapier ausgelegten Regalbrettern. In ihnen war aber kein Chinatee, sondern Kümmel, Kamillenblüten und Pfefferminze. Obwohl sie keinen sehr gefährlichen Eindruck machten, zischte ich sie für alle Fälle an.

Was mir in der Küche gar nicht gefiel, waren der Herdschrank und die Kartoffelkiste. Mit halbem Ohr hatte ich einmal die Geschichte von einem Mädchen mit angehört, das lebendig in eine Kirchenwand eingemauert wurde, und seitdem brachte ich diese Kirchenwand und die Wand neben dem Küchenherd in Zusammenhang. Gut möglich, daß sie darin ein Skelett gefunden und es heimlich weggeworfen hatten, damit ich nichts davon erfuhr. Und in den Hohlraum hatten sie dann den Herdschrank gebaut und trockneten die Handschuhe darin. Insgeheim hatte ich auch bei anderen Häusern einen Verdacht gegen die Herdschränke und Küchenwände, ohne daß ich gewagt hätte, mit jemanden darüber zu reden.

Gegen die Kartoffelkiste hegte ich keinen solchen Argwohn. In ihr war es schlicht und einfach zu dunkel, und ab und zu begannen die Kartoffeln ganz von selbst zu kullern.

Ich legte die Hände zu einem Trichter um den Mund, beugte mich über die Kiste und rief drohend:

> Heut feiert alles unverdrossen,
> in Moskau wird Salut geschossen!

und ging zufrieden und mutig in die Stube zurück. Jetzt blieb nur noch das hintere Zimmer zu inspizieren. Dort waren am verdächtigsten Omas Schrank und der Spiegel von der verstorbenen Tante. Doch ehe ich noch dazu kam, den beiden bange zu machen, fiel mir plötzlich lebhaft Omas Zuckersack ein. Dieser Gedanke verscheuchte im Nu alle Schatten und Schrecken, das hintere Zimmer sah mit einemmal so gewöhnlich aus, als wären die anderen auch zu Hause und säßen beim Strümpfestrikken oder beim Wollekratzen.

Ein wilder Hunger nach Süßigkeiten fuhr mir durch Mark und Bein, summte unter der Schädeldecke, stach in den Augen. Ich legte die Hände auf den Rücken und näherte mich langsam und verstohlen Omas Schrank. Die Schranktür winselte kurz auf. Fächer voller Wäschestapel wurden sichtbar und eine Puderdose aus Kristall, ein Andenken an die verstorbene Tante, von dem süßlicher bleichrosa Duft aufstieg.

In meiner Reichweite und Gewalt befand sich jetzt auch die Schublade mit den Gummilitzen, Druckknöpfen, Sicherheitsnadeln und Trägerbändern. Schon Dutzende von Malen hatte ich an der leeren Jodoformflasche darin gerochen und mit dem kleinen scharfen Ferkelkastriermesser gespielt. Doch diesmal ließ mich die Schublade völlig kalt. Auch der anderen, die stets abgeschlossen war und in der die Würfel und die Bilder der Zarenfamilie aufbewahrt wurden, schenkte ich jetzt keine Beachtung. Gierig ließ ich meine Augen über die andere Schrankhälfte gleiten, wo unter den Kleidersäumen der im Laufe des Winters stark abgemagerte Zuckersack hockte.

Ich kroch in den Schrank. Ich hatte Angst, die anderen könnten nach Hause kommen, bevor ich den Sack aufgekriegt hatte. Wollüstig griff ich durch die Leinwand hindurch in den Zucker. Ich spürte die Körner unter meinen Fingern knirschen und schluckte genießerisch. Die Schnur um den Sack war absichtlich fest verknotet, mit den Fingern bekam ich sie nicht auf. Eine Schere oder ein Messer zu holen traute ich mich jedoch nicht, ich fürchtete Omas Zorn. Wenn sie merkte, daß ich heimlich am Zuckersack gewesen war, würde sie rote Flecken im Gesicht kriegen und fluchen und schließlich die Rute holen und «Hose runter!» rufen.

Niedergeschlagen saß ich im Schrank und versuchte, den Zucker durch den Sack hindurch zu lutschen. Ich schmeckte aber nur die Leinwand. Mein Mund hinterließ eine nasse dunkle Spur, die ich entsetzt wegzuwischen versuchte. Während ich noch im Naphtalingeruch des halbdunklen Schranks an dem Sack herumrubbelte, kam mir eine glänzende Idee. Sie in die Tat umzusetzen schien so leicht, daß ich im Flug alles vergessen hatte – meinen Schnupfen, das Hinausgehverbot und die Warnung, daß alle Schandtaten früher oder später ans Licht kommen würden.

Man brauchte ja nur ein bißchen Kälte in den Bienenstock zu lassen, ein paar Waben herauszunehmen und alles wieder in die alte Ordnung zu bringen! Keiner würde etwas merken! Den Honig konnte ich heimlich auf dem Heuboden essen, und die Bienen würden erfrieren, und Omas ganzer Zucker blieb für mich übrig! Heute denkt kein Mensch mehr an Zucker. Überall steht er herum, in Büchsen, Küchenschränken und Läden, und weckt nicht das geringste Interesse.

Und doch haben viele Leute insgeheim immer noch ein Auge auf ihn – daß er ja nicht verschwindet. Diese Angst verbindet etliche Generationen. Alle, die als Kinder heimlich an Zuckersäcken genascht haben, gehören dazu.

Damals hatte ich das Gefühl, ich könnte eine ganze Schubkarre voll davon verdrücken und noch jede Menge Waben dazu. Ich schloß die Schranktüren, zog meine warmen Sachen für draußen an und verließ entschlossen das Haus.

Das grelle Licht schnitt in die Augen, die Sonne wärmte schon, und von der Dachtraufe tropfte es träge. Wenn man direkt neben der Hauswand stand, spürte man im Gesicht die warme schläfrige Berührung der Sonne. Als ich mühsam und hartnäckig durch den tiefen glitzernden Schnee zu den Bienenstöcken hinwatete, merkte ich, daß das in Gedanken sehr viel leichter war als in Wirklichkeit. Zum Glück stieß ich bald auf Omas Fußstapfen – sie war vor kurzem erst dort gewesen, um nachzuprüfen, ob die Bienen auch nicht erstickten, wenn die Fluglöcher vom Schnee bedeckt waren. Die Bienenstöcke sahen aus wie verschneite drollige Hexenhäuschen. Als ich sie schließlich erreichte, blieb ich ratlos zwischen den dürren Distelstengeln stehen.

Ich hatte das dunkle unbehagliche Gefühl, etwas Verbotenes zum wiederholten Male zu tun. Mir fiel ein, wie ich das Wehrmachtsbajonett aus dem leeren Bienenstock geholt hatte. Sicher lag es immer noch gleich hier nebenan hinter den verschneiten Wänden.

Hinter dem flachen schneeverwehten Gartenland duckte sich das Wohnhaus, die Fenster blinkten in der Sonne. In dem reinen glatten Schnee stachen meine Fußspuren scharf ins Auge. Über mir wölbte sich tiefblauer Himmel. Die Schatten der Zaunlatten, der warme Wollgeruch, der aus meinem Mantel stieg, die schimmernden braunen Äste der Apfelbäume – alles kündigte den Frühling an.

Ich stapfte um die Bienenstöcke herum, aber ich hatte keine Ahnung, wo die Tür zum Brutraum sein mochte. Ich änderte meinen Plan und fand, wenn man das Dach wegschob, käme ja auch die Kälte hinein. Das Dach mit seiner dicken Schneehaube rührte sich nicht, saß wie angelötet und gab nicht nach, wie sehr ich auch alle Kräfte anspannte.

Die Distelstengel splitterten krachend, das Dach knackste, die Meisen flatterten im Garten und tauschten lautstark ihre Meinungen über mein Tun aus. Alle Laute drangen zu mir wie durch tiefen Schlaf. Der leere leblose Hof und die Stimmen der Meisen im sonnenbeschienenen Garten mahnten und riefen zur Ordnung, aber ich kehrte dem allem den Rücken, nahm Anlauf und rammte die Schulter gegen das Dach.

Ich ächzte und leckte mir die Oberlippe, bis sie rauh und wund war, stemmte mich mit meinem ganzen Gewicht gegen das Dach, schob und zerrte. Nach endloser Plackerei gelang es mir, es an einer Seite hochzudrücken. Dem Bienenstock war das Rückgrat gebrochen; er sah jetzt aus wie eine aufstehende Kuh. Ungeduldig zwängte ich meine Hand durch den schmalen Spalt. Ich fühlte nichts außer kaltem grobem Stoff. Jetzt fiel mir auch wieder ein, daß sie im Herbst hier hantiert hatten, Wattebahnen ausgebreitet und die Stöcke für den Winter abgedichtet.

Nun hing ich fest. Die scharfe eisige Dachkante schnitt mir

ins rote Handgelenk, das Dach drohte mit seinem ganzen Gewicht zurückzusinken. Eine Meise flog auf einen Zweig, legte den Kopf schief und prüfte mich mit schwarzen durchdringenden Augen. Die Schatten der Bäume reichten bis in die Mitte des Kartoffellands. Der Himmel wurde auf einmal erschöpft und bleich, und ein weißer, kaum sichtbarer Halbmond zeigte sich.

Ich hielt ganz still, nur mein Kiefer zitterte, und von der Nase tropfte es auf den Mantel. Mir fiel ein, wie es der Fuchs macht, wenn er im Eisen hängt. Aber mir das Handgelenk durchzunagen fehlte mir der Mut. Jämmerlich schluchzend unternahm ich einen neuen Versuch, das Dach hochzustemmen. Die Angst gab mir Kräfte, und endlich hob es sich so weit, daß ich die Hand freibekam. Ich beleckte sie vorsichtig und versetzte dem Bienenstock einen kräftigen Fußtritt. Das Dach verrutschte endgültig und ließ sich nicht mehr zurückwuchten, wie sehr ich mich auch anstrengte.

Bestimmt kam jetzt die Kälte in den Brutraum. Die kahlen Beerenbüsche verbargen das verrutschte Dach überhaupt nicht. Es war weithin zu sehen. Im ganzen Garten und auch auf dem Hof gab es keine einzige Stelle, von der aus es nicht zu sehen war. Und die Stubenfenster gingen genau auf die Bienenstöcke hinaus. Ich hatte mich in der Stube aufgehalten und mußte folglich wissen, was mit dem Bienenstock passiert war!

Wirre würgende Angst packte mich bei der Kehle und drückte mich zu Boden. Ich preßte das Gesicht in den Schnee, stöhnte und jammerte. Ein stets bereiter Urschmerz brach aus meinem Mund als eintöniges Gewinsel, unterbrochen von tiefem schluchzendem Atemholen. Nach und nach wurde es leiser. Ich hob den Kopf und schaute nach, ob der Schnee schon von meinen Tränen zerschmolzen war. Ich stand auf und schüttelte mich und bemerkte plötzlich an der Hauswand meinen Schlitten. Sein Anblick wärmte mir das Herz und machte das Gefühl der Verlassenheit ein wenig kleiner.

Ich nahm den Schlitten und trabte vom Hof. Als auch das Stalldach nicht mehr zwischen den Bäumen zu sehen war, blieb ich stehen. Mein Hals tat weh, aber es war niemand da zum Ausjammern. Ich war fest überzeugt, daß mich für diesen Überfall auf den Bienenstock eine ganz besondere Strafe erwartete, von nie dagewesener Schrecklichkeit. Eine Strafe, gegen die, wie mir schien, auch Mutter und Oma machtlos waren, die ganz ohne deren Zutun über mich hereinbrach. Vielleicht würden sie sogar dazwischentreten und mich schützen wollen, aber umsonst.

Zum erstenmal hatte die Welt sich so kalt und unbarmherzig gegen mich gestellt, und das wollte mir nicht in den Kopf. Im Schneckentempo zottelte ich immer weiter von zu Hause fort und hoffte glühend, Mutter und Oma würden mir auf dem Weg entgegenkommen und mich zurückbringen. Das wäre dann ein Zufall gewesen, gegen den ich nichts vermochte.

Wie sehr ich auch trödelte, die Entfernung zwischen mir und unserem Haus wurde größer und größer. Jeder Schritt, den ich tat, führte mich weiter fort. Weit und breit war kein Mensch zu sehen. Ich begann in kurzen Abständen zu rufen: «Mama, wo bist du?» Die Rufe verhallten auf den leeren schimmernden Feldern, und nicht eine lebende Seele zeigte sich. Schließlich verstummte ich erschöpft, bewegte nur noch die Lippen und flüsterte tonlos: «Mama, wo bist du? Oma, wo bist du?»

Die Sonne schien durch die Wipfel und färbte sie rot. Stellenweise war der Schnee schon von den Zweigen weggeschmolzen und dunkles Grün trat hervor. Manche Zweige hingen tief über den Weg; wenn man durch sie hindurchschaute, bekam die flache Landschaft vor einem etwas Fremdartiges und Altertümliches. Man sah auf ausgedehnte Wiesen, Scheunen und einen einsamen Fahrweg. Über der funkelnden Weite hing die weiße Mondsichel. Der Weg gabelte sich und verschwand auf der einen Seite im schwarzgrünen Gewölbe des tiefen Waldes. Aus dem leisen Rauschen der Wipfel klang deutlich Omas Stimme: «Wenn ich kein Dach mehr überm Kopf hab, zieh ich in den

Wald unter einen Baum!» Voller Respekt und Zutrauen betrachtete ich die Fichten, aber mir war unklar, wie man unter sie ziehen konnte. Um das herauszufinden, stapfte ich durch den porigen Schnee zu der nächsten Fichte. Unter ihr lag derselbe Schnee wie überall, nur war es hier noch viel dunkler und kälter als anderswo. Omas Worte blieben mir ein Rätsel.

Die Fichten sahen aus, als hätten sie lange schwarze Mäntel an und Brillen auf. Dabei fiel mir Herr Ilves ein, und gleich wurde mir viel leichter ums Herz. Ich beschloß, sofort zu ihm in die Bücherei zu gehen. Ich fiel in Trab, der Schlitten holpernd hinterher, und verschnaufte erst dann, als ich den kahlen Hügelkamm erreichte.

Der lange glattgefahrene Feldweg glitzerte im Schein der sinkenden Sonne, hinter den Schneeflächen loderte kalt und geisterhaft der Horizont. Bei solchem Abendlicht war ich schon einmal einen Weg entlanggegangen, wann und wo, fiel mir nicht ein, und das begann mich sonderbar zu plagen. Ich stampfte mit den Füßen auf und versuchte zu brummen, doch ringsum funkelte die schwermütige nordische Landschaft in vollem Glanz, ließ alle Bewegungen und Laute erstarren und stieß einem einen langen brennenden Sehnsuchtsstrahl durch die Rippen mitten ins Herz.

Jetzt war die letzte Gelegenheit, nach Hause umzukehren. Vielleicht wäre mir noch einmal alles verziehen und heißer Himbeerblättertee aufgebrüht worden, aber der grellrote Horizont lag quer über dem Nachhauseweg wie ein Schlagbaum. Entschlossen eilte ich weiter und sah mich nicht mehr um, bis zwischen den Bäumen das winklige Büchereigebäude auftauchte. Aus einem Fenster fiel Lampenschein auf den Schnee und mischte sich erbleichend mit dem letzten Tagesschimmer und dem ersten Mondlicht. Anzuklopfen und einzutreten war gar nicht so einfach, wie ich es mir vorgestellt hatte. Über Schneeklumpen hinweg stolperte ich die Hausmauer entlang und wartete, daß Herr Ilves herauskam. Hände und Füße wurden mir kalt, die wunde Oberlippe brannte.

Unter dem Fenster fand ich einen Sägebock, den ich mühsam erkletterte, um zu sehen, was Herr Ilves da drinnen machte. Dort saß er im Lampenschein, die Brille auf der Nase, und bohrte mit einer krummen Ahle Löcher in den Rand eines Zeitschriftenstapels. Durch die Löcher zog er mit geschickten Handbewegungen Fäden und band Knoten. Die Arbeit ging ihm flink von der Hand. Auf dem Tisch lagen noch viele solcher Stapel, dazu eine Garnrolle und ein Säckchen aus gestreiftem Stoff, daraus holte Herr Ilves manchmal zwischen Löcherbohren und Knotenbinden etwas mit Daumen und Zeigefinger hervor, steckte es zerstreut in den Mund und aß. Selbst hier zu Hause hatte er seinen schwarzen Mantel an. Das sah fremd und traurig aus.

Plötzlich plumpste ich von dem Sägebock herunter, aus meinen Augen stürzten heiße Tränen und brannten auf meinen kalten Backen. Ich reckte die Arme hoch, als wollte ich jemanden anflehen oder auf den Schoß genommen werden, und stöhnte, ich wußte nicht zu wem: «Das Dach vom Bienenstock ist runtergerutscht, und ich krieg's nicht mehr zurück!» – «Nicht mehr zurück», kam es als dumpfes Echo aus dem Wald. Ich hörte Türenschlagen und knirschende Schritte im Schnee und spürte, wie Herr Ilves mich bei der Hand nahm. Er führte mich ins Haus, setzte mich an den Tisch, machte Feuer und zog mir sogar den Mantel aus.

Kaum war ich aufgetaut und wieder zu mir gekommen, begann ich mich für das gestreifte Säckchen zu interessieren. Ich machte einen langen Hals und versuchte hineinzuspähen, aber ich konnte nicht erkennen, was da zu essen drin war. Herr Ilves merkte es und sagte verlegen: «Ich hab nur ein bißchen Mehl genascht.» Ich hatte gehofft, in dem Säckchen wäre Zucker, und war tief enttäuscht. Herr Ilves zog sein Zigarettenetui aus der Tasche und begann zu rauchen. Plötzlich legte er den Kopf schief wie eine Kohlmeise und heftete seinen durchdringenden Blick auf mich. «Wissen sie zu Hause, wo du bist?»

«Zu Hause ist doch keiner!» klagte ich. «Die kommen erst abends zurück!»

Wieder regte sich in mir die alte Angst, was denn wäre, wenn Herr Ilves sehen will, ob ich schon schreiben kann. Ich rückte tiefer in den Schatten und sagte vorsichtig: «Ich kann meinen Namen schreiben.»

«Sehr schön. Sehr schön», sagte Herr Ilves ohne sonderliche Begeisterung und schritt, die Hände auf dem Rücken, mit gerunzelter Stirn zwischen Tisch und Ofen auf und ab. Ich wischte mir heimlich die Nase am Jackenärmel. So lange ohne Taschentuch von zu Hause fort zu sein war kein Spaß. Herr Ilves versuchte mich zu trösten. «Macht ja nichts, dann ruhen wir eben solange die Beine aus und schauen uns Bilder an. Was vorbei ist, ist vorbei, und was kommt, wissen wir nicht.»

Er kramte in den Regalen auf der Suche nach etwas und sprach dabei mit den Büchern. Sie kauerten auf ihren Plätzen und schienen ihm ergeben und unterwürfig zu lauschen. Wenn er sich bückte, schleiften seine Mantelschöße über den Boden, Sägespäne und graue Staubfuseln blieben an ihnen haften. Ab und zu sagte er beruhigend: «Moment! Moment!», man wußte nicht, ob er mich meinte oder die Bücher. Es schien, als hätte er mich schon vollkommen vergessen und beredete etwas mit Vater und Mutter, Frau und Kindern, Freunden und Feinden. Er bewegte sich hin und her, eine schwarze murmelnde Gestalt mit blitzenden Brillengläsern und raschelndem Mantel. Unter den Dielen nagte eine Maus oder eine Ratte, die Lampe summte.

Endlich richtete sich Herr Ilves auf. Er schien das Gesuchte gefunden zu haben. Zu meiner Betrübnis war es ausgerechnet der Bildband «Zehn Jahre sowjetisches Estland». Zweimal hatte ich mir den schon angesehen, aber nie bis zu Ende, denn beide Male hatte Oma zum Aufbruch gedrängt. «Einmal hab ich das schon bis ganz weit hinten angeguckt», sagte ich, «mal sehen, wie weit ich diesmal komme!»

Ich leckte den Zeigefinger an und ließ die schon bekannten Bilder vorbeieilen, nur bei dem Elektromotorenwerk «Volta» hielt ich mich länger auf. Die Elektromotoren kamen mir vor wie umgekippte Milchkannen, und das verwirrte mich: Milchkannen, die als Motoren ausgegeben wurden – das war rätselhaft und undurchschaubar. Von den bekannten Bildern gefielen mir am meisten die mit dem Titel «Restauriertes Haus in Narva», «Ein neuer Fischkutter (oben)», «Der erste Schultag (oben)» und «Die erste Lektion (unten links)», nur dieses «oben» und «unten links» ärgerte mich. Davon wurde einem auch nicht klarer, wo was war.

Das große Bild «In den Schulen unserer Republik kommen alle Schüler in den Genuß einer warmen Mahlzeit (oben)» hatte ich vorher noch nicht gesehen. Es war ausgefüllt von einem langen Tisch, an dem saßen Mädchen mit gesenktem Kopf. Vor jedem stand ein Aluminiumnapf mit Brei, und hinter ihnen ging eine beleibte ältere Frau mit einer Schleife auf der Brust auf und ab. Das mochte die Lehrerin sein. Das Bild machte mich wachsam. Ich mochte diese Mädchen und diese Aluminiumnäpfe nicht, allenfalls die resolute Lehrerin ließ ich noch gelten. Besser war da schon ein anderes Bild, betitelt «Der neue Kulturklub der Werktätigen in Kiviõli», das einen großen Saal zeigte, mit Ehrentafel, Sofas, riesengroßen schneeweißen Vasen und drei alten Männern, die behaglich in ein Sofa zurückgelehnt Zeitung lasen. Vor allem diese mächtigen Sofas beeindruckten mich tief. Wie klein und grau wirkte neben ihnen das nächste Bild: «Bluttransfusion auf der Entbindungsstation einer Tallinner Klinik»! Die kurzbeinigen Sofas von Kiviõli stellten alles andere in diesem Buch in den Schatten. Ich sah sie auch dann noch vor Augen, als ich das Buch schon erleichtert zugeklappt hatte. Endlich hatte ich es ganz durch!

Ich streckte die Hand nach dem nächsten Regal aus, wo die Zeitschriften standen, und zog die «Estnische Frau» heraus. Vor allem suchte ich nach Witzzeichnungen, aber ich fand keine. Längere Zeit verweilte ich bei den Modeseiten. Frauen in schlichten Kleidern lachten schelmisch, ein kleiner Junge führte seinen Fischgrätmantel beflissen von vorn, von der Seite und von hinten vor. Alle Leute auf den Bildern hatten breite fröhliche Gesichter, und daß ihnen die Kleidungsstücke ein bißchen zu groß waren, schien sie nicht zu stören.

Über den Modeseiten der «Estnischen Frau» schlief ich ein und erwachte erst dann, als Herr Ilves versuchte, mir den Mantel anzuziehen. Durch meinen süßen Schlaf hindurch hörte ich ihn sagen: «Komm jetzt, ich bring dich nach Hause!» und stolperte an seiner Hand irgendwohin. Die sternklare kalte Nacht machte mich wach. Mir fiel plötzlich der Schlitten ein. Ich deutete auf die schwarze Gestalt neben der Treppe und sagte froh: «Da ist mein Schlitten.» An meine große Untat, vor der ich weggelaufen war, erinnerte ich mich schon nicht mehr richtig. Das lag alles schon so weit zurück. Ohne Bedenken setzte ich mich auf den Schlitten, und ehe ich noch die Fahrt richtig genießen konnte, waren wir im dunklen Wald.

Die schwarzen Dickichte zogen langsam an uns vorüber, der Schnee warf ein geisterhaftes Licht, die Kufen knirschten, als mahle jemand mit den Zähnen, und mir war die ganze Zeit, als liefe uns ein altertümliches Gespenst nach, in der Gestalt eines kleinen weißen Hundes. Herrn Ilves schlug beim Gehen der Mantel schwer um die Knie, als rüttle er mit den Flügeln.

Auf einmal hustete er und sagte mit warm-bewegter Stimme: «Was ist das Schimmern und Scheinen und Blinken dort hinter ferner Höhe, was dieses Schallen und Schmettern und Rufen...»

Diese mit altersschwacher keuchender Stimme gesprochenen Worte hallten in meinem Schädel wider, setzten sich in den geheimen Gängen meines Blutes fest, entfachten eine unbeschreibliche Sehnsucht und Zuversicht. Ich holte tief Luft und spürte, wie sich mein Brustkorb mit heißer Freude füllte.

In diesem Augenblick kamen wir aus dem Wald und hatten vor uns die grenzenlosen, mit glitzerndem Schnee bedeckten Felder. Der Bienenstock war oben vollkommen offen, und die großen Sterne leuchteten mir mit erbarmungslosen Strahlen direkt in die Augen wie Taschenlampen.

DAS SCHRILLE LÄRMEN DER STARE drang morgens durch die Hauswände, der Schnee schmolz von den Dächern, die Fichten im Wald verloren ihre dunkle Macht, und die nackten Apfelbaumzweige bekamen einen rötlichen Glanz. Aloen und Weihnachtskakteen wurden schlaff, verstaubten und vermickerten. Um die Mittagszeit durften schon die Hühner hinaus. Sie schüttelten die mistverklebten Schwanzfedern, trippelten mißtrauisch über den frostigen Boden, kakelten ohrenbetäubend mit groben selbstbewußten Stallmagdstimmen, pickten gierig nach kleinen Steinen und fahndeten nach den ersten Grashälmchen.

Ich schaute durch das Fenster auf den Hof hinaus. Ich hatte Kampfertropfen im Ohr und einen Schal um den Hals geknotet. Das Malen und das Lesen hatten ihren Reiz längst verloren. Ich hängte mich an die Tür des hinteren Zimmers und ließ sie gegen den Ofen knallen, schurrte mit den Stühlen durch die Stube, spannte die Katze vor ein Reibeisen und ließ sie damit über den Tisch fahren, wobei das Lampenglas entzweiging. Die Stuben waren voll von leeren Garnrollen, Holzspänen, Streichholzschachteln und Katzenhäusern aus umgedrehten Stühlen. Mutter blieb nichts übrig, als mir den verhaßten Schal noch fester zu binden und mich eines Tages aus dem Haus zu lassen. In der Tür prallte ich mit Paula und Aime zusammen. Ich hatte Angst, man könnte mich des Besuchs wegen wieder ins Haus zurückkommandieren, und drückte mich so schnell ich konnte an ihnen vorbei.

Draußen war es so warm, wie ich es mir die ganze Zeit vorgestellt hatte. Die Sonne schien hell, und es wehte ein kräftiger weicher Wind. Überall schauten schwarze Erdbuckel und Steine aus dem Schnee hervor. Von der Blumenrabatte an der Sonnenseite des Hauses war er schon ganz weggetaut, und die ersten Schneeglöckchen drangen aus der Erde. Ihre bleichgelben Blätter, die so lange im Finstern zugebracht hatten, umhüllten schützend weiße tropfenähnliche Knospen. Überwältigt hockte ich mich nieder und streichelte sie mit den Fingerspitzen. Streckte die Hand hinüber in ein fremdes Reich und berührte ein unbekanntes Geschöpf. Überhaupt begannen sich jetzt Wesen zu zeigen, die es im Winter nicht gegeben hatte, zum Beispiel dieses kleine krause Blatt in einer Ritze des Fundaments. Ich aß es gierig auf, während ich aus den Augenwinkeln zu den Schneeglöckchen hinüberschielte. Für alle Fälle streichelte ich ihnen noch die Köpfe, wie Hunden, und sagte aufmunternd: «Keine Angst, euch freß ich doch nicht!»

Ich setzte mich auf einen Haufen Fichtenzweige neben der Rabatte, die Augen zugekniffen, im Mund den frischen Blattgeschmack. Die heiße Sonne drang betäubend durch meinen wattierten Mantel.

Paula war aus dem Haus gekommen und sprach auf dem Hof mit Oma. Mein Ohr erhaschte einzelne für mich rätselhafte Sätze. «Wer weiß, wann das Geld wieder fällt... Wem's glückt, dem legt der Hahn Eier... Gott segne diese Motten, die dir die Strickjacke angefressen hatten, das Rückenteil war noch so gut in Schuß, ich hab's aufgeräufelt und der Kleinen ein Paar schöne warme Hosen davon gestrickt...»

Hinterm Zaun hieb Aime mit einem Stock gegen den alten rostigen Pflug. Helles Eisengeklirr begleitete die Unterhaltung der beiden wie eine ferne Drohung. Paula und Oma sahen größer aus als im Winter. Keine Kälte krümmte sie mehr und zwang sie, den Kopf zwischen die Schultern und die Hände in die Ärmel zu ziehen. Auch ich selbst kam mir größer vor. Ich ging ums Haus, kletterte durch den Zaun und tauchte unerwartet vor Aime auf.

Wortlos musterten wir uns. Aime brach das Schweigen und kam gleich mit ihrem großen Trumpf heraus. «Unseren Tuks hat ein Wolf gerissen! Am Morgen lagen nur noch der Kopf und der Schwanz neben dem Schlitten!»

Auch ich taute nun auf und verkündete: «Unser Haus wird weggebracht!»

«Da seid ihr nicht die einzigen!» antwortete Aime herablassend.

Damit war unsere Bekanntschaft wieder aufgefrischt, und wir konnten zu spielen anfangen. «Spielen wir doch Häuserwegbringen!» schlug Aime vor.

Wir bekamen leuchtende Augen. Wir waren Kolchosvorsitzende, Leiter der Traktorenstation, Traktoristen und Hofbesitzer, alles in einer Person. Die Rolle der umliegenden Häuser übernahm mein wollener Schal, den ich unter der Mütze um den Kopf gewickelt trug und nun mit Freuden herunterriß, damit wir etwas zum Wegbringen hatten. Bei Teistes Haus wollten wir anfangen. Als nächstes sollte Vanatare drankommen und dann unser Haus. Ich kletterte rittlings auf den Zaun und rief: «Los geht's!» Da mir im Moment nichts Wirkungsvolleres einfiel, mahnte ich in strengem Ton: «Ob mit Dampfschiff oder Kahn, auf Teich, Fluß oder Ozean – immer vorwärts mit Elan!» und kommandierte Aime: «Du gehst jetzt nach Teiste, du bist die Frau Teiste. Dann komm ich mit dem Traktor und bring euer Haus weg.»

Ich wartete geduldig, bis Aime den Sägebock erklettert hatte, und lenkte mit Gebrumm und Geratter meinen unsichtbaren Traktor dorthin. Wenn ich auch sehr wohl sah, daß da nichts weiter als ein Sägebock stand, auf dem Aime balancierte, hatte ich dennoch ein beklommenes Gefühl in der Brust, als stünde ich tatsächlich bei Teistes vor der Tür und mein Pochen hallte schicksalsschwer durch das große stille Haus. Als schlügen tatsächlich die Hunde an und Juuli käme, mit dem Zollstock drohend, zum Öffnen herbeigeschlurft. Mein Mund wurde ganz trocken vor Aufregung, als ich im schleppend näselnden Tonfall des Brigadiers sagte: «Es ist da gewissermaßen der Vorschlag gemacht worden, euer Haus wegzubringen.»

Aime tat, als würde sie weinen, rieb sich mit den Fäusten heftig die Augen und jammerte: «Allmächtiger Himmel, was soll jetzt bloß werden! Ach du lieber Gott, so ein Mist!» Dann wußte sie nicht weiter, kicherte und drehte an ihren Mantelknöpfen. «Hetz mir die Hunde auf den Hals!» rief ich flüsternd.

Aime kreischte begeistert: «Ich hetz dir die Hunde auf den Hals! Faß! Faß!»

Ich spreizte die Beine, wiegte mich auf den Absätzen und drohte: «Ich schlag deine Hunde zusammen!» Mit der Handkante säbelte ich durch die Luft und sagte: «Siehst du, jetzt sind die Köpfe ab!»

Aime wußte dazu nichts zu sagen als «O weh, o weh!».

«Jetzt mußt du weinen», wies ich sie an, und als Aime brav die Hände vors Gesicht schlug und «Hu, hu» machte, tröstete ich sie: «Ist doch kein Grund zum Weinen, Frau Teiste. Sie dürfen mit dem Haus durch die Gegend fahren und...»

Aime nahm gleich die Hände vom Gesicht und sagte träumerisch: «Au ja, das möchte ich gerne. Ich hab auch gar keine Angst davor. Du vielleicht?»

«Ich würde überhaupt gar nichts anderes mehr machen als mit dem Haus rumfahren. So richtig mit Karacho!» prahlte ich. Ich packte den Schal am einen Ende, rannte los und rief: «Guck doch mal, wie das flutscht!»

Ich merkte, wie das Haus schwerfällig hinter mir herholperte. Die Fensterscheiben klirrten, aus dem Schornstein stoben Funken, und die großen Fichten von Teiste seufzten tief und wollten ein letztes Mal ihre Zweige übers Dach breiten. Bis heute wundere ich mich, daß das Haus immer noch an seinem alten Platz steht. Ich habe es doch eigenhändig weggezogen!

Bei Vanatare ging das Wegziehen noch leichter. Nachdem ich Aime erklärt hatte, was sie zu sagen hatte, sprang Sina-Iida hinterm Tisch hervor, fuchtelte mit den Armen und rief: «Komm, hoch mit dir!» Sie begriff nicht recht, was vorging, und blieb mitten auf dem Hof stehen, während ich das Haus mit der grauen Katze und dem krabbelnden Kind darin wegschleppte.

Als nächstes war unser Haus dran. Diesmal kam Aime mit dem Traktor, und ich war Oma. Ich ging dem Traktor entgegen, stieß einen unsichtbaren Sensenstiel auf die Erde und zeterte: «Ich laß mir mein Haus nicht wegnehmen! Und wenn man mir den Kopf abhackt!»

Aime versuchte, mir die Sache mit List schmackhaft zu machen. «Alles halb so schlimm, Muttchen, stell dir vor, du darfst mit dem Haus durch die Gegend fahren und...»

Wieder stieß ich den Sensenstiel auf und donnerte: «Leck mich doch am Arsch! Ich halt das Haus mit den Zähnen fest!» und verbiß mich in meinen Schal, damit Aime nicht damit weglaufen konnte.

Aime drohte: «Ich laß dich einsperren, wenn du so schlimme Wörter in den Mund nimmst!» Sie versuchte mir den Schal zu entreißen, aber ich trabte damit vor dem Zaun auf und ab und ließ mich nicht einfangen.

Unser Spiel geriet aus dem Gleis, wir kreischten und gackerten, warfen den Schal in die Luft und jagten einander einfach zum Jux. Paula kam aus dem Hoftor, die ausgeliehene Kaffeemühle unterm Arm, packte Aime bei der Hand und machte unserem Spiel ein plötzliches Ende. Bedauernd sah ich ihnen nach und ging zurück auf den Hof.

Dort stand der große Brennholzschlitten bereit, beladen mit einem Stapel leerer Kartoffelsäcke. Auch Tommi war zur Stelle. Er ahnte, daß Oma irgendwohin wollte, und kratzte voller Freude mit den Hinterpfoten, daß der Schlamm flog. Um Oma herum trippelte der im Laufe des Winters fett gewordene Hahn, warf, als er mich sah, ängstlich den Kopf hin und her und machte mit komischen Verbeugungen und Verneigungen Oma den Hof. Die schüttelte ihren Rock und knurrte: «Weg da, verschwinde!»

«Oma, wo gehst du hin?» fragte ich. «Willst du Holz holen?»

«Das geht kleine Kinder gar nichts an!» antwortete sie über die Schulter hinweg, ruckte den Schlitten an und ging, ihren derben Nagelstock in die frostharte Erde stoßend, hinaus auf den Weg. In der hellen Sonne sah sie klein und grau aus. Windstöße kamen übers offene Feld und drückten ihr den Rock zwischen die Knie. Der Kartoffelsackstapel auf dem Schlitten schwankte.

An manchen Stellen war der Schnee schon weggeschmolzen, und man kam mit dem Schlitten nur schwer voran. Oma drehte sich kein einziges Mal um. Ich trottete in geringem Abstand hinterher. Auf dem eingefahrenen Winterweg lag noch ein dikker bläulicher Eisschild, in der Mitte höher als an den Rändern und glatt und rund wie ein Baumstamm. Oma bemühte sich nach Kräften, das Gleichgewicht zu halten, schlitterte in ihren plumpen Galoschen daher wie auf Skiern. Ihr Stock hinterließ Nagelspuren im blanken Eis.

Auch wenn sie mitunter von Windböen weggefegt wurden, tauchten die Sonnenstrahlen das Eis in blendendes Licht und gaben den fernen Wäldern einen blauen Schimmer. Ich begriff nicht, warum Oma den klobigen Schlitten nicht einfach stehenließ und sich gerade aufrichtete, sich vollsog mit dieser blitzenden wogenden Luft und sich mit Hilfe ihres langen Stockes über die Gräben schwang.

Diese graue Gestalt vor dem Schlitten nahm der Landschaft alles Fröhliche und Verheißungsvolle. Ihre verblichenen Kleider, ihr tastender Gang fielen auf sie wie ein trister Schatten.

Der Wind frischte auf, begann zu fauchen und zu keuchen, der Himmel bezog sich mit hohen flaumigen Federwolken, und durch die Fichten von Vanatare ging etwas wie freudiges Rascheln oder Seufzer der Erleichterung.

Jetzt erst bemerkte mich Oma und blieb schnaufend stehen. Sie schickte mich jedoch nicht zurück, sondern meinte nur mürrisch: «Nichtsnutzig herumstromern, das kannst du! Aber mal mit anpacken, so was fällt dir nicht ein.»

Sofort stellte ich mich eifrig neben sie ins Geschirr. Sie schien es sogar zufrieden, offenbar war es ihr zu eintönig, immer nur den Nagelstock ins Eis zu stoßen und ihren Gedanken nachzuhängen.

Beim Gehen waren ihr Worte und Sätze eingefallen, die sie

Onkel oder Mutter sagen wollte, und jetzt probierte sie sie an mir aus. Während sie forderte, drohte und klagte, verschmolz ihre Stimme in eins mit dem schneefleckigen Land, den grauen Scheunendächern und dem rauhen Knirschen der Schlittenkufen. Es war wie eine alte estnische Volkssage, wundersam, unglaublich und zum Fürchten. Aber mit meinem Leben hatte das nicht das geringste zu tun. Viel interessanter waren da meine Galoschen, die sich wie zwei schwarze Autos durch Schnee und Eis vorwärtsarbeiteten. Omas Stock hieb heftig ins Eis, ihre Worte rollten monoton dahin, dann und wann unterbrochen von Ausrufen. «So ein verdammter Schlamper, dieser Hans! Läßt einfach das Heu im Wasser verfaulen, statt es da wegzuholen. Und immer versprochen ‹Ich hol's ja, ich hol's ja›. Da haben wir nun dein ‹Ich hol's ja›. Nun kannst du dich selber in die Raufe legen, statt Heu. Der Kuh stehen die Rippen raus wie Dachsparren, das arme Tier kommt schon gar nicht mehr auf die Beine, was man auch tut.»

Ich runzelte die Brauen und lenkte, ohne mich um Omas wirre Klagen zu kümmern, meine Galoschen sicher über Berg und Tal. Um sie auf Trab zu bringen, flüsterte ich ihnen manchmal auch etwas zu. «So, und jetzt immer schön geradeaus! Doch nicht so schnell! Siehst du nicht, daß es bergauf geht? Wohl keine Augen im Kopp!» Als ich zufällig einmal aufschaute, merkte ich, daß wir schon weit auf den Uferwiesen waren. «Wo wollen wir denn hin, Oma?» erkundigte ich mich mißtrauisch.

Meine Frage gab Oma wieder Auftrieb. «Wo wollen wir denn hin!» äffte sie. «Wo soll man so mit Sack und Stock wohl anders hinwollen als zum Betteln!»

Das kam wie ein Blitz aus heiterem Himmel. Ich war tief erschrocken. Zwischen den Weidenbüschen schienen sich auf einmal graue Hütten zu ducken, es war, als legte sich ein alter runzliger Himmel schwer auf die Wipfel, und auf dem Eis flakkerte ein düsteres Feuer, um das Männer in zerschlissenen Joppen Mehlsuppe löffelten. Ich stemmte die Beine gegen den Boden, preßte das Kinn auf die Brust und drohte: «Dann komm ich nicht mit!»

«Glaubst du denn, ich wär verlegen um so einen Quengelgeist!» antwortete Oma verächtlich. Ohne mich weiter zu beachten, bog sie auf den Schlittenweg ein, der zu den Heudiemen führte.

Bei der Flachsröste krächzten die Krähen; gut möglich, daß dort ein Aas lag. Ich stand eine Weile und scharrte mit dem Absatz, bis ich zu einem Entschluß kam und Oma nachhastete.

Sie machte sich daran, das auf dem Gestell liegengebliebene Heu zusammenzukratzen, während ich dabeistand und zuschaute. Lange hielt ich das nicht aus und schwirrte bald um Oma herum und gab Ratschläge: «Hier mußt du noch was wegnehmen!» oder: «Guck mal, da ist ein ganz großer Haufen!» Sie stopfte das Heu in einen Sack, und ich half beim Aufhalten. Das hier war nicht das gelbe überjährige Gras, das man vom Eis abmähte, sondern richtiges Futterheu, grün und süß duftend und voller Wiesenblumen. Vor Freude bekam Oma rosa Backen. Sie nahm auch die trockenen raschelnden Weiden- und Birkenzweige, die ganz unten unterm Heu ausgebreitet waren, brach sie klein und stopfte sie ebenfalls in den Sack.

Als wir das Gestell sauber abgeräumt hatten, gingen wir den Weg entlang, auf dem das Heu abtransportiert worden war. Auf offenem Feld fiel von den Fuhren nicht so viel herunter wie im Wald, meinte Oma, wo sie an Ästen und Zweigen vorüberstreiften. So war es auch. Zufrieden seufzte sie: «Davon holen wir jetzt jeden Tag was. Vielleicht bringen wir das Tier doch noch durch!»

In den Zweigen entdeckte ich Heubüschel, die Oma übersehen hatte, brachte sie ihr triumphierend und sagte stolz: «Ich finde viel mehr als du!»

So rannte ich zwischen Oma und den Büschen hin und her. Die ganze Zeit über begleitete uns Tommis schrilles Gekläff – er hatte Spuren gefunden. Manchmal kam es gedämpft von weit her aus dem Unterholz, dann wieder ganz aus der Nähe. An den Erlen hingen braune Kätzchen wie Tannenzapfen, nach Omas Ansicht versprach das ein gutes Kartoffeljahr. Unter den Fichten war der Schnee mit Nadeln übersät. Das gefiel Oma weniger – kurz vor dem Ersten Weltkrieg und dann wieder vor dem Zweiten hatten die Fichten auch so viele Nadeln abgeworfen.

Wir stopften die Säcke voll und plauderten gemütlich. Oma regte sich nicht einmal dann auf, als ich mich längelang auf die Säcke plumpsen ließ. Doch lange hielt unser Waffenstillstand nicht vor. Jetzt wollte ich nämlich von Oma alles genau beschrieben haben, wie sie von zu Hause losging und was sie gedacht hatte, als sie mich hinterherkommen sah, und was sie gesagt hatte und was ich gesagt hatte und was sie sich dabei gedacht hatte und was ich mir ihrer Meinung nach dabei gedacht hatte.

Mit diesem Spiel fiel ich aller Welt auf die Nerven. Wann immer etwas mit meiner Beteiligung geschah, bestand ich prompt darauf, daß man es mir nacherzählte und dabei ausführlich bei meiner Rolle verweilte und zu raten versuchte, was ich mir bei diesem oder jenem gedacht hatte. Das fing stets so an, daß ich honigsüß schmeichelte: «Erzähl doch mal, was ich gemacht habe!» oder: «Erzähl doch mal, wie ich dabei war!», und es endete immer in Zank und Streit. Mutter brauchte nur zu antworten: «Hab ich Zeit zu gucken, was du machst!» oder Oma verwundert zu sagen: «Wie sollst du schon gewesen sein? Wie Kinder eben sind», und schon brauste ich auf und rief anklagend: «Was seid ihr nur für Dösköppe, ihr seht aber auch gar nichts! Ich will wissen, wie das war!»

Obwohl ich mich selber ganz genau erinnerte, wer was gesagt oder getan hatte, mußte ich alles noch einmal aus dem Mund der anderen hören. Gewöhnlich war das Ende vom Lied, daß Mutter die Geduld verlor, mich plötzlich mit beiden Händen zauste und erbittert ausrief: «Willst du jetzt endlich mal aufhören mit deiner dummen Fragerei!»

Oma wurde mich meistens auf die raffinierte Art los. Sie brauchte nichts weiter zu tun, als mich zu loben: «Ich weiß gar nicht, wie wir das ohne dich jemals geschafft hätten!», und schon schmolz ich dahin und ließ mich willig wegschicken zum Lesen oder Malen.

Mittlerweile hatte ich das Heuschleppen satt und begann zu quengeln. «Oma, wie war ich denn, als ich nicht mehr weiter mitkommen wollte?»

Oma schimpfte: «Fängst du schon wieder an, du Deibelsbalg!»

Ich bohrte weiter, jetzt schon ein bißchen lauter. «Sag doch, was hast du gedacht, als ich dir hinterhergekommen bin?»

«Nichts hab ich gedacht!» knurrte Oma, aber das war ein Fehler. «Da hab ich mich ja so gefreut!» hätte sie antworten müssen oder «Ich hatte schon richtig bedauert, daß ich dich zu Hause gelassen hab». Ganz besonders aber hätte ich es genossen, wenn sie mit viel Gefühl und langgezogenen U-Lauten gesagt hätte: «Ich guck und guck, was kommt da nur? Und auf einmal seh ich, das ist ja unser Mädel!»

Ich nahm Omas Stock und hackte damit wütend auf den Boden ein, daß mir feine Eissplitter ins Gesicht spritzten. Ich wollte alles noch einmal durchleben, die sonnige lebendige Weite der Uferwiese, das Krächzen der Krähen, meine eigene Rat- und Hilflosigkeit, aber durch Omas Worte verwandelt zu etwas Vertrautem, alltäglicher und begreiflicher, als es in Wirklichkeit gewesen war.

Unser Streit war schon in vollem Gange, als plötzlich aus dem Wald Pferdeschnauben und das Knirschen von Schlittenkufen zu hören war. Entsetzt schleuderte Oma die Heusäcke in Richtung Wald, aber sie flogen nicht bis in die Büsche, sondern blieben auf freiem Feld liegen und sahen aus wie prallgefüllt mit Getreide, Kartoffeln oder Wolle. Jedem, der diesen Weg entlang kam, mußten sie schon von weitem auffallen.

Oma zog mich zur Seite, doch das Pferd hielt schon vorher an, auf dem leeren Schlitten kniete Koddern-Eevald. Er nahm keine Notiz von uns, stierte nur geradeaus auf den Pferdeschwanz. Seine Mützenbänder bebten. Irgendwie gaben die prallen Säcke neben dem Weg dem Wald dahinter etwas Verdächtiges. Auch Tommis Kläffen war verstummt. Die Fichtenwipfel rauschten im starken Wind, der nach Wasser und Erde roch, die Sonne überschwemmte sie mit warmem gelbem Licht, das auch über den Pferderücken hinströmte und Eevalds alten fuchsroten Mantel aufflammen ließ.

Oma brach als erste das Schweigen. «Na grüß dich! Wo geht's hin, Heu fahren, wie?»

«Weißt du was?» rief ich dazwischen. «Ich hab ein Bild gemalt mit einem Flugzeug darauf, das schießt den Teufel tot!»

«Teufel tot!» echote es aus dem Wald, und das Pferd spitzte die Ohren.

Eevald sagte kein Sterbenswort. Er bewegte nicht einmal die Augen. «Komischer Kerl, daß der nicht den Mund aufkriegt», meinte Oma und herrschte ihn an: «Also, was ist los, Eevald? Du weißt doch, wenn irgend etwas ist, kannst du es mir immer sagen!»

Ehe mich Oma noch hindern konnte, haute ich mit ihrem Stock auf den Schlitten und schnauzte: «Na los, hast du nicht gehört, was Oma gesagt hat! Red schon!» Das Pferd scheute, bleckte die Zähne und zog mit einem jähen Ruck an. Eevald verlor das Gleichgewicht, breitete die Arme aus und ließ dabei die Zügel fahren; sie verhedderten sich vorn unterm Schlitten. Erstaunlich flink packte Oma das Pferd am Zaum und tätschelte ihm Hals und Nase, bis es sich beruhigt hatte und aufhörte, zu blecken und die Ohren anzulegen.

Eevald kletterte langsam vom Schlitten, rückte seine Mütze zurecht und schien uns erst jetzt zu erkennen. Er gab Oma die Hand, wie immer, und zu mir flüsterte er warnend: «Pst! Pst!» Mit schleppender, grabesdumpfer Stimme begann er zu reden. «Ich hab nachgedacht, nachgedacht, die ganze Zeit hab ich nachgedacht. Der Kopf wollte mir kaputtgehen. Die Stallfrauen haben gesagt, Eevald, fahr Heu holen, aber überall am

Weg haben sie Maschinengewehre aufgestellt und wollten mir angst machen und haben gelacht dabei. Aber ich hab Löwe gespielt, und da sind sie wieder gut gewesen und haben sich nicht mehr getraut, mir was zu tun.» Er versank in Grübelei und fing dann wieder von vorn an. «Ich hab nachgedacht, die ganze Zeit hab ich nachgedacht. Der Kopf wollte mir kaputtgehen. Überall am Weg waren Maschinengewehre...» Mitten im Satz brach er ab und ließ den Kopf hängen, dann, unvermittelt, sagte er düster und bedeutungsvoll: «Schneidermeister Klippdiklapp näht mir einen neuen Frack, oben zu groß, unten zu klein, und der Bauch paßt nicht hinein.»

In seine Miene kam Leben, seine Augen plinkerten. Er seufzte tief, faßte sich an den Hinterkopf und rief freudestrahlend: «Ich weiß wieder! Jetzt weiß ich es wieder!» Dann fiel er ins Flüstern, als verrate er ein großes Geheimnis. «Ich hab so getan, als würde ich zum Heuholen fahren, aber in Wirklichkeit fahre ich sie alle warnen. Bei Rätsepps war ich schon! Bei Kivisaares war ich schon! Bei Võtiksaares war ich schon! Bei euch war ich noch nicht und bei Teistes und bei Vanatares auch noch nicht.»

Aus seinem Mantel zog er große flatternde Zeitungsblätter und begann uns an Ort und Stelle daraus vorzulesen. Oma hörte ruhig und mit gesenktem Blick zu, auch das Pferd lauschte aufmerksam. Es nickte zustimmend, reckte den Hals, hob lustlos ein Heubüschel auf, das es eine Weile zwischen den Lippen hielt und dann verächtlich fallen ließ. Je länger ich zusah, desto stärker wurde in mir der Verdacht, es müsse dasselbe Pferd sein, mit dem Oma damals von der Konfirmation nach Hause gefahren war und das beim Eiskeller in Oiu nicht weiterwollte, weil es das Blut der erschossenen Aufständischen gewittert hatte. Trotz des hellen warmen Sonnenscheins war mir, als ob hinter den Bäumen jemand lauerte, mit angehaltenem Atem und gespitzten Ohren, damit kein Wort verlorenginge. Die Hitze auf dem windgeschützten Waldweg machte müde. Mir wurde nicht klar, wovor Eevald und Oma und sogar das Pferd und der

Wald so einmütig Angst hatten. Irgend etwas gab es da wohl, das verstanden sie ganz anders als ich.

Die mit mageren Heubüscheln gesäumten Wegränder, die Erlenzweige, die grauen Hausdächer und die unterm Schnee hervortretenden sonnenblinkenden Felder – sie alle waren herausgefordert und bedroht. Ich merkte es an Omas sonderbarem Schniefen und an dem Krächzen in Eevalds Stimme, während er vorlas. «In den Kolchosen unserer Republik sind umfangreiche Vorbereitungen zur Gründung von Kolchoszentren im Gange. Eine ganze Reihe von Kollektiven hat schon mit der Durchführung der erforderlichen Bauarbeiten begonnen. Die Anzahl der umzusetzenden Gebäude beläuft sich republikweit auf mehrere Zehntausende, wobei die Entfernung zum neuen Standort in der Regel zwischen einem und fünf Kilometern beträgt. Bei der Inangriffnahme eines derartig umfangreichen Vorhabens ist es unabdingbar, daß wir uns auf die Erfahrungen unserer Bruderrepubliken stützen, wo die Zusammenführung von Wohnhäusern zu Kolchoszentren schon praktiziert wird.

Bei Holzgebäuden kann die Umsetzung über größere Entfernungen auf der Landstraße oder auf ebenem Feld mit Hilfe von Traktoren durchgeführt werden. Der Transport kann sowohl im Sommer wie auch im Winter erfolgen, je nach Jahreszeit auf Kufen oder auf speziellen mit Hebevorrichtungen ausgerüsteten Räderfahrzeugen. Vorrangig zu empfehlen ist der Transport auf Kufen über gefrorenen Boden bei dünner Schneedecke, wozu gerade das beginnende Frühjahr sehr geeignet ist. Damit Arbeitskräfte in ausreichender Zahl zur Verfügung stehen, sollten die Umsetzungen sonntags vorgenommen werden.»

Eevalds Adamsapfel zuckte. Er raschelte mit den Zeitungsblättern und fuhr drohend fort: «Wohngebäude in Kolchoszentren konzentriert. Erfahrungen mit der Umsetzung im Bezirk Valga.»

Mürrisch und ohne großes Interesse hörte ich zu. Ich hatte ja heute morgen schon einen Häusertransport geleitet, und die

Erfahrungen im Bezirk Valga konnten mir nichts Neues mehr bieten.

Aus dem Unterholz kam Tommi angeschlichen, im Maul einen alten zerbissenen Knochen von einem großen Tier, einer Färse vielleicht oder gar einer ausgewachsenen Kuh. Während er uns aus den Augenwinkeln belauerte, grub er ihn im Schatten des Schlittens in den Schnee ein, legte sich darüber und knurrte leise, wenn Eevald beim Lesen die Stimme hob.

Die bedrohliche Nachricht erschreckte mich keineswegs, sie begeisterte mich eher. Da ich während des Zuhörens gespannt verfolgte, was Tommi machte, blieb mir auf alle Zeiten der sonderbare Eindruck, er wäre es gewesen, der uns vorlas, und nicht Eevald.

Dennoch, oder vielleicht gerade deshalb, ist für mich in jedem neuen Frühling diese Nachricht im ruhelos windigen Himmel versteckt. Sogar in Berlin, an der schwarzen vorfrühlingshaften Spree, zwischen Glaspalästen und treibenden Schwänen, kam Tommis Knurren mit dem kalten Wind, und mir war, als stünde dort Oma, die Hände unter der Schürze, gespannt hinhörend, um dem Geknurr eine Nachricht zu entnehmen.

«Auf einer gemeinsamen Sitzung von Kolchosmitgliedern und Kolchosleitung wurde die Initiative einstimmig begrüßt, und die Mehrheit der Mitglieder beantragte die Umsetzung ihrer Wohnhäuser in das Kolchoszentrum. Diesem Wunsch wurde stattgegeben und beschlossen, mit der Umsetzung in den ersten Märztagen zu beginnen...

Als erstes ging man daran, einen großen Schlitten zu bauen, das wichtigste Hilfsmittel zum Transport der Häuser. Bei der praktischen Erprobung erwies sich dieser jedoch als unzureichend. Er war zu groß und so schwer, daß er sich selbst ohne Ladung nur mit Hilfe eines Traktors fortbewegen ließ. Also baute man einen neuen, kleiner als der vorherige. Das größte Problem beim Transport der in mehrere Teile zerlegten Häuser verursachten die Dächer. Anfangs fehlte es ja an einschlägigen Erfahrungen.

In den Kolchosen des Bezirks Valga verfährt man inzwischen so, daß man die Dachlatten mit der Handsäge genau in der Mitte des Sparrens durchsägt und danach die Sparren aus der Verzapfung löst.

Die Umsetzung der Wohnhäuser in Kolchoszentren bietet somit keine unüberwindlichen Schwierigkeiten, wie manche bisher annahmen. Die Initiative der Kolchose ‹Molotov› hat republikweites Aufsehen erregt und wird mittlerweile von vielen Kolchosen nachgeahmt.»

Als Eevald fertig war und die Zeitung zusammenfaltete, brummte Oma: «Nu denn, jetzt machen wir uns mal auf den Heimweg!»

Eevald kletterte gleich gehorsam in den Schlitten, als hätte Oma ihn gemeint. Das Pferd schaute sich um und setzte sich in Schritt, ohne daß Eevald die Zügel bewegt hätte. Oma warf die Heusäcke wieder auf unseren Handschlitten und ging los. Tommi lag immer noch über dem verscharrten Knochen, doch als er den Schlitten anfahren sah, sprang er mit einem Anlauf hinauf. Ich kreischte vor Vergnügen. «Oma, Oma! Guck mal, was Tommi gemacht hat!»

Oma war darüber gar nicht erfreut, sondern fluchte. «Da wuracht man von morgens bis abends, daß einem die Adern platzen, und dann soll man noch so ein Köterviech mitziehen!»

Sie wollte Tommi schon anschnauzen: «Los, runter mit dir!», aber ich kam ihr zuvor und bettelte: «Bitte, bitte, jag Tommi nicht runter, ich will, daß er auf dem Schlitten fährt! Ich helf dir auch ziehen!»

Darauf antwortete Oma nichts, ließ sich auf keinen Wortwechsel mehr ein. Sie beachtete mich einfach nicht. Der Wind pfiff, bald lauter, bald leiser, und streichelte mir unbeholfen die Backen. In den Weiden am Waldrand glänzten weiße Knospen. Während einer heftigen Windbö packte Oma ein Hustenanfall, sie blieb stehen und sagte mühsam: «Geh du schon mal weiter, ich komm nach!» Schnurstracks verschwand ich im Wald. Die

Weidenkätzchen waren für mich unendlich viel interessanter als die Sorgen der alten Leute. Was auch immer sie nachts nicht schlafen ließ und sie tagsüber niederkrümmte – mir war es einerlei. Während ihnen als das Wichtigste galt, daß bloß nichts passierte, lebte ich immerzu in der Hoffnung, daß endlich etwas passierte.

Am Waldrand war der Schnee fast ganz weggeschmolzen, das Moos auf den Steinen glänzte frisch und grün. Ich ging tiefer in den Wald hinein. Dort herrschte ein dunkles tiefes ewiges Grün. Zwischen den Fichten stand dichter Wacholder. Kein Wind drang hierher, kein Zweig regte sich, nur ein gleichbleibendes Rauschen war zu hören. Übers offene Feld brausten mächtige Luftwogen heran und brandeten tosend gegen die Fichtenwand. Gegen diese stürmische Weite blinzelten die Weidenkätzchen wie ferne Sterne – fern, weiß und unerreichbar.

Ganz unten, dort, wohin ich gerade noch hinaufreichen konnte, gab es bei weitem nicht so viele Kätzchen wie hoch oben. Die Zweige waren halb leer und dazu noch so elend zäh, daß ich die Zähne zu Hilfe nehmen mußte. So stand ich dort, an der Grenze von Wald und Feld, knickte und durchnagte die bittern Weidenzweige und ließ meine Augen umherwandern. Der Himmel über den Wipfeln war mild und blau und erinnerte mich an den Umschlag von dem alten Schreibheft. Dieses Heft war voll von verblichenen Albumversen, und wenn man schüttelte, regnete es daraus vergilbte Spitzenmuster und Bilder von geflügelten Engeln. Es lag in der abgeschlossenen Schrankschublade, zusammen mit den Bildern der Zarenfamilie und den Spielwürfeln. Die Spitzenmuster und die Zarenfamilie ließen mich kalt, die Engel hätte man allenfalls mit Knetgummi an den Ofen kleben können – aber auf diese Würfel war ich ganz versessen.

Jetzt, unter dem sanften papierblauen Himmel kamen sie mir plötzlich wieder in den Sinn. Bei einem Würfel, soviel hatte ich begriffen, war das Wichtigste, wie viele Augen man damit warf – je mehr, desto besser. Unter einem Busch fand ich ein glattes Eisstückchen und beschloß, daß dies ein Würfel war. Er konnte mir so viele Augen bringen, wie ich wollte, aber eben das machte ihn minderwertig gegenüber den richtigen Würfeln. Richtige Würfel rollten mit knöchernem Klappern über die Tischplatte und sahen aus wie vom Schicksal selber gelenkt.

Trotzdem schüttelte ich jetzt das Eisstückchen aufgeregt in der hohlen Hand und feuerte mich laut an: «Was trödelst du da, los, mach hin!» Ich tat einen ungeschickten Wurf und rannte gespannt hin, um nachzusehen, wie viele Augen es waren. Obwohl ich gesehen hatte, wo das Eisstück niederfiel, konnte ich es nirgendwo finden. Mein Würfel war verschwunden, als hätte eine unsichtbare Hand ihn aufgehoben. Das Eis begann seine Vormacht zu verlieren, unnütz, sich noch weiter mit ihm abzugeben. Ratlos stand ich unter den Fichten.

Die Luftströme an diesem wilden leuchtenden Frühlingstag prallten tosend gegeneinander, wirbelten über Felder und Uferwiesen und stürzten sich auf die Wälder. Alles Lebende wurde erfaßt von dem Krieg der Wärme gegen die Kälte – Bäume, Gräser, Tiere und Menschen.

Die Welt verwandelte sich zusehends, mächtiger und mächtiger wurde das Grün, die schon vergessene Erde kam wieder zum Vorschein. Monatelang war ich mit Eis und Schnee eins gewesen, von demselben Fleisch und Bein. Nun verriet ich sie unbekümmert an jeden kahlen Zweig und jedes Fleckchen Moos. Eine heftige Lust packte mich, dem am Horizont vorbeiwischenden trügerischen Himmel nachzulaufen, und sollte es das Leben kosten.

Nicht lange mehr, dann würden die Wege zu Matsch werden, und das große Wasser würde die Wiesen und Weiden überschwemmen und für einige Zeit alle Verbindungen mit der übrigen Welt abschneiden. Die lehmigen Grabenböschungen würden strotzen von blühendem Huflattich.

Zugleich mit den ersten Blumen kamen dann auch die düsteren Geheimnisse der schwarzen Waldestiefen unterm

Schnee zutage: Bunker, deren Bewohner sich mit eigener Hand den Tod gegeben hatten, bleiche Gerippe der von Wölfen gerissenen Tiere, versteckte Gräber und Proviantlager.

Unzählige Apfelbäume – Suislepper, Bordsdorfer, Kaiser Alexander, Goldreinette – würden in Blüte stehen, wenn die Zeit kam; niemand hatte sie umgehauen.

Ladenpreise und Bustarife wurden billiger.

Von einer Häuserumsetzung hörte man nichts mehr. Jene Ankündigung war einmal kurz aufgeklungen und dann spurlos verhallt. Nur die Kolchose «Molotov» im Bezirk Valga bemühte sich noch, ihre Erfahrung mit dem Transport von Häusern an den Mann zu bringen, eine Erfahrung, die täglich im Wert sank, bis völlig in Vergessenheit geriet, daß man derartiges je vorgehabt hatte.

Die Wolken zogen ihre Bahn, die Hochleitungsdrähte brummten, auf den Feldern erschienen neue Mähdrescher, neue Traktoren, neue Menschen. Die Schwalben kamen und zogen wieder fort, das Denken und Fühlen veränderte sich.

Mutter weiß nichts mehr von jenem klobigen Brennholzschlitten und von der Angst, die sie im Wald immer hatte. Insgeheim schämt sie sich für das damalige Leben, wenn sie es auch durch nichts anderes ersetzen kann. Alte Fotos bewahren geduldig ihr junges Gesicht auf, wie Beweisstücke für eine stattgefundene Vergangenheit. Wenn ich nicht wüßte, daß es meine Mutter ist, ich würde sie nicht mehr erkennen. Türklingeln, Aufzüge, Elektropumpen, Telefon und Staubsauger – das alles ist ihr wie selbstverständlich seit eh und je. Lederbesetzte Filzstiefel sind nicht mehr der Rede wert neben ihren französischen Stiefeletten. Sie hat so vieles vergessen.

Ebenso würde sie mich nicht mehr erkennen, wenn sie nicht wüßte, daß ich es bin. Ich bin meinerseits zu einem Beweisstück für die stattfindende Gegenwart geworden, die Straßen und Himmel durchbraust, die die Luft und das Blut durchdringt. Die auf der Digitalanzeige der Armbanduhr still die Zahlen wechselt und gleichgültig das Verstreichen der Zeit anzeigt, derselben Zeit, die auch die Dichtung in sich enthält und die Möglichkeiten, zu retten, was noch zu retten ist.

Bloß Vater merkt nichts. Solange es Motoren zu reparieren und Apfelbäume zu pfropfen gibt, schaut er nicht auf. Ihm kommt nicht der Gedanke, daß die Motoren vielleicht die Apfelbäume auffressen möchten, und gibt beiden, Benzin und Wasser, Angst und Erbarmen.

Über die Wälder von Kõpu wandert auch in diesem Winter die ewige Sonne. Sie hat sich schon angekündigt, und in einigen Monaten wird sie zur Macht kommen und uns mit Hoffnung und Licht durchwärmen.

Noch einmal schaue ich zurück, schiebe die Zweige auseinander und sehe zu, wie Oma, geplagt von schwerem Husten, auf dem Schlitten sitzt und, nach Atem ringend, Tommi über den Kopf streicht.

Aus dem Graben kratzt sie wäßrigblauen Schnee und ißt davon, unter Tommis gierigen Blicken. Sie nimmt ihr Kopftuch ab, ihr sonst schneeweißes Haar scheint jetzt gegen den Schnee wie graue Asche. Sie schwenkt ihr Tuch im brausenden Tauwind und spricht: «Wind, Wind, heiliger Nordwind, blas fort alles Übel von meiner Wohnstatt! Höre, Mond, hör mich! Schein, Sonne, schein! Abendstern, hab Erbarmen! Lämmerzahn sei der Zahn meines Feindes, mein Zahn reißender Wolfszahn!»

Der Sturm heulte. Was ihm nur in den Weg kam, peitschte er durch mit salzenen Ruten – Himmel und Erde und jedes lebendige Wesen, das es wagte, die Nase hervorzustrecken. Der Frühling war da, der siebte Friedensfrühling.

PEETER PUIDE

Zur Vermeidung von Bildverlusten muß noch folgendes beachtet werden

Roman
Deutsch von Alken Bruns
240 Seiten. Kartoniert

Der gebürtige Este und schwedische Schriftsteller Peeter Puide erinnert sich an den Krieg in Estland, an russische und deutsche Okkupation, an Vertreibung. Eine «Fotochemie der Erinnerung», die aus der erlittenen Qual eine in die Zukunft wirkende Kraft macht.

«Puides Buch (das übrigens handwerklich wunderschön gemacht ist) ist eine Suchbewegung nach der Wirklichkeit des Vergangenen, nach dem, was tatsächlich geschah; zugleich auch eine Erprobung bestimmter schriftstellerischer Verfahren als Medium dieser Suchbewegung. Es ist ein formal riskantes Buch, in dem der zum Allgemeinplatz verkommene Begriff ‹Erinnerungsarbeit› eine ganz neue und äußerst anregende Schärfe bekommen hat.»

Klaus Modick, Frankfurter Rundschau

ROWOHLT

LÁSZLÓ KRASZNAHORKAI

Satanstango

Roman
Deutsch von Hans Skirecki
320 Seiten. Gebunden

Eine heruntergekommene Siedlung in Südostungarn. Keine Arbeit, keine Hoffnung, keine Zukunft. Ringsum Verfall, vom strömenden Oktoberregen in tiefe Trostlosigkeit getaucht. Eines Tages kommt ein wortgewaltiger Mann, der den Bewohnern Erlösung verheißt: Irimiás, ein Spitzel der Geheimpolizei. Kein Widerstand regt sich gegen den falschen Messias, obwohl alle wissen, daß sie in ihr Unglück rennen.

«László Krasznahorkai hat einen bitteren Roman über unsere Zeit geschrieben, in dem das Scheitern das Grundmotiv bildet. So weltfern sich die Geschichte aus dem Gebiet, das die Obrigkeit schon aufgegeben hat, auch lesen mag, das ist doch ein brisanter politischer Roman; eine Parabel über das Versagen von Ideologien, über Indoktrination und Manipulation, über politische Hörigkeit und Spitzelwesen, über die Macht von Worten über das Bewußtsein der Menschen und über das Unglück der Zeit.

Ohne Zweifel hat er ein wichtiges Buch geschrieben, eines, das einem keine Ruhe gibt und von der originären Kraft der Sprache und der Bilder lebt.»

Anton Thuswaldner, Salzburger Nachrichten

ROWOHLT

NATASCHA WODIN

Die gläserne Stadt

Eine Erzählung
320 Seiten. Gebunden
und als rororo 12465

Natascha Wodins Roman, der durch seinen «Reichtum an intensiven Beobachtungen besticht» (*Süddeutsche Zeitung*), ist ein großer erzählerischer Versuch über das Fremdsein, das jeder Empfindliche gerade dann erlebt, wenn das Leben ihm Wärme spenden will. Eine junge Frau, Tochter russischer Emigranten, gequält und beschämt herangewachsen in einer verrufenen Siedlung am Rande einer deutschen Stadt, erfährt – als Übersetzerin in Moskau – die verschüttete russische Seite in sich. Aber sie bleibt eine Fremde. Ihre Liebe zu einem russischen Schriftsteller endet tragisch.

«Natascha Wodin ist es gelungen, Menschen zu schildern, deren Leidenschaft und Leidensfähigkeit das Normalmaß übersteigt. Die gefühlsintensive Sprache zwingt den Leser, ihr selbst dann zu folgen, wenn der Erzählfluß in die Breite abirrt: ein geglücktes Romanwerk.»

Esther Knorr-Anders, Die Welt

ROWOHLT